汴京春深

卷·肆

驚宮變

小麥 著

好評推薦

《汴京春深》是極少見的寫實又引人入勝的史話感世情小說，在這個繁雜時代難得能讓人沉下心去讀的作品，小麥以細膩真實筆觸描寫大宋汴京千年畫卷，讀來猶如生活其間，跟著書中人物經歷他們人生的喜怒哀樂，隨著他們的情緒而共鳴，起承轉合無不有著雋永氣息，令人感受大宋文化千年來經久不衰的魅力，手不釋卷，脈脈留香。

——晉江S級作者 聞檀

著有《良陳美錦》、《首輔養成手冊》、《嫡長孫》等多部古代言情小說現象級作品

這是我看小麥的第一本小說。我還記得當時欲罷不能，不眠不休看這本小說的感覺。小麥以老辣細緻的文筆娓娓道來，營造出一種濃厚的真實感，大到時代背景、文化民俗，小到普通百姓的生活百態，一群熱血少年的故事彷彿真的讓你置身在歷史洪流之中，隨著小九娘他們一起成長，一起進入小麥打造的那個波瀾壯闊的時代……。

——網路讀者 五月

《汴京春深》讀了三次，第一次讀言情，喜歡小兒女的萌動與成長，義氣與愛情。第二次讀歷史，重新理解北宋的文官體制與庶民社會的文明高度，忍不住拿出《蘇東坡新傳》與之對照，小說出入歷史虛實之間，十分巧妙。第三次讀人性與政治，如何在汙濁的朝堂爭鬥廝殺間，不忘利民報國初心？作者從小庶女的視角出發，編織出集合情愛、陰謀、黨爭、家國情懷的精彩小說。

——網路讀者 春始

《汴京春深》像一幅優美的畫卷，借作者如椽巨筆展現宋朝的生活、社會和文明，一讀再讀之下不由佩服小麥做功課之深，每個細節都經得起推敲。小說又像一首動聽的樂曲，九娘、六郎、太初等一眾出色的孩子，哪怕賣餛飩的凌娘子甚或只出場幾次的小丫頭，都各有各的精彩，最終編織成這恢宏篇章。最讓我感慨的是小說雖以古代為背景，表達的核心卻有難能可貴的現代性，九娘對自己的接納和她在城破時保護一方百姓的擔當，這二者所呈現的智慧不相上下，同樣令人欽佩。

——網路讀者 辛夷

《汴京春深》讓我喜歡的，不僅僅是裡面描寫的主角們跌宕起伏的愛情和親情，還有更多的友情。在小麥妙筆下，徐徐展開的汴京畫卷中，九娘和身邊少年少女們的共同成長，種瓜得瓜，更讓我掩卷長歎。

如果人類確實需要某種情感關係作為安全港，在我看來，友情是不可缺少的一種，有時甚至超過愛情和親情。愛情裡面有排他，有動物性，有本能，而友情它完全取決於一個人的自由意志和本質。沒錯，我說的是太初。

生命中能存在至少一個無條件希望你好、你也無條件希望對方好的朋友，你的自我肯定與自我價值感都會爆棚吧！說實話，我的第一反應是立刻把這本書推薦給正在青春期情緒激盪中的女兒。

——網路讀者 WendyLee

這是看小麥的第一本書，就是從這本書開始成為作者的粉絲！

《汴京春深》不但文字優美，情節清新，更是妙句橫生，讓人忍俊不禁。裡面的每一個角色都塑造得栩栩如生，有血有肉：重新面對自己的王玞，堅韌的六哥，清風明月一樣的太初……一一如同親見。

在歷史脈絡上的改編，巧妙避開了正史的局限，帶給讀者爽快的故事，讓我們輕鬆地在作者開展的闊美北宋歷史背景裡，偷窺那些或許存在過的人、事、物、情！推薦大家一定要看。

——網路讀者 下午茶

已經想不起是怎麼入了麥大的坑，從《汴京春深》追到《大城小春》再到如今的《萬春街》。猶記得久不追書的我那會兒經常半夜餵奶拍嗝時看更新了沒有，彼時初為人母，讀到九娘對蘇昉的舐犢之情感同身受，常忍不住濕了眼眶……。而後隨著九娘和六郎一對小兒女的成長，隨之展開的一整幅大宋江山圖，汴京兒女英雄夢，真的把大家帶入了那個波瀾壯闊的歷史畫卷與之同呼吸共命運。

《汴京春深》是我唯一一本一刷再刷的古言重生文，每重刷一次都有新的感悟，文中每個人物都栩栩如生，常常讓我覺得自己就站在他們身邊，有時一臉姨母笑地看著他們成長，有時又為他們的遭遇熱淚盈眶，酸楚不已。

——網路讀者 黎一凡

這麼多年看過不少歷史古言。私以為一個小說作者，發表多少作品和發表形式其實不是關鍵，最重要的是當梳理宋朝背景作品的時候，這位原作者的作品是不是必須被提及，無法被繞過或者被一筆帶過。自看過《汴京春深》以來，我越來越認同這個觀點。

——網路讀者 清景無限

——網路讀者 凱羅

自序

七年前，作為一個賦閒在家的家庭主婦，我終於決定實現學童時期閃閃發亮的夢想：寫一本小說。

之所以選擇以北宋為小說背景時代，是希望吸引更多大陸的年輕人去瞭解那個時代。曾經受歷史課影響，我也認為宋朝乃積弱之朝。所謂的大宋與西夏、遼、金等諸強並存，完全不大也不強，不復大唐萬國來朝的磅礴氣象，更有歲貢之辱靖康之恥，莫須有罪名殺岳飛，奸臣一籮筐昏君無數，想想就來氣。隨著年歲漸長，我卻越來越喜歡宋朝。

起因十分好笑，論壇上有一個穿越帖，詢問大家如果穿越你選擇穿越去哪個朝代？我想來想去選擇了宋仁宗時期。為何？毫無疑問，那是歷史長河裡中國最接近民主憲政和工業革命的時代。戶籍遷移自由、女性財產繼承權、取消宵禁、商業和個體經營的極度發達、銀行業的雛形、科舉考試資格取消出身限制、出版與新聞自由、國民私有財產受到保護、老幼福利慈善制度、王在法下……以上種種都讓我心生感歎：原來中國人類文明曾經抵達過那樣的高點。

這個高點，並不是指國家或軍事力量強大，而是一種自視與包容。宋朝清醒地認識到自己這個帝國不是世界的中心，只是世界的一員，於周邊諸國的外交政策無法高高在上頤指氣使，於國內的治理上倚重士大夫集團，向三權分立靠攏，限制皇權。例如北宋的皇宮是歷朝歷代裡占地面積最小建築成本最低的，屢次擴張計畫都因為拆遷會擾民而擱置。

文明的構建基礎離不開文化，毫無疑問，宋朝的高度文明也催生出了無數自由的靈魂，在詩詞文學、書法繪畫、瓷器刺繡、飲食建築、科技醫療等全方位抵達了中國歷史的巔峰。

文化沒有高下之分，只有差異之別，但文明卻有落後與先進的鴻溝。宋朝滅亡於鐵騎之下，不只是農耕文明敗與遊牧文明，也是文明被野蠻摧毀的過程。在此之後，元、明、清，都是極為鮮明的中央集權時代。元、清是殖民時代，無論從國民的個人權益還是女性的權益來看，無論從法制還是風俗的角度去考量，都在全方位地退步。這是人類文明的落後。

這就是《汴京春深》誕生的重要緣由之一，希望讀者能喜歡我展現的北宋生活畫卷，從而對宋朝產生興趣。

其次我很想呈現一群少年的成長歷程，以及重生的女主角如何重新認知自我，如何敢於接受一段實力相當彼此滋養的愛情。出於已婚已育婦女的小心眼，我從蘇軾髮妻王弗和元祐太后孟氏身上得到了塑造女主角的靈感，但當故事開始後，角色獲得了獨立的生命，開啟了他們自己的故事，我不再是創造者而是敘述者。簡中連載兩年，經歷了國際搬家，不免有創作上的小遺憾，好在最後順利完結，也獲得了許多讀者的認可和喜歡，更多人因此購買了《東京夢華錄》等我推薦的書籍，可謂意外之喜。

寫作《汴京春深》的過程對我而言也是一場難得的學習體驗，因為追求背景的立體和真實，經常需要參考各種參考書籍，有時糾結於某個細節六七個小時，終於釋疑，在文中卻只不過用了短短十幾個字甚至一個字也沒用上，而整個探索的過程如同蜘蛛結網，從點到線到面，不得不閱讀更多的書籍，最後自己也沉迷其中，獲得了書寫以外更大的快樂和滿足。

《汴京春深》連載到第四個月時，突然登上了晉江金榜第一，二〇二一年底交由上海讀客文化在各大電子閱讀平臺上出版，二〇二二年在沒有人宣傳推廣的情況下，陸續登上了各大榜單，在番茄小說的總榜、古言榜、出版榜蟬聯冠軍超過半年之久，在微信讀書、掌閱、咪咕、七貓等平臺上均取得了不俗的成績，並於年底授權了影視版權。二〇二三年喜馬拉雅上架了《汴京春深》的有聲小說，上架兩週，前五十集便登上了小說榜第十一名。

非常高興能與時報出版合作，希望臺灣的讀者能喜歡《汴京春深》。

小麥

二〇二三年一月三十日

- 服飾參考書籍：《中國古代服飾史》周錫保 著。
- 地理參考書籍：《中國歷史地圖集》譚其驤 主編；《汴京遺蹟志》等等。
- 文民俗禮儀生活參考書籍：《東京夢華錄》、《夢粱錄》、《武林舊事》、《江南野史：南唐書》、《老學庵筆記》、《蘇東坡集》、《東坡志林》、《蘇東坡傳》（林語堂 著）、《蘇東坡新傳》（李一冰 著）、《宋遼西夏金社會生活史》、《宋朝人的吃喝》（汪曾祺 著）、《唐宋茶業經濟》（孫洪升 著）等等。
- 官職參考書籍：《宋代科舉與文學》（祝尚書 著）、《資治通鑑》、《宋史》、《宋會要》、《宋會要輯稿》、《宋代蔭補制度研究》（游彪 著）、《宋樞密院制度》（梁天錫 著）等等。
- 戰爭參考書籍：《武經總要》（曾公亮、丁度 等撰）、《中國城池史》（張馭寰 著）、《中國兵器史》（周緯 著）、《北宋武將群體與相關問題研究》（陳峰 著）等等。
- 朝政參考書籍：《北宋中央日常政務運行研究》（周佳 著）、《宋代女性法律地位研究》（王揚 著）、《宋代的政治空間：皇帝與臣僚交流方式的變化》（日本平田茂樹 著）、《祖宗之法——北宋前期政治述略》（鄧小南 著）、《宋代司法制度》（王雲海 主編）。

第一百三十四章

這日一早，城西啟聖院街的范府，四扇黑漆大門敞開，門上紅綠綢帶點綴，大紅燈籠高掛，大紅雙喜貼得比比皆是，門口那兩個石獅子也背上了紅繡球。地上灑滿了紅綠紙屑和一早全福娘子、官媒人進府時放的爆竹碎屑。七八個僕從身穿新衣，跟著管事，早早候在門口等孟家上門迎親。

不過一夜間，汴京百姓都得知了孟家大獲封賞之事。街坊鄰里過往間也紛紛道賀，不少孩童從范家僕人手中接過糖果，高聲喊著恭喜恭喜。更多人不住地議論，誇讚范家小娘子八字極旺夫家，一臉的羨慕。

過了晌午，孟府敞開大門，更是熱鬧喜慶。陳元初和陳太初跟著陳青夫妻早早地就到了。陳青難得露出笑容，魏氏卻不免有些惆悵。不多時，蘇昉兄妹倆和蘇昕兄妹三個也跟著蘇瞻、蘇矚、史氏一同到了。再跟著杜氏娘家的親戚，呂氏娘家的親戚，還有程大官人帶著程之才也備了厚禮上門。

因孟家深得聖心，孟在樞密院的同僚、往昔殿前司的同僚、有帖子沒帖子的，都上門來討一杯喜酒，回事處收禮都收到手軟，總帳房特地多派了兩個帳房先生去謄禮單。還有孟存在翰林學士院的同僚、孟建戶部的同僚也來得不少，甚至有知道孟建襲爵臨時趕來的往昔鴻臚寺的官員。更有知道燕王殿下親臨做「御」的一些鑽營投機之人，早早就出錢買一個孟府請帖的隨從位，花上幾十貫，想來湊個熱鬧，看看有無親近權貴的機會。連翰林畫院的幾位名畫師都各自送了大作來賀喜。

負責晚間宴席的四司六局來了近百人，從晌午就開始布置外院六十席，廣知堂內近親好友四席。郎君們都在青玉堂，由孟老太爺和孟在親自招待。女眷們都在翠微堂，杜氏三妯娌喜氣洋洋地陪著喝茶說話。小娘子們都在翠微堂的東廂房裡，由六娘姊妹四個作陪。

那汴京花市最有名的花娘子一早就送來了近百盆一人高的各色茶花，裝點得各廳堂裡春意盎然，更有專門養在溫房裡的嬌花幾十盆，有雍容華貴的洛陽牡丹，也有旖旎多情的維揚芍藥，引得汴京一眾小娘子們在花間流連忘返，賞花吟詩。張蕊珠因爹爹張子厚拜相，又在孟氏女學中出類拔萃，更是吳王妃的熱門人選，被眾多小娘子圍繞著打趣，羞得臉上緋紅一片，她今日穿了一身真羅紅對襟寬袖緙絲團冠褙子，更顯得雍容華貴。

女學裡的秦小娘子笑著拍手道：「我們這屋裡可不得了！已經有兩位縣君了，恐怕還要出一位王妃！可不就是這牡丹和芍藥？真該請畫師來畫上一畫，日後我也好和家裡人炫耀一番！」

張蕊珠趕緊去握她的嘴：「就你最會胡說八道！也不怕閃了舌頭。」她轉頭問旁邊的四娘、七娘：「就是你們怎麼好幾個月也不來學裡？月底就要考核了。阿姍你不是一直想入宮做公主侍讀的嗎？還有阿嫻，難不成你已經說親了？」小娘子們都笑了起來。

七娘抿唇搖搖頭，想說幾句，看了看另一頭窗下挽著手說話的九娘和蘇昕，還是沒開口。倒是四娘抬起眼，淡淡笑道：「家裡事多。我年紀也不小了，娘留我在家學些廚下和針線呢。我們哪裡能和張姊姊比，您再過一兩年也無需學這些。」

在場的小娘子們都知道張蕊珠已經快十九歲了，若這年還不嫁人，按律，二十歲以後官媒要上門強行配人。雖然她現在是使相的女兒不愁嫁，又傳說吳王鍾情於她。可四娘話裡的諷刺之意卻再明顯不過了，屋內便靜了下來，一時冷了場。

六娘站出來笑道：「張娘子志不在此，四姊你羨慕也無用。我家擷芳園的臘梅這兩天都開了。今日外頭也不冷，園裡還有我婆婆的溫房，種的都是蘭花，倒也有些珍品可看，不如姊妹們隨我去轉上一轉？」

因六娘是有食邑的大縣君，封號又是淑德，稍微有眼色的小娘子們都知道她深得太后寵愛，便紛紛附和。女使們趕緊上前給自家小娘子穿上大披風、戴上風帽，送上熱熱的銅手爐。

杜氏娘家的兩個小侄女，才十一二歲，出自武將世家，性格豪爽，直接笑了起來：「阿嬋姊姊！你可別忘記，我們今日可一定要看汴京四美的！」

六娘接過手爐，笑了：「妹妹們別急，今日男客都在青玉堂和積翠園那邊，要見，也要等二哥出門迎親前了。四位哥哥才來了三位，別急別急，還早著呢。」

「怎地才來了三位？」秦小娘子訝道：「再過一個時辰，就要告廟了吧？」

「燕王殿下還沒到吧。」張蕊珠笑問：「今日我自己等不及先來的，爹爹一早出門時還說要和幾位宗室親王奏對，晚些恐怕會和殿下一起過來。對了，阿嬋，你家那幾十株最有名的百年老梅，可開花了？」

六娘笑道：「那些嬌氣的祖宗啊，要過了年才開呢。今日各位就將就一下吧。」

九娘看了看眾人簇擁著六娘和張蕊珠出了門，問蘇昕：「你可想去看花？」

蘇昕搖了搖頭，看著屋子裡空了下來，只有她們兩個，便牽了九娘的手誠懇地說道：「阿妧，我有話要同你說。」

九娘暗歎了一聲，點了點頭。

「你可知道，你家和陳家其實已經在議親了？可是陳太初因為我擋箭受傷和這手臂的事，就推遲了送細帖子給你家。」蘇昕帶著笑，搖了搖頭：「阿妧，我同你太初哥哥已經說清楚了，你不要放在心上。」

九娘鼻子一酸，默默點了點頭。阿昕啊阿昕，你為何總是替別人著想？

「我本不該說這話的，可是不說我恐怕一輩子都會懊惱。阿妧你還小，現在還不懂，可是我只希望你以後能好好地待陳太初。」蘇昕輕聲說：「我已經在議親了，是我哥哥在書院的同窗，開封人，也要參加明年的禮部試。」

九娘一怔。

「前幾天換了草帖子。」蘇昕笑了：「我在屏風後頭見了那人一面，雖比不上大哥的風采，也還看得，聽說家風嚴謹，幾代都無人納妾。我娘說了待明年禮部試後再見上一見。」

九娘心裡更是酸澀，她緊緊握住蘇昕的手：「阿昕，你千萬不要草率將就！」

蘇昕調皮地一笑，捏了捏九娘的臉：「你啊，連姊姊都不叫了。放心，我可不是因為陳太初的緣故！元初大哥還同我娘說想帶我去秦州呢，若不是怕被秦州小娘子們的口水淹死，我也就去了。

我這縣君，配一個進士也不算將就啊。」

九娘看著她的笑臉，一時竟不知道說什麼才好。

廡廊下窗外一個身影悄然離開，等在院裡的女使趕緊上前替她攏了攏大披風：「四娘子不進去了嗎？奴進去替您去拿銅手爐吧。」

四娘搖搖頭：「不用了，不冷。」她窈窕的身姿因披著藕色的梅花紋大披風，在冬日裡越發清秀單薄。兩人往垂花門走去，兩個侍女提著食籃遇到她，福了一福向她問安：「四娘子快去擷芳園吧，六娘子正在找您呢。」

四娘攏著寬袖點頭應了，慢慢朝擷芳園而去。剛才沒拿到銅手爐，心口倒又被剮了一刀。她就這麼被程氏和爹爹丟在一旁了？陳孟議親，陳太初的細帖子要送來了？夏日大雨滂沱的夜裡，九娘說過什麼來著，覺得男女情愛無甚意思？說一套做一套可不是她最拿手的!?

趙栩和張子厚前後腳進了孟家。見他終於到了，孟家眾郎君趕緊一一上前行禮。趙栩笑道：「今日按家禮，我算二郎的表弟，各位無需多禮！」

孟存親自帶了四郎、五郎招待趙栩。雖然父親一再交待不要湊上去，可孟家和燕王殿下的母族是割捨不斷的血親淵源。殿下親臨做「御」，必然官家也是知道的同意的，難道還要往外推？

到了吉時，家廟大開。孟在跪拜過列祖列宗，朗聲告廟。贊者高唱後，孟彥弼上前恭恭敬敬地祭拜先祖，再到了孟在跟前，面東下跪。

一貫板著臉的孟在也微微動容，對孟彥弼鄭重訓示：「往迎爾相，承我宗事，勖帥以敬，若則有常！」

孟彥弼眼圈微紅，朗聲答道：「諾，唯恐不堪，不敢忘命！」

孟彥弼一出家廟，趙栩等四位「御」便朝周圍拱手道別，帶著四郎、五郎、十一郎三人，往外院去會合迎親隊伍。在家廟外的眾多小娘子們竊竊笑了起來。

大門外，克擇官高聲報了吉時，負責引燭的兩個僕人趕緊高舉燈籠，跑到孟彥弼馬前。孟彥弼看著陳元初、陳太初二人手中的活雁，點點頭一躍上馬，掩不住滿心歡喜。

第一百三十五章

孟府的迎親隊伍一出翰林巷，就轟動了全京城。新郎孟二娶親，竟然請到了燕王趙栩、東閣蘇昉、陳元初、陳太初兄弟這四位汴京四美給他做「御」。這等天大的面子和好事，早有那腿快的將消息送到范家。

原本對孟彥弼還有些心結的范家主母，忍不住親自去女兒范小娘子房裡喜滋滋地說了此事，又忍不住感歎道：「我還當女婿是個裝瘋賣傻的粗俗軍漢，不想他是真傻。娘這就放心了，日後你只管拿捏他就是。」

那小娘子出嫁必定到場的姑母、嬸嬸、姨母們都笑了起來。屋裡的全福娘子剛喝完蓮子湯，聞言就笑起來：「娘子這是什麼話！怎麼這麼說新女婿！」

孟彥弼的丈母歎氣道：「您不知道，我那女婿生得也算出挑，偏生竟請了汴京四美做『御』，誰還有正眼看他？他豈不是真傻!?」

一邊陪著的兩位官媒人趕緊陪笑道：「俗語說丈母看女婿，越看越歡喜。娘子這麼說可見是真心疼女婿呢！只看看這幾位『御』，那陳家兩位小郎都是做將軍的，又是您女婿嫡親的表哥表弟，蘇東閣又和您女婿這麼投契。最難得的是燕王殿下也不忘親戚一場，這麼捧場。今日小娘子嫁過去，以後就是殿下的表嫂，將軍們的表弟媳，一門顯貴，這汴京城裡還能有誰比小娘子的福氣更好!?」

孟彥弼的丈母笑道：「多承吉言，多謝多謝!你們二位只管舌燦蓮花，我也是不會再給紅封的！」話雖如此，身邊的女使早就笑著又送上了兩個紅封，一屋子人都笑得不行。

身穿青色大禮服，披著御賜霞帔，頭戴五鳳金釵花冠的范小娘子，也低頭笑了，因被脂粉塗得一臉雪白，兩頰豔紅，倒看不出她臉也紅得很，只有掩在金釵下的秀氣耳廓，紅了一圈。

外面的管事娘子笑著來稟報新郎官兩刻鐘後就能到大門口，郎君請主母和小娘子一同去祠堂。屋裡范小娘子的嬸嬸、姨母、姑母仔細檢查了她的妝容首飾服飾，扶著她慢慢跨出閨門，往范家祠堂而去。

待行完諸禮，范郎君肅容訓示女兒：「戒之敬之，夙夜無違爾舅姑之命。」隨後范小娘子的母親將女兒送到西邊臺階口，牽著她的手含淚道：「勉之敬之，夙夜無違爾閨門之禮！」范小娘子含淚應諾。

眾姑嫂簇擁著范小娘子往二門而去，又為她檢查裙衫，細細叮囑一番。

天色漸暗，孟彥弼一身緋紅新郎冠服，頭簪金紅翅花，斜佩紅綠雙色綢帶，胸口一朵紅綢大花顫巍巍，跟著前導高舉燭火的僕人，喜氣洋洋慢騰騰地策馬轉進了西角門大街，眼看著啟聖院街近在咫尺，不由得心跳加速。他禁不住回頭看看身後四匹馬上端坐著身穿緋色衣裳的兄弟們。蘇昉和趙栩都笑著對他點點頭。

趙栩這一輩的皇子都還沒有成親，他頭一次見別人成親，從到了孟家後，就感受到全府上下闔家歡喜，此時跟著孟彥弼穿過開封城，眼前皆紅綠，耳邊盡鼓樂，沿路士庶見到迎親隊伍也都會抱拳拱手喊聲恭喜，他心裡很是替孟彥弼高興，卻又難免會想起方才在孟府家廟外，見到阿妧一眼，她卻似乎什麼也沒發生，還微笑著對自己福了一福。想到九娘那有禮卻疏離的笑容，趙栩心中就一痛，雖然面上略帶了些笑意，桃花眼卻越發深沉似海。

趙栩不經意地回頭看了看身後不遠處，騎著一匹棕色小馬的十一郎看上去和八九歲的阿妧五官極像，也是一般的胖乎乎，正笑眯眯地搖頭晃腦。

趙栩目光在十一郎面上流連了片刻，轉回頭時，和蘇昉對視了一眼。蘇昉對他淡淡笑了一笑，雖有笑意卻如遠山般不可接近。趙栩才發現原來阿妧那樣疏離的笑容和蘇昉如出一轍。

陳元初一反常態，雙手捧著大雁，和大雁大眼瞪著小眼，心裡想著餓了牠三天總不能拉屎在自己身上了吧。他目不斜視唇角微勾，看起來倒和前面的趙栩像是親兄弟。陳太初單手抱著大雁，姿態瀟灑無比，面帶微笑，如玉似珠，溫潤可親。那得知了消息的小娘子們，紛紛趕來沿途笑喊著「元初——元初——」過往士庶不知道的，還以為新郎是個極風流的郎君，不免用鄙夷歎息的眼神看向孟彥弼。

他們五個後面，是參加迎親的四郎、五郎和笑眯眯胖乎乎的十一郎，代表了孟府二房、三房，身穿吉服，帶著二十幾位僕從，捧著花瓶、花燭，香球、洗漱妝盒、燭臺，裙箱、衣匣，還有人抬著百結、青涼傘和交椅，簇擁著朱紅花轎，八名轎夫也都頭簪紅花喜形於色。

花轎後面又有禁中各班直和捧日、天武左右廂和孟彥弼相熟的禁軍將領們，浩浩蕩蕩二十幾位，都按品級穿了官服，外披紅紗，一片鬧騰。這些軍中將領後面才是幾十位樂官們，一路鼓樂，往啟聖院街而去。

這支近百人的迎新隊伍浩浩蕩蕩到了范家大門口。范郎君已帶著三個兒子在大門外迎接孟彥弼。迎親的樂官們上前奏起催妝樂。孟家的先生（司儀）和兩位官媒笑著走到范家門口，伴著樂聲念起催妝詩來：「高捲珠簾掛玉鉤，香車寶馬到門頭。花紅利市多多賞，富貴榮華過百秋！」

范小娘子的三個哥哥趕緊吩咐僕從賞賜迎親隊伍：「抬轎的合十八貫！先生、媒人各六貫！」那早等著的僕從們趕緊奉上紅封，又有那僕人們抬著兩個繫了紅綢帶的大籮筐，裡頭滿滿的銅錢，管事隨手一抓一把，朝看熱鬧的鄰里間撒去。一時間，范家門口一片歡呼，恭喜聲不絕。

孟彥弼趕緊上前拜見丈人。范郎君笑著等他行完大禮，扶他起來，順勢攜手迎了佳婿入門。范家三個小郎君也將趙栩等人恭迎入內。

兩邊鄰里百姓既驚歎范家嫁女出手大方，更羨慕孟家排場顯赫。爆竹聲大作中，迎親的眾人跟著孟彥弼進了范家大門。裡面自有茶酒招待，又一波紅封塞進迎親的眾人懷裡。

趙栩等人陪著孟彥弼進正院拜見丈人丈母。孟彥弼獻上活雁，下跪行禮。范家親戚中來吃酒送親的小娘子們，都早早就等在屏風後面，偷偷從縫隙裡看汴京四美，忍不住小聲議論，果真無人去看新郎。

十一郎幾次看到那十六扇黑漆屏風搖搖晃晃，擔心得很，又看到屏風下頭十幾雙繡鞋和裙角，忍不住搖了搖頭。連姨娘都說二哥是個實心眼，這四位「御」也實在太搶新人風頭了。他晃悠著大頭，轉頭看向趙栩幾個。不想趙栩正看著他發呆，十一郎眨眨眼，微微躬了躬身子拱了拱手，又看向前方正被丈母叮嚀的二哥。

片刻後，十一郎一側頭，見趙栩已經離開了「御」應該站的地方，站到了自己身邊，目光灼灼，正盯著自己看。

十一郎趕緊朝他露出一個燦爛的笑容。九姊說過，他露出六顆白牙，笑得最是可愛可親，還看不出旁邊少了兩顆小牙。

趙栩低聲問：「你是阿妧的弟弟？」

十一郎趕緊轉身行禮：「小民孟彥樹，排行十一，孟氏阿妧是彥樹的九姊。殿下萬福金安。」

趙栩伸手扶起他笑道：「無需多禮。」他放在木樨院的人最近都稟報九娘子一切如常，他卻不放心想再問問十一郎：「你九姊——」這時忽然外面開始鼓樂喧天，笙歌震耳，克擇官高聲報時辰。十一郎趕緊行了一禮，一溜煙地跑去了四郎、五郎身邊，小心肝還在咚咚跳，娘啊，這位殿下笑起來也太好看了，再看一眼恐怕心都要跳出來，就是有點怪。

孟家的先生和官媒上前又念了幾首詩，催促新人出門登轎。孟彥弼跟著丈人丈母到了二門處，范小娘子的姑母、姨母、嬸嬸們攙著她跨出二門，她母親含淚牽著她的手，為她蓋上五尺長的銷金蓋頭。

陳元初捅了捅陳太初碎碎念：「哎，這個就是那天你陪孟二送來的蓋頭？也太長了吧？走路會不會絆倒？」

十一郎聽在耳中，默默地上前幾步，緊緊靠住了四郎，心裡嘀咕著長得太好看的人果然都有點怪怪的，一個盯著九姊，一個盯著蓋頭。

新人們和迎親的眾人辭別范家，出了大門。孟彥弼掀開轎簾，范小娘子最後拜別父母，這才登上花轎。也有兩個僕從高舉燈籠在花轎前引導。孟彥弼躍上馬，朝立在西階上的丈人丈母拱手道別，一路當先，帶著迎親隊伍浩浩蕩蕩返回孟府去。

到了孟府門口，眾人下馬，那專給新娘行走的五尺寬的青布條已經從門內一直鋪到了車馬處。一路隨行的樂官們趕緊跑上前面吹吹打打，攔住了大門不讓新人入內，當頭之人笑著念起了〈攔門詩〉：「仙娥縹緲下人寰，咫尺榮歸洞府間。今日門闌多喜色，花香利市不需慳。」

陳元初趕緊推蘇昉：「快，到你一顯身手了！」

蘇昉笑著上前拱手高吟起〈答攔門詩〉：「從來君子不懷金，此意追尋意轉深。欲望諸親聊闊略，勿煩介紹久勞心。」

四郎、五郎趕緊讓隨從們封賞利市錢紅，樂官們才讓出通道來。克擇官接過花斗，上前將裡面的穀、豆、銅錢和各色彩果朝著大門撒去，口中念念有詞，讓青羊、烏雞、青牛三位煞神遠遠避開。

孟彥弼扶著范小娘子下轎，柔聲道：「你小心一些，蓋頭略有些長。等進了大門還有個馬鞍要跨，你慢一點，我扶著你。」

范小娘子頭垂得更低了，只覺得天氣雖冷，那扶著自己的手隔著大禮服卻是滾燙，她後頸微微出了汗，輕輕嗯了一聲，又答了一句：「多謝郎君。」

看著孟彥弼雙眼閃亮，額頭微汗，滿面喜意，趙栩不知為何有些悵然，他聽到這兩人一言一和，連對方面容都見不到，言辭平淡，卻似乎有麥芽糖絲黏著，甜得發膩。他慢慢跟著眾人，看著孟彥弼細心地扶著范小娘子跨過馬鞍，進了二門，往新房而去。

十一郎擠過他身邊，忍不住露出六顆小白牙：「殿下，我九姊她們都在新房裡等著二哥二嫂去坐富貴呢。您慢點走，可以在外間或者偏房休息一下的。哎——殿下——！」

這個子高腿又長的人最討厭了！十一郎看著趙栩的背影歎氣。前面趙栩卻慢了下來，回過頭喊他：「十一郎，過來！」

十一郎眼睛一亮，歡快地應了一聲，撥開四郎、五郎，快步上前。

第一百三十六章

新房中除了昨日就守在新房裡的范家陪嫁女使和侍女們，還有一眾親近的眷屬們，一見新人進了門，就歡呼起來：「來了來了，快來坐富貴！」

范小娘子被禮官扶坐到床上，孟彥弼坐到左邊。眾親戚不等禮官開唱，就擁上前誇獎新人天造地設，說著喜慶的贊詞。幾位年長的娘子已經一臉愛憐地摸上了孟彥弼的肩膀。

孟彥弼臉上的笑容就僵住了，想起娘親說過坐富貴的時候誰摸也不能躲，摸哪兒也只能笑，便扯了扯嘴角，儘量讓自己看上去很高興。

陳元初攔住了要上前的蘇昉和趙栩：「孟二是要被摸了嗎？」

蘇昉苦笑道：「此乃縱觀禮，我們該上前替他擋上一擋才是。」

陳元初笑眯眯：「別啊，他過了今晚，再想要被旁人摸，可就難了。難道阿昉、六郎，你們想被那些人摸？隨便你們啊，反正那些婆婆嬸嬸姊姊妹妹巴不得能摸到你們倆呢。」

趙栩和蘇昉面面相覷，打了個寒顫，不約而同停下了腳。十一郎扯了扯趙栩的寬袖，輕聲說：「殿下千萬別去，我九姊特地叮囑我別進去屏風裡頭呢！大哥結婚的時候，二哥做『御』被摸得可慘了，還被掐了好幾下呢。」

趙栩垂眼看了看胖乎乎的十一郎，亂糟糟的心裡好受了一些。

「來來來，咱們兄弟四個就站在這裡看個熱鬧。剛才抱著雁，那許多小娘子叫我，我都不能好生謝過。現在可以了，看！阿妧邊上那兩個妹妹一直在看我呢！」陳元初朝屏風那邊拱了拱手。

趙栩抬起眼，見內室屏風邊上站了一圈小娘子，好些人正羅帕半遮面，往他們四個身上瞟來。偏偏當中那個身穿茜色織錦松竹梅紋褙子的身影，紋絲不動。趙栩吸了口氣，轉身跨出新房，撲面而來一陣寒意。廡廊下一溜的立燈上也貼著紅色的囍字，外院的鼓樂聲隱隱傳來，臘梅冷香隨著夜風也忽有忽無地浮動著。穿著新衣的女使和侍女們一臉喜意地來來往往。三四個孩童穿著色彩鮮豔的短襖在院子裡撒歡兒跑來跑去，搶著果子。跟著他們跑動的乳母不時撿起帽子喊上一聲。

他站在院中假山下，靜靜凝視新房的窗口，聽著裡面不時傳出的哄堂大笑，忽地喚過一個侍女，說了幾句話。那位侍女行過禮，去偏房提了盞燈籠，引他出了垂花門，喚過門口候著的一個七八歲的小廝：「帶殿下去擷芳園的芙蓉池，仔細些避開女眷們專用的步障道。」那小廝眉清目秀，趕緊施禮應了，接過燈籠。四個趙栩的侍衛也趕緊跟上了。

新房中的熱鬧漸停，四郎笑著上前道：「克擇官說時辰到了，還請二哥二嫂移步前往家廟廟見！」孟彥弼如獲大釋，趕緊起身整理已經被摸得歪了的紅綠綢帶，伸手扶起范小娘子。

禮官笑起來：「二郎莫急，二郎莫急，今日一整夜夠你扶的，現在卻只能牽這個。」眾人哄笑聲中，禮官將那紅綠彩緞綰成的同心結，一頭塞進孟彥弼手中，另一頭放到范小娘子手中。陪嫁女使含笑扶起自家小娘子，讓她和孟彥弼面對面，一對新人往新房外緩緩而行。官媒笑著捧起托盤，裡面放著繫了紅緞帶的金秤。一屋子三四十來號人簇擁著新人往外走去。

七娘輕聲跟九娘說：「二哥真是有心，你看二嫂那幅銷金蓋頭足足有五尺長吧？我將來也要這麼長的，真是好看。」

九娘笑著點頭：「你比二嫂高一些，六尺長的也使得。」當下嫁女，都覺得男家送來的銷金蓋頭越長越好。

七娘聽得高興，看見六娘在前面回頭找她們，揮揮手：「阿妧，我們走快點到前面去。」又四處張了一張，朝窗下站著的陳元初幾個福了一福，低聲道：「四姊不見了。我去前頭看看。」

這時十一郎在九娘身後扯了扯她的袖子，九娘轉頭見是他，就笑道：「好，七姊你先過去。」

「九姊，燕王殿下去擷芳園了。」十一郎低聲說。

「你做什麼留意他的行蹤？皇家最忌諱這些的！」九娘一怔，狐疑地看了看十一郎。

十一郎做了個鬼臉：「他老盯著你，我就盯著他。」他晃晃大頭，趕上眾人，沒兩下就擠去了前頭。

九娘歎了口氣，掃了一眼屏風外頭，見陳元初、蘇昉、陳太初三人都站在窗下正看著自己笑，便停下也福了一福。陳元初三人已經走了過來，和她一起出了新房。

「十一郎和你小時候長得真像。」陳太初笑道，見到十一郎，他就想起當年坐在餛飩攤上那個埋頭苦吃的小女童，忽閃著大眼睛算著十文錢。軟糯糯的，把他的心都糯化了。

九娘還沒開口，陳元初已經瞪大眼問：「那個小胖子？九娘你小時候這麼胖？」

九娘看看前頭提著燈籠的玉簪，無奈地點點頭：「我比他還要矮許多。」

陳元初哈哈大笑起來：「那不就是個橫著的胖冬瓜!?」

九娘瞪了他一眼，哼了一聲。不知為什麼心裡卻脹脹的，酸酸的。肆無忌憚會叫自己胖冬瓜，損之又損的，只有趙栩一個吧。當時自己聽了就覺得渾身不舒服，氣得很。可是陳元初這樣說，她卻只覺得十分好笑。

陳太初和蘇昉同時道：「能吃是福。」

陳元初側頭看了看他們兩個，呵呵笑了兩聲：「對了，六郎去哪裡了？」

蘇昉說道：「我問過他的隨從，說是帶了幾個人去擷芳園了。人這麼多這麼吵，六郎他恐怕也已經忍耐到極限了。」他微微轉頭，留心九娘的反應，見九娘若無其事，才放下心來：「已經有人去請了，待二郎夫妻廟見好了，咱們直接在廣知堂會合，看他們拜父母。」

陳元初一抬長臂，搭上蘇昉的肩膀：「咱們就別去家廟了，直接去廣知堂。九娘，你帶太初去家廟吧。」

他拖著蘇昉，大步越過玉簪，就往擷芳園方向而去。玉簪一愣，回頭看看九娘。九娘笑道：「那我們還是去家廟，看二哥揭蓋頭。」

陳太初赧然點了點頭，雖然他對長兄一貫毫無遮擋的作風很無奈，但娘說得對，大哥這樣的快刀才能斬亂麻。

擷芳園裡，兩個侍衛抱著乾衣服和備用的靴襪，正在勸趙栩：「殿下！殿下！請快上來，就要去廣知堂觀禮了。」一旁提著燈籠的小廝嚇壞了，手中的燈籠一直在抖。另兩個侍衛也踏在岸邊水裡，彎腰在水中摸索著。

趙栩煩躁地拍了一下水面，不少水花濺到他臉上。上次他扔的位置明明就在這附近，卻怎麼也撈不到那釵子。雖然知道自己在刻舟求劍，可是真的撈不到摸不著的時候，心中卻極難受。

趙栩直起身，回頭看看侍衛們，歎了口氣，原來他已經走進池中這麼遠了。他慢慢轉頭往岸上走去，靴子吸了水，陷在泥裡，拔不出來，索性伸手取出防身的短劍，將靴子棄於池中。

岸上的侍衛趕緊問小廝：「這附近可有暖和的屋子給殿下換衣裳？」

小廝還沒反應過來，那女眷專用的步障道的步障卻被移了開來，一個窈窕身影帶著兩個侍女提著燈籠走了下來：「殿下萬福，還是民女帶你們去吧，他恐怕不知道。」

趙栩眯起眼，看了看四娘，抬起腳甩了甩襪子上的水。

「勞煩娘子帶個路。」侍衛抱拳道。

四娘朝趙栩遠遠地福了福，帶著侍女們往芙蓉林走去。

芙蓉林的後面，沿牆有三間雜物間。四娘退開來，指了指那屋子：「殿下不嫌棄的話，可在那裡換衣裳，萬一受了寒就是孟家的不是了。」

趙栩點了點頭，便帶著侍衛們往那屋子走去。

四娘垂首看著他一雙已經汙糟不堪的白襪和還在滴水的下襬從自己眼前走過去，輕聲道：「今日陳家已經送了陳太初的細帖子來，年後就要繳檐紅、回魚箸❶了。」

那雙滿是淤泥濕答答的白襪驟然停住了一剎，又迅速往屋子方向而去。

許久，四娘才抬起頭，側過身，看了看那露出昏黃燈光的雜物間，轉身帶著侍女們往家廟方向而去。

家廟的院子裡，孟彥弼和范小娘子相向而立，五服內的孟家族人都含笑圍繞著他二人。禮官和贊者唱完祝詞，官媒笑著遞上托盤：「請郎君挑開蓋頭。」

孟彥弼笑著伸出射出過萬箭的右手，穩穩拿起金秤，彎腰從范小娘子腳邊，將那銷金蓋頭緩緩挑起，一直挑過花冠，輕輕搭在了花冠上頭。官媒上前輕輕接過蓋頭，另一位官媒上前從孟彥弼手中抽出金秤，輕輕拉了拉孟彥弼的袖子，這位新官人可能太高興了，有點傻，這秤還一直舉著呢。

孟彥弼眨眨眼，面前的小娘子那雪一樣白的臉，兩道遠山眉極細極黑，兩坨紅色的胭脂塗在兩頰，眉心和兩頰的金箔花鈿閃閃發亮，豔紅的口脂將櫻唇描得極小極小。孟彥弼忍不住多看了兩眼，雖然大哥結婚時已經看過大嫂這樣的妝扮，可是看到自己的妻子竟然看起來和大嫂一模一樣，心裡也不免怪怪的。

范小娘子轉身時瞟了一眼孟彥弼，極力忍住了笑。娘說得沒錯，這人真是個傻的。這麼多人都在，他就這麼傻乎乎地看著自己！

禮官高唱：「新郎新婦廟見——！拜天地！」

陳太初在家廟外，看孟彥弼牽著同心結出來，神情卻有些呆滯，再一看他身後臉上白紅相間閃著金光的新婦，不由得背上一寒，下意識就看向後頭和姊妹們一起出來的九娘，有九娘那雙流光溢彩的眸子在，就算白成這樣，應該也會很好看。他想起今日爹娘已經送來的那張細帖子，心裡很安定。

❶ 繳檐紅、回魚箸：宋朝的習俗，繳檐紅為男方送幾擔酒，裝飾八朵大花，還有其他物品都用花紅纏在檐上，送到女方家裡。回魚箸是女方回禮淡水兩瓶，活魚三五條，箸一雙裝在酒瓶裡。

第一百三十七章

廣知堂上紅燭高照，紅綠緞帶妝點得大堂裡外一派喜氣。

四位「送女客」❶簇擁著范小娘子，跟著被四位「御」簇擁著的孟彥弼到西邊先拜見孟在，再到東邊拜見杜氏。拜見了舅姑，才進入堂中，拜見羅漢榻上的孟老太爺和梁老夫人。

九娘在階下觀禮，只一眼就留意到趙栩已經換了衣裳。身側的四娘低聲道：「恭喜九妹，今天陳家已經送了細帖子來。聽說爹娘已經收下了。」

九娘只當沒有聽見。她身邊的七娘卻冷笑了一聲：「怎麼？你還不死心吶？」

四娘眼風掃過面無表情的趙栩，輕聲笑了：「我只是可憐燕王殿下，這麼冷的天，赤著腳在芙蓉池裡泡了那麼久，也不知道在撈什麼。」

九娘捏緊了手中的帕子，未作回應。

看著眾人簇擁著新人回往新房去，四娘抿唇看了看正在尋找趙栩的七娘，笑道：「阿姍你放心，我早就死心了，對那口是心非，負盡別人真心還滿嘴仁義道德的虛偽人，這心死得透透的。」

七娘一揚眉，卻被九娘拉住。

「不過阿姍你以後是要靠十一郎撐腰的，可得和九妹親親熱熱下去才是。」四娘笑著轉身而去。

七娘咬咬唇，掙開九娘，跟著眾人往長房去了。

九娘呆呆在原地站了半晌，只覺得手足冰冷。玉簪上來扶住她：「九娘子，該去新房了。」她轉眼看去，才發現堂下已經無人了。十幾個僕從正在關上廣知堂的槅扇。遠遠的，她看見羅漢榻上的翁翁婆婆正在爭吵著什麼。

新房裡，禮官已經撒帳、唱完祝詞。官媒和「送女客」們開始解開孟彥弼夫婦二人的髮髻，將他們二人的一綹長髮合在一起，和男家女家準備好的綢緞、金釵、木梳、髮帶合在一起梳成一個髮髻。禮官高唱：「合髻禮成——！」

九娘看著兩人合髻上的金釵，那令她很害怕的不知因何而起的疼痛又驀然刺了心上一下。趙栩在芙蓉池是為了撈喜鵲登梅釵吧。她終於忍不住四處看，人人臉上都是喜色，也有羨慕，可是新房裡並沒有趙栩的身影，也沒有陳太初的身影。想起四娘的話，九娘心底有些焦灼，可是看看陳元初嘻嘻笑的面容和蘇昉的一臉鎮定。她又止住了自己往外走的步子。

「殿下已經先走了。」十一郎輕輕告訴九娘。

「你看見陳家的太初表哥了嗎？」

「哦，去木樨院了。爹爹叫他過去的。」十一郎笑起來：「快看！要喝交杯酒了！」

官媒遞上彩絲連接的兩個小酒杯，孟彥弼和范小娘子紅著臉靠得更近了一些，避免被合在一起

❶ 送女客：宋朝的伴娘。和「御」不同，一般是新娘已結婚並且兒女雙全的平輩或長輩女性來擔任。

的髮髻扯疼了頭皮。臉頰快貼在一起，孟彥弼的臉騰地燒紅了，連耳朵都通紅的。一屋子的娘子們都肆無忌憚地大笑起來：「二郎臉紅了！二郎臉紅了！」范小娘子羞得根本不敢抬眼。

兩人喝完交杯酒，將酒杯擲到地上。禮官笑著喊：「一仰一合！大吉！」眾人哄笑著紛紛上前賀喜，這才依次退出新房。

九娘回到木樨院，陳太初卻已經離開了。程氏正在聽七娘說那合髻、結髮等細節，不免感歎一下自己當年嫁過來的盛況：「當年你們曾祖父曾祖母還在，孟家最是循古禮的，我們喝交杯酒還是用的瓢呢。從司馬相公開始，大趙就把六禮變成了三禮，雖然你們二哥也是循了六禮，可到底和我們那時候不好比了。」

九娘聽著程氏絮絮叨叨地憶當年，也有些出神。

孟建樂呵呵地上下打量著自己三個女兒，忍不住伸手拍了拍案几上兩份帖子。不管怎麼說，阿林生的這一對兒女真是不錯，長得好看隨了阿林，聰明好學隨了自己，如今自己襲了這五品的忠義子已經十分體面，小女兒還能嫁給國公府做媳婦，按照陳青說的，以後阿妧會是陳家的宗婦，國公府的當家主母，自己臉上的光，足以照亮全汴京城。今日喜事連連，大舅子也送來了程之才的草帖子，不再盯著七娘了，改口要求娶四娘，他們夫妻也算放下了一樁心事。如今青玉堂不再有人要把控四娘的親事，四娘嫁去程家，日後也是程家的宗婦。他這長女幼女，一個大富，一個大貴，阿姍的親事，自然也水漲船高，能好好挑上一挑了。

四娘垂眸，聆聽完程氏的憶當年，才站起身來，目光掃過孟建手邊的帖子，又看了看正出神的九娘和一臉憧憬的七娘，行禮告退。

「阿嫺——」孟建剛想留她說一說程家的事，卻被程氏打斷了。

「今日孩子們一早起來幫襯長房，也該都累了，有什麼話以後再說也不遲。」程氏端起茶盞，笑道：「你們都早些去睡，明日早上不用過來請安了。」

七娘和九娘起身行禮，和四娘一同出了正屋。

廊下等著的貼身女使們趕緊上前替她們穿上大披風，七娘斜睨了一眼四娘，笑道：「對了，方才四姊你只顧著恭喜阿妧，現在也該我們恭喜你了。」

四娘輕笑了一聲：「其實最該恭喜的不是阿姍你嗎？不用嫁給程之才，你心裡高興得很吧？」

七娘一愣，沒想到四娘已經知道了，還能這麼若無其事。九娘早就看到孟建手下的兩份帖子，卻沒料到是程家改求娶四娘，她看了四娘一眼，屈膝道：「兩位姊姊見諒，阿妧先行一步。」她接過玉簪遞過來的暖手爐：「走吧，回綠綺閣去。」

四娘冷眼看著九娘帶著女使侍女們出了木樨院的垂花門，回頭看看七娘：「好的人家，自有你們兩個挑了去，我一個庶出的女兒，就該替你擋災。你這麼高興，無非是因為阿妧要嫁去陳家，我替你擋了程之才。只可惜，就算爹爹襲爵了，你想嫁給燕王殿下，也不過白日做夢而已。」

七娘漲紅了臉。四娘靠近她，蹙起如煙似霧的眉：「對了，今兒一整晚，燕王殿下的眼裡，只有我們的好妹妹，不曾看過你一眼。」

七娘胸口劇烈起伏了幾下，一揚手，卻被四娘擋住了。

四娘眼中霧氣朦朧：「怎麼？你們三個，仗著自己是嫡出的，一個個都要欺負我？我生下來，是為了挨你們巴掌的？」女使們趕緊上來勸，裡面程氏已經走了出來。

不等程氏問話，四娘退了開來，淚眼婆娑，哽咽道：「娘，都是阿嫻的錯，惹得阿姍不開心了，還請娘責罰。若是她打了我能高興一些，便讓她打就是。」

孟建也走了出來，看到七娘一臉的憤怒和剛放下的手掌，就歎了口氣：「阿姍！錢婆婆才回了家廟，你怎麼又爆起來了！」

七娘臉上紅轉白，白轉青，終於吸了口氣，強笑道：「爹！我只是恭喜四姊而已，日後她嫁去舅舅家，我該叫她表嫂還是姊姊呢!?」

孟建和程氏一怔。程氏喝道：「胡鬧，還沒影兒的事，不許瞎傳！好了，都快回房歇息去。」

四娘抬起翦水雙眸，看向孟建和程氏：「多謝爹爹娘親費心了。養育之恩，女兒必當盡心報答。」

看著四娘轉過東廊，程氏才伸手指狠狠戳了戳七娘的額頭：「你少說一句會死啊？」

七娘眼淚也冒了出來，想梗著脖子駁兩句，終究不敢，氣呼呼地帶著女使侍女們回房去了。

亥正時分，各院即將落鎖，四娘在西暖閣的外間靜靜坐著，手上執著小銀剪，看著眼前的燭火。不急？她怎麼能不急？即便程家還是眉州豪富，還是家產百萬貫，即便她已經想明白了富貴總比貧賤好，即便她已經對陳太初死心了，可她還是不甘心啊，憑什麼七娘不想嫁就要推她出去擋？憑什麼做爹爹的就不能為她想上一二？

燭火嗶哩嗶哩了幾下，暗了下去，四娘輕抬皓腕，剪去了一截燈芯。那燭火倏地又亮了起來。女使輕手輕腳地進了門，福了一福：「四娘子，姨娘已經回了西小院，青玉堂剛剛落了鎖。」

四娘的眸中亮起了光彩，說她是亂家之女？她與其擔了這個虛名，還不如一起亂上一亂！

孟彥弼成親後，日子過得飛快。沒幾天，孟氏女學迎來了四位宮中女史，監督甲班的年終考核。張蕊珠一舉拔得頭籌，六娘略遜於她，得了第二。九娘刻意疏漏一些，得了第三。四位女史特意見了她們三個，細細考問一番，得知九娘下個月才滿十三歲，又都感歎了幾句。

進了臘月，汴京家家戶戶開始準備過年。孟府今年特別忙，臨時又多請了兩位帳房先生。除了原本的田莊敬獻了幾十車的年禮，孟存和孟建新接手的兩位老太爺的田莊，莊頭們也特意來敬獻年禮。到了臘月初五，眉州的幾位莊頭們押著六十多車的各色年貨也到了京城。九娘聽說後，心裡疑惑，從眉州到汴京，千里迢迢，難不成眉州的莊頭們一個多月前就知道了過繼一事？她心裡頭那不祥之感又浮現了出來。

這兩天，府裡的大小廚房開始熬煮臘八粥。回事處也收到了相熟商家送來的各色門神、桃符、迎春牌兒，開始分發到各房各院。孟存每日也要寫上十幾副春帖子，送給宗族的各家長輩。孟彥弼新婚，特意討了許多孟存寫的春帖子送去丈人家裡。許大夫也送來了許多屠蘇袋，用那五彩絲線紮著同心結、百事吉祥結。各房各院把屠蘇袋都掛到正屋大門上，年味已經十分濃厚。

臘月初七，高太后從洛陽返京。御街上三更天就設起步障，黃土撒地，旌旗招搖，宮中眾人各司其職。

五更鼓一過，熙寧帝和向皇后乘坐御輦率眾出宮時，許久不曾露面的魯王趙檀正披了大氅等在宮門外。見他一瘸一拐地上來行禮問安，官家長歎了一聲：「難得你有這份孝心，起來吧。」讓內侍給他準備了檐子，抬了他一同往宣德門而去。

第一百三十八章

宣德樓上，眾宰相帶著百官早已身穿朝服按班排列，拜見了帝后，同等太后入城。因臘月裡的關係，倒沒了平時的肅穆之氣，不少官員議論著幾天以後在明堂要舉辦的改元大禮，蘇瞻面上也和煦如春風。

忽地福寧殿的供奉官急急上了樓，向官家稟報道：「陛下，翰林巷孟府的安定侯，半個時辰前薨了。孟府的人候在外頭，請陛下允許兩位孟郎君回府治喪。」

宣德樓上瞬間安靜了下來。蘇瞻和陳青、趙栩都不由自主地往前跨了一步。熙寧帝和向皇后對視了一眼後疑惑道：「再報一遍！誰薨了？」

供奉官跪著垂首磕頭道：「稟陛下，翰林巷孟府的安定侯孟元孟山定老侯爺半個時辰前薨了。」

一身朝服肅然敬立的孟在和孟存都呆住了，完全不敢相信。昨夜他們還在青玉堂請過安，父親雖然看上去頗為憔悴，怎麼可能一夜之間人就沒了？

這時，樓下兩騎疾馳而至，入內內侍省的副都知和內城禁軍副統領跳下馬來高聲稟報：「報——太后娘娘的車駕已從南薰門入城了！」

樓下的數百樂官，聞言立刻鼓樂齊鳴，歌姬們按制高唱起樂章。

「高煙升太一，明祀達乾坤。天仗回嶢闕，皇輿入應門。簪裳如霧集，車騎若雲屯。兆庶皆翹首，巍巍萬尊。」

鐘磬琴瑟聲中，孟在和孟存拜別帝后，匆匆下了宣德樓，策馬狂奔而去。

翰林巷孟府四扇黑漆大門上已經貼了五層的白色門頭紙，為過年掛著的一溜彩畫燈籠都換成了淨白素燈籠。翰林巷口兩個已換了喪服的僕從一見兩位郎君歸來了，立刻飛奔回府稟報。回事處候著的外院老管事，立刻吩咐大開正門。

孟在和孟存滾下馬來，一入大門，僕從們立刻上前為他們除冠解衣，換上孝子麻衣。老管事上前行禮：「文書們已寫完喪帖，初九大殮，二位郎君可有要添的話？」

孟在搖頭道：「送出去罷，父親現在何處？」

「老太爺還在青玉堂正房，三郎君正陪著，要等二位郎君回來行初終禮。」老管事躬身稟報。

青玉堂裡白幔垂地，幕帳後頭傳來女眷們的哀哀哭聲。孟建披髮赤腳身穿麻衣，正在孟老太爺身前大哭。見兩位哥哥回來了，哭得更是厲害，也不管自己已經過繼了出去，聲聲喚著爹爹。

梁老夫人身穿青色縑衣，披髮靠在帳幕後的榻上，面色頹廢，見孟在、孟存進來請安，讓一眾媳婦孫女先去偏房回避。

「娘——！」孟存撲到梁老夫人膝下：「爹爹怎麼會這麼突然——!?」

梁老夫人抬起頭，先讓孟在叫了孟建進來，半晌才發話：「這事情是瞞不住你們兄弟三個的，但就是你們的妻子兒女，也得記著不可洩露一二！」她面色肅然啞聲道：「你們父親他是自盡的。

許大夫已經在府中，切記對外只說他心悸突發才去了的。」

三兄弟都呆住了，片刻後孟存才顫聲問：「是因為阮氏一事嗎？」

梁老夫人臉上露出沉沉暮氣，搖頭道：「他雖有以死謝罪的念頭，卻也不儘然是為了阮氏。過去的事，至此便一了百了，你們也無需知道那許多。」

「是因為爹爹已經存了死念，才把我和三弟過繼給二叔三叔的嗎!?」孟存啞聲追問。

梁老夫人靜默了片刻後點了點頭：「你父親也算殺身成仁了，你們莫要辜負他的心意。」

孟存、孟建的哭聲淺淺低了下來，嗚咽如喪家之犬。

孟在默默看著兩個弟弟，抿唇不語。自從目睹生母陳氏去世，他就一直沉默寡言。父親的突然離世，他並沒有他們那麼悲傷。他身上流的另一半血液，姓陳。他永遠記得母親去世前一夜特地告訴他的話，父親欠了陳家太多，總有一天要還。他和二弟不同，他不在意父親對自己的態度。他不是賭氣，沒有怨氣，他是真的不在意。似乎身體裡姓孟的那一半，自從母親自縊就一起死去了。他少年從軍的時候知道父親有暗暗託故交照顧他，可他不願意留在輜重營，他要調去前鋒，衝在前面。他不需要父親的照顧。

這幾十年樁樁件件，他看著，受著，等著。現在這一天真的來臨時，他並沒有半點解脫，只有麻木。他還可以繼續等下去，二十七個月不算什麼，他沒所謂。孟在緩步上前將短劍拿起，仔細打量了兩眼：「娘，這個不祥之物，斷不可留。讓兒子處置了吧。」梁老夫人點了點頭。

稍後，孟在從外面進來輕聲說道：「許大夫已經好了，外院喪帖已經發出去了。娘，我帶弟弟們先上屋頂為父親招魂。」孟存、孟建聞言才起身拭淚。梁老夫人點了點頭：「好了，你們辦好了，就讓媳婦們和孩子們都進來哭吧，外面冷得很。」

看著他們三個退了出去，梁老夫人疲倦地合上眼。貞娘輕輕地進來將暖手爐放入她懷裡：「娘娘已經到了宣德樓——」

梁老夫人苦笑道：「孟山定他這是到死也要和我做對呢。他是真瘋了！娘娘宣召阿嬋入宮擔任女史的懿旨剛剛擬好，他偏偏這會兒自盡身亡，連兒子們的前程都不顧了。老大才進了樞密院幾天？就不得不丁憂，我倒想知道他下去了有何面目見陳氏！」

貞娘低聲道：「恕貞娘多嘴，現在也只能這般將錯就錯，當作不巧病逝的了。」

梁老夫人緩緩下榻，略整了整衣衫，對著貞娘拜了下去。貞娘立刻跪倒在地：「老夫人！你這是!?」

「還請貞娘替阿梁在娘娘跟前遮掩一二！孟府上下幾百條人命盡在貞娘你一念間了。」梁老夫人啞聲道。

貞娘落淚道：「您放心您放心，您只管放心！雖然是娘娘將奴賜給您陪您出宮，可貞娘也是有恩必報的人，當年宮變，若不是您，奴早已死了幾十年。您別擔心，貞娘必守口如瓶！」

外面傳來孟在三兄弟在屋頂高喊「父親歸來」的聲音。

臘月初九，安定侯大斂，雖有遺命萬事從簡，但翰林巷依然車馬不絕。孟氏一族五服內的親眷上門祭奠，哭聲震天，夜裡孟府外院內宅住滿了眾親眷，茶酒司、油燭局、台盤司等四司六局的百多人忙得腳不沾地，日夜當班不斷人。針線房的繡娘們徹夜不眠，為初十參加成服禮的親屬趕製各色喪服。

到了啟殯這一日，午後拜祭過祖先後，以方相為前導，孟在三兄弟率領小郎君們上馬前往夷山祖墳而去。一出翰林巷，就見各家姻親、官場舊友沿途設了祭棚。官家也特地派了趙栩設棚路祭，旁邊又有定王府、吳王府的祭棚，也都筵席早設。一見孟府的人來了，齊齊鼓樂大作。

啟殯的隊伍暫停了下來，一身銀白色親王素服的趙栩和趙棣簇擁著老定王上前路祭。在棺槨前焚香拜別，酹過三盞酒，老定王仰天長歎：「山定老弟昔年風姿，縱橫巴蜀，本王甚是懷念。本王今日送君一程！」

孟在三兄弟下跪還禮。老定王伸手去扶孟在：「起來吧伯易，山定有你這個兒子，也算後繼有人。」

孟在起身拱手道：「多謝殿下厚愛！伯易愧不敢當。」老定王看著他點點頭，正要說話。忽然這時，後頭牛車上跳下一人，撥開人群，直衝到老定王跟前，決然地一頭撞向棺槨，砰地一聲悶響，那人像枝頭花墜落般委頓在地上。一瞬間，那沿途路祭的鼓樂聲也停了下來，不少人驚呼起來。

眾人大驚，孟建愣了愣大驚失色：「阿嫻!?——」

那弱柳般的小娘子滿頭是血地撲在地上，推開抬棺人的手，朝孟建哭喊著：「四娘願陪翁翁去，侍奉翁翁！也不願在翁翁熱孝期間嫁去舅舅家，求爹爹讓女兒去陪翁翁——！」

老定王垂眸看著腳邊的四娘，眼中萬千思緒，忽地開口：「你有這樣的孝心，誰能逼你？誰敢逼你？五郎，扶她起來吧。」

趙棣見四娘額頭血汙一片，染了黃土，甚是狼狽，可絲毫不掩她仙姿玉容，面上更決絕哀慟，讓人無法不心生憐惜。原來這就是蔡相提過的孟家四娘子，竟這般弱柳嬌花卻如此有氣節。他趕緊上前兩步去扶：「小娘子快些起來，將傷口包紮了。」他轉向臉上紅白相間的孟建，不由得想起同樣不可理喻的張子厚來。這樣好的女兒，為何他們做爹爹的絲毫不好生相待愛惜？

孟在皺起眉，陪著定王走開兩步，低聲說起話來。孟存趕緊從趙棣手上將四娘接過來，讓人送回後頭車上，又著人去給她包紮，看也不看孟建一眼。孟建心慌不已，卻無從辯解，甚至連程氏是不是有這樣的打算都不知道。

那些鼓樂聲又喧鬧起來，禮官大喊：「哀——」一應送殯的親屬立刻大哭起來，瞬間淹沒了路邊人們的議論聲。

趙栩雙手負於背後，往邊上走了兩步，見四娘跳下來的牛車上，車簾半開，一張小臉帶著冰霜，正看著四娘被扶回去。九娘微微轉過眼，和趙栩遙遙相視。她手中的車簾瞬間被拽得繃直了。阿妧竟然瘦了這許多。趙栩默默退開到路邊，眼看著九娘側身讓幾個人上了車，車簾倏地落了下去。

牛車轂轆轂轆，九娘透過窗簾隱約見到趙栩依然在路邊站著。她深深吸了口氣，冷眼看向垂首含淚正被包紮傷口的四娘。

四娘接過女使手中的帕子，拭了拭淚，眼波如水，掠過九娘，緩緩靠到引枕上，合上眼輕聲道：「我頭疼得厲害。」兩位給她包紮傷處的娘子，從旁邊取出薄毯，給她蓋上：「四娘子請歇息著吧。」

九娘轉開眼，從玉簪手中接過茶盞。想起方才定王的神情，她心中明鏡一樣的了然。這場大戲，是從阮玉郎之死開始，就環環相扣。蔡佑獲釋，阮姨奶奶走脫，到過繼和追封，若不是蘇老夫人言及往事，若不是陳元初發現了孟老太爺的過往，他們還會繼續忽略誰才是真正連接眾環的人。老太爺死得如此突然又詭異，郭氏一黨至此看似全軍覆沒，可卻又跳出了四娘。她不阻攔四娘跳車，就是想知道她究竟要做什麼，沒想到卻牽扯出了定王。不奇怪，當年保住阮氏命的就是定王。大宗正司看起來一直支持太后，恐怕也一直在約束太后。

事已至此，無需再言。九娘只希望趙栩能繼續追查下去。

汴京城的百姓後來說起這場葬禮，少不得議論兩件大事：一是大孝子孟大學士雖然被父母過繼給了二叔開國侯，仍然上書自請為生父丁憂守孝三年，孝義感天地。官家深為讚歎，不僅讓燕王殿下親臨孟府弔賻，又專程設祭棚，路祭安定侯。這等榮耀，大趙的公侯伯子男眾勳爵，前所未見過。都進奏院將孟大學士的孝行發往三百多個州，那些為了前程不肯丁憂隱瞞父母死訊的官員，因此還被臺諫揪出了好些人，一一彈劾落馬。

第二件大事，就是孟府不僅有孟大學士這位孝子，還出了一位了不起的賢孫女。孟府不起眼的三郎君生了個好女兒孟四娘，感念安定侯生前待她極好，不願聽從嫡母程氏要她熱孝期裡嫁去舅舅家的荒唐安排，竟撞棺自盡以求陪翁翁同去。因此得到老定王殿下的讚賞。而她的嫡母程氏，難免被人感歎一聲商賈人家的女兒果然娶不得。

到了年底，官家於明堂宣布來年改元皇祐，頒布了新曆法。正旦大朝會過後就是元宵節。過了元宵，汴京又一次萬人空巷送陳元初回秦州。那送行的幾十輛牛車送出城門三十里才回，多少小娘子看著那紅色髮帶迎風飄逸而去，紛紛淚灑長街和驛道。

等寒食清明一過，禮部試完畢，官家在崇政殿殿試眾進士，三月初一開金明池瓊林苑。汴京百姓又過上了和往年一樣熱熱鬧鬧的日子，從春到夏，從秋到冬，可念叨的事太多。

吳王出使契丹，年底順利接回了崇王殿下，被加封為楚王。這皇太子一位又說不清楚了，究竟是五皇子，還是六皇子？二府的宰相們也似乎沒人關心此事了，也無人上書。百官們熱心的是皇天果然保佑大趙，年底西夏的夏乾帝舊傷復發駕崩，梁皇后成了梁太后，垂簾聽政，上表大趙，遣使朝貢。契丹女真也各自劃地為界，歇了戰火。

天下安定，四海昇平，多國來賀。皇祐二年始，米價終於跌回了六年前的市價，榷場繁榮，海運昌盛，百姓富足。

那些曾經的動亂，早已被忘記，現在誰提起房十八，茶寮裡的市井小民都不屑一提：那反賊只占了大趙三百餘州中的兩浙路六州而已，不值一提！轉而興致勃勃地談論起吳王趙棣對張家娘子一片癡情，感動了太后娘娘和聖人，甚至連張娘子的父親樞密院張使相都為避嫌請調去了大理寺。可總有好事之人多嘴：「那為何張娘子竟然不是吳王妃，只是永嘉郡夫人呢？」那宣揚之人轉頭啐了他兩口：「呸，你懂什麼，還不是因為張娘子已經年過二十的緣故！禮部那幫人吃飽了沒事幹！唉——！」轉而又談論起燕王殿下至今還不出宮開府的事來，樣樣說得似親眼所見一般。

斗轉星移，轉眼到了皇祐三年春月裡，汴京城又到了人間芳菲盡時，金明池也將結束對士庶的開放。浴佛節將至，春色尚未撩盡人，夏意已然撲面來。

第一百三十九章

「西至黃河東至淮，綠影一千三百里，大業末年春暮月，柳色如煙絮如雪。啊呀，醉吟先生此詩，道盡了汴河隋堤美，無人能出其右！」一個青衣直裰的俊俏青年文士在船頭搖頭晃腦，指點著兩岸籠在迷離晨霧之間的翠綠垂柳：「寬之，我看著隋堤煙柳之美，與你氣韻倒頗為相似。」

蘇昉嘴角勾了一勾：「周兄真會說話。不過這〈隋堤柳〉一詩，我最喜歡最後兩句。」

周雍一愣，隨即哎了一聲：「寬之！你也太會掃興了。好好的美景，一提亡國樹，還有什麼意思！你這幾年周遊各地，倒把這風花雪月之心都遊沒了，可惜可歎可恨啊！」

蘇昉和周雍同船了半個月，對他這種倚熟賣熟甚是不喜，只搖頭望向不遠處的虹橋。皇祐元年他和陳元初一起離京，如今兩年多過去了，看著汴水上繁榮更勝往昔，不知道阿妧可還好，自己寫給孟彥弼那許多信，有沒有都轉交她手中。

章叔夜上來抱拳道：「大郎，碼頭即至，行李箱籠都準備妥當了。」

周雍趕緊道：「正好正好，我的也都收拾好了。寬之，我和你一路吧，許久沒有見到二郎、三郎，正好也拜見一下叔父、叔母。」蘇昉看看他，想到蘇昕，便點點頭：「若翔雲兄不急著回府，來喝盞茶也好。」他對這位蘇昕未來的夫君並不滿意，偶爾想起陳太初，這不滿意就更濃厚了。

這個周雍，正是蘇昕兄長蘇時的書院同門師兄，和蘇昕換了草帖子後，誓要榜上有名才換細帖子大定，不想皇祐元年他禮部試竟落第了。周雍心高氣傲，想著苦讀三年後再躍龍門才好匹配蘇昕，特地親自登門蘇府告罪。蘇矚夫妻倆本就心疼蘇昕，想留她在身邊照顧幾年，聞言便欣然應允，又好生安慰鼓勵了周雍一番。蘇瞻知道後特意修書一封，交給周雍，讓他去嶽麓書院直接找山長❶。周雍在嶽麓書院借讀兩年後，從潭州一路往北，到揚州上了船，正巧遇到了回京的蘇昉。

這夜，百家巷蘇府外院書房裡，蘇矚帶著蘇時、蘇明兄弟二人正圍在一起觀看蘇昉帶回來的幾箱物品。

「這些吐蕃經籍十分難得，寬之這次遊歷，真是收穫極大啊。」蘇矚點頭稱讚道。

蘇時兄弟倆捧著幾本手稿點頭：「橫渠先生❷的著作尚未廣為流傳，大哥帶回來的這些手稿太珍貴了！」

蘇瞻放下手中的《張子語錄》，抬頭欣慰地看著這兩年越發沉靜如松的蘇昉：「為天地立心，為生民立命，為往聖繼絕學，為萬世開太平。這四句話，爹爹也深有所感。阿昉你這兩年真是所獲甚豐。」

---

❶ 山長：唐代、五代時對山居講學的人的敬稱。至宋、元時書院設山長，講學兼領院務。

❷ 橫渠先生：北宋理學家張載，被尊稱為張子，是宋代理學的重要開創者和奠基者，其創立的關學為理學發展史上重要一脈。張載的思想，簡而言之，是「以易為宗，以中庸為的，以禮為體，以孔孟為極」，也就是以孔孟思想為主體，結合了《易》、《中庸》、《周禮》而成。

蘇昉拱手道：「橫渠先生的《張子語錄》給了阿昉許多益處，如今關中關學風行，民風也和以往不同，剽悍之下甚有禮節。我走遍秦鳳路四州十二縣，處處可見幼而教之，長而學之。如今中岩書院也已經開闢了小學，將關學也列進了課本。」

蘇瞻歎了口氣：「你做得很對，阿昉你雖然不入仕，可也要謹記這四句話，君子俯仰無愧天地。」

蘇時羨慕地說：「大哥你這次經四川進吐蕃，自吐蕃入秦鳳路，又從秦鳳路進西夏，可見到元初大哥？」

蘇昉點頭笑道：「見到了，他還親自送我去西夏。」說起陳元初，又是不少笑話，一屋人都感歎不已。

待蘇矚父子三人先走了。蘇瞻站起身又仔細看了看那幾箱子的書稿：「這一路可都順利？」

蘇昉點頭：「在四川和吐蕃時遇上過幾個毛賊，看我箱籠多，想搶上一些，多虧了叔夜和部曲們，到了秦鳳路，便一路順遂。爹爹還沒有高似的音信？」

蘇瞻手上一停，面容暗沉了幾分：「音信全無。但吳王出使契丹回來，說契丹女真混戰時，有繳獲一張古怪的長弓，他在契丹皇宮裡見過契丹武士演武用過。」

蘇昉一愣：「高似的長弓？」

蘇瞻走到牆上掛著的輿圖前，長歎了一聲：「阿似恐怕凶多吉少。」他派出數百人從女真部搜索到契丹，連高麗都派了人去打探，卻沒有高似的一點消息。幸虧這兩年朝中百官還算太平，張子厚去年又去了大理寺。

「對了，你二叔說周雍和你同船回京的，你覺得此人如何？」蘇瞻想起二弟的話，隨口問道。

蘇昉想了想：「兒子也知道不應該以成敗論英雄，但此人學識有限，自命不凡，抱著懷才不遇的心，卻又愛倚熟賣熟、投機取巧。明年再參加大比，恐怕也不得上榜。」

蘇瞻歎了口氣：「你二嬸留他在家裡用了夕食，方才你二叔考校了他幾句，也頗為擔心。若是再不中，阿昕總不能再等他三年。他們想著不如先把細帖子換了。」

蘇昉皺起眉：「此乃阿昕終身大事，爹爹還是請二叔二嬸再多選幾家郎君看看才是。還未大定，何需執著於周雍一人？阿昕嫁給此人實在可惜。我在太學時也有不少師兄弟，如今在翰林的也有，在六部的也有。不如等我過些日子交往一二，也替阿昕留意留意。」

蘇瞻搖頭道：「此言不妥，一女豈可許二夫？周雍的二叔是開封判官，周家在開封也是小有名氣的官宦人家。雖然沒有大定，可這兩年周家也都依禮相交，如此挑三揀四，非君子所為。阿昉你一貫決斷分明，卻未免過於冷情了，這等做法置周家於何地？何況對阿昕名聲也有礙。」

蘇昉拱手道：「阿昕又不能靠名聲過好一輩子。慎重一些又有何妨？娘親的名聲那麼好，卻——」

蘇瞻霍地抬起頭來不敢置信地看向蘇昉，父子倆默默相視了片刻。蘇瞻頹然擺了擺手：「你旅途勞頓，早點歇息去吧。阿昕前幾日就說你們桃源社初十是社日，要在田莊小聚，你二嬸也會去。你帶上你婆婆和二娘一起去散散心踏踏青吧。」

蘇昉垂首應了，行禮告退。

外書房院子裡的大樹在春夜微風中樹葉婆娑，卻已不再有人站在那裡等候著。高似，竟然死了嗎？蘇昉慢慢下了臺階，走到樹下，轉過身，看向書房的窗口，不會有人來送鱔魚包子了，也不會再有人來送湯水了。爹爹這兩年白髮叢生，顴骨瘦削，朝堂國事上如此順遂，他竟然瘦成這樣。也許娘親說得對，爹爹才是那個最可憐的人。九娘說娘親並不怪父親，娘親是要讓他寬心吧。他表字寬之，是該寬心。四月頭，汴河兩岸應夜夜笙歌，鹿家包子店的鱔魚包子，應該替娘親去吃上兩個，希望好事多多。

蘇昉走出百家巷，不禁面帶微笑。雖然揚州也熱鬧，杭州也熱鬧，可是怎麼也比不上汴京啊。百家巷裡的提茶壺人見到蘇昉都是一愣，趕緊笑著躬身行禮：「東閣回來了！」蘇昉笑著拱手還禮，一路向西。

途經張府的時候，停下腳看了看緊閉的大門和角門，忽然很想請九娘問問娘親，當年他們蘇家搬來汴京城，難道是因為爹爹和張子厚師兄弟交情深厚才一同置了百家巷的宅子？因張子厚又不免想到吳王，再想到趙栩和九娘，蘇昉歎息了一聲。也許父親說得沒錯，他是個冷情之人。

州橋夜市人聲鼎沸，車馬擁擠不堪更勝往年。蘇昉擠進鹿家包子店，排了一刻鐘的隊，付了錢，從掌櫃手中接過木籌，看看店裡幾十張桌子都滿滿的，唯獨西北角上一張方桌只有一人面牆而坐，卻無一人同坐。

蘇昉剛靠近那張桌子，旁邊兩桌上站起四人將他擋住了，一人抱拳說道：「郎君留步，我家主人不喜與人同坐，郎君請坐這裡吧。」他讓出一個座位給蘇昉。蘇昉才留意到這附近兩桌都是身穿皂衫短打裹著綁腿腰佩長劍的隨從。他多看了兩眼，歎了一口氣：「六郎——！」

趙栩正對著桌上兩籠包子發呆，他面前兩盞茶盞裡的熱茶已經不再冒著熱氣，也再沒有人含著淚大口大口地吃著包子，最後抱著他吐了他一身，更沒有人聽他說心事，說心事給他聽。聽到這一聲六郎，他一怔，半晌慢慢回過頭，看到蘇昉比以前更高了，依然眉如墨畫，眼似點漆，唇邊微笑依然霧濛濛青山雨後靈溪。

趙栩站起身：「阿昉!?」隨從們趕緊退讓了開來。

蘇昉笑著走近，在上次九娘坐的位置上坐了下來：「你也喜歡鱔魚包子?」

趙栩心中一動：「你也喜歡?」

「我娘親生前喜歡吃這個。我不開心的時候她就會買兩個給我吃。」蘇昉自行取了一個空茶盞，倒了熱茶：「她說鱔魚包子是會帶來好事的包子。」

趙栩看著包子，原來是榮國夫人在安慰阿妧，原來還有這樣的典故。他心中一酸，伸手取了一個包子，咬了一口笑道：「我吃了兩年多，好事應該來得多多才是。」

蘇昉一愣：「你——?」

「田莊遇刺那夜，阿妧帶我來吃的。」趙栩淡然道：「以前沒吃過，倒覺得不錯。後來經常來坐一坐，就當還在陪她吃。」

蘇昉放下茶盞，默默看著趙栩不語。兩年不見，趙栩風姿更勝從前，卻再無意氣風發張揚狷介的神色。一瞬間，蘇昉懷疑起自己對九娘說的話究竟是對是錯。

九娘在跨過生死關頭後，帶趙栩來吃了鱔魚包子？

趙栩又笑了一聲，喝了一口茶，並不看蘇昉，逕自伸手拿起第二個包子：「那夜她吃了八個包子，最後都吐在我身上了。」

蘇昉溫聲細語道：「六郎，對不住。」

趙栩靜靜吃完第二個包子，喝完茶，抬起似笑非笑的眼，深深看了蘇昉一眼：「和你並無關係。再說，她還沒嫁人呢。」

鹿家娘子走過來，將熱氣騰騰的包子放到蘇昉面前，收走蘇昉手邊的木籌，笑著對趙栩說：「給你家小娘子送的包子已經用油紙包好了，嬸子今日特意多蒸了兩個野菜的，她愛吃凌娘子家的餛飩，肯定也愛吃這個！快些送去吧，冷了記得再蒸一回。」

趙栩笑著拱手謝過鹿家娘子，向蘇昉道別：「先告辭了，還要趕在宮門落鎖前回去。初十的帖子，阿予已經交給我了。過幾天再見罷。」

蘇昉看著他飄然而去，所經之處，眾人紛紛自覺避開。他輕聲問鹿家娘子：「他常常來？」

鹿家娘子笑道：「三天兩頭就要來一次的，他家小娘子守孝呢，見不著啊。那時候抱著他哭得那麼厲害，吐了他一身，啊呀，他這樣的神仙人物也不嫌棄，把小娘子照顧得好好的，兩個人好得跟什麼似的，真是相配啊。」鹿家娘子兩眼發光地看向蘇昉：「你可要帶一個小娘子來吃包子？再晚一些來，嬸子告訴你——哎，你拉我作甚！」

鹿家娘子被鹿掌櫃拉遠了還在嘟囔：「這好看的孩子，身邊都是好看的孩子。你就不能讓我多說幾句？」

蘇昉低頭看著兩個白胖粉嫩的包子，真的懷疑自己是不是錯了。他拿起包子，太燙了，包子在他兩隻手間跳來跳去，最後還是落在小蒸籠中。蘇昉捏住自己的耳垂，手指沒那麼燙了。

娘親一定能懂自己的苦心吧，阿昉就一定也懂。他沒有錯。即便如此，六郎，還是對不住你了。

第一百四十章

趙栩負手站在路邊，仰首看著被汴京城萬家燈火映得發亮的天空，能看出團團白雲低低懸著，卻看不到多少星星。

角門咿呀開了。一個身穿藕色蓮紋褙子的侍女走了出來，右手提了一盞紗燈，左手提了一個食籃。

「殿下萬福金安。」

趙栩淡淡點了點頭，抬手將一個精緻食籃交給她：「今日多了兩個野菜的，是鹿家娘子特意給她預備的。」

侍女惜蘭趕緊將手中的空食籃交給一旁的侍衛，屈膝雙手接過趙栩手中的：「九娘子說多謝殿下。」

趙栩目光越過她，投入那隱約有光的角門內：「她這幾日可好？」

惜蘭恭敬地回話：「稟殿下，九娘子一切都好，這幾日依舊是早上讀書，午後練箭，昨日還和六娘子在演武場跑馬了。夜裡還是看書看到亥正時分歇息。」

「上次的包子，她吃了嗎？」趙栩頓了頓，還是問了。

「稟殿下，鱔魚餡兒的九娘子都吃了，睡前喝了盞山楂茶。」惜蘭早已熟悉了趙栩的問話，答得極流利。

「這幾天，孟家可有發生什麼事？」

「稟殿下，四娘子今夜就要從靜華寺回來了。」

趙栩皺了皺眉，點頭道：「好了，你去吧，你們幾個好生看護著，特別仔細她四姊。若有什麼，動手也無妨，傷殘勿論，不死就行，要活口。」

惜蘭屈膝道：「屬下遵命，請殿下只管放心。」

看著惜蘭行了大禮退了回去，掩上角門，趙栩依舊站在原地未動。他頭一次來送包子的時候，阿妧不肯吃，還吩咐侍女們，誰也不許被二門的婆子叫去取包子。是他寫信說了，既然要斷個清楚毫無干係，那以前許多年裡他吃過的蜜餞桂花蜜各種點心，也要還給她，不然他欠了她，若不拿包子還，他趙六可是不肯的，會做什麼他也說不準。

那次惜蘭送出來的信說九娘子屋裡的燈三更天才熄。但她還是讓人跟著二門的婆子出來拿包子。後來他又寫信直接告訴她，讓他的屬下惜蘭來取包子，他好方便知道阮姨娘做了些什麼，好方便他追查阮玉郎的線索。她也應了。

在阿妧心中，他恐怕已經是個無賴了。但不要緊，她的為難，她的顧忌，他都想得很明白，也已經做了許多事。她害怕什麼，他也琢磨透了：榮國夫人在天之靈固然帶給她那許多好處，卻也帶給她不少壞的影響。那受過情傷的婦人，再聰慧也勘不破，難免會左右阿妧的心思。如今開寶寺上方禪院的主持每年為滎國夫人做五場超度法事，總有一天能把滎國夫人送走好生投胎轉世，省得總對阿妧說三道四。只要阿妧她不是心有所屬情有別鍾，他便做個無賴有何妨。他這輩子就賴定她了。

想起蘇昉今夜所說的對不住，趙栩扯了扯嘴角，誰對不住誰還說不準呢。

至少阿妧肯吃包子，肯讓惜蘭出來答話，已經很好。她不說不，他就當作是。至少他的話她還是聽進去了。她比以往早睡了，她不抄經了，甚至願意讓惜蘭教她射箭。

趙栩緩緩上馬：「回宮。」

轉出翰林巷時，趙栩一眾和兩輛牛車交錯而過。車廂前頭掛著兩盞風燈，上頭大大的孟字。趙栩略一回首，繼續策馬緩行。

「三郎，來，來這裡！」九娘彎腰搖著撥浪鼓，笑得眉眼彎彎。

她身前一個圓滾滾的小團子張著小嘴，露出雪白的八顆小乳牙，滴滴答答流著口涎，大眼睛瞪得滾圓，跌跌撞撞地跟著九娘往不遠處的小矮几衝過去，兩隻小胖手拚命朝九娘伸著，奶聲奶氣地喊著：「包──包雞──包雞！」他身後一串五六個乳母女使侍女，都帶著笑亦步亦趨地跟著。

小矮几上一個竹盤子，上頭躺著和他差不多模樣白白胖胖的四隻包子。

六娘和七娘在羅漢榻上盤腿對坐著笑得不行。六娘手裡在繡一件小小的肚兜，七娘在做一雙小鞋子。她們的女使坐在腳踏上打著下手，也笑彎了腰。

「阿妧，小心別讓三郎摔了！」六娘忍著笑。話音未落，小團子一個不穩，就朝前跌去。

九娘熟練地蹲下來手一伸，將軟軟的他摟在懷裡，心軟成一灘春水，由著小人兒的口水蹭了她一肩膀。

「包雞！包——包雞！」孟彥弼的長子孟忠厚咬著九姑母的肩膀，小手拚命朝包子伸去。

九娘哈哈笑著把他放到矮几邊的小椅子上頭，替他把包子掰開，分開皮和餡，用銀勺挖了一小勺野菜餡，餵到他口水直流的嘴裡：「包子，不是包雞，三郎慢慢吃。」

孟忠厚小手捏住已經不燙的包子皮，開始低頭認真撕成一小塊一小塊，不時急的抬起頭「啊」一聲，催著九娘餵自己菜餡。

乳母趕緊替孟忠厚繫上飯兜子，把一旁涼好的溫水遞給九娘。

范氏挺著大肚子扶著女使的手進來的時候，看見兒子正把他撕成碎碎的包子皮用小手捂進自己的嘴裡。

孟忠厚一見娘親來了，手舞足蹈起來：「娘——娘——娘娘！」手上剩餘的碎碎包子皮散了一地。

九娘歎了口氣，瞪起眼佯裝生氣：「小沒良心的，有了娘親就不要姑母了！」

孟忠厚忽閃忽閃大眼睛，伸手摸上九娘的臉：「咕咕咕咕咕——」

九娘一臉的油，和孟忠厚大眼瞪大眼。

七娘笑得不行：「今日三郎可大方了，送了阿妧一臉油！」

玉簪笑著去投帕子。范氏也笑得不行：「阿妧，回頭讓你二哥送一盒張戴花家的洗面藥給你。」

九娘接過玉簪手裡的熱帕子，擦了擦臉，認真地問范氏：「敢情這個月二嫂多發了二哥半貫月錢？竟買得起張戴花洗面藥了？我可是當真等著了啊。」

這下連六娘也繃不住大笑起來。范氏挺著肚子去擰九娘的嘴：「就你最愛取笑我和你二哥！」

九娘任由她擰了左邊的臉，又側頭送上右臉：「二嫂來來來，多擰一擰，記得多買一盒給我唄！」

范氏笑得捂著肚子：「好你個阿妧，我家忠厚要總跟著你，可忠厚不起來！」

九娘又餵了孟忠厚一口餡：「二嫂這可不能賴我，二叔給三郎取名字的時候就說了二哥最缺這個，才取的這個名字！」

綠綺閣裡笑聲震天，外面有女使進來稟報：「諸位小娘子，四娘子回來了，老夫人請你們去翠微堂呢。」

七娘臉上露出厭惡之色，將手上的活計放到女使捧著的針線笸裡：「切！她這麼個矜貴的孝賢人，就該在庵裡替翁翁念一輩子經才是。」

眾人魚貫進了翠微堂，見法瑞師父正和老夫人說著話。程氏坐在下首，嘴角微微帶著笑。她身側的繡墩上，坐著意態幽閒的四娘，兩年多不見，越發我見猶憐。

四娘微微抬起眼，看了看進來的諸人，起身給范氏見禮，再和三個妹妹相互見禮。

梁老夫人見到范氏身後的乳母抱著孟忠厚，就笑著招手：「三郎來太婆婆這裡。」

孟忠厚見到上頭的老夫人，也張開雙臂，小腿亂蹬要下地：「太——太太——！」

堂上眾人都笑了起來，孟忠厚一歲就開始咿咿呀呀吐字，偏偏婆婆這兩個字怎麼也叫不出來，硬把太婆婆喊成了太太。

法瑞嘖嘖稱讚：「啊呀，還是元宵節後見的三郎吧，這才三個月不到，竟又長大了這許多！」

梁老夫人彎腰接住重孫兒，笑道：「這小兒呢，就是一天一個樣！」

法瑞又誇范氏：「范娘子到底是極有福氣的，這又快要給二郎添丁了吧。」

梁老夫人笑道：「是，六月頭上要生了，就是苦了這孩子，熱得厲害。」

范氏紅了臉：「孫媳婦不苦。」她也慶幸自己運氣好，皇祐元年正月底發現有了身孕後，還怕被人說道是孝期有孕，偷偷哭了兩回，急得孟彥弼上躥下跳，恨不得指天發誓。杜氏就請了汴京城最有名大鞋任家產科的大夫來把脈，確認已經懷了兩個月有多，她這才安心養胎。到了八月桂花香時，孟忠厚呱呱墜地，一舉得男，把孟范兩家喜得不行。等孟彥弼出了一年的孝期，到吏部候缺起復，一個月不到就回到禁中官復原職。現在又有孕在身，就連程氏都感歎范氏是個全福旺家的。

四娘看著堂上其樂融融，不動聲色地端詳著三個妹妹。六娘這兩年越來越雍容端莊，七娘更見俏麗可人，九娘已經完全長開，美豔不可方物，觀之驚心動魄。

她垂下頭看著自己的雙手。自從她撞棺見到定王博了美名後，程氏卻比她還豁得出去，絲毫不顧名聲，一出老太爺五七，直接一輛牛車就將她送進了法瑞主持的靜華寺，對外宣稱是她自願為祖父祈福，只給她帶了貼身女使和兩個侍女外加兩個粗使婆子。她日日和那些比丘尼們一同吃齋飯，做功課，抄經書，兩年下來右手指節都突了出來，縱有人暗中照拂，和往日在家中依然是天差地別。

不一會兒，呂氏也來了，看見四娘起身對自己行禮，上前扶起來，笑道：「阿嫻清減了這許多。虧得有你給老太爺祈福，府裡才安心哪。也不枉你娘趕著幫你訂下親事，等過了年，家裡可就只剩三個女孩兒了。你可要記得以後常回來看看才是。」心底卻想這樣一個攪家精就該在廟裡住到嫁人，直接往轎子上一送才是。

四娘一怔。程氏已經搖著紈扇笑道：「二嫂真是，我還沒來得及告訴阿嫻呢，可別嚇著她了。」她眼神如刀，剮了四娘幾眼：「萬一又來個什麼懸樑絕食的，我不得被外頭的口水淹死了？」

四娘趕緊屈膝行禮，細聲細氣道：「阿嫻不敢。」

呂氏笑著上前和法瑞商量著浴佛節的供奉。法瑞極力邀請府中女眷去靜華寺禮佛兩天：「四娘子一片誠意，孝心難得。既然闔府出孝，不若府上的夫人們娘子們在浴佛節一同去為老太爺做個法事，豈不圓滿？原先四娘子一個人住的院子，也有七八間客房。敝寺的齋飯，也算可口。還有那後山的桃花，也比開封城開得晚，若夫人們娘子們來，還能賞上一賞。」

這法瑞，奔走於汴京的權貴豪富人家之間，就是聖人也特意召見過她幾次聽她講經說禪。靜華寺也是孟家一直供奉的寺廟，呂氏聽著倒頗為意動，范氏自嫁入孟府還沒出過二門，更是一臉期盼地看向上首的老夫人。

第一百四十一章

梁老夫人思忖了片刻，笑道：「後日就是浴佛節，這次怕是來不及了，再往後挪挪倒是使得，家裡頭的人這兩年都沒出過門，是該出門鬆散鬆散。我這孫媳婦最是委屈，嫁進門以來還沒出門玩過一回呢。」

呂氏說：「可不是，到底還是您老人家體貼小輩。阿嬋姊妹幾個也一起去才好。」她斜睨了程氏一眼。

程氏心裡明白呂氏的意思，卻沒搭話。她才不擔心四娘會去，靜華寺那地方，去個兩三天遊玩自然誰都有興致，住在那裡兩年多，她要是還想去，可不出么蛾子了？

法瑞看了看范氏的肚子，阿彌陀佛了一聲：「老夫人看四月中可使得？再晚，娘子就要生養，這生養好沒有一年半載的也出不了門。眼下坐胎若穩，帶上三郎同來是最好不過的。那後山的桃花也還開得正當時。」

九娘雖然疑惑法瑞這些話和四娘有無關係，但看了四娘一眼，見她對法瑞露出了一絲厭惡之情，又見二嫂一臉嚮往，想到孟府諸事瞞不過趙栩，便歇了反對的念頭。

四娘忽地站起身來，屈膝道：「婆婆，阿嫻在靜華寺住了兩年，那後山的野花其實並沒什麼可賞的。二嫂若是六月就要臨盆，多一事不如少一事，不如還是好生在家裡歇著穩妥。」她言之有理，梁老夫人沉吟著點點頭，把懷裡的孟忠厚摟緊了一些。

七娘站了起來，笑道：「四姊，您看膩了野花野草，可我們和二嫂也有兩年多沒出過門了。還有我們三郎，連元宵節都沒出過門，真是可憐！」

孟忠厚一聽見她說「三郎」，就咿咿呀呀起來，笑得眼睛眯成一條縫。

四娘咬了咬唇，看了法瑞一眼，垂首道：「我也是為二嫂著想。」

梁老夫人笑道：「好了，你們這些做小姑的操的什麼心，來人，去請大娘子過來商量才是正理。」

杜氏來了以後，聽了法瑞的言語，看看范氏，心就軟了：「娘，依媳婦看倒也使得，阿范也不是頭胎，這胎的胎相也穩，來回牛車墊得厚一些，應該無妨。再讓二郎宮裡早早換個班，多帶些部曲，去個兩天就回來。」

程氏笑道：「大嫂想得真周到。不如請上蘇家和陳家兩家親戚，一起去禮佛吃齋，順道賞桃花。這幾年親戚間走動也少，阿昕不是常寫信給阿婉嗎？正好阿昉這兩天也回京了，也該讓孩子們見見才是。」

呂氏也笑著附和，心裡卻知道程氏這是在為孟建的官職操心。如今出了孝期，孟在、孟存、孟建都遞了文書，在吏部候缺。孟在和孟存是沒什麼可多擔憂的，孟建在戶部的官職早有人坐了，想要回去卻是極難的。這三年丁憂下來，十個官員有六個就此仕途上寸步難進，要不然也不會有那許多冒著被流放的危險不報丁憂的人了。

梁老夫人聽了程氏這話，才鬆了口：「阿程說得也是。法瑞師父且先不急，留住一晚，明日送你回寺裡。過兩天等各家親戚定下來了，再回帖子告訴你，還麻煩屆時留上幾個院子。」

法瑞笑著應了。

眾人待法瑞出去了，又聽老夫人和呂氏商量了一番浴佛節的事。見孟忠厚哈欠連連，小手直抹眼睛，梁老夫人趕緊讓她們各自告退回房歇息。

四娘重回到聽香閣西暖閣，見房裡房外一切照舊，打掃得乾乾淨淨，邊几上的汝窯長頸瓶裡還斜斜插了兩枝含苞的榴花。

侍女見她伸手撫上榴花，笑道：「這是郎君特意吩咐奴去擷芳園剪的，說是添些喜氣。」

「何喜之有？」四娘淡淡地問，手指一撚，採下一朵花苞來，唇角卻帶上了一絲笑，真有意思，原來只需一個由頭，別人就會拚命跳進去，真是快意。

侍女一怔，小心翼翼地屈膝道：「恭喜四娘子親事定下來了啊。」

四娘的貼身女使翠芝一聽四娘的口氣，趕緊讓侍女們都出去：「好了，話這麼多作甚，快去把四娘子外間的箱籠收拾好。」

屋子裡靜了下來，翠芝上來扶四娘：「四娘子，淨房裡已經備好了水，您沐浴了早點歇息吧。」

四娘兩指搓動，那花苞揉成了碎泥，落在邊几上。她看看指間殘餘的榴紅，默默放在唇邊抹了抹，轉過頭問翠芝：「這樣氣色有沒有好一些？」

翠芝見她雪白瓜子臉上染了這一抹紅，如女鬼般豔麗，不敢多看，垂首點了點頭：「四娘子，奴方才查點過了，胭脂水粉首飾衣裳都按往年慣例新添了，沒有短少。」

四娘笑了笑：「我都快嫁去程家了，她怎麼能讓娘家人笑話這些事呢？」她頓了頓，輕聲道：「爹爹可指望著我好好地做程家主母呢。」

木樨院裡，程氏在榻上看帳本，聽著孟建說今日在吏部的見聞，冷笑道：「那起子勢利眼，難道不知道你是宰相的表妹夫？」

孟建歎了口氣，端起茶盞：「唉，你在後宅，不知道外頭的難處。可你自己表哥的脾氣，你總該知道吧。三駙馬，曉得不？帽子田家的嫡長孫，原本掛了個右班殿直的名頭，上個月不知道走了呂相還是誰的門路，得了個監汝州稅的好差事。前幾天給表哥直接給抹了。他還上書，說宗室配親於商賈，有失皇家體統，這等靠宗室姻親做官的，人數眾多，無才無能，實在不利於吏治整頓！」

程氏皺起眉：「難道你大哥二哥他們，也和你一樣這般被輕待？」

孟建臉一紅：「大哥二哥，倒不曾去等消息。」

程氏重重地放下帳本：「那你作甚要去受那閒氣？家中又不缺你那點子俸祿，還不夠買胭脂水粉的，何必去看人臉色？過些天去靜華寺，我和阿昉提一提，讓他回去問一問表哥，好過咱們開口。你看看，阿昉剛回來，阿昕前些天就送了帖子來，初十請阿妧去莊子上給阿昉接風呢。阿妧和阿嬋今日還同我說了，要帶上阿姍一起去。」

孟建喃喃道：「男子漢大丈夫總不能就此放棄仕途吧，我也不能在家裡做個閒漢，靠這個五品爵位，豈不坐吃山空？對了，阿嫻在廟裡那麼清苦，不如你和她們說，帶上阿嫻一起去？」

程氏啪地一聲，將帳本合起來，推給他：「閒!?你從山上回來這些天也該好好理理這些事，外頭的鋪子莊子，我婦道人家守著重孝，怎麼管？還不是他們說多少就是多少？你有空替你的寶貝女兒買胭脂水粉挑花兒草兒，有空去吏部受氣，怎麼不去鋪子裡莊子上好好看看？」

孟建接過帳本：「唉，我這才回來幾天，你就不能好好說話嗎？若不是琴娘病得這麼厲害，我也不至於讓你把阿嫻接回來。既然回來了，沒跟她說就訂了親事和婚期，我好好待她，也省得她再給你難堪——」

程氏冷笑道：「我還怕什麼難堪要什麼名聲？你還要我怎麼好好說話？你倒說說看，我當年幾時說過要她熱孝裡嫁人了？她敢這般當眾胡謅給我沒臉，給孟家沒臉，仗的是什麼？她有種怎麼不再撞一下坐實了我逼死庶女的罪名？還有你那親親的表妹，日日心疼頭疼得厲害。許大夫看了半年也看不出個什麼病，怎麼？可要請個御醫官來？」

孟建又急又氣，十幾年從來就說不過程氏，憋了半晌突然冒出一句：「你要沒那樣說過，阿嫻怎會想要死呢？琴娘好好的，沒有病，又怎麼能瘦成那樣？」

程氏定定地看著眼前人，看得孟建都起了雞皮疙瘩。

「我——我不是這個意思——只是——」孟建心虛地說道。

一股寒氣從腳慢慢升上來，程氏細細看著孟建，結廬守孝，不沾葷腥，這兩年多他清瘦了不少，可這腦子卻依然是個蓮蓬頭。她朝一旁的茶盞伸出手，孟建立刻端起茶盞，遠遠地擱了開來：

「別——」

程氏緩緩道：「我嘴裡乾得很，喝口水，你怕什麼？」

孟建尷尬地將茶盞遞給她。程氏接過來低頭喝了一口。孟建剛鬆了口氣，不防程氏迎面一口茶就噴了他一頭一臉。

孟建驚呼了一聲，嚇了一跳，下榻就要大喊。程氏已將手中茶盞裡的茶全潑在他臉上：「你有臉就同我去翠微堂說道說道。你一個漢子，竟和那小婦養的一般見識！呸！我都替你臊得慌。我只當那東暖閣東小院的兩個蹄子姓阮，卻忘記你也是姓阮的生的！走！你不要臉我還要什麼臉？現在就去翠微堂，喊上你哥哥嫂嫂們，當著娘的面扯個明白！那和離書當年在表哥家我就該逼著你寫的，沒的白白耽擱了我三年！全怪我自己瞎了眼！」

孟建羞惱交加，顧不得一身一臉的茶水，趕緊攬住程氏，壓低了聲音道：「你瘋了不是！你！你竟然跟個市井潑婦似的辱罵夫君，你簡直——！我只是隨口說說而已，你動不動就提什麼和離，也不怕我寒了心！」

程氏氣極反笑：「隨口說說？這話你在心裡頭怕早就想了千百回了吧？我的兒子夭折了，我說是那賤人做的，你偏不信！如今一個裝病，一個裝死，你倒全信了!?誰寒心？你還知道這世上有寒心這兩個字？我不罵你罵誰？怎麼？你要對我動家法不成？」

木樨院裡折騰了許久，三更天時分，孟建捂著額頭垂頭喪氣地出了木樨院。

他站在青玉堂前面的池塘邊，春風柔和地拂在身上，因為臉上身上濕了，竟覺得有些冷。怎麼會變成這樣，他覺得程氏實在不可理喻。真是唯女子與小人難養也，唉。

不知為何，看著青玉堂緊閉的院門再無燈籠照亮，孟建想起了去世的父親和遠走高飛的生母，心裡突然有股難言的委屈，似乎這世上，只有他孑然一身毫無依靠了，眼中一熱，他趕緊轉過頭對小廝喝道：「去外書房！準備熱水和衣裳！」

幾條錦鯉聽到他的大喝，從蓮葉下竄了出來，躍出水面，卻發現無人餵食，迴旋了幾圈，慢慢沉回水底去了。

第一百四十二章

四月初八，浴佛節這日，天下兩萬五千寺，僧尼四十萬人，千萬信徒，共慶佛誕。汴京城十大禪院浴佛齋會全天不斷，百姓都去各大禪寺領那浴佛水。京中七十二家正店都開始賣煮酒，市面上那晚春的各色水果琳琅滿目。

因宮中妃嬪大多禮佛，歷代也有過好幾位公主出家建寺，那法瑞主持的靜華寺，正是太宗朝的秦國公主削髮為尼後在城南所建。這天高太后和向皇后也請了不少僧尼前來講經贈水。

過了午後時分，僧尼們告退後，高太后和向皇后留在延福宮遊玩，眾公主妃嬪作陪。魯王妃陸氏，是皇祐元年選秀時高太后做主定下的，溫順恭謹，正服侍高太后餵魚。吳王的永嘉郡夫人張蕊珠，伺候在聖人身邊，小腹已微微凸起。

魚池裡的紅鯉金鯉追逐那魚食，上下交疊，追頭趕尾，尾巴拍水聲不斷，引得眾人叫聲笑聲不斷。

向皇后四周看了看，笑問陳德妃：「怎麼沒看見阿予？」

陳德妃答道：「方才福寧殿來人召她去了，不知道是不是又闖了什麼禍。」

錢妃接過張蕊珠手中的玉盤：「蕊珠，你有了身孕，去坐著歇會兒吧。德妃你也是，阿予能闖什麼禍，便是闖了禍，官家最疼她的，最多笑著說她幾句罷了。」向皇后聞言也笑了：「八成是為了想跟著六郎出宮玩的事，求了好些天了，恐怕因為崇王今日進宮，她有了援兵，又要去胡攪蠻纏呢。」

張蕊珠含笑聽著她們的話，默默退到一邊，扶著女史的手，側坐在美人靠上，凝目看向不遠處的高太后和陸氏，看了看天色，趙棣差不多要進宮來了。

不一會兒，一位女史到了高太后身側，低聲稟報了幾句。高太后露出笑容點了點頭，吩咐回慈寧殿去。眾人行禮恭送。張蕊珠鬆了一口氣。

錢妃慢慢走到張蕊珠身邊，低聲問：「可是五郎進宮了？還是為了那事情？」

張蕊珠紅了眼圈點頭道：「妾勸過殿下好多回，不過是一個名分而已，妾能服侍殿下已經三生有幸，萬萬不值得為了妾身和娘娘拗上，可他——」

錢妃看著張蕊珠，歎了口氣，低聲道：「你記著，除非娘娘自己提出來給，你們別繞著彎子想方設法去討，只會惹得她老人家厭煩。」她頓了一頓：「先把孩子好好生下來才是。你們那點心眼，不夠娘娘看的，溫順，溫順，需得把溫良順從記在心裡。」

張蕊珠被錢妃看得心裡一慌，正要起身，錢妃已經轉身走了。

慈寧殿裡，吳王趙棣跪在太后膝前，垂首聽著訓斥。

高太后歎了口氣：「五郎，你是個多情又心軟的孩子，隨了你爹爹。但是這吳王妃，張氏這輩子是做不得的。」

趙棣哽咽道：「娘娘！蕊珠為著我已經受了那麼多委屈，我卻連個名分也給不了她，若是孩子生下來成了庶長子、庶長女，五郎實在愧為人父！求娘娘開恩！」

高太后淡然放下趙棣剛進獻的一百零八顆菩提數珠串：「張氏雖有韶顏，卻閨德有失，她爹爹張子厚又是個不省心的。張氏和你私會開寶寺一事不說，自她從孟氏女學進宮任公主侍讀，你從契丹回來後，就無心正事，三天兩頭入宮來魂不守舍的。你這麼個孝順孩子，為了她跪了一天一夜，我遂了你的心意，讓你納了她，還封了郡夫人誥命。可這樣的女子，豈可為妻？如今你吳王妃還沒過門，庶出的孩子倒先有了。我既答應了你讓她生，你且安心讓她生養。她竟然仗著身孕慫恿你來給她爭吳王妃的名分？這人啊，不肯安分，就留不得了。」

趙棣大驚失色，膝行兩步，磕頭道：「五郎知錯了！五郎錯了！不關蕊珠的事，她求了我好幾次，不讓我來說。娘娘開恩！」想起張蕊珠苦苦哀求自己別提此事的模樣，趙棣哭道：「求娘娘開恩！蕊珠無錯啊！錯在微臣！」

高太后歎了口氣，看向趙棣身後空蕩蕩的大殿：「好了，起來吧。今日佛誕，老身委實不該動了殺機，阿彌陀佛。」

外頭，慈寧殿的秦供奉官躬身入內，行了禮，在高太后耳邊低聲回稟了幾句，又退了出去。

高太后取過數珠看了看：「你六弟和四妹都在福寧殿陪著官家說話，崇王在，蘇瞻也在。先把你這起子柔腸百轉收起來吧，好好想想，崇王明明是你親自接回來的，為何卻和六郎那麼親近？兒女情長若是成了負累，你可要懂得取捨。」

趙棣趕緊拭淚又拜了拜，才起身告退。

等他去了，高太后沉聲道：「來人。」

秦供奉官帶著諸位尚宮女史們進了大殿。

「去吧，將熙寧十年的那份懿旨取出來。」高太后吩咐慈寧殿的許司記。

「娘娘，可是宣召孟氏六娘子的那份？」許司記輕聲確認道。

高太后點了點頭：「把金印一同取來。」

秦供奉官垂首看著大殿光可鑒人的地面，想起梁老夫人，心中暗暗歎了口氣。

福寧殿裡，十個銀盞排在長几上，裡頭都裝了浴佛水。趙栩正在認真地一盞盞端詳，時不時低頭嗅上一嗅。

長几盡頭，一個內侍推著一輛輪椅，上面坐了一位身穿青色道袍的中年人，面容清雋，和熙寧帝有幾分相似，多出幾分仙風道骨，眉眼疏朗，薄唇含情，正搖著宮扇笑道：「六郎，你要是只靠眼不靠口舌，光憑看就能辨認出這十盞浴佛水各出自哪個禪院，那幅〈快雪時晴帖〉我便輸給你。」

趙淺予拍掌笑道：「三叔！我和爹爹可都聽見了！還有蘇相也能作證，你可不許再賴皮哦。」

御座上的官家和左首的蘇瞻，見趙淺予天真爛漫的樣子，都大笑起來。

崇王趙瑜瞪起和趙栩兄妹極相似的桃花眼：「咿？阿予你說說三叔何時賴皮過？」

趙淺予叫起來：「三月裡金明池水嬉那次，明明是六哥游得最快！三叔你就耍賴了！」

趙瑜抬手宮扇一指趙栩：「水嬉爭標是要去奪那彩球，你六哥游得倒是最快，他卻不管彩球，自己游去西岸曬太陽，怎麼好說我耍賴？」

趙栩微微一笑，提筆蘸墨，在一盞浴佛水前面的蜀箋上寫下「上方」二字，笑道：「開寶寺上方禪院。」他下水，自然不是為了彩球奪魁，他只是在水裡游著的時候才能肆無忌憚地喊著阿妧的名字，告訴水中的一切，誰也不許帶走阿妧。他穿過蘆葦叢，滿身是水地走上西岸，倒在草地上時，想著阿妧那時替自己笨手笨腳擦腳的模樣，才能任由自己帶著滿臉的水肆無忌憚地大笑。

一旁的宮女取過銀盞，送到輪椅前。趙瑜接過來，將銀盞舉高，盞底用朱砂寫著兩個字「上方」。他嘖嘖兩聲：「六郎還真是有點厲害啊。大哥，我要是輸了，可得傷心好些日子，您可得幫襯幫襯我！」

官家聞言不由得哈哈大笑起來：「那就讓醫官幫你多針灸幾次？」

趙瑜苦著臉：「大哥，您這是幫我嗎？我這腿十幾年沒知覺了，非逼著我躺兩個時辰，遭罪得很。」

這邊官家勸了崇王幾句話，那邊趙栩已經將其他九盞都一一寫出了名字，趙淺予樂不可支：「六哥你最厲害！最厲害了！」

蘇瞻也忍不住過來幫著查驗，只看了三盞，就搖頭道：「崇王殿下怕是要輸了，燕王神乎其技，廣利禪院、大悲禪院、普濟禪院全對！」

趙瑜也已經看了四盞：「六郎，快說說你的辨認之道。奇哉奇哉！三叔認輸了。」

趙栩笑道：「其實並無多大稀奇，各大禪院煎浴佛水的香藥都不相同，所用的糖也不同，所以顏色氣味就有了差異。不過三叔若想保住你的〈快雪時晴帖〉，只需要替六郎做一件事即可。」

趙瑜眼睛發亮：「一言為定，駟馬難追。」

趙淺予高興極了，一切都如六哥所料，三叔果然又要打賭又捨不得字帖，這下他們肯定能出宮去田莊，算來她已經快三年沒見到阿妧和蘇昉他們了。

趙栩笑著湊上前在趙瑜耳邊嘀咕了一會兒。趙瑜眯起眼，一扇子打在趙栩手臂上：「好你個六郎，激我和你賭這個浴佛水，你是醉翁之意不在酒啊！」

趙栩笑著行了一禮：「先代阿予謝過三叔了。」

趙淺予湊過來給趙瑜捶捶背，一臉討好：「三叔——！三叔你最好了，爹爹就聽你的話嘛！」

官家哭笑不得，忙抬起手搖了幾搖：「不成，若是為了阿予要出宮去玩，我可不會答應你們。阿予，上次出去，小命差點丟了，你不記得了!?」

趙淺予嘟起嘴，小粉拳更賣力了。趙瑜笑道：「大哥，我可不是為阿予求情。」

趙淺予立刻收回手，嬌嗔道：「三叔——！六哥——！」

趙瑜回頭一瞪眼：「繼續捶，用點力，要不真不帶你玩了。」趙淺予趕緊繼續捶，眨巴著大眼不明所以。

「大哥，眼下春色將盡，聽說蘇相在金明池附近有一田莊，不如大哥微服帶臣去看看阡陌人家，體會體會尋常百姓家的兄弟叔侄是怎麼過日子的。不知蘇相可願招待一二？」趙瑜悠哉悠哉地搖著宮扇。

蘇瞻一愣。趙栩就笑著說起蘇昕送帖子的緣故來。

官家他卻被趙瑜一句尋常百姓家的兄弟叔侄戳得心裡發酸。三弟他當年去契丹時就凍壞了雙腿，一直未能好好醫治，以至於最後失去知覺，不能行走，多年來都靠輪椅代步，最可恨的是常駐上京的歷任大使竟然都隱瞞不報，害得他對不住爹爹，對不住三弟，更對不住她。這些膽大妄為的狗官雖然都被流放了，卻再也換不回三弟的腿。虧得三弟性格灑脫不羈，從不以身殘而怨天尤人，對娘娘更無怨恨，執禮甚恭。自他歸來，這是頭一次開口求自己。

蘇瞻笑著對官家行禮道：「陛下，臣斗膽請崇王殿下光臨寒舍，吃兩頓粗茶淡飯，還請陛下恕臣結交宗室之罪。」

趙淺予星星眼直眨，小粉拳更賣力了。

官家就搖頭笑道：「和重你都被帶壞了，什麼結交宗室之罪。你便多準備一些，我陪他去你家田莊看看，正好見見你家大郎，還沒謝過他救護阿予呢。對了，六郎你們那個桃源社，當年也立過大功，這次一併見上一見。六郎去請上你舅舅。還有孟伯易和孟仲然兄弟兩個，不是等著起復嗎？和重把他們也叫上吧。」

趙栩大喜，趕緊應了。蘇瞻也笑著領了旨。

外面的黃門稟報：「吳王殿下覲見——」

第一百四十三章

趙棣進了殿，和官家及眾人見了禮，笑問：「爹爹這裡可有什麼好事？臣遠遠就聽見笑聲了。」

崇王笑道：「還真是個大好事，大哥你可不能讓五郎也來沾光！臣打賭輸給了六郎，卻是蘇相出錢出人出力出地方，這份人情臣欠大了，再多來幾個白吃白喝的，這兩年可都不好意思找蘇相討他的字！」他轉向蘇瞻正色問：「還是說，和重你心裡就是這麼想的，所以才答應得這麼爽快？」

官家和蘇瞻都大笑起來。

「你放心，就算你請五郎，五郎也不能去。」官家笑道：「初十你們幾個都休沐，但恰好契丹來使，還來了位公主，和五郎在契丹也認識。所以早定了他去都亭驛迎接。」

趙棣笑道：「爹爹放心，臣一早就去。這次來的是皇太孫的妹妹越國公主，和三叔也相熟。」

蘇瞻拱手道：「陛下，兩年前契丹女真停戰，壽昌帝就有意和大趙聯姻通好。這次公主前來，臣以為可選擇合適的宗親配之，可使得大趙契丹之盟更加牢固。」

官家笑問崇王：「三弟，公主不會是追著你來的吧？」他和皇后這一年多也給崇王選了不少官宦人家的娘子，奈何三弟卻以年紀和腿疾為由一一推拒，難不成他心中早有佳人？

崇王手中的宮扇落在地上，官家大笑起來。

「大哥您太抬舉臣了。論年紀，臣已經可以做越國公主的爹爹。臣看她是對五郎念念不忘才對。」崇王接過內侍撿起來的宮扇搖了搖：「關關雎鳩，在河之洲。俊俏少年，淑女好逑。五郎至今還沒吳王妃，仔細別被公主捉了去。」

趙棣眼皮一跳，剛想答上兩句。崇王已笑道：「五郎莫慌，三叔同你開玩笑的，你對永嘉情深意重，誰不知道。這位越國公主長得甚美，武藝卻也甚強，見識也廣。當年渤海軍獻上一張形狀極古怪的大弓，眾勇士雖能開弓，卻毫無準頭，就是這位耶律奧野公主特製了長箭相配，才讓臣和五郎在宴會上見識了此弓的威力。若是契丹軍中皆用此弓，天下唾手可得。」

蘇瞻垂下眼簾，高似的弓猶在，人已逝。

趙栩皺起眉頭，高似的事蘇瞻在查找，他也派人去查探過，雖然不相信高似就此死於亂兵之中，但那樣的弓，必然是弓在人在，又怎麼會落在契丹人手裡？

官家點頭道：「和重，我和三弟去你那裡小坐兩三個時辰，夜裡在長春殿設宴款待越國公主和契丹使者，你便和我們一起回宮就是。」

蘇瞻躬身領旨。

用過官家賜的素齋，眾人謝恩後一一告退。趙栩自請送崇王出宮回府，出了福寧殿，見天色昏暗，宮中已掌燈，不遠處飄來檀香味。一應隨從在殿外，不少人手上捧著提籃，是官家賜給他們幾個的御桃，還有新進上的櫻桃和金杏。

趙棣笑著問崇王：「三叔今日怎麼這麼早進宮？侄兒特地去了崇王府，想和三叔一起來，卻撲了個空。」

崇王笑道：「還不是因為六郎一早就約了和我打賭的事？多謝五郎費心了，以後要來，早一天派人傳個話，三叔在家裡等你就是。」趙棣笑著點頭稱是，不免暗暗思量這位三叔話裡有沒有藏了針，有沒有怪自己不誠心的意思。

內侍躬身行禮退開後，趙栩朝趙棣拱手告辭，熟稔地扶上輪椅的靠背，推動起來：「三叔，你那〈快雪時晴帖〉虧得我才保住了，也該借給我看上三五天才是。」

崇王搖頭如撥浪鼓：「不成，你心眼兒太多，三五天後我拿回來的說不定就是你寫的了。這次我從打賭就給你套了進來，還自以為占了大便宜。不成！」

趙栩和趙淺予都忍俊不禁哈哈大笑起來。

趙棣攏手停在路邊，看著他們三個被內侍女史宮女侍衛們簇擁遠去，皺起了眉，歎了口氣。崇王是被娘娘流放去契丹的，娘娘對自己好，崇王怎麼可能會親近自己呢。唉！偏偏爹爹自從崇王歸來後，不但待他極為信任愛護，幾乎日日召他進宮作陪，還時常微服去崇王府兄弟夜話。對娘娘更加冷淡疏遠了。爹爹一定是把崇王身殘怪在了娘娘身上。趙棣又歎了口氣，轉頭帶著人往皇城司去了。

夜裡，九娘到木樨院請安的時候，見十一郎還在陪著孟建瞎扯八扯，說些族學裡的事情。孫輩們是皇祐元年底出的孝，二房的四郎幾個錯過了禮部試，聽了老夫人的安排，不再回學裡進學，跟著長房的孟彥卿去了江南遊歷。孟府這幾個還留在族學進學的小郎君裡，以十一郎讀書讀得最好，也最受先生們的喜愛。

十一郎一看九娘來了，朝她擠了擠眼睛。九娘心中有數，請了安，便去東小院等他。

林氏白天陪著程氏去相國寺上香聽經，因平時難得出門，高興得很，在相國寺買了許多零碎物件，見九娘來了，便拿出來給她看。九娘一看那金銀繡花垂腳幞頭，想到豎也長高，橫也長胖了的十一郎戴著這幞頭去族學，樂不可支，叮囑她千萬要讓十一郎戴一回。

不多時，十一郎進來行了禮，坐下喝了杯茶，從懷裡掏出一封信遞給九娘。林氏趕緊請十一郎試戴新幞頭。十一郎看了看幞頭，笑眯眯地任由她折騰。

九娘瞪了十一郎一眼：「你倒貫會跑腿！過節也不消停。」

十一郎起身，正色朝西北皇城方向拜了三拜：「救命之恩當以腿相許。燕王殿下對彥樹關懷備至——」

九娘忙打斷他：「停停停！我都背得出你那長篇大論了。」

林氏瞪了九娘一眼：「九娘子你這就不對了。去年十一郎被九郎、十郎騙去城外，要不是殿下，他哪裡回得來!?你們沒聽說曹御史家那個小郎君，八歲了，哎呀，被那庶出的哥哥騙出去推到河裡，沒了！就因為那幾貫錢月錢——」

十一郎跟著打斷林氏：「停停停！姨娘，我都背得出你下面那些話了。我沒事，我好好的，我活著回來了。」

林氏歎了口氣，拍了拍胸口：「想起來還是怕！那兩個天殺的，說是同你開玩笑，也只有你們那個糊塗爹爹才信！倒還怪殿下暴戾，打折了他們的腿——」林氏看著九娘無奈的眼神，眨眨眼，閉上了嘴，嘟囔了一聲：「就許他們做，還不許人說？」

九娘搖頭歎歎氣，拆開了信。她知道趙栩有不少屬下一直盯著孟家的動靜，內宅裡他的人也肯定不止惜蘭一個。她也問過他，可趙栩卻只說阮姨奶奶到了大名府後就泥牛入海，再無蹤跡，孟家既然並未獲罪，就變成追蹤阮氏甚至阮玉郎唯一的線索。十一郎遇險，的確多虧了他的屬下，事後他還派了兩個人一直暗中保護十一郎。

信上寥寥幾句，絲毫不牽涉兒女情長。這樣的信，一個月總有一兩封，語氣淡然，條理清晰，合情合理。九娘又看了一遍，不得不承認趙栩的建議才是萬全之策，雖然不太情願都按照他說得做，可自己也想不出什麼更好的法子來。

九娘凝目看著信，出了神，意識到這一年多，不但十一郎唯趙栩之命是從，連她自己，在面臨靜華寺一事時，似乎也習慣依賴趙栩了。

從翠微堂回到綠綺閣，六娘笑問：「婆婆和大伯娘都答應二嫂和三郎跟我們去田莊了？」

九娘點頭道：「二嫂也說這樣最好，其實看桃花倒沒什麼，能出去走走，她就開心了，畢竟去田莊的路比靜華寺要少走一個時辰，家裡人也不會那麼擔心。大伯娘就是擔心三郎會不會擾了聖駕。」

六娘掩嘴笑道：「有什麼好擔心的，是六哥出的主意，錯不了。」

九娘莫名臉上一熱，託辭沐浴去了淨房。

六娘笑著搖搖頭，繼續提筆畫觀音像。

夜裡，聽著身邊的九娘有些輾轉難眠，六娘輕聲問她：「阿妧，你可想好了？」

九娘一怔：「什麼？」

六娘輕笑道：「當局者迷，果然不假。我娘說前兩天三嬸開了三房的大庫房列嫁妝單子呢。四姊的嫁妝早就備好了，阿姍還沒訂親，可不就是你的事了？恐怕三叔三嬸很快要把你的細帖子回給陳家了。你可想好了要嫁給陳太初？」

九娘在黑暗中眨了一下眼，說不出心裡什麼感覺：「父母之命，媒妁之言，有什麼想好不想好的？」

六娘輕輕拍了拍她：「阿妧，訂了親就好了。六哥也就死心了。雖然他對你好、對彥樹好、對孟家好，千好萬好，可皇子終非良配，這一妃兩夫人六妾侍都是太后和禮部做主。你看吳王這麼癡心，張蕊珠身為使相嫡女，可是不得太后喜愛，也僅能做個郡夫人。我雖然不信什麼男女情愛天長地久，可是看陳表叔和表叔母這般恩愛，陳家真是個好人家。你還是將六哥忘了吧。太初表哥待你也是一往情深——」

九娘低聲道：「六姊，我沒有——」可是那句沒有記著趙栩，終究說不出來。她有陣子又開始總做夢，夢見趙栩在水裡喊她，在田中奔走，滿身血汙。夢見州西瓦子裡插釵的剎那，夢見芙蓉池邊揚手將釵子擲入水裡的剎那。夢見他的笑，萬花開，夢見他池邊最後那一眼，萬花枯。許多場景交疊，她分不清是夢還是真。她在夢裡拚命喊他，讓他別再撈釵子了，可是被六娘搖醒後卻惘然若失。若不是六娘說了她的夢話，她恐怕始終不明白，趙栩在她心裡頭，和別人，全然不同，什麼時候開始不同的，她卻一無所知。只夢裡那幾息，已讓她有哭有笑，她明白自己害怕什麼了，卻更害怕。

「六姊，我還會說夢話嗎？」九娘有些忐忑不安。

六娘想了想：「去年二嫂給的這個安息香很好，今年過了年就沒聽你說過夢話。」

九娘聽到這個竟然有點如釋重負。就是這樣一念間的如釋重負，九娘猛然警醒。

自己是擔心嫁去陳家後，說夢話說到趙栩被陳太初聽到嗎？九娘面紅耳赤羞愧難當，她猛地坐起來，嚇了六娘一跳。

「阿妧？別擔心，二嫂那香，讓二哥多買一點。你去年十月以後其實已經不怎麼說夢話了——」

六娘趕緊撫慰她。

「不不不——」九娘妙目閃亮：「我錯了，我真的錯了。六姊，我私念太重，以小人之心小人之作為在待太初，我錯得厲害。這次去田莊，我要同他說清楚。」

六娘一愣：「什麼!?」

是的，她存了私念，陳家的氛圍，家規，陳青和魏氏這樣的翁姑，陳太初這樣的少年郎。她也有一己私念，想舉案齊眉終老此生。她想守住自己的心，相夫教子，孝敬公婆。可這對陳太初，何其不公？正如陳太初未向蘇昕提親是因為他喜歡自己，對蘇昕極不公平，可是自己呢？自己心裡也有了趙栩，卻只想要隱瞞終生，借著父母之命，換一個穩妥的依靠。人生之路漫漫，何其修遠，陳太初和蘇昕一樣都值得一個全心全意傾情相待的人。起碼，要告訴陳太初自己的私念，由他決定。

想起陳太初那雙永遠含笑期待的雙眼，九娘越發愧疚難當。家裡守孝的幾年裡，一向不送節禮給親戚同僚的陳家，這兩年給木樨院的節禮從來沒斷過，她也知道木樨院以親家的禮單子在回禮。自從她們孫輩出了孝，陳太初每逢休沐也總會來府裡，有時去馬廄替自己看看馬，有時和孟彥弼一起教陪她們射箭，有時只是送一份點心果子。他君子之道待她，她卻欺之以方。

「沒事，沒事。」九娘鬆了一口氣，笑著躺下。她差點成了蘇瞻啊，不說，瞞著，以為只要做好自己該做的事就好了。可是卻忘了有時候不說也是欺騙的一種，倘若說了，對方何嘗就沒有其他更好的選擇？

安息香繚繞，春夜難將息，六娘聽著九娘均勻的呼吸，深深歎了口氣，看著帳頂。她也有私念，不止一次慶幸自己不用入宮，她不想，不願意。她為翁翁抄了許多經，她滿懷感恩，若不是翁翁，她恐怕已經在宮裡了。

第一百四十四章

天濛濛亮，翰林巷裡靜靜的。昨夜落了半夜喜雨，石板路上冒出頭來的碧草更顯得翠意盎然，背陽牆角的青苔也沁綠一片。尚有些濕意的石板路上，還有些水漬，飄落著些玉蘭花瓣，跟玉勺似的，顏色已經赭黃，卻依然很舒展。

陳太初慢慢踱到第二甜水巷和翰林巷的轉角處，停下腳。轉眼已快三年了，他上次等在孟家附近，是在東角門南邊的觀音院前。枯立大半夜的他在清晨，醍醐灌頂，初識心悅滋味。沒什麼道理也沒什麼緣故，只是他時不時會想起，不經意會牽記，想起時心裡鼓鼓的，如帆遇風；牽記時心裡空空的，擊甕叩缶。今日一樣是等，心情卻已大不同。

眉目間英氣勃發的青衣郎君，聽不見隔巷早市的嘈雜，不自覺微笑著抬起頭，見那孟府粉牆黛瓦上一簇簇的粉薔薇，不搖香已亂，無風花自飛，一夜過去花瓣更是碎碎散落了兩條巷子。

一陣風過，牆上又凌亂飛下亂紅，還沾著水氣的幾片花瓣落到他衣角上，不肯走了。陳太初垂頭看了看，還是彎腰輕輕彈去了它們，順著花影望去，竟有種滿地殘紅都是被他拂去的愧疚。

不遠處孟府西角門口停了五六輛牛車，幾匹駿馬也早收拾妥當，馬僮執韁待命。眾部曲精神抖擻，列了兩排。陳太初的十幾個隨從也牽了馬等在車隊後頭。

陳太初聽見角門開了，轉過身來急行了幾步，見孟彥弼身穿朱衣朱裳，笑嘻嘻地朝自己揮手，便慢了下來也笑著揮了揮手。孟彥弼肩膀上坐著肥嘟嘟的孟忠厚，正興奮地在爹爹肩頭不停往上拱著小屁股，嘴裡咿咿呀呀喊個不停。

六娘、七娘、九娘頭戴長紗帷帽，跟在杜氏和范氏身後出了角門。

「你們就不能陪我坐車嗎，騎馬有什麼好的？」七娘嘟著嘴。

六娘和九娘這一年多在小小的演武場學騎馬，終於有了用武之地，笑著將她推上范氏的牛車：「有三郎陪你，不會悶的！」七娘進了車子，不等脫下帷帽，又掀開車簾問：「三郎呢？三郎呢？」

九娘往車隊前頭看，孟彥弼和陳太初正有說有笑地朝他們走過來，孟忠厚卻已經坐在了陳太初的脖子上。

幾個人互相見了禮，車上車下的三姊妹看著陳太初，實在忍不住笑出聲來。孟忠厚的一隻小手正拽著陳太初頭上的青玉束髮冠，另一隻小手毫不留情地拽出了幾縷髮絲，放進嘴裡咬了起來，小嘴裡的口水順著髮絲往下流。

陳太初哭笑不得。范氏從車裡探身出來：「啊呀！三郎你別吃頭髮！」

孟彥弼側頭仔細看了看，趕緊把頭髮從兒子嘴裡拽出來，直接用袖子給他擦了擦口水，一把拎了過來：「笨！頭髮能吃嗎？腸子會打結的。」全然不管被兒子折騰得又疼又髒又狼狽的陳太初。

九娘忍著笑遞給陳太初一塊帕子：「對不住太初表哥了，三郎糊了你一頭的口水。」

陳太初接過帕子笑道：「不礙事。」被送到車邊乳母懷裡的孟忠厚扭著小肉屁股往外掙，整個兒倒仰下來，朝著陳太初伸手：「叔——抱——抱！」

孟彥弼咿了一聲，乾脆將兒子又抱過來塞到陳太初懷裡：「太初，你抱著他騎馬算了，也省得折騰他娘。」

孟忠厚立刻緊緊摟住陳太初的脖子，小嘴咧開來哈哈笑。孟彥弼拍了兒子屁股一巴掌：「一路可不許尿在你叔叔身上！記得喊！」

陳太初笑著抱了孟忠厚，陪著六娘、九娘往後走，看著她們上了馬，又替她們檢查了腳蹬的長度，才一手抱了孟忠厚，單手撐鞍，飛身上馬。孟忠厚啊地尖叫起來，興奮之極。

六娘、九娘回頭看小人兒，卻見陳太初轉瞬又已經下了馬，面上有些尷尬，又掩不住笑意。他那件青色半臂的腰下，已經濕了一小塊，手中舉著的孟忠厚，屁股上還在往下滴水。

孟彥弼趕緊下馬拎過兒子，笑道：「童子尿值千金，太初，看來你大喜在即。自家人不用謝，別客氣！沒關係啊！」

陳太初苦笑道：「二哥，似乎該我說沒關係吧？」

杜氏聽了，趕緊讓乳母去把孟忠厚接到車上。范氏和七娘在車上笑成一團。六娘和九娘在馬上笑彎了腰。

車隊慢騰騰往城西而去時，天已大亮。翰林巷子兩邊的鋪子已搬開了板門，鄰里間問候聲不斷。

陳太初換了一身墨灰涼衫，看著前頭穿了紫丁香色旋裙的少女，帷帽長紗，垂墜到腳，偶有風過，長紗下的旋裙也會輕輕飄動。懷中那塊素帕子的一角，也繡著一朵紫丁香。想起早晨母親問自己婚期定在年底還是明年春天，陳太初似乎覺得春日的晨光也灼灼燒人。春天吧，明年春天阿妧十六歲了，她的嫁衣能薄一些，總比冬天更舒服一些。

出了順天門，沿途已可見不少皇城司的人，過了金明池，雖然沒有禁軍封路，一路也不見閒雜人等。還未到蘇家的田莊村口，遠遠就可見禁軍精兵一路嚴陣以待，倒把阡陌縱橫的水稻田擋了個嚴實。稻田裡也自然沒了農人。

官家在馬車上搖頭感歎：「說了微服，微服，這般擾民，倒是我的不是了！」

蘇瞻拱手道：「陛下萬金之軀，臣等不敢疏忽。城外此處民眾甚少，還請陛下寬心。」

崇王半躺在一旁，搖著宮扇笑道：「下次臣和哥哥偷偷溜出來，不告訴和重就是。還記得小時候有一回，大哥您要帶臣去相國寺萬姓交易看大象，都溜到金水門了，還給娘娘派人捉了回去。臣倒沒事，倒是大哥挨了十板子。」

官家放下車簾，笑道：「娘娘待我，一貫極嚴。是我太過任性了，虧得小娘娘跪了好幾個時辰，我才少挨了十板子。」

說到已逝的郭真人，車內靜了下來。片刻後崇王撐起身子：「大哥，臣記得後來娘娘特意讓人帶了大象進宮，那兩頭象會下跪，會作揖，還會蹴鞠！」

官家笑了：「是的，那兩頭會蹴鞠的大象，後來就豢養在象院，如今還在呢。等端午，讓牠們蹴鞠看看。有一頭如今也該六十歲了。」

六十歲，一頭象都可以安然無恙活到六十歲，可是她，卻沒能活到六十歲。

官家轉身親自替崇王背後墊了一個引枕，歎了口氣：「三弟你還是要娶妻生子才是，不然等我老了，又怎麼能放心你呢？」

蘇瞻心中也猛然刺痛難忍，眼圈一紅，點頭勸道：「官家拳拳之心，崇王殿下當遵聖意才是，莫令陛下憂心。」

崇王但笑不語。馬車也漸漸停了下來。

官家一行進了正院上房，女史自引了趙淺予去後院。

陳青帶著陳太初，孟在、孟存帶著孟彥弼，還有蘇昉都上前拜見官家，行了君臣大禮，又和崇王、趙栩相互見了禮。

崇王讓人推著輪椅，細細打量蘇昉和陳太初，見他們二人神色自若，含笑而立，姿容無瑕，神情更佳，不由得歎道：「彼其之子，邦之彥兮。」蘇昉嘴角微微一抽，不知道這位崇王是讚他們還是要罵他們。崇王又看向陳青和孟在表兄弟兩個，嘖嘖稱奇：「不知道的，還以為你們才是親兄弟。大哥，臣還以為和重與六郎已經是人間絕色，沒想到今日臣真是開了眼界。我大趙美男子恐怕全在此屋了。」

趙栩笑道：「今日侄子也開了眼界，原來最會奉承和自誇的是三叔您。」

蘇昉沒想到趙栩和崇王說話這麼親近自在，又仔細看了崇王兩眼。

官家大笑起來：「伯易和仲然真是瘦了許多。和重，他們起復一事，二府可議定了？」

「稟陛下，伯易官復原職，還回樞密院，已經定下了。因如今的知制誥是文宗修在任，仲然的事還在商榷。」蘇瞻起身拱手答道。孟存的官職原本是定下了，偏偏二府昨日一早就收到太后的懿旨，他心中有數，壓著還未用印，讓吏部重新商榷孟存的起復，也正想著今日找時機先向官家稟報。

官家擺擺手：「和重坐下說話，你是主，我是客，說了微服，你們這般，我倒沒了興致。原本就是要和子平一同來試試百姓人家的日子，你們幾個都不要再多禮了。」

蘇瞻正中下懷，笑道：「若是官家不嫌棄，院子裡倒有個地方，能隨意說話，不妨一坐。」

官家站起身：「和重引路就是。」

眾人跟著蘇瞻到了上房後的院子裡。牆角青松碧綠，東北角上一個茅草頂的木亭，離地六尺有餘，需從一邊沿著青石坡而上，倒也古意盎然。上了亭子，三邊舊舊的木欄杆，地上兩排矮榻，上頭已擺放了各色果子，杯盞齊全，卻無椅子，只有十來個靛藍棉布坐墊，十來個大引枕有黃櫨色也有檀色。又見亭子前邊一個小小池塘，裡頭種了些荷花，一隻烏龜正懶懶趴在池塘邊芭蕉下的一塊大石頭上。

崇王笑道：「此處說話甚佳，需來點好酒。」

蘇瞻笑著搖了搖亭子一角垂下來的麻繩，鈴鐺聲起，廊下穿著布衣，腳踩木屐的內侍和宮女們，捧著酒壺應聲而來。眾人抬頭，見茅草頂下面，四角都各有一個銅鈴鐺，垂下繩子，便於主人客人坐著甚至躺著也能隨時喚人來。

官家撫掌：「倒似我睡在福寧殿床上一般方便。不過我那金鈴不如你這個好看。」就讓兩個內侍將崇王抬下輪椅，安置在自己身邊，又讓眾人坐下。

蘇瞻等人跪坐墊上，趙栩幾個小輩就立於一旁親自斟酒。官家笑著說陳青：「漢臣你們幾兄弟都不如我們兄弟二人自在，穿成這樣，不好看，需配了道袍才好，還能勉強往魏晉風流上靠一靠。」

孟存心頭十分疑惑自己起復一事，他前些時就聽說自己是要回翰林學士院的，怎麼今日蘇瞻卻又說有待商榷，便笑著拱手道：「此地雖無流觴曲水，卻也天朗氣清，惠風和暢。只怕年輕一輩恐會覺得無趣，依臣看，不如讓他們四個自去。」

官家大笑著擺擺手：「仲然這是把和重家當作山陰蘭亭了。不過和重一手好字也不遜於王右軍，文采不輸曹子建。今日寫上一幅，送給子平，讓他多多欠你人情。六郎他們四個，定是不願意陪在這裡的。不過，我要先見見汴京小蘇郎。大郎，來，坐近了說話。」

蘇昉緩步上前，雙手平舉交疊，躬身行了拜禮，不卑不亢道：「小民蘇寬之見過官家。」

官家擺了擺手：「不必多禮，你兩次對阿予施以援手，我還不曾嘉獎你。正要好好謝謝你。」「天生烝民，有物有則。民之秉彝，好是懿德。小民不敢居功。」蘇昉沉靜自若。

趙栩扭頭看了看那大石上趴著的烏龜，反正蘇家人的口才總能應答如流深得聖心，他也用不著替榮國夫人憂心蘇昉。倒是這烏龜他記得阿妧也有一隻，養在木樨院後的池塘裡，不知道現在多大了。兩年多不見阿妧，不知道她瘦了還是胖了，高了多少，還會不會像以前那樣對自己疏離又客氣。想起阿妧，不免又想起陳孟兩家議親一事來。他側目看了一眼陳太初，見他眉梢眼角都隱約帶著些喜色，心下不免黯然。

「聽你父親說這兩年你遊歷了吐蕃和西夏，有何心得？不妨說來聽聽。」官家和蘇昉說了幾句家常話後，溫聲問道。

蘇昉略思忖了片刻：「小民由川入吐蕃，再由秦鳳路入西夏。大體沿著茶馬互市的線路而行，吐蕃諸部百年來分裂甚多，無人有德一統各部。小民所見吐蕃人無論貴族或平民，皆不可一日無茶，邊疆牧民也多會說川語，也有牧民移居入川，棄食肉乳，改食米糧，穿襴衫，更讓子女讀孝賢書學禮儀。小民卻未曾見有川民去吐蕃改放牧為生的。可見聖人處無為之事，行不言之教。假以時日，又何須擔憂邊疆有刀兵之禍？」

官家歎道：「和重，大郎所言，和你的主張倒是相似，教化之功，功在百年，大善啊。」

趙栩的目光落在蘇昉挺直的背影上，心底有些不以為然，蘇昉始終還是局限在讀書人的那套教化之功上。

崇王搖了搖扇子笑道：「大郎親眼所見親身所歷，見解果然有意思。六郎好像有些不服氣？」

官家搖頭道：「六郎從小愛打架，他是信拳頭不信書本的。六郎，你要記得固然君子和而不同，更要諮諏善道，察納雅言。我大趙，非趙氏一族之天下，與士大夫共治天下，乃太祖所定，百年來足見成效卓著。為君者，不宜妄自菲薄，更應開張聖聽才是。」

趙栩上前幾步，行了禮：「臣謹遵爹爹教誨。」

蘇瞻心中一凜，和孟存對視了一眼。官家在他們這幾個文武近臣和崇王這個宗室面前，第一次這麼明顯地教導燕王為君之道。看來兩年多了，官家心意並未改變。

陳青垂眸不語，他和孟在兩人都是在邊境殺敵無數的，所見所聞所感自然和蘇氏父子不同。

蘇瞻笑著問趙栩：「燕王殿下對邊疆有何見解？不妨也暢所欲言，讓臣等一聞？」

陳青略抬了一下眼皮。蘇瞻這兩年看似不摻和立儲一事，心底看來從來沒有改變過對六郎的成見。

趙栩看向官家。官家笑了：「沒事，今日都是私下說話，儘管說來。」

趙栩點頭道：「教化一事，功在社稷，自當宣揚。但臣以為，若是那小狗小貓，呲牙露齒，給些魚肉，讓其得了甜頭，知道認主後乖順了才有好日子過，自然可行安撫教化之策。可換作虎狼之類，若是給肉念佛，恐怕大趙捨身飼鷹只會令其貪念更甚。」

崇王撫掌道：「有道理有道理，便是那狗，也有惡狗吃了肉還不肯讓路，須得打狗棍才行。」

蘇昉神色不變，垂首看著自己放在膝前的雙手。上位者，多的是不見百姓黎民之苦，一味窮兵黷武，追求功績之人。六郎，難道真如官家所說，不信書本只信拳頭？

趙栩笑著坦然道：「只看吐蕃諸部，歷來親近西夏和契丹，在西北甘州、涼州、河湟地區從不安分，反覆無常，也和我大趙打過十幾回。要不是西夏令得吐蕃諸部人人自危，張子厚恐怕不能說服他們歸附大趙。梁太后近年掃平回鶻餘部，河西已盡歸西夏。臣深覺梁氏野心勃勃，絕非善類。依臣愚見，大趙子民，當好生教化他們聖人之言。那些番邦屬國，若是大理、高麗這樣的，自也可多賜帛匹，但西夏、契丹這種武力強悍之國，唯有比他們更強，才能保大趙邊境平安。」

官家欣賞地看著趙栩，點頭笑道：「六郎所言也甚有理。之前若不是陳元初，西夏恐怕還不會那麼快上表稱臣。」

蘇瞻笑問：「難道依燕王殿下所見，我大趙如今難道比西夏、契丹弱？」

眾人目光都看向趙栩。

趙栩沉聲道：「論國力，西夏、契丹當然遠不如我大趙。論武力，一則取決於領兵之將，二者我大趙的確缺好馬，缺騎兵，尤其缺重騎兵。一旦對戰，勝負難料。」

蘇瞻溫和笑意不變：「還請殿下解惑。」

「大趙二十三路禁軍六十萬人，重騎兵僅有兩萬人不到，且全部在西軍。輕騎兵也只有兩萬而已。天波府楊令公當年大戰契丹，全靠楊家將萬餘重騎才能獲勝。中原雖然城池堅固，但邊關地廣人稀，西夏有鐵鷂子重騎兵三萬，契丹有御帳親騎五萬餘人，其橫掃突擊之力，絕非步兵可擋。故而對戰勝負難料。」趙栩緩緩道來。

蘇瞻笑道：「熙寧十年，就在此地，殿下親見，西夏百餘騎兵突襲，卻要靠偷來的大趙重弩方能將毫無防禦的臣家夷為平地。再快的騎兵，在城池之外，重弩萬千之中，血肉之軀，也無用武之地。殿下多慮了。國與國之間，上兵伐謀，其次伐交，其次伐兵，其下攻城。窮兵黷武，非上策也。」

官家點頭歎道：「和重所言，六郎好好想一想罷。」

趙栩躬身應了，退回一邊。陳青微笑著對他點了點頭，趙栩心知舅舅認同自己的看法，不由得為之一振。

官家又問蘇昉：「對了，大郎你這次帶回不少張載的著作，想必也頗有所獲。正好今年禮部幾番上書要尊他為張子，封先賢，奉祀至曲阜孔廟，呂相幾位覺得過譽了。如今二府還在商議，大郎無須拘束，你有何想法？」

蘇昉肅然起敬道：「小民以為，橫渠先生當得起先賢張子之號，應奉祀至孔廟。若天下讀書人皆能為天地立心，為生民立命，何愁萬世無太平？自諸子百家以來，歷朝獨尊儒家，無他，以民為本也，心懷天下也。此乃為君之心，為君之道。橫渠先生所教，乃讀書人之本，為臣之道。君臣一心，方可天下太平。」

官家擊案大笑：「好！好！好！好一個為臣之道。和重，張載一事，二府應無需再爭了。誰要反對這樣的為臣之道，也不配做我大趙的臣子。」

趙栩和陳太初都不禁在心中默念，為天地立心，為生民立命！兩人相視一笑，眼中神采飛揚。

「巴蜀人傑地靈，和重同榮國夫人皆是出類拔萃之人，能撫育出寬之這樣的孩子不足為奇。」官家轉念間有所思，看了看陳太初，又看了看蘇昉，笑歎道：「和重，你家大郎可有訂親了？」

蘇瞻心中一動，拱手道：「稟陛下，大郎尚未訂親，不過他心中已有了親厚之人。臣也十分贊成，不日裡就會請官媒上門提親。」他心思機敏，立刻想到陳青這幾年屢次裝聾作啞，不讓陳太初尚主，恐怕官家找女婿找到了阿昉身上。一旦尚主，阿昉此生就真的和仕途絕緣了。他蘇家子弟，寒窗十年，豈能同那些個內侍或商賈人家的子孫一般，去任個監軍或掛職的殿直。

蘇昉一怔，看向父親，他轉瞬就明白了父親託辭下的深意。不知為何，想起方才驚鴻一瞥，趙淺予對著自己笑得極甜的模樣，時隔三年不到，當年的阿予，如今已經娉娉嫋嫋，姿態妍然。蘇昉垂下眼，靜思量。

官家露出一絲失望之意，看看一邊身姿如松的陳太初，面如冠玉的孟彥弼，人家的兒子和自家的兒子，都好得很，怎麼偏偏找不到一個配給阿予？

崇王笑道：「和重快說，是哪家名門閨秀？也好讓大哥心中有數，別錯拉了配給我。」

官家大喜：「三弟這是願意娶妻了？」

崇王躬身道：「大哥待臣，臣肝腦塗地無以為報，實在不該一再推脫。子平錯了。」

官家舒心大笑一番後，問起蘇瞻來：「和重，來來來，說說你看中的佳媳是哪家的閨秀。」

蘇瞻料不到被崇王一句話逼得騎虎難下，便笑道：「臣有表妹程氏，嫁給了伯易和仲然的弟弟，如今襲爵忠義子。他二人膝下嫡女，排行第九的，自小和大郎親近投合，聰慧賢淑，堪為良配。臣想著——。」

他一句話還沒說完，好幾個人齊齊異口同聲道：「萬萬不可！」

官家和崇王面面相覷，蘇瞻更是一愣。孟存起初還沒反應過來，待想明白蘇瞻是要替蘇昉求娶三房的九娘，先是失落，又是驚喜，更不懂為何陳青父子、蘇昉，還有燕王都紛紛出言反對。他看了一眼身邊的長兄，孟在卻依舊垂眸不語，毫無異色。

蘇昉喊出一句「萬萬不可」後，漲紅了臉，羞憤、悲哀、怒意，如滔滔江水入海，在胸口激盪迴旋不已。自己以前也告訴過父親阿妧的聰慧之處，父親只感歎可惜阿妧託生錯了娘胎，做了孟家的庶女。如今記名做了嫡女的阿妧，竟被父親隨意拿來推搪官家，在他心裡，除了他自己，其他人其實都無所謂。更何況阿妧和娘親在天之靈互通，這般亂拉姻緣，簡直荒謬絕倫。

陳青笑著舉起酒盞：「一家好女百家求，和重，對不住了，漢臣三年前就已經替太初和九娘換過草帖子，這幾日孟家的細帖子就要送到家中定下婚期了。之前因安定侯去世，兩家未曾對外說起過，倒害得和重今日要失望了。」

孟存尷尬地笑道：「三弟果然瞞得嚴實，我和大哥都毫不知情啊。」

孟在眼一抬，看向蘇瞻：「議親一事，伯易倒是聽娘提起過確有此事。因上山結廬守孝，大定一事，伯易和仲然也是現在才知道的。不過，三弟的嫡女，還有七娘，二弟家中也有賢名遠播的六娘，蘇相盡可為大郎相看。」

趙栩喊出一句後，卻覺得他們的聲音漸漸極其遙遠，模糊不清。婚期？誰和誰的婚期？他轉過頭，看到陳太初眼中的歉疚，更覺得不可思議。可這眼神，卻已似萬箭齊飛，令他胸口血肉模糊。他想拔足飛奔去後院，親口問一句阿妧你可是想要嫁給太初？可是他的兩腿好像澆了鐵，發麻發疼，那句話會有什麼答案他更連想都不敢想。

崇王的聲音由遠漸近地傳了過來：「和重，漢臣，你們也太有意思了，這汴京城裡宗室貴女過千，名門閨秀遍地，怎會看中了同一個小娘子做兒媳？可是和重，你家大郎為何也說萬萬不可呢？」

滿亭的人都看向蘇瞻和蘇昉父子倆。陳青仰頭喝下盞中酒，新酒清洌，餘味有甜。崇王這個坑，替蘇瞻挖得可不淺吶。輕乃父子不和，私德有失。重乃推託尚主，欺君之罪。

忽然，天上隆隆作響，亭子上驚起幾隻燕子，低低掠過池塘，燕尾抄水，瞬間越過粉牆去了。

春雷一聲發，驚燕亦驚蛇。蛇沒有驚到，大石頭上的烏龜阿團卻縮回了頭，慢騰騰地往石頭下挪去，想要躲回池塘裡。

這一陣雷聲後，那暮春之雨嘩嘩落了下來，池塘裡泛起千萬大大小小的波紋圓圈，環環相扣，重重疊疊。亭子上頭的茅草被雨打得淅瀝作響。這雷聲，也把趙栩的魂魄給炸了回來。

第一百四十五章

雨聲滴滴答答中，蘇瞻笑著看向崇王：「大郎為何說不可，我這個做父親的還真不知道。這些年來他在我面前唯一提起，經常提起的，也就是孟家這位小娘子了。」他轉頭看向蘇昉，黝黑的眼眸越發深沉：「難不成是爹爹誤會了？阿昉？」

蘇昉看了一眼父親眼裡的一線寒冰，側身垂眸道：「是兒子令爹爹誤會了。我待九娘，只有兄妹之情，家人之親，也早就知道太初和九娘議親一事，故而從無男女之思，是兒子的錯。」

蘇瞻點頭笑道：「原來如此。」他對官家拱手道：「還請陛下恕罪。亡妻有遺命，讓大郎自選賢妻。和重這些年也未曾替他做主，可臣身為父親，卻連兒子的心思也不盡知，真是愧對他母親了。」

官家苦笑著擺擺手，心裡更不是滋味了。這蘇和重和陳漢臣一個德性，亡妻遺命，就是這莊稼漢，誰家的兒子能自選賢妻？皇帝的女兒不愁嫁，他的阿予，難道還選不到比他們兩家兒子更好的郎君了!?

蘇瞻卻又恭敬地說：「陛下，說起孟家的小娘子。昨日二府已收到太后娘娘的懿旨，宣召仲然兄的女兒孟六娘入宮擔任慈寧殿掌籍一職。」雖然丟了一個女婿，卻得了一個好兒媳，希望官家別太放在心上。

官家點了點頭，想起以前答應過娘娘，他自不會反悔。二府恐怕也都明白娘娘的用意，故而還未決定孟存起復的職位。官家看向孟存笑道：「你家的六娘，娘娘是一直喜愛有加的，只怕仲然你捨不得了。」

孟存吃了一驚，想起幾年前妻子哭訴過的話，太子妃三個字一閃而過，想到二府還在商榷自己的起復，頓時大喜，心怦怦跳得極快。原來娘娘竟沒有忘記此事！他趕緊朝官家跪拜下去：「蒙娘娘恩典，孟家感激涕零，又怎會捨不得。只是小女愚鈍，怕不堪重任。」他壓抑住瞄一眼趙栩的念頭，匍匐在地。

趙栩心中火急火燎起來，若是做掌籍女官，這份懿旨就還是熙寧十年的那份，不知道出了什麼事情令太后娘娘等不及立儲了。

官家笑道：「娘娘看中的，總不會錯。六郎，孟家兩個小娘子也是你那個桃源社的吧？今日可都來了？」

趙栩眼皮一陣亂跳，正想要說六娘、九娘沒來，卻聽見孟彥弼拱手答道：「稟陛下，臣今日帶著妹妹們一早就到了，她們應在後院陪公主殿下說話呢。」

後院的上房中，坐滿了人。窗邊的羅漢榻上，九娘和蘇昕盤腿靠在牆上，趙淺予半躺在九娘腿上，六娘、七娘也脫了鞋，五個人頭靠著頭，在聽蘇昕輕聲說著蘇府浴佛節這天發生的大事。

「真的險些掐死了？」趙淺予捂著嘴低聲問道，驚駭之極。

蘇昕歎了口氣，點點頭對九娘說道：「那個王二十四娘，也不知道怎麼就打暈了兩個婆子，闖進王瓔修行的小佛堂討要兒子，卻反而險些被王瓔掐死。」

六娘蹙眉問：「她這是瘋了吧？為何蘇相不乾脆休了她，把她們都送回青神去呢？」

趙淺予卻歎氣：「阿昉哥哥真是可憐，那個瘋女人生的妹妹，以後要他照顧呢。」

九娘不願她們知曉那些舊事，只岔開話題問蘇昕：「阿昕姊姊，你怎麼瘦成這樣了？」

六娘和七娘細細看蘇昕，才覺得她果然瘦得厲害，鎖骨突出得厲害。

蘇昕笑道：「怕是因為長高了許多的緣故，我還擔心會比阿妧矮，方才比了比，放心了。我娘也說長個子的時候人會瘦。」

九娘卻擔憂她急急選擇周家訂親，其實是太過要強，心底並未真正放下陳太初，當著這許多人的面，只能委婉地道：「你若是有什麼心事，不妨和我們說說，可別憋在心底。」

蘇昕大笑起來：「我這手已能穿衣拿箸，雖然不能寫字，但左手寫字也還算工整，不愁吃穿，能有什麼心事？我娘說我像大伯母，你們不知道，我大伯母生了大哥後，還又長高了三寸呢！所以才那麼瘦！」

面南的羅漢榻上，魏氏抱著孟忠厚不肯放手，又親又摸，從元初到又初，個個生下來都很瘦，哪裡像孟忠厚這樣白胖可愛。她一眼見到孟忠厚就愛得不行，那兩個垂累下墜的腮幫子，摸上去滑不溜丟，實在忍不住不多捏兩下。

史氏仔細聽杜氏和范氏說著撫育孟忠厚的一應瑣事，偶爾看看窗邊榻上的蘇昕。

「自打四個月起，三郎夜裡就一覺到天亮。乳母都說從沒見過這麼好帶的孩子。」范氏笑盈盈地說道：「九個月大，就扶著矮几自己顫巍巍地站了起來，倒把我和娘嚇了一跳。十個月就邁步了，一歲不到，就會說馬字，八成是被阿妧她們帶著經常去看馬才學會的。」

杜氏親自給范氏遞了一小碟子酸梅子：「史娘子你不知道，阿范為了這個還哭了一回，私下來問我為何三郎沒有先叫娘，是不是她待兒子還不夠好。哈哈哈哈。」

范氏羞紅了臉。孟忠厚在魏氏懷裡小腿蹬了幾下喊了起來：「姑姑——娘——姑——娘！」逗得史氏也笑得不行。

魏氏被他小腳蹬了一下肚子，把他送到杜氏懷裡，用帕子掩住嘴，忍住欲嘔的感覺，順手從范氏碟子拿了兩顆梅子，放入口中。

范氏看在眼裡，咿了一聲，還沒出聲。杜氏已經疑惑地低聲問道：「表嫂你難道？」

魏氏紅著臉點了點頭，她這個年紀還有孕，實在太過羞人。杜氏三個愣了半天，才齊聲賀喜。窗下五個小娘子便都探頭問賀喜什麼。

杜氏笑著說：「大喜大喜！你們表叔母又有了身孕！」

九娘幾個一愣，驚呼出聲，跟著紛紛跳下榻來，笑著到魏氏身邊盯著她還平坦的小腹左看右看。

趙淺予更是跳了好幾下：「舅母真的嗎？舅母這次可一定要生個女孩兒！我要有表妹了！啊呀，舅舅知道了嗎？太初哥哥知道了嗎？」

魏氏扶額道：「託阿予你的金口了，若再來個兒子，舅母可真不知道該怎麼辦了！名字都沒法取了。」

九娘想到元初、太初、再初、又初四兄弟，忍俊不禁：「叔母定能得一位千金！」

魏氏自從又有了身孕後，比往日更善感，忍不住伸手拉過九娘道：「在我陳家，女兒才更金貴呢。就是太初他們兄弟幾個都生不出兒子，你表叔也說過不要緊的。」

九娘一怔，臉上火辣辣的。六娘和趙淺予都笑了起來。

這時，宮中的女史進來稟報：「官家宣孟氏六娘、九娘見駕。燕王殿下和蘇東閣在院子裡等著接兩位小娘子。」

六娘和九娘一呆。杜氏趕緊道：「玉簪，你們幾個快去給小娘子們準備木屐和蓑衣。」史氏也吩咐侍女們去廊下取油紙傘。

趙淺予依偎著魏氏笑道：「阿妧，你們別害怕，我爹爹最和氣了，我做錯事他從來捨不得責罵我一聲。」

九娘苦笑著握了握六娘的手，六娘手中汗津津的。

趙栩負手站在院子裡，不錯眼地看著上房門口進進出出的女史、玉簪和侍女們。斜風細雨裡行來，雖一路打著傘，半邊肩膀已經微濕。趙栩只覺得胸腔裡那顆心有時跳得極快，有時卻又似乎不再跳動了，原本應該定下心來好好謀算眼前的形勢，卻根本沉不下心。

蘇昉撐著傘走近他，和他並肩看著廊下忙忙碌碌的人，低聲道：「六郎，放過阿妧吧。」

趙栩本不想答他，想了想還是開了口：「阿妧是阿妧，不是你娘。」你蘇昉未免管得太寬了。

蘇昉苦笑道：「官家剛才的意思連我都明白得很。六郎你日後做皇太子，甚至登上那個位子，難道忍心讓阿妧身陷後宮爭鬥傾軋之中？」

趙栩抬了抬下巴，他要做的事，無需對阿妧以外的人交待。

廊下玉簪打起簾子，兩道身影先後被簇擁著出了門。

趙栩只一眼，便看見了那身著紫丁香旋裙的少女，似乎和他想過無數次的面容並不一樣，卻又不陌生。穠華濃麗的五官，隔著春雨簾幕，籠上了一層如煙似霧的輕紗，再看一眼，那輕紗不過是她眉眼間的淡然。

九娘扶著玉簪的手，剛邁下臺階，尚未抬頭，眼前已是一雙玄色鑲銀邊雲紋的靴子，靴尖微濕沾了少許泥花，靴子以上，煙灰色道袍下襬在春雨中微動。

「我來。」兩個字有些暗啞，像是貼著她耳畔說出來的，九娘心慌意亂，竟沒勇氣抬頭看一眼。一隻手接過玉簪手中的油紙傘，不容置疑，不容拒絕。玉簪傻傻地接過趙栩塞給她的另一把傘，退到一旁。

修長的手指，白玉雕成一般，在九娘眼下穩穩地握著青竹傘柄，只差毫釐就碰到她肩頭，伽南奇香從他腕間，順著空中的水氣幽幽漂浮在九娘的鼻尖。

「六哥萬福金安。」六娘上前，福了一福，憂心地看了垂眸不語的九娘一眼。

九娘回過神來，側身低語：「六哥——」待要行禮，一隻手已托住她手肘。

「還是我來吧？」蘇昉收了自己的傘，上前來，擋在趙栩和九娘前面，伸出手。趙栩這是什麼也不顧了？他替阿妧撐傘，給亭子裡的眾人看見又算什麼。他那性子，誰也不知道他會做出什麼事來，就是他現在拖著阿妧就此離去，也不無可能。

九娘掙了掙，那隻手卻鐵鉗似的，不但牢不可脫，還火熱燙人。

趙栩這是怎麼了！九娘求助地看向蘇昉，滿臉疑惑。

「我，來。」趙栩微微眯起眼，吐出兩個如玉擊石的字。

連六娘都似乎感到了一種危險的氣息，她笑道：「阿昉哥哥，勞煩你替阿嬋撐傘吧。我和阿妧都比她們高，她們也費力得很，還難免會不周到。」

蘇昉深深吸了口氣，看著九娘點頭道：「好。」他轉身接過六娘女使手中的傘。

待他們二人帶著女使已快走出垂花門。趙栩垂眸看了看身前的人，放開她的手肘，低聲道：「走罷。」

這樣的見面，從來不在九娘的預料裡。一言一行，她幾乎失去了應對的能力。這時才慢慢定下神來，九娘提起裙襬，緩步前行。

那手，那傘，那香，那人，未離須臾。

那句想問的話，在趙栩舌尖翻滾，他卻不敢問出口。芙蓉池邊，他開口問了，卻只遺下那根喜鵲登梅翡翠釵在冬日池水中無影無蹤。他不知道心中這句問出來，又會如何，他不知道自己還承受不承受得住。

「傘。」九娘看著那油紙傘全在自己這邊，忍不住輕聲提醒道。話一出口又後悔莫及，那下過千百次的決心，卻抵不過想到他會被雨淋濕的一念。這就是所謂的心不由己嗎？

油紙傘卻又朝她這邊傾斜了一下。九娘的肩膀輕輕碰到身側人的胸口，她一驚，下意識快步向前走了兩步，臉上撲來沁涼的細雨，轉瞬又被油紙傘遮住。

趙栩正待說出口的「阿妧」兩個字，就此生生囫圇咽了回去，心中酸澀難忍，那澀意直竄上眼底。阿妧這是在躲著他，避之不及嗎？若是這段路能走一輩子才好，他一直不問，她就也不會說那些話了吧，就這麼並肩走下去，沒有旁人。

不遠處已是亭子，還未到垂花門，孟彥弼已笑著迎了上來，伸手扶住了九娘：「我來我來，阿妧，仔細腳下，這石板路還挺滑的。」

趙栩默默收了傘，看著她身影流風回雪般漸漸離去，陳太初和蘇昉、六娘正在亭子下面等著九娘，簇擁著一同上了亭子。

趙栩方才被輕觸過的胸口燒起一團火。他抬起頭，木欄杆後面，一個人探出頭來正看著他微笑，一把宮扇越過欄杆對他招了招。

第一百四十六章

亭外春雨瀟瀟，亭內悄然無聲。官家看著眼前行著跪拜大禮，儀態無懈可擊的兩個少女。

左邊一個身穿鵝黃對襟牡丹紋半臂配杏紅旋裙，穠纖合度，儀雅端方。右邊一個穿藕色對襟海棠紋半臂配丁香色旋裙，輕雲籠月，仙姿玉態。兩人都梳著雙丫髻，帶著小巧的珍珠花冠。一時也看不出哪個是姊姊哪個是妹妹。

「免禮，你們兩個和阿予都是姊妹相稱，莫要拘束，抬起頭來吧。」官家柔聲道。

六娘和九娘齊齊應了是，微微將頭抬起少許，依舊垂眸看著前面放著矮几的地面。九娘留意到官家的矮几下隨意擱著一雙腿，竹葉暗紋的白綾襪鬆鬆的半褪著，兩隻石青色僧鞋歪在一旁。九娘留意到那微露出來的小腿格外纖細，怕還沒有侄子孟忠厚的粗，心裡一跳，立刻收回了目光。

「三弟你看看，可分得清哪個是六娘哪個是九娘？」官家笑著問崇王。

崇王歎道：「榮曜秋菊，華茂春松。皎若太陽升朝霞，灼若芙蕖出淥波。曹子建誠不我欺也。兩位佳人，看似年齡相仿，子平看花了眼，分不出來。」

官家笑問：「你們兩個，哪個是六娘？」

六娘平舉雙手齊眉，一拜到底：「孟氏六娘參見陛下。」

官家點了點頭，氣度雍容，言語自如，不愧是梁老夫人親自撫育長大的。

「我記起來了，你是有品級在身的，封號還是娘娘親自賜的。淑德啊，娘娘要宣召你入宮做慈寧殿掌籍女史，你可願意？」

六娘微微一頓，再拜到底：「普天之下，莫非王土；率土之濱，莫非王臣。六合之內，八方以外，皆沐王恩。娘娘有所差遣，孟氏莫敢不從，自當盡心盡力。」

她的聲音柔和中帶著堅定，最後一句，略帶了些微顫抖。官家滿意地點了點頭，到底還只是個孩子呢，也不容易了。想了想，又問道：「甚好。若你在宮中做事，上司的德行有失，淑德你該如何？」

「自當犯上進言。」六娘毫無猶豫。孟存心裡咯噔一聲，暗暗叫苦。官家雖然問的是上司，可言下之意恐怕指的是站在亭子門口的那一位。為妻者，當以夫為天，為臣者，當以君為天。唉！阿嬋這孩子就是太過頂真死板了。

官家揚了揚眉，有些意外：「哦？你不怕上司為難你拿捏你責罰你？」

「怕。」六娘眉眼不動，面色自如。

官家失笑道：「倒是個實誠的孩子，那你為何不明哲保身？」

「六娘幼承庭訓，有幸讀過幾本書認得幾個字。雖身為女子，卻也知道君子之懷，蹈大義而弘大德；小人之性，好讒佞以為身謀。比起被責罰，六娘更怕自己成為小人。」六娘溫聲答道。

「那若是娘娘有錯，你可還會進言？」官家笑容不減，繼續問道。

六娘猶豫了一下：「娘娘行事，非常人可揣摩，對錯是非，更非常人可判定。六娘只知若非德行有虧，小疵不足以妨大美。」

「掌籍一職，在二十四掌中排第五，可見娘娘甚信任你的才學。孟氏族學，揚名天下。之前我也見過孟氏女學出來的張氏，考校過一番，確實才情兼備，也配得上五郎。淑德你說說，這天下百姓心中，什麼最為重要？」官家招手將趙栩喚了過來，指了指崇王。趙栩跪在案几邊上，替崇王倒了一盞茶，將他面前的酒盞挪開，又彎腰替他將那兩隻僧鞋套上。

崇王笑著搖搖頭，看向眼前的孟六娘。

六娘心中甚是為難，思忖著該如何作答。答不好，官家也不可能違背太后的意願免了自己進宮，還丟了族學的臉。她雖然一貫平和不爭，可要在父親家人面前，顯得不如張蕊珠，她卻也不願意。但若是答君王或朝廷，卻也未見出色。

這時身邊的九娘交疊在小腹前的雙手輕輕動了動。六娘眼角見她手指微動，離裙一分，直指地面，頓時明瞭。

趙栩眼皮微抬，將九娘細微動作盡收眼底。

「陛下，天下百姓心中，以田地為最重。」六娘語氣不變，心中暗暗舒出一口氣。

孟存和蘇瞻都面容一肅，心中對太后更添了敬佩。

官家輕笑道：「難道我這大趙帝王，在百姓心中，竟然不比這幾畝薄田重要？」

孟存眼皮一跳。蘇瞻嘴角微微勾起，甚是期待。

「《史記》有言：王者以民人為天，而民人以食為天。自始皇帝一統天下，千年來朝代更替，帝王輪換未斷。六娘沒有見過百世千世傳下來的基業，可中原大地，無論分成多少國，這土地，縱然因澇災旱災兵禍荒廢一年兩年甚至十年八年，始終還是會有人去耕種去收穫。所以百姓心中最重的，六娘以為，一餐飯而已。」六娘的聲音，清澈平靜。

官家哈哈大笑起來：「說到食為天，我也餓了。和重，今日倒要看看你準備了什麼。」他看看趙栩，又看看六娘，甚是滿意，就招手道：「太初，來這裡。」

陳太初行至案前，躬身行禮。

官家看看陳太初和九娘，兩人看著的確十分相配，問道：「九娘是忠義子孟叔常的嫡女？你母親是和重的表妹？」

九娘行了拜禮：「稟陛下。民女生母林氏，乃家父侍妾。民女蒙嫡母不棄，記為孟氏嫡女。」

趙栩聽她不卑不亢的聲音，直接說了自己的出身，心裡的苦澀更濃。

官家有些吃驚，轉念想到孟叔常乃是阮氏所出，卻庸庸碌碌無所成就，不由得皺了皺眉，語帶可惜地感歎道：「你父親——唉，你能嫁去陳家，倒是個有福氣的。等禮成了，太初，你便上書替孟氏請封吧。」

九娘眉頭微微一動。趙栩薄唇緊抿，正要發聲，一柄宮扇忽地壓在了他手上。他側過眼，見三叔崇王正微微搖著頭。

陳太初一拱手，朗聲道：「多謝陛下恩典。孟氏乃大趙百年世家名門，九娘乃先賢孟子後人，家學淵源，才德出眾。能和九娘議親，非九娘之幸，實乃臣之大幸。」他看了九娘一眼，對著官家跪了下去：「還請陛下恕臣唐突不敬之罪。」

九娘眼中一熱，自己何德何能，陳太初竟要、竟敢這麼維護自己。趙栩雙手已握成了拳，垂眸看著那柄宮扇。

官家一滯，不免多看了九娘兩眼，這般驚人的美貌，難怪陳太初在御前也要維護於她。他想起阿予，虧得陳青還是阿予的親生舅舅呢，竟百般推託，不肯做自己的親家。娶妻娶賢，長得好看有什麼用。何況阿予也不比這孟九娘差。這麼一想，官家心裡越發不舒服了。

「孟九娘。」官家有些酸溜溜。

「民女在。」九娘聲音略沉。

「太初說你才德出眾，你有何才德？不必自謙，說來聽聽。」

陳太初心一沉，卻不後悔自己剛才的衝動。這許多人面前，六郎面前，他陳太初若不能維護阿妧，又有何資格厚顏自稱能護她一世？

「稟陛下，太初表哥謬讚，民女愧不敢當。」九娘拜伏下去。

「那就是太初高看了你？實則無才無德？」官家看向陳青。

陳青何嘗不知道官家忽然心裡惱火朝九娘撒火的緣故，只當沒看見官家的眼神，轉看向兒子，心底為他叫了聲好。陳家的兒郎，就該這麼護短才對！至於九娘，才用不著他擔心。

「民女生於內宅一女流而已，豈敢妄言才德二字？所幸上有祖母和先生們教導，能為民女解惑；

外有伯父們和爹爹支撐家業，能讓民女生活無憂；內有母親姊妹們相伴，能讓民女不懼。嘗聞司馬相公有言：才德全盡乃聖人，才德兼亡乃愚人，德勝才乃君子，才勝德乃小人。」九娘頓了一頓：「陛下，不知在座哪位是聖人？還請賜教民女一二，也好讓太初表哥知曉才德出眾應該是怎樣的，日後免得他用詞不當。」她聲音不高不低，甜美中略帶了一絲隨意的慵懶和三分自嘲，入耳難忘。

官家眨了眨眼睛。聖人？就是他身為帝王，也不好意思說自己是聖人，隱隱覺得似乎被這小女子繞了進去，卻一時無語。

「聖人啊？聖人今日沒來，在宮裡統領後宮，為官家分憂呢。」崇王懶洋洋地笑道：「大哥，阿予可一直跟我說起，這個九娘和她最是要好。若是知道你這麼為難她，恐怕她晚上要找大哥鬧騰了。」

蘇瞻凝視著九娘秀致無瑕的側臉，眉目間自然流露的矜貴，隱約有種莫名的熟悉。這樣的口氣，有些自嘲有些自傲，還有些調侃，卻令人啞口無言的口氣，十分熟悉。

官家歎了口氣：「仲然，你孟氏女學果然非同凡響。」

孟存一頭的冷汗，趕緊躬身道：「多謝陛下開恩，九娘年紀還小，不懂事，冒犯天顏，委實是無心的。」

「年紀雖小，倒也知道夫唱婦隨，這親還沒成呢，就來不及地護起短來。漢臣你這毛病倒是傳下去了。」官家搖搖頭：「好了，你們兩個去吧。」

六娘和九娘跪拜行禮後躬身退出了亭子。走到後院花園垂花門口，六娘見到一個高大魁梧的男子退讓一旁，朝自己笑著拱手抱拳行禮，那一口雪白牙齒，誠摯的笑容，在這陰雨天中彷彿陽光一縷，令人自然而然地放鬆下來。方才出園子的時候，似乎他也是這般笑著行禮，可是她太過緊張，竟沒有留意到是章叔夜。六娘微微屈膝後繼續前行，心中若有所失。

進了花園，六娘舒出一口氣：「阿妧你膽子也太大了！」

玉簪一聽，嚇了一跳，剛想問問九娘子見駕出了什麼事，後頭傳來一聲「阿妧——！」

一行人回過頭，見陳太初一個人沒有打傘匆匆而來。

六娘笑著，握了一下九娘的手：「我先進去了。玉簪，跟我進去吧。」

玉簪猶豫了一剎，見九娘伸出手，便將傘遞了過去：「九娘子，奴就候在正院那邊的垂花門處。」

九娘笑著點了點頭。

陳太初面上掩藏不住的笑意：「阿妧。你又長高了許多。」

九娘見他兩鬢沾著均勻的細微雨水，笑著福了一福，將手中的傘舉高後偏了一些過去：「太初表哥也長高了許多，正好阿妧有話要同你說。」

「我們去廊下說可好？」陳太初伸手接過油紙傘：「對不住，今日是我太過魯莽了，官家才刻意為難你。」

九娘轉身笑道：「無妨。多謝太初表哥，其實我的出身也沒什麼可隱藏的，官家說上幾句也沒什麼，也沒有說錯。」

看著他們兩人繞過園子中心的一處竹林，往東面廡廊下並肩緩緩遠去的身影，趙栩的呼吸似乎都停頓了。爹爹說的那些話沒有說錯？阿妧她也覺得嫁給太初是她的福氣？她是在夫唱婦隨彼此維護？

「殿下？」章叔夜不解地抱拳問道，不明白這位殿下匆匆急奔而來為何又不進去說話，剛生出這個疑慮，就見趙栩已經拔足進了花園。

趙栩從另一邊繞過竹林，放緩了氣息，輕手輕腳停在了東廊邊的一座假山後頭，剛屏息站定，就聽見陳太初柔聲問道：「阿妧，在你說之前，我想先問一聲，阿妧你可願為陳家婦？」

九娘歎息一聲，深深行了一個萬福：「太初表哥，對不住！我也只是尋常女子，怎會沒有這樣的貪念。是的，阿妧貪圖陳家的舉家和睦，貪圖叔父叔母的親切通透，貪圖太初表哥對阿妧的關懷備至，貪圖一世安穩靜好——」

假山後穿來石子落地的聲音，「喵」的幾聲，兩隻肥貓雨從假山的山洞裡先後竄了出來，轉瞬沒入竹林間。

陳太初只覺得那兩隻肥貓格外可愛，不由得笑道：「阿昉家的貓和狗上回嚇得跑了出去，後來又都自己認路找了回來，真是難得。」阿妧，這樣的安穩靜好，又怎麼會是貪念呢？

春雨柔柔，織成細幕。章叔夜看著趙栩踉蹌而去的背影，十分納悶。這位殿下，委實讓人琢磨不透。

第一百四十七章

眼前陳太初的笑容，清澈溫暖，暖陽一般，足以照亮這陰雨天。

九娘輕聲問道：「太初表哥，阿昕她那樣待你，又受了那樣傷，你有沒有想過要照顧她一輩子？」

陳太初的笑意漸止：「自然是想過的，在仁在義，我都該那樣做，若沒有這樣的念頭，我陳太初有何面目立於天地之間？」他頓了一頓：「可是阿妧，我也只是尋常男子，心中也有私念、貪念，甚至惡念，若是粉飾一番，是可以讓自己心安理得。比如阿昕的情意至真至深，我情有別鍾只會辜負了她，配不上她。她值得更好的人待她一心一意。我也確確實實這麼想過，這麼安慰過自己。」

九娘一怔，眼中露出了些疑惑：「你為何說是粉飾？」

陳太初靜靜看著她，坦蕩蕩地道：「我的私念，令我只想娶自己心悅之人為妻。我的貪念，令我不肯中途放棄你我兩家議親一事。我的惡念，令我寧可先辜負阿昕，也不願就此失去問你可願做陳家婦的機會。所以，阿妧，你看到了，我陳太初自私自利，託辭為阿昕好，實則只是為了我自己，甚至也會令你對阿昕心生愧疚。如此這般，你可還願意做陳家婦？」

一句句，震得九娘如夢初醒。這樣的陳太初，不是她所知道的陳太初，比她想的還要好許多許多。

而她，恰恰停在太初所說的粉飾那裡，用所謂的「為他人著想」掩飾了自己的私念，以求自己的心安理得。她只想著將她沒法心安的事轉嫁給陳太初，讓他為難，自己就能逃避開來，繼續裝扮成一個「好阿妧」，甚至還因此沾沾自喜於品行無瑕。她錯了，她錯得比自己想到的還要離譜。

「太初，」九娘深深屈膝一禮：「阿妧知錯了，阿妧錯得厲害。」

陳太初一怔。

「我視己不明，言己不忠，實在無地自容。」九娘誠懇地說道：「阿妧自視過高，心存雜念，多虧你一語驚醒夢中人。不然我就成了自己最厭惡的那種偽君子了。太初表哥堪是阿妧的良師益友。」

陳太初苦笑道：「阿妧，我寧可你不要再說下去了。」

九娘也不禁笑了：「難道只許你說出你的私念貪念惡念，卻要我做一個虛偽小人？」

陳太初失笑搖搖頭，看到廊下美人靠並未被飄雨打濕：「坐下說吧，我洗耳恭聽。」

兩人斜斜面對面坐了下來。九娘伸出手，接了些簷下的雨絲，對著陳太初的耳朵甩了一甩，卻沒有半點水珠。兩人面面相覷一剎，都大笑起來。

若是她心無旁騖，和陳太初在一起，這一世未必能琴瑟再御，卻定能歲月靜好。

「太初表哥，我今天原本是想要粉飾一番的。」九娘從袖中掏出帕子，擦了擦手，細細將微濕的帕子疊了起來，歎了口氣：「對不住，我也想告訴你，你值得那更好的女子待你一心一意一生一世。若是同阿妧在一起，只怕會被我辜負了。」

陳太初聽著自己剛剛說過的話，從九娘口中說出，說不出心裡什麼滋味，看著面前瑰姿豔逸的少女，苦笑起來。

九娘垂眸道：「我以前總以為一切恩愛會，無常難得久。若能離於愛者，方可無憂亦無怖。」

「阿妧，道可道，非恒道。你年紀尚幼，這樣想，反而是著相了。」陳太初柔聲道。

九娘點點頭：「你說得極是，我一貫好強，也沒把婚姻事看得太重。商賈也好，士庶也罷，守住本心，日子就不難打發。沒想到——也想不明白，找不出緣故。」

「阿妧，佛家有緣起一說，也有十二因緣的說法。緣起不由心，緣滅不由己。」陳太初感歎道，若是像阿妧想的這麼簡單，他也不至於那一眼就墜入網中了。

「緣起不由心？」九娘點點頭，略覺苦惱地低聲道：「可是不由心，不由己，豈不是如浮萍一般任人擺布任人主宰？喜憂都由人，我不喜歡那樣，很不喜歡。」

看著她一臉的疑惑和苦惱，陳太初失笑出聲，這是第一次聽九娘說她的苦惱，想起她十二歲就在父親面前侃侃而談國家朝政宮廷大事，這個九娘，才是最真的九娘吧，讓他無奈和心疼。

「你在笑話我嗎？」九娘臉上一紅，她也不知怎麼就說了出來，陳太初身上自有一種力量，讓她平和寧靜。

陳太初含笑搖頭：「我在笑你和我同病相憐而已。可是阿妧，這樣的不由心，不由己，如果視而不見，豈不是掩耳盜鈴？又怎麼能由心由己？若是害怕喜憂不受控制，難道就寧願不再喜不再憂？這不就是你方才說的視己不明？你不過是害怕而已，我也這般害怕過。」

「你也會害怕嗎？」在九娘心裡，陳太初和趙栩，似乎從來沒見過他們害怕什麼，就算三年前對上阮玉郎這樣的大敵，他們都鬥志昂揚信心滿滿。

「比你還要害怕。為何害怕？無非是求不得和得而復失。」陳太初歎道：「可不求，怎麼知道求不得？就算求不得，也並沒有失去什麼，又有何懼？若是得而復失，沒有得到又哪來的失去？就算失去了，也無非回到了最初的模樣，可得到的或失去的，阿妧，你想一想，無論喜還是悲，也都是我們自己的。正如這庭中之花，開了以後，會凋落，或會被飛鳥啄了，或會被人剪了，難道因此就不開花？萬法歸宗，不過順其自然。」

九娘細細聽著，太初所言，句句在理，而且多含禪理。可是順其自然，何其難？

陳太初靜了片刻，才問：「是六郎嗎？」

九娘愧疚地點了點頭，又搖了搖頭，今天官家考校六娘，意圖明顯，看起來太后和官家母子在太子妃人選上並無異議。

陳太初看向雨中竹林，那兩隻肥貓不知道去了哪裡。勸解母親，勸解他人，他皆可娓娓道來，然而，勸解自己，卻無從說起，心中那許多的期盼，欣喜，等待，想像，此時盡付東流，才真正體會到求不得之苦。從舌苔苦到心中，苦不堪言。忽然他想起蘇昕倔強的下頜和明亮的眼神，還有她乾淨俐落地喊自己陳太初的模樣。她受傷醒來，是以怎樣的心情說出她的傷和他無關的？又是以怎樣的心情要成全他和阿妧的？又是以怎樣的心情同周家訂了親事……是不是和他現在的心情一樣？

「阿妧，我真想自己更磊落大方一些，說些話，好讓你知道六郎待你之心，或讓你丟開身份門第去爭上一爭。」陳太初喃喃道：「不過我恐怕做不到這麼漂亮，也說不出那些話。」

九娘搖搖頭：「太初表哥，多謝你。不用說那些。我之前並非有意隱瞞，我只是——」想起芙蓉池邊自己對趙栩說過的話，九娘有些狼狽。她兩世為人，情事上頭，會的不過一個逃字，存的只有得失之心。她所愛的，不過是她自己而已。

「六郎可知道？」陳太初輕聲問。

九娘趕緊搖頭道：「不！他不知道。」想到今天官家對六姊的那些話，九娘抿了抿唇：「我六姊就要進宮了。他還是不知道的好。」

陳太初一愣，轉瞬就明白了她的意思。

九娘低頭，手中那整整齊齊的帕子，不知道何時被揉成了一團，鋪開來也皺皺巴巴的。

「我私心很重。」九娘低聲道：「因有私心，才知道兩家議親，對我總是好事。因明白了這份私心，才想粉飾一番，換自己少了愧疚。可依然是因為私心，我不會告訴六哥。」

她看向陳太初，袒露心聲：「我不敢爭，不想爭，也不能爭。在我心裡，六姊比他重要，孟家也比他重要。他幾次不顧性命救我，可是我仔細想想，若是六姊和他都有危險，我恐怕會棄他選六姊。我待他，比起他待我，天差地別。還不如索性無情無義，對他也好，對我也好。這樣一個自私自利的孟妧，你可看清楚了？」

陳太初沉吟了片刻：「阿妧，你這樣說，我應該高興才是。可你設這樣的無解之題，妄自菲薄，卻也不對。若有人問我，阿妧你和我娘都有危險，只能救一個棄一個，我只能選我娘，非無情，乃大義也。可若是要以我命換你命，我連選都不需選。你這樣說若是只為了讓自己心裡頭好過一點，倒也無妨。你是怎樣的人，我看得很清楚，阿妧你自己也很清楚。」

若以她的命換趙栩的命，她自然也不會猶豫。那又如何？她還是不會去爭。

「多謝太初表哥。」九娘折起帕子，站起身福了一福：「請太初表哥見諒，阿妧對不住你，議親一事——」

「阿妧，你既不爭，可願為陳家婦？」陳太初站起身，擲地有聲地問了第三次。

九娘一呆。

陳太初一個深揖：「議親一事，請阿妧見諒，太初不會停下來。」見九娘還有些懵懂，陳太初微笑道：「你若要爭當燕王妃，你我親事自當作罷。我絕不會奪人之好。可你若想清楚了不爭，商賈也好，士庶也罷，汴京城裡不會再有人比我更合適和你結親。就算是官家御前，我也會護你周全。你既然貪圖我陳家舉家和睦，貪圖我爹娘親切通透，貪圖有我待你關懷備至，貪圖一世安穩靜好，你所貪圖的這些，恰好太初願雙手奉上。」

「太初——」九娘眼中熱熱的。

「阿妧，我的私念貪念惡念都還在，你說不爭的時候，我心裡的高興遠遠多過替你和六郎惋惜。」陳太初臉上微紅。

「陳將軍！陳將軍——」兩聲輕咳後，章叔夜的聲音從不遠處傳來，驚醒廊下兩個夢中人。

陳太初和九娘朝園中望去。

章叔夜眨了眨眼，努力露出自己整齊雪白的牙齒：「官家傳旨用膳，請陳將軍往夜雪廳。」他已經等了一會兒了，這樣的惡人，他不想做的。

陳太初笑著對九娘道：「我先過去了。」

九娘看著他下了廊，和章叔夜快步遠去。她想過陳太初會失意會難過，甚至會憤然拂袖而去，她所有的預想設想，無論是對趙栩，還是對陳太初，似乎都落了空。他們，和她想像中的，和她所瞭解的，都不同了。

男女之事，原來竟然無從預料嗎？九娘這才想起，今日她還沒有看清楚趙栩的模樣。

官家起駕離開蘇家田莊時，崇王見趙栩並未請旨留下，反而帶了趙淺予要一同回宮，倒有些奇怪，看著趙淺予嘟得高高的小嘴問道：「六郎怎麼不留下？你們這社日玩些什麼我也沒看見。」

趙栩笑道：「往常會一起去金明池騎馬射箭，吃吃喝喝。今日下雨，就算了。早些送爹爹回宮。」

官家上了馬車，叮囑崇王：「你看，孟家那個孟忠厚甚是可愛，陳青竟然又要有兒子了。子平你今天跟著我回宮，就去五娘那裡好好看看禮部的閨秀像，選上一個，早些成親生子。你的親事，可要在六郎成親以前辦了才好。」

崇王笑了笑：「大哥和娘娘是看中了孟家的六娘，要把她許給六郎？」

官家懶懶地歪了下去：「娘娘看著那孩子長大的，是個好孩子，也配得上六郎。」

「六郎難道沒有自己中意的人？他也十八歲了吧？」崇王搖搖宮扇，不經意地問。

官家想起幾年前趙栩請旨要自己擇妃一事，歎了口氣：「以前倒是說過有那麼一個女子，這兩年沒聽他提起，就是有，到時候封個夫人便是。」

崇王笑道：「大哥說得也是，世上哪有什麼真情種呢，不過一個女子而已，過些時候就忘了。」

官家一愣，看向趙瑜，他已經躺了下去閉上了眼。

一個女子而已？過些時候就忘了？官家心中有些悶，疲乏上湧，也合眼休憩起來。

行了沒多久，趙栩對福寧殿供奉官交代了幾句，一帶韁繩，轉往金明池方向而去。十多個身穿蓑衣的隨從趕緊跟著他打馬而去。

第一百四十八章

申正時分還不到，天色越發昏沉下來。春雷滾滾地捲去天際一端，又滾滾地捲回來炸在眾人頭頂上。原本的綿綿春雨，竟然越下越大了，那細細雨絲變成了豆大的雨點，打在路面上，激起雨霧彌漫，瓦片上雨聲也越來越密，已經透出了初夏的氣息。

午後，女眷們各自歇息去了。孟忠厚在正屋的羅漢榻上，只穿了個小肚兜仰面睡著，這樣的雷聲雨聲也沒能驚醒他，依舊四腳朝天像個翻了肚皮的小青蛙。魏氏側身歪在他身邊，一隻手還緩緩拍著那藕節般的小手臂，看著在窗口站著看雨的九娘，也不知道太初那個傻孩子和她說了什麼，看起來心事重重的。

九娘卻在想方才蘇昕紅紅的眼眶，還有蘇昉有些喪氣的神情，猜測他們兄妹在談蘇昕的婚事。史氏說周家想在明年禮部試放榜後成親，那最晚下個月就要大定了。想起陳太初那句「害得你會對阿昕內疚」，九娘輕輕歎了口氣。再想起細雨中御駕回宮時，那個馬上坐姿如松的背影，惆悵難以自抑地如雨霧一樣浸漫開來。

誰想她多活了幾十年，有朝一日竟會對隔了輩分的少年郎動了心，還敢宣之於口，簡直驚世駭俗。她以往是誰，當下又是誰，日後要活成誰……怎樣才是真正的順其自然，九娘不得其解。

雨越來越大，孟忠厚哼唧了兩聲，翻了個身，魏氏看著粉團團的小人兒，輕輕替他把涼被搭回他小肚子上，摸了摸還平坦的小腹，心裡的愛意和歡喜都溢了出來。

大道上，馬蹄聲在這樣的雷聲雨聲中也變得輕了。趙栩頭上青箬笠的邊緣似簾幕一樣地滴下水來，雨點打在綠蓑衣上頭，嘩嘩的響。

金明池的守衛看著趙栩的腰牌，吃驚不已，猶豫不定，這正下著大雨的園子，昏沉沉的，有什麼可遊？

「再過半個時辰，就要閉園門了，您這是？」一位副都指揮使匆匆趕來。

雨中的趙栩手腕一抬，取下了箬笠，在馬上冷冷瞥了他一眼：「是我。」眉睫上，滿頭滿臉瞬間盡是水。

「殿下萬安！開門！」副都指揮使趕緊揮手，拚命大喊，看著十幾騎疾馳而入。那頂青箬笠被風刮到他腳下，滾了幾滾。他趕緊抹了把臉，彎腰撿起來，抖乾淨水，塞給軍士：「收好殿下的箬笠！」

雨中的金明池水波繁密，岸邊密密垂柳被水面蒸騰的霧氣映得如山水畫一般。兩艘烏篷船緩緩靠上南岸，十幾把大油紙傘撐了開來，船上下來一群衣著光鮮的宗室子弟，笑著喊著從堤岸邊衝到了大道上。正遇到趙栩帶著人策馬而過，雖然趕緊勒了馬，依然泥水四濺。趙檀的一身紫色常服上濺著了不少泥點。

趙檀的隨從們嚇了一跳，趕緊上前罵了起來：「眼珠子都不帶也敢在這裡橫衝直撞！可看清楚是我家魯王殿下！竟敢汙髒了——燕王殿下萬福金安！」

雨中泥地裡嘩啦啦跪下去一片人。

趙栩緩緩帶馬回轉過來，看著路邊的趙檀：「原來是四哥，對不住了。」

堤岸下頭四個隨從抬著一杆檐子慢慢走了過來，大油紙傘下面，三公主趙瓔珞正朝他們張望著。

趙檀低頭看了看下襬的泥水，抬起頭笑道：「六弟不是陪在爹爹身邊？怎麼跑這裡來了。」

檐子在路邊停了下來，趙瓔珞笑盈盈地道：「難道六弟也是來釣魚的？」

趙栩眼光落在檐子一邊面色恭敬的駙馬都尉田洗身上：「聽說田駙馬要去秦州做監軍，三姊這是走了呂相的路子？」

趙瓔珞面色一沉，冷哼了一聲：「你開封府府尹怎麼做起皇城司偷雞摸狗的勾當來？可別構陷了我們，我們哪裡比得你，結交的都是朝廷重臣的子弟，又最會討爹爹的歡心。」

趙檀打著哈哈道：「還沒恭喜六弟呢，聽說娘娘要給你娶契丹那位越國公主，真是豔福不淺啊。五弟這招還真高啊。看來皇太子一位非他莫屬了。」

趙栩眉頭一立，手上一拉，馬長嘶幾聲，原地四蹄翻飛，一片泥水亂飛。趙檀和趙瓔珞面上都被濺了少許，兩人大怒，剛要喝罵。

「四哥妄議立儲，是想御史臺明日彈劾你嗎？」趙栩冷冷地斜睨了兩人一眼：「六郎先告辭了。四哥你腿腳不便，走路還請看好腳下，別走歪了。」

雨中眾騎遠去，趙瓔珞將手中的帕子狠狠地擲在泥濘裡：「看他還能神氣多久！老五會放過他才怪！」

趙檀劈手將隨從手裡的油紙傘打翻在地，又對他拳打腳踢起來：「你是豬嗎？擋也不會擋一下！你脖子上長的是擺設!?蠢貨！主辱僕死懂不懂！一幫飯桶！滾！」

眾隨從跪倒一地，雨更大了。

遠遠的，看到西岸那片蘆葦叢。幾個隨從互相看看，趕上去伸手用力勒住趙栩的馬：「殿下！請回吧！今日有雷，萬萬不能下水！」

趙栩卻將韁繩一扔，喝道：「你們全都留在此地！不許跟著！」飛身跳下馬，就沿著西岸拔足飛奔而去。

十幾個隨從用手擼了把臉上的雨水，下了馬，等在原地，站得似長槍般筆直，看著趙栩扔在地上的蓑衣，沉默不語。

趙栩一路狂奔，蘆葦叢近在眼前。

他奔下堤岸，穿過密密的垂柳，當年那片草地仍在，草地上的積水已沒過靴面。

趙栩呆呆站了會兒，往草地上躺了下去。不一會兒，大雨忽地變成雨絲，漸漸停了，天色依然昏沉，涼風習習，沉雲散去，日光未出，卻有半輪漸盈凸月，毫無預兆地掛在金明池上頭，又照水面，又照人間，又照心上。

趙栩猛地站起身來，只覺得胸口劇痛，實在難忍，朝著水波蕩漾的金明池大喊起來：「阿妧——阿妧——阿妧——」

幾隻野鴨被他嘶啞的聲音嚇得從蘆葦叢中飛了起來，落在池中，展開羽翅，划了幾下水。

趙栩扒拉下靴子和外衣，往蘆葦叢中走去。這天色明明不是黑夜，在他眼中卻比黑夜還黑。他在水中走了十多步，終於一頭扎入水中，奮力向那中心的小島游去。

他每一下沒入水中，似乎都看見自己那年在這片水中終於拉到她的小手，看見自己在這片水裡緊緊抱住那個小人兒給她渡氣。看見自己奮力將她托出水面，看見自己抱著她穿過那蘆葦叢，看見她閉了眼沒了氣息時自己嚇得肝膽俱裂。看見自己惡狠狠地拍著她的臉命令她不許死。可他每一次在水中睜大眼尋找，只有水草搖曳，還有他自己散落在水中的長髮糾纏不清，烏黑一片。

趙栩浮出水面，感覺肺在燃燒。原來有些事，還沒來得及問沒來得及說，已經不得不結束了。她所欲所求，說得清清楚楚。家人和睦，爹娘親切，安穩靜好，她把嫁作陳家婦說成她的貪念。

家人和爹娘，這些由不得他，他給不了。他能給的，卻不是她要的。他費盡心機，埋的伏筆，虛位以待的燕王妃之位，不過是他以為她想要的。

他伸手掏出懷中的一物，揚起手，遠遠一擲。一枝白玉牡丹釵在這白日的凸月下劃出銀線，嗖的落入水中。

趙栩默默看著，又一頭扎進水中。半晌後氣喘吁吁地浮了上來，手中握著釵子，又奮力朝岸邊游去。

他筋疲力盡地爬上岸，腳上已傷痕累累。

坐在草地上的趙栩看著自己手裡的牡丹釵，又小心翼翼地放回懷中，從頸中拉出一根紅繩，垂眸看著。

一顆細細白白的乳牙，被穿了眼，緊緊綁在那紅繩頂端。

趙栩的手指輕輕摩挲了幾下，又將那紅繩放了回去，站起身來，才覺得腳上疼痛難忍。

他一步一步，一步一步，朝來時路走回去。他還有事要做。

阿妧，對不住，你不思量，我自難忘。我是斷然不肯放開手的。芙蓉池棄釵後，我趙六早已經不只是無賴，還是個不擇手段的小人。

夜裡的長春殿，青銅仙鶴緩緩吐著香，朱漆立柱邊的琉璃立燈光彩流溢。宮女們靜立案後，殿上的樂官們正笙樂齊鳴，舞姬們如風拂楊柳，軟若無骨，水袖揚起如彩雲漫天，落下如流水潺潺。

一曲舞畢，身穿絳紗袍，頭戴通天冠的官家舉起酒盞，兩側的宰臣、親王和分班而坐的眾臣，坐在西面的契丹使者、使副，還有身穿紫色全枝花團衫的越國公主，隨著班首高唱「三拜——！」齊齊向官家行禮。

舍人出列宣布敕賜越國公主窄衣一對，金蹀躞子一副，金塗銀冠、靴、衣著三百匹，銀二百兩，鞍轡馬。

越國公主耶律奧野出列跪拜謝恩，說一口流利官話。鴻臚寺的通事傳譯竟沒機會開口。

官家笑道：「公主不必多禮，明日皇后延福宮設宴，看來公主無需帶傳譯了。」

耶律奧野笑答：「多謝陛下和皇后厚愛。願契丹大趙永續盟約，世代交好。」

舍人又宣讀了給使者、使副的敕賜。待他們謝恩後，宣賜茶酒。眾人喝了茶酒後三拜萬歲。閤門使殿上前側奏無事，官家便起身，鳴鞭返回大內去了。

官家離去後，長春殿上氣氛頓時活泛起來。吳王笑著上前拱手道：「公主，請跟五郎來見見我三叔和六弟吧。」

耶律奧野眼睛一亮：「崇王殿下還沒走？吳王殿下說的六弟，是那位傾國傾城，書畫雙絕的燕王殿下嗎？」

趙棣點頭笑道：「三叔正和我六弟在說話呢，公主所料不假，我六弟不但書畫雙絕，還精通騎射弓馬，這世上，沒有他不會的事情。」

東側宗室親王席中，崇王趙瑜正和趙栩與老定王說話。老定王臉上的褶皺更深了，扶著兩個內侍，精神尚可，就是眼皮耷拉著，睜也睜不開的樣子。他見趙棣帶著耶律奧野遠遠從殿裡走過來，微微抬了抬眼皮，對趙栩說道：「離契丹人遠一些，別出什麼妖怪事。明日你去延福宮露個面就來大宗正司，替我辦些事。」趙栩笑著躬身應了。

崇王在輪椅上微微側過身子，笑道：「五郎恐怕已經替你吹噓了一堆了，臉好看，又有才，恐怕連你的武藝出眾也投其所好說了。小心一些，這位公主七竅玲瓏心，很得蕭氏一族的支持。」

趙栩笑著送別老定王，才推動他輪椅往殿外去：「三叔少替侄子操心，聽說聖人選的三位閨秀，您都看不上眼？」

崇王抄起膝上的宮扇：「哈，曾經滄海難為水啊，今日看到孟九那樣的女子，要能看得上其他人，我恐怕就不該姓趙了。可惜你爹爹竟然也覺得娘娘選中的六娘合適你。我這是要想搶她回崇王府，咱們這輩分就亂套了。不行，陳漢臣估計也要宰了我。」他宮扇朝西面正和張子厚在說話的陳青指了指：「你三叔我技不如人，搶不過。老六你倒不妨一試。」

趙栩垂眸看著他頭頂的貂蟬冠，手上驟緊。

「你就是燕王趙六？」清脆的女聲帶著好奇，在他們身後響起。

第一百四十九章

「一年不見，公主越來越美了。」崇王看著走到跟前的耶律奧野笑著拱了拱手：「陛下可安康？皇太孫殿下可好？」

耶律奧野學著大趙女子雙手虛虛握拳，置於小腹處屈膝下蹲，行了一個標準的萬福：「殿下萬福金安。耶耶身子安康，就是少了殿下談書論畫，甚是想念殿下。哥哥也好，盼著殿下何時去上京遊玩，再手談一局。」

崇王搖著宮扇哈哈大笑起來：「還請公主代我謝過陛下和太孫的厚愛。」

耶律奧野笑著抬頭，看向崇王身後的趙栩，毫不掩飾眼中驚豔之色，又福了一福：「燕王殿下龍章鳳姿，名不虛傳。耶律奧野見過殿下，殿下萬福金安。」

趙栩淡淡拱手回禮：「公主殿下安康。」他看了一眼吳王：「五哥，我先送三叔出宮。」

禮部和鴻臚寺的官員跟了上來，請送公主回都亭西驛。

耶律奧野頗具興味地問：「請問吳王殿下，明天延福宮皇后殿下設宴，燕王可會到場？」

趙棣笑道：「六弟還未開府，仍然住在宮中，理當參加宴會才是。他這性子面冷心熱，傲得很，公主別介意。兩位娘娘都是極親切的，您儘管放心赴宴。改日再請公主來我府裡作客，好好敘上一敘，還要多謝公主在上京時對小王的照顧。」

耶律奧野笑道：「那是定然要去的，千萬記得引薦你家那位永嘉郡夫人給我認識。」

「不敢，公主謬讚了。」趙棣笑著行禮道別。

耶律奧野意味深長地看了他一眼，笑著隨禮部官員下了長春殿的高階。

春雨已歇，深夜的崇王府一角庭院深深。崇王的輪椅穩穩地被抬入竹林深處一個小禪院。每個月總有幾天，趙瑜會獨自在此修禪一兩個時辰。

眾隨從侍女躬身退了出去。跟著崇王從上京回來的四個隨從，走到月門處，關門落鎖，面色肅穆守在了門口。

趙瑜緩緩抬起頭，打了個哈欠。禪房內帷幕低垂，一個舊蒲團在地上，邊上已經毛毛的，承載著道不盡的歲月滄桑。正前方靠牆的高几上一枝蠟燭剛被點燃，微弱地照亮了半間禪房。燭火太弱，舊蒲團離那暖暖燭光只有一步之遙。禪房兩邊的直棱窗清明節後換下了高麗紙，糊上了青紗，月光照進來，窗下的地面似結了一層薄霜。輪椅正在這薄霜之上，趙瑜伸出手翻來覆去看了看，月光太涼，手掌白得發藍。

趙瑜緩緩伸手將兩條腿搬到輪椅上盤好，雙手用力一撐，人已經落在前方的蒲團上。眼睛落在那蠟燭上，慢慢想著眼下突如其來的諸事。似乎件件背後都有他的影子。他終究還是不甘心啊。

身後傳來開門聲。趙瑜歎了口氣，無力地垂下了頭，手中的宮扇橫躺在膝蓋上，上面的蝶戀花，還是趙栩畫的，的確栩栩如生，只是在冷月下也有點藍瑩瑩的。

一隻手輕撫上他肩頭。趙瑜微微側頭讓了讓。

那隻手在月光下近乎透明，手掌靠在趙瑜秀氣的頸邊，五根手指似蘭花開放，說不出的魅惑誘人。

驟然，手指一緊，趙瑜只覺得呼吸困難。這樣好看的手，做這種事有些可惜。趙瑜想著，他今天大概是真的要殺了自己吧。

「這麼好的機會，為何不下手？」手好看，聲音更好聽，明明說的是殺人之事，卻靡靡如情人呢喃。

趙瑜舉起宮扇，吃力地搖了搖。

手指卻越收越緊，趙瑜舌頭都不禁伸了出來，比起喉嚨的疼痛，趙瑜倒更在意此時的自己是不是太過難看。

手指還是慢慢鬆了開來。

「你這般無用，我當初為何要救你呢。唉。」那聲音呢喃著漸遠：「若是趙璟死在那裡，蘇瞻、陳青、孟家、趙栩，一個也逃不脫。正好一網打盡，你竟然白白放過這麼好的機會？」

趙瑜彎腰乾咳了幾聲，掏出帕子，擦了擦嘴角，抬起頭看看面朝窗外的白衣人影。那人修長的身影，遮住了半窗冷月，將一半輪椅都籠在了暗影下頭。

「人太多，沒有機會。雖然是微服私訪，大哥的入口之物，還是都有司膳先行嘗過。六郎又一直隨侍在旁。你覺得在陳青父子和六郎的眼皮底下，我一個廢人，又有什麼機會下手？」趙瑜朝上旋開宮扇的青玉柄，空心扇柄裡露出一些藥粉。

那人冷哼了一聲：「你這是怪我害你雙腿壞死？」

趙瑜將扇柄又旋了回去，苦笑道：「若不是你，我早已死了幾十次了，這兩條腿，又算什麼。再說，我不也算是你的仇人？就算你取了我的腿去，我也沒什麼怨尤。」

「哼，你的命是我救的，我隨時隨地都能收走。你就算怨也沒用。誰讓你投錯了胎？」那人忽地冷笑道：「你叫趙瑗大哥？還是你心裡真以為他是你的好大哥？那個沒人倫的畜生，你叫他大哥？」

趙瑜歎了口氣：「我和他一脈相承，難道還能不認？他對我，還是有幾分真心的。論理，你才是我的大哥——」

「住口！」那人轉過身來，背著月光低喝了一聲：「你也配做我的兄弟？她也配做我娘？」

趙瑜看著他，目中露出憐憫之色：「大哥，你究竟是恨娘親，還是恨你自己？」

那人一震，沉默不語。

「大哥，你放過那些不相關的人吧，你放過陳青，放過蘇家，放過孟家，放過六郎，我就聽你的。他待我極好，又不防備我這個廢人，無論如何我總能得手。可你為何連陳青和六郎都不肯放過，他們——」趙瑜低聲道。

「趙子平，我要的不只是趙瑗的命，高氏的命，還要毀了這滿眼齷齪極其不堪的趙氏江山！陳青算什麼？趙栩算什麼？我憑什麼要放過他們？要不是他們，三年前這江山就已經改天換地了！」那人冷笑道：「你以為你回來做了崇王，就可以不聽話了？」

趙瑜默然了片刻：「我知道大哥你六親不認，遇神殺神遇佛殺佛。我也姓趙，你乾脆拿走我的命吧，也算是報了一點仇。」

方才那隻牢牢鎖住他喉嚨的手又回到了他喉間，頃刻間掐得趙瑜兩眼都翻了白。

暴戾的聲音極其惱怒：「趙子平你算什麼，你的賤命算什麼？你早該死在高氏手裡，你就是個廢人而已。我拿你的命算報了仇？替誰報了仇？」

片刻後，趙瑜蜷縮在蒲團上低低嘶聲喘息著，雙手卻緊緊握著那人冰冷的手：「大哥，你以前為何要救我？為何不讓我死在冰天雪地中？你為何不帶我走？為何要留我一個在上京？」

素日瀟灑自如的男子，似乎回到少年時被丟棄在雪地裡的時候，天寒地凍，那人帶著屬下找到自己，灌下烈酒，親自背起他。那脅迫他等著他凍死的副使和軍士，在附近樹林裡的篝火邊被幾把朴刀攔腰斬成兩截，熱血濺在雪地上，紅得他心驚肉跳。他盼著能一直在那人溫熱的背上，跟著他，哪怕浪跡江湖也好。可是那人卻嫌棄地看著他，似乎他很髒一樣。他的腿凍壞了，大夫說有機會治好，那人卻說保腿還是保命讓他自己選。若是保腿，那人就此不再管他，生死由天。若是捨腿保命，他的命就是那人的，生死由他。

他當年毫不猶豫選了後者。

門吰唧一聲，那人和以前一樣，不回答他，不再理會他，把他一個人丟下了。他現在也不止是一個人了。趙瑜慢慢抬起頭，盤好早已廢棄萎縮的雙腿，靜靜合上眼。

翠微堂裡，孟家眾人齊聚一堂，聽孟存細細說著六娘、九娘見駕的事。孟在面無表情，杜氏和孟彥弼夫婦倆都面帶惋惜之情。

呂氏聽到娘娘宣召六娘入宮就已經懵了，可聽著丈夫語氣裡卻是不加掩藏的欣慰，只能無助地看向上首的老夫人。六娘伸出手，輕輕握住了她的手。呂氏死命地抓住她的小手，心如刀割，比最初從老夫人口中聽到時還要難受，她還以為女兒逃過一劫，沒想到依然在劫難逃。

說完九娘見駕，孟存正色道：「九娘你年紀尚幼，不懂得其中的兇險，以後需記得謹言慎行，不可如此莽撞。一言不當，不只給你自己帶來殺身之禍，更會連累家族蒙羞。在御前，切莫爭那種虛名。」他朝西北拱了拱手：「今上仁慈寬厚，又對你六姊喜愛有加，才未降罪與你，日後切記勿逞口舌之能。」九娘自小惹的麻煩就不少，動不動就牽扯進生死攸關的大事，以後六娘做了太子妃，有這麼一個妹妹，委實也讓他擔心。

孟建本來還得意九娘見駕一事，被他一說，胸口堵了塊石頭，只能乾咳了兩聲：「阿妧，可記住你二伯說的了？」

九娘微微欠身應了。程氏卻輕輕放下茶盞，笑著說：「多謝二哥替三郎教訓阿妧。弟媳倒覺得我家阿妧這御前答覆說得真好。雖然那些一套一套的我這個做娘的讀書少，也不懂，可若就那樣被官家金口玉言認定了無才無德，我孟家上下別說面子，裡子都丟光了吧？那勞什子女學還好意思在汴京城裡開下去？再說了，要這麼忍氣吞聲地認了，陳家表叔面上也不好看吧？更何況，連太初都知道維護她，她要是自己立不起來，將來還不是由人搓圓捏扁？」

程氏站起身，也不看孟建，朝上首梁老夫人行禮道：「大伯娘，阿程目光短淺，若有說得不對的，還請大伯娘指點阿妧。也讓阿姍姊妹幾個學一學。」

梁老夫人歎了口氣：「阿妧沒說錯什麼，你們都早些回去歇息吧，既然魏娘子有了身孕，那麼靜華寺之行，就是蘇家史娘子她們和你們同去。你們三個找個日子細細商議一番。仲然和阿呂還有阿嬋留下，我有話同你們說。」

深夜，從翠微堂回房的六娘，見九娘還未梳洗在等著自己，略微好過了一些，忽地開口道：

「阿妧，來，讓六姊幫你拆髮髻可好？」

第一百五十章

九娘一愣，抬頭看見六娘期盼的眼神，笑著點了點頭：「小時候最盼著六姊幫我梳丫髻了，你總摘了茉莉編花環給我戴著。我一整天都香噴噴的。」

兩人攜手去了內室床邊的案几前。九娘坐在繡墩上，拿起案上的金銀平脫花鳥紋銅鏡斜斜照著自己，銅鏡內隱約能見身後六娘的平靜面容。

六娘的貼身女使金盞趕緊端過一盞琉璃燈來放好。玉簪打開妝奩，取出玳瑁梳等梳具，又從腰間荷包裡掏出鑰匙，打開一邊的櫥櫃，捧了九娘和六娘的百寶箱出來，放到琉璃燈邊上。兩人相視一眼，退去外間，吩咐侍女們去小廚房取宵夜，再讓淨房備水。

六娘將九娘的雙丫髻慢慢拆開，歎了口氣：「我娘剛才哭得厲害。」

九娘想起呂氏的面色，心裡也發酸：「二嬸最是心疼你的。婆婆怎麼說？」

六娘將她一頭如瀑秀髮披到肩頭，直垂腰間：「婆婆說，已經成了定局的事，讓我娘別多想了。」她有些感傷：「我爹爹倒數落了我娘一通。」

九娘皺起眉：「可是你入宮後如果還是婆婆說的那樣，二伯的仕途恐難寸進，他怎麼會為難二嬸？」

六娘拿起玳瑁梳，從上往下一梳到底：「爹爹說他都明白，甚至四郎、五郎以後就算科考入仕，也難有成就。」她側頭看了看銅鏡裡的九娘：「我有件事想不明白。」

「怎麼了，六姊？」

「爹爹說歷朝歷代，獨尊孔子。若我以後能走到娘娘說的那個位置上，才能幫他實現他的心願。那他和四郎、五郎的仕途，也算不得什麼。」六娘手中的玳瑁梳停了下來，坐到九娘身邊的繡墩上，看著她雙眼輕聲道：「爹爹說他有宏願，自本朝起，應奉先祖孟軻為亞聖，君臣萬民，共尊孔孟。」

九娘一驚，手中銅鏡差點滑脫。兩姊妹屏息了一會兒，九娘伸出手，握住了六娘的。

「先祖孟子，雖為賢人，可是和至聖文宣王比——」九娘道：「雖然前朝昌黎先生推崇先祖為儒家正統，蜀主孟昶將《孟子》列入石刻十一經中，百年來民間也多學《孟子》。可是歷代科舉，從未有將《孟子》列入其中的❶。」更不用說亞聖這樣的名頭，誰敢給誰能給？

「爹爹此言，連婆婆都大吃一驚，讓他下跪向文宣王請罪，現在還跪著呢。」六娘黯然道：「我也不明白爹爹為何有此想法，更不明白我一個女兒家，就算入了宮，又能幫他些什麼。這樣的大事，比國事還大的事，就算是太后娘娘那般尊貴，又豈能改變一二？」

「二伯還說了什麼？六姊你一一道來，別漏了半句。」九娘趕緊問道。

❶ 孟子：中唐韓愈（世稱韓昌黎）首將孟子列為先秦儒家中唯一繼承孔子「道統」的人物，再至宋朝，理學思潮起，孟系儒學更占優勢。宋神宗熙寧四年（一〇七一年），《孟子》一書首次被列入科舉考試科目中；宋神宗元豐六年（西元一〇八三年），孟子首次被追封為鄒國公，翌年從祀孔廟；南宋朱熹又把《孟子》與《論語》、《大學》、《中庸》合為「四書」，皆使孟子的地位得到了實質的奠基。

六娘想了想：「爹爹說橫渠先生即將被朝廷封為先賢張子，奉祀孔廟。各國子監、書院，都要將張子著作列入必學的課本。又說大趙開國以來，濂溪先生等人承儒學，開理學。眼下橫渠先生的關學也將盛行於世。大趙雖有儒家天下之名，可儼然諸子百家，紛紛擾擾。日子久了，恐怕先祖的儒學正統會被摒棄一旁。他身為孟家後人，自幼就立願將先祖之說發揚光大。如今已至不惑，還一無所成，心急如焚。今日蒙娘娘和官家喜愛，我若有心助他一臂之力，定能成全他的心願。」

九娘沉思了片刻，心中澎湃激蕩思緒萬千。

「阿妧？」

「六姊」，九娘歎道：「阿妧妄自猜測，二伯為的恐怕不只是先祖揚名，更為了世間萬民。五百年來，歷代獨尊孔子，皆為禮治也。重禮法，方能恪守君臣之道，父子之道，夫妻之道。到了我朝太祖，才開始真正德治天下，福田院、醫藥局、慈幼局甚至義莊，都是本朝始創。」

六娘疑惑道：「所以我爹爹才覺得可推行先祖之道？」

九娘搖頭道：「難，如今這汴京城，可不已經是文宣王所想的天下大同？老有所終，壯有所用，幼有所養，路無饑號聲，夜無閉戶門。可是先祖孟軻雖為儒家正統，卻堅持民為貴，社稷次之，君為輕。歷代帝王都自認天命所歸，誰能容忍這個呢？更何況，先祖曾書：君之視臣如土芥，則臣視君如寇讎——」她苦笑起來。

六娘心頭也怦怦跳，她們在族學裡學到這段，連先生都避而不談，她自然也知道此言有大逆不道蠱惑人心之嫌。

「本朝以孝、仁治天下，並不似前朝那般固守古禮。」九娘說道：「士農工商，也不像前朝那般貴賤分明。門閥世家，遠離朝政。二府相公們共治天下，甚至無二府印章，百官可不從聖旨。二伯怕是覺得，當下是弘揚先祖之道最好的機會。若六姊你入宮，他日定能影響君王，尊崇先祖。」

六娘鬆開右手，掌心已密密麻麻排著一列玳瑁梳的梳齒痕跡，入肉甚深。齒痕發白，整整齊齊。

九娘捧起她的手，輕撫著：「六姊，你也別太放在心上。二伯所願固好，談何容易？宮中波詭雲譎，你千萬小心，常寫信給我。以前娘娘說過，可以讓我陪你兩年的，你記得求求娘娘。要是阿妧能陪陪你，婆婆和你娘也會放心一些。」

六娘眼中漸漸濕了，搖著頭：「別傻了，阿妧，你好好兒地早些嫁給太初。我知道，你和表叔母一樣的性情，是寧可不要那個誥命的。你就當為了六姊好不好？若是我在慈寧殿當差，你年節裡入宮請安，咱們總還能見上五六回。」

九娘強笑著點頭道：「好，我記下了。你做掌籍是好事，娘娘是真心照拂你，在慈寧殿肯定不會有事。萬一日後真的嫁給了——」九娘只覺得口齒黏糊，竟然吐不出那兩個字。

六娘眼淚撲簌撲簌撲簌下來，搖頭道：「我不願意！阿妧，我不想！」在田莊她親眼所見，趙栩眼裡心裡全然只有阿妧一個，她若是被安排嫁給趙栩，那算什麼？就算阿妧嫁給了陳太初，她也一樣覺得彆扭之極，依然會對阿妧充滿了愧疚之情。

九娘摟住她，抬眼看著樑上的承塵，狠狠眨了眨眼睛：「六哥會對你好的。你若是嫁給吳王，張蕊珠定會視你為眼中釘肉中刺，你的日子才苦呢。六姊，你別多想了。說不定太后娘娘大發慈悲，兩三年就放你回來了……」最後一句，連她自己都不信。

「兩位小娘子，用一些宵夜吧。」外間傳來金盞的聲音。

綠綺閣的燈，直亮到了五更天。

翌日天公作美，拱宸門外延福宮中，宮女們來往穿梭。

延福宮大殿上，衣香鬢影。妃嬪們身邊坐著尚未成年的皇子公主們，好奇地看向右下首坐著的耶律奧野。

六公主年紀還小，側過身拉著趙淺予的袖子輕聲問道：「四姊，她真的是契丹人嗎？怎麼穿著咱們的褙子？」

趙淺予笑道：「自然是真的。你以為契丹人都是膀闊腰圓眼睛細細嘴巴大大？契丹國主一向仰慕我大趙文化禮儀，聽說在上京的宮裡，不少妃嬪都愛穿褙子呢。」

林美人趕緊將六公主拽了回來：「阿敏莫要煩四主主。」

陳德妃抿唇笑著輕輕拍了拍趙淺予的手。想起從吳婕妤那裡傳出來的謠言，她的笑容漸漸收了起來。眼前這位公主明豔照人，可看起來至少二十五六歲了，怎麼可能和十八歲的六郎聯姻！嫁給官家還差不多！可是太后方才突然駕到，無風不起浪，陳德妃心裡忐忑，擔憂地往殿外看去。

內侍唱道：「燕王殿下到——！」

耶律奧野見昨夜那位極冷淡的燕王殿下，一襲親王緋色公服，似乎剛剛下了朝會，走到殿中時他才微微勾起唇角，帶了若有若無的三分笑意，形容昳麗，眉眼含情，姿態風流，她從未見過這樣好看的人。

「六郎見過娘娘，娘娘萬福康安！」趙栩是被高太后宣來的，昨夜他特地讓內侍去坤寧殿，稟報自己有公務在身不能參加宴請，結果今日常朝一結束，就被太后派人截了個正著。

見趙栩給皇后見了禮，高太后笑道：「六郎，來見見越國公主。」

耶律奧野離席而起：「謝娘娘，昨夜奧野和殿下在長春殿見過一面。殿下儀容之美，奧野平生未見。」

趙栩笑著拱手道：「公主這身中原女子的褙子，我竟以為是哪位宗室貴女來陪娘娘賞花遊玩的。」

耶律奧野萬福道：「還請殿下指教，奧野這福禮學得可對？」

「我來！我來指教！」趙淺予早就聽說太后有意要把這個野公主塞給自家哥哥，一百二十個不情願，見她這麼搭話，立刻起身衝了上去。陳德妃哪裡按得住她？

趙淺予將趙栩擠開，笑靨如花：「越國公主，我哥哥身為男子，哪裡懂得這女子的萬福之禮，還是讓淑慧代勞吧。你這手要再靠近一些，對，屈膝再低一些。」

耶律奧野見她和趙栩十分肖似，笑道：「多謝淑慧公主指點。」

向皇后見太后眉頭略動，就笑道：「淑慧你和越國公主倒是一見如故，來，你也別回自己席上去了，到我這裡來坐。」

「多謝娘娘賜座。」趙淺予笑著行了禮，在向皇后身邊落了座。

趙栩正要告退，高太后已經讓人在耶律奧野下首添了案几：「六郎坐公主旁邊，陪我們說會兒話。大宗正司那裡，晚一些去也不要緊。」

見趙栩落了座，高太后笑著舉起手中的酒盞。三聲鐘響後，殿外候著的樂官們舞姬們魚貫入殿。

耶律奧野看著對面趙淺予虎視眈眈地瞪著自己，笑著偏過身子喊趙栩：「燕王殿下？」

趙栩眼風掃過前幾排的舞姬：「公主有何指教？」

耶律奧野輕聲問道：「若契丹與大趙兩國聯姻，殿下以為哪位堪與奧野相配？」

「大趙宗室，親王郡王國公有爵位者近千人，十五至三十歲，無妻者七十九人。若真要聯姻，宗正寺可畫圖造冊供朝廷所需。」趙栩舉起酒盞，朝耶律奧野微笑道：「可惜契丹想要聯姻的，恐怕只有三人而已。」

趙栩此人，竟如此厲害！祖父臨行再三交待，能嫁給大趙皇帝為妃自然也好，但若嫁給吳王或燕王任何一個，更為上佳，最好的，莫過於嫁給日後的皇太子。耶律奧野的眼中迸出異彩。卻聽趙栩淡然道：「不過，公主想嫁的，只有那一人而已，你為何不盡力而為，反而故弄玄虛，白白給他人做嫁衣裳？」

耶律奧野一怔，脫口而出道：「你怎麼——！」

「公主，契丹耶律氏宗室中，封公主者十七人，適婚配者七人，以公主您的身份最為貴重，年紀也最長。和親一事，無論如何都輪不到公主您。而且，公主所習的大趙禮儀書畫，都是我三叔所授。」趙栩轉頭輕聲道：「公主萬里迢迢，前來汴京，只為我三叔一人而已。我可有說錯？」

第一百五十一章

耶律奧野強壓下心頭震驚，也無出言否認之意，看了趙栩一眼道：「燕王殿下對我契丹可謂瞭若指掌。不過如今耶律一姓的公主只有十六人了。嫁去西夏的楚國公主上個月已病逝於興慶府。」

「能在梁太后手下活到現在，已十分不易。公主節哀順變。」趙栩微微躬了躬身子：「契丹和西夏既然已無聯姻，想來公主此行任重道遠。只是蕭氏一族培育公主這麼多年，並不願意公主來和親吧？」

耶律奧野不禁微微眯起眼，細細看著趙栩的側影，每一處線條、長短、高低，都完美無缺。上天委實太過偏心，這樣的人，偏還有這樣的心機和眼光。她笑著舉起手中酒盞道：「燕王殿下獨具慧眼，洞察秋毫，高瞻遠矚，若殿下不嫌奧野年長殿下幾歲，可願和我契丹攜手？」

趙栩舉杯相迎，唇角微勾：「請恕六郎無禮，公主恐怕不是年長我幾歲，而是十幾歲吧。做我嬸嬸還差不多。另外奉勸公主一句：魚和熊掌，不可兼得也，小心人財兩空。」

耶律奧野臉一紅，哭笑不得。這樣無禮之極的話，從這麼好看的人嘴裡說出來，她竟然一點也不生氣。

兩人喝了一盞，齊齊看向上座的高太后。高太后正笑著聽侍立在一旁的錢妃說話。

歌舞消歇。高太后笑道：「聽說公主擅騎射，打得一手好馬球。正好為了端午節，宮裡頭最近也在練馬球。五娘，你何不請公主常來多多指點淑慧她們？也好在官家面前得些彩頭。」

向皇后笑道：「娘娘說的是，只怕公主貴人事忙，沒空陪淑慧她們胡鬧。」

趙淺予笑盈盈道：「聖人！六哥已經答應指點我們了。您放心，今年我們可不會輸給淺芳社，何況她們社裡的永嘉郡夫人有了身孕，上不了場。不用麻煩越國公主的。」哼，看來那個謠言竟然是真的！娘娘也太偏心了，憑什麼要把一個這麼老的公主塞給六哥！才不要她有藉口常來宮裡，大內這麼小，馬球場又離六哥的會寧閣很近，她還總那麼色迷迷地盯著六哥看，還笑。六哥竟然也朝著她笑，簡直氣死人了！就算阿妧要嫁給太初哥哥，六哥你也不能自暴自棄成這樣啊。趙淺予覺得自己都快操碎了心，忍不住又狠狠瞪了耶律奧野一眼。

耶律奧野笑道：「多謝娘娘體貼，奧野這次來汴京，並無其他事，若能常來宮中見識一番，不勝榮幸。」她轉過頭看著趙栩笑道：「如果還能和燕王殿下切磋一下騎射，就更好了。」

高太后笑道：「北方的女兒家果然爽快，六郎，到時候你可不能丟了我大趙男兒的臉啊。」

趙栩笑著起身應了，心想自己贏了耶律奧野難道就臉上有光？他又坐了半個時辰，才行禮告退。

過了兩日，禮部和宮中的天使一早就同往孟家宣旨，早有準備的梁老夫人帶著呂氏和六娘，按品大妝，接旨後隨天使入宮謝恩。

慈寧殿裡高太后身穿家常紺青素色褙子，頭戴白玉龍簪，正仔細聽耶律奧野評說公主們早間打馬球的事。向皇后、陳德妃、錢妃、吳婕妤一眾嬪妃和公主們都在。聽到梁老夫人入宮謝恩，高太后笑道：「快宣。」

六娘跟著祖母和母親，目不斜視地行了跪拜大禮，謝了太后娘娘的恩典，再拜見了皇后、妃嬪及公主們，才發現張蕊珠也坐在錢妃身邊，笑意盈盈。

高太后給梁老夫人和呂氏在耶律奧野下首賜了座，將六娘喚到她跟前：「唉，阿梁啊，老身有好些年沒見到阿嬋了。你這孩子，出了孝，年節裡就該遞摺子進來請安才是。」

六娘屈膝道：「回稟娘娘，因家中姊妹一起發願要為翁翁守足三年孝，故而足不出戶。阿嬋並無不敬之心，還請娘娘見諒。」

高太后笑道：「好了，你一片孝心，老身怎會怪你。來，你也見一見契丹來的越國公主。」

耶律奧野笑著扶起六娘：「縣君不必多禮，你能得娘娘如此器重，奧野羨慕還來不及。」

「阿梁，禮部和尚書內省可定下來阿嬋幾時入宮？」高太后笑問。

梁老夫人起身回稟道：「妾身正待向娘娘請罪。尚書內省原定了十八入宮，因四月二十，闔家女眷要去靜華寺給先夫辦幾天法事。妾身斗膽求娘娘開恩，允她晚幾天入宮伺候。」

高太后笑道：「晚兩天不要緊，就改在月底吧，別讓老身再等個幾年就好。靜華寺甚好，還是昔年秦國公主所建，前兩天法瑞大師還進宮說經呢。」她對耶律奧野笑道：「公主可信佛？」

「娘娘，奧野隨耶耶和哥哥，都信佛。我契丹一國有八萬僧尼，國人也多信佛。」耶律奧野雙手合十道。

高太后想了想：「公主來得晚了一些，汴京城如今已是暮春，倒是老身記得靜華寺後山倒也有片桃花林，四月中才開花。公主若是有興致，老身讓六郎陪公主去走一走。」

趙淺予急得要起身說話，被陳德妃牢牢抓住了手。

耶律奧野笑道：「奧野恭敬不如從命，多謝娘娘這麼體貼奧野。就怕太過勞煩燕王殿下了，也不知道會不會打擾到縣君和家人做法事。」

梁老夫人起身應道：「公主多慮了。孟氏不敢，只怕擾了公主雅興。」

高太后笑道：「你們就別來回客套了，就這麼定下來吧。」隨即她眼風掠過張蕊珠：「對了，張氏以前和阿嬋也認得吧？」

小腹微微隆起的張蕊珠緩緩起身行禮，柔聲道：「稟娘娘，妾身在孟氏女學和淑德縣君曾同窗六載。」

六娘想著自己是五品縣君爵位，而張蕊珠是從三品的郡夫人，自當要向她行禮，卻被太后身邊的尚宮不動聲色地請到太后身邊坐下。六娘便小心翼翼地挨著榻沿坐了。

高太后點了點頭：「如此甚好，阿嬋你日後和張氏便以同窗之禮相待吧。」聽上去倒是委屈了六娘一樣。

此言一出，殿上鴉雀無聲，眾人都若有所覺，對六娘更是刮目相看。耶律奧野也笑著仔細打量了六娘一番。

張蕊珠一怔，隨即屈膝應道：「妾身遵旨。」她強忍住氣得發抖的雙腿，慢慢退回了錢妃身邊，對錢妃勉強笑了笑，扶著女史的手坐回了繡墩上，耳朵還在嗡嗡作響。

自從以郡夫人之位嫁給吳王，她知道自己很不被太后待見，可被太后這般當眾羞辱，還是頭一次。孟嬋她論誥命，不過是一個五品縣君，入宮後也只是擔任正八品的女官，竟然要和自己平起平坐。當年在女學裡，孟嬋樣樣不如她，論家世，她爹爹曾經貴為使相。娘娘這樣的話，誰還聽不懂言下之意？這吳王妃的位置憑什麼她要拱手相讓!?想起腹中胎兒和趙棣那內疚的神情，張蕊珠一雙妙目落在六娘身上，面上的笑容越來越淡。

近午時分，眾人依次告退出了慈寧殿。高太后留下向皇后說話。

出了大殿，六娘心裡鬆了一口氣，總算還能和家人多在一起幾天，哪怕一天也是好的。

「阿嬋等等我！」

六娘回過頭，看到張蕊珠扶著女史的手款款而來。她微微屈膝福了一福就要轉身而去，卻被張蕊珠拉住了衣袖，不得不停了下來：「永嘉郡夫人，有何見教？」

剛剛下了三級臺階的梁老夫人和呂氏聞言，都回過身來等六娘。張蕊珠見狀，攜了六娘的手笑道：「阿嬋何必這麼見外！你可是得了娘娘懿旨的，喊我蕊珠就好了。」說完她抬腿就要邁下臺階。

六娘心生警惕，當年金明池上還不知道究竟是四娘還是張蕊珠在阿妧背後推了一把，眼看著前面就是慈寧殿的臺階，六娘輕輕掰開她緊緊拽住自己的手：「蕊珠你有孕在身，還是請女史扶你下臺階更合適一些。我娘在等我，我先走一步。」

呂氏被梁老夫人推了一下，醒悟過來，提裙就往臺階上趕：「快扶住夫人！」

電光火石間，六娘還來不及反應，張蕊珠忽地就順著她的手勢，一手撕裂了六娘的衣袖，一手捂住肚子，踉踉蹌蹌往後退了兩步，身子一歪，就要跌倒在地，口中已大喊著：「阿嬋！你為何要推我!?」

呂氏和六娘齊齊伸手想去拉住張蕊珠，卻已晚了一步。

張蕊珠身後的兩位女史正要伸手接住她，卻被人一掌推了開來。

張蕊珠猝不及防，當真一屁股狠狠地摔坐在了地上，只覺得半邊身子都麻了，腰下幾乎動彈不得。她心中一涼，顧不得其他，伏地哭道：「阿嬋！你為何推我!?」

耶律奧野笑眯眯地托住張蕊珠的胳膊，稍一用力，張蕊珠身不由己地就被拉了起來，腰上的骨頭似乎粉碎了一般，她疼得尖叫起來，人卻已經被耶律奧野塞到了兩個嚇破了膽的女史手裡。眾人已匆匆圍了上來。

「莫慌，莫慌，永嘉郡夫人身孕要緊，還請哪位快些請醫官來。」耶律奧野美目澄清，看向品級最高的陳德妃，歎道：「奧野親眼所見，淑德縣君並沒有推永嘉郡夫人。是夫人自己腳滑，慌了神嚇壞了。我和縣君都好意想拉住她，唉，可惜沒拉到。」

錢妃怒道：「公主殿下請慎言！哪會有這樣的事！蕊珠腹中可是官家的頭一個皇孫！她一向小心翼翼，怎會無故滑倒?豈有此理！」

梁老夫人站到六娘前頭，鎮定自若地向慈寧殿的林尚宮行了一禮：「林尚宮，茲事體大，還請御醫院的醫官先速速前來替永嘉郡夫人診脈，再行斷定六娘有無推搡夫人，相信娘娘和聖人自有決斷。」

六娘驚魂初定，感激地看向耶律奧野，雖然不知道這位契丹公主為何一面之緣，就這麼相助自己，但總比張蕊珠一面之辭指控自己好。想來聖人和太后娘娘也會衡量一二。她看著軟倒在女史懷裡的張蕊珠，背後全是冷汗，怎麼也想不到在宮裡第一次見面，張蕊珠竟然眾目睽睽之下敢拿腹中胎兒鋌而走險。六娘又看向婆婆和娘親，隨即明白就算婆婆和娘作證，沒有耶律奧野，這個罪名她恐怕很難洗脫。

聽到婆婆對林尚宮說的話，六娘挺直了背脊，縱然她自己並不願入宮，若是因為這樣的罪名，卻是萬萬不能的。她理了理只剩半幅的寬袖，對陳德妃行禮道：「六娘並未推搡永嘉郡夫人。」又轉身對耶律奧野福了一福：「多謝公主殿下作證。」

錢妃哽咽道：「快，快宣御醫官！蕊珠暈過去了！」

第一百五十二章

慈寧殿的西偏殿裡傳來張蕊珠聲嘶力竭的哭喊聲，一聲高一聲低，偶爾突然掐斷了線全無聲息，讓人心跟著一慌。

秦供奉官手持青竹柄拂塵，慢慢在廊下踱步。尚書內省、入內內侍省的幾位女官和內侍神色從容，帶著宮女、內侍們守在大殿外。御醫院和御藥的醫官們不時往返於西偏殿和大殿，因宮裡幾十年來這樣的事司空見慣了，他們面色恭敬卻無急切之情。

大殿內的趙棣，聽著外頭隱隱傳來張蕊珠的痛呼，盯著被高太后賜座說話的六娘，雖然面上極力壓抑，卻掩不住眼裡的厭惡和憤怒。

張蕊珠的兩個女史跪在殿內，一口咬定親眼見到淑德縣君因不願被永嘉郡夫人牽住手，才用力推開了永嘉郡夫人，終究沒敢提她們被越國公主推開的事。

趙棣聞言勃然大怒，孟氏現在不過是一個小小縣君，竟敢嫌棄蕊珠如棄履！自從他內疚萬分地告訴了蕊珠沒法子給她王妃名份，含糊說了幾句孟氏進宮的事，冰雪聰明的蕊珠倒反過來安慰他，還說她們畢竟曾是同窗，只要她親近孟氏，執禮甚恭，就算孟氏做了吳王妃應該也不會為難她。不想孟氏看起來雍容端莊正氣凜然，得了太后娘娘的抬舉後，竟然如此善妒狠毒！

六娘坦然面對著趙棣的目光，心下難免覺得莫名其妙，她怎麼就被吳王和張蕊珠看成了棒打鴛鴦的罪人了？連她自己還不知道日後會發生什麼，這兩人一個存心嫁禍賊喊捉賊，一個演這種情深意重生死與共的戲，還真是令人無語。想起阿妧說過的話，她淡淡轉開視線，看向仍然面色如常的婆婆和略帶憂慮的娘親。

從福寧殿趕來的官家側身和向皇后商量了幾句，讓人去請越國公主。

耶律奧野進來後重複了一遍大殿外說過的話，又被請去東偏殿喝茶。

趙棣忍不住道：「爹爹！娘娘！越國公主和蕊珠她們之間隔著這兩個女史，怎能看得清楚？公主的話實在武斷！蕊珠最愛護腹中胎兒，又怎麼會無緣無故自行滑倒？如果不是孟氏故意推搡，女史們又怎麼會來不及護住？孟氏粗魯無禮心思惡毒，理應嚴懲！」他眼中微濕，聲音都氣得發顫。

高太后沉聲道：「五郎，你說孟氏粗魯無禮心思惡毒？老身看著她長大的，竟沒看到過半點粗魯無禮，是我老眼昏花了嗎？還有你這心思惡毒從何說起？她一個有封邑的朝廷縣君，為何要對你府裡的一個小小侍妾動什麼惡毒心思？」

一旁侍立的錢妃，已經慢慢冷靜下來，聞言忍不住看向兒子，盼著他千萬不要頂撞太后。

趙棣漲紅了臉，他自然說不出口娘娘要把孟氏嫁給他做吳王妃一事，片刻後才說道：「娘娘！蕊珠昔日在孟氏女學，處處壓著孟氏，排在女學榜首，進宮做了公主侍讀。孟氏心存嫉恨，難免不願和蕊珠親近，才下手推搡。」

官家眉頭皺了起來，五郎重情固然很好，可為了一個侍妾如此強詞奪理，實在有些不登大雅之堂。

高太后手中的茶盞重重落在案几上，身邊的錢妃打了個寒顫。趙棣胸口起伏了幾下，終於還是朝著太后和官家跪了下去，耳中聽見外面傳來一聲極尖的喊叫，叫的正是五郎。趙棣急得心都碎了，幾乎忍不住要衝去西偏殿應一聲。

梁老夫人看看六娘的神色，微微點了點頭。

六娘起身跪倒在地：「陛下，娘娘，聖人，淑德有幾句話想對吳王殿下說。」

官家點點頭：「你且平身，但說無妨。」

六娘謝恩後站起，對著趙棣坦然道：「殿下，請恕淑德冒犯了，事關我孟家一門聲譽，淑德不得不自辯幾句。方才殿下說淑德因往日女學裡屈居永嘉郡夫人之下，故心生嫉恨，此言非實。我孟氏女在族學裡讀聖賢書，不求功名利祿，只求明理處世修身齊家而已。淑德雖然不才，若非翁翁孝期，也能入宮做公主侍讀。既然沒有功名利祿需要相爭，淑德為何要嫉恨夫人？」

趙棣瞪著六娘，一時答不上來。

六娘轉向上首的太后和官家，屈膝道：「淑德雖不智，卻也不會愚蠢到眾目睽睽之下推搡懷有身孕的永嘉郡夫人。夫人一時滑倒，淑德魯鈍，沒能及時拉住夫人，是淑德的錯。還請陛下和娘娘責罰。」

向皇后歎道：「傻孩子，哪有做好事沒做成就要被責罰的道理？那天下人誰還敢行善呢？淑德你自小常出入宮中，品行純良，娘娘和我都看著的。這次是張氏自己不小心，一時情急冤屈了你。

你受委屈了。五郎莫要再胡攪蠻纏。」

官家看了看高太后，又看了看還跪在地上氣憤填膺的趙棣，心中了然，點了點頭道：「好了，梁老夫人你們先回去吧，此事和淑德無關。淑德受委屈了。」官家傳令賞了六娘三十匹錦帛，一百兩白銀。梁老夫人帶著呂氏和六娘謝恩告退而去。

殿外已經沒有了張蕊珠的聲音，趙棣情急之下微微挪了挪身子：「娘娘！」

高太后卻不理他，淡然道：「來人，張氏身邊的這兩個女史，護主不力，先送去尚書內省，日後再嚴加發落。」

官家歎了口氣：「起來吧五郎，你先去看看張氏如何了。」趙棣起身行禮匆匆去了。錢妃見狀也識趣地退了出去。

大殿上只剩下高太后和官家、向皇后三人。

「娘娘，我心意已定，欲立六郎為皇太子。孟氏賢德和順，堪為佳媳，待她入宮後還請娘娘好生教導兩年，再行皇太子納妃禮吧。」官家垂眸說道：「那次我大病初愈，娘娘親口答應過的，我也答應了娘娘無論立誰為皇太子，必納孟氏為太子妃。」

高太后深深看了官家一眼，端起身邊的茶盞：「官家意已決，老身也就不多說什麼了。孟氏入宮後，老身自會盡心盡力教導。」

官家沒料到太后這麼好說話，一愣，看看她，心中湧上了歉意：「契丹的和親國書二府正在商議，無論是五郎還是六郎，或者是三弟，娶公主都無妨，封一個夫人就是。娘娘意下如何？」

高太后點點頭：「越國公主年紀是大了些，但若不能生養反而是好事。既然官家你要立六郎為太子，又要兩年後才納太子妃，不如讓六郎先迎娶公主，封為夫人，也顯得出大趙對契丹聯姻的重視。」

官家略一思忖：「年紀大一些才好，懂得照顧人。娘娘說得有理，明日常朝，我同相公們商議看看。」

「我讓六郎過些天陪越國公主去靜華寺賞賞桃花，他們若能親近親近，成親後能和諧共處，於大趙和契丹也是好事。」高太后端起茶盞。

向皇后歎道：「娘娘思慮周到。六郎那性子還是有些高傲，虧得越國公主明理通達，我看他們在延福宮那次還有說有笑的，真是難得。」

官家笑道：「六郎竟會和公主有說有笑？我倒要問問他了。」

外邊林尚宮進來稟報：「永嘉郡夫人不幸小產，折損了一位小皇孫。夫人平安無事。」

官家和向皇后喟歎不已，命人賜了不少補身子的藥材和銀兩錦帛。

高太后歎道：「都是天意啊，可憐五郎最是心軟重情，還不知道怎麼難過呢。就讓張氏在我這裡休養三日再回吳王府去吧。」也命人賜下了不少藥材、銀兩。又取過一旁的一柄白玉如意：「這個賜給張氏，討個彩頭，但願她早些再有身孕，好為五郎開枝散葉。」

疼昏過去的張蕊珠醒來時，天已昏暗，屋內已點亮了琉璃燈和燭火。慢慢恢復了意識的她慢慢轉過眼，看到一旁案上宮中所賜物品，渾身發抖，撲入一臉哀痛的趙棣懷中嘶聲哭道：「殿下，蕊珠和孩兒是擋了別人的路，才遭此毒手！求殿下讓蕊珠也死了算了。這才能讓娘娘真正稱心如意了。」所賜之物裡竟有如意，誰如意了？娘娘如意了，孟六娘如意了！她在慈寧殿才見過這柄如意！

趙棣嚇得一手捂住了她的嘴，哭道：「蕊珠，你疼糊塗了！你傷心過度，人都糊塗了！」他低聲道：「這裡是慈寧殿！娘娘仁慈，留你在此休養三天再跟我回府。」

張蕊珠死死抱住他，拚命咬著他的手，身子劇烈抖動起來。趙棣忍著痛一手緊緊抱住她，想起孟六娘，只恨得渾身也顫抖起來，更恨自己無能無力，沒法子揭穿她惡毒心思，白白害苦了蕊珠，失去了孩子。

許久，張蕊珠才鬆開趙棣，含淚低聲道：「是妾糊塗了，妾身自己沒有護好孩子，沒有福氣。一時失言，還請殿下恕罪。」

趙棣握著她的手，竭力平復了一下心情，柔聲安慰她：「蕊珠，我又怎麼會怪你？醫女說了你身子沒事，調理一番就好了。當初我娘也是落了一胎後才懷上了我。你放心，你肯定能很快再懷上孩子的。」

張蕊珠哭得不能自抑，她既悔又恨更怕，怕那兩個女史說出自己叮囑過的話，惹火燒身，恨孟嬋和越國公主莫名其妙沆瀣一氣，更懊悔自己一時衝動，失去了兒子。萬般痛楚，身子疼，心更疼。

「蕊珠，你爹爹讓你好生休養，別憂思過度，還送了一位叫晚詞的女使到府裡，說以後讓她照料你。」趙棣想起張子厚，不禁又歎了口氣。可憐蕊珠沒了生母，為嫁給自己又和爹爹反目，縱然因為他們張子厚才辭去使相一位，可發生了這麼大的事，她爹爹竟然連親筆信都沒有一封，草草幾句話一帶而過。

他越發憐惜張蕊珠，輕輕理了理她哭得濕透的鬢髮：「蕊珠，別哭了，你別怕，我會一輩子對你好的，你放心，任憑吳王妃是誰，我碰也不會碰她一根汗毛。你失去一個孩兒，我趙棣這輩子，就只要和你一個生兒育女。我發誓——」

張蕊珠哭著捂住他的嘴：「殿下！莫說這樣的話！給娘娘知道了，妾死不足惜！」不管如何，趙棣對她，總是有三分真心的。

她不指望爹爹，自從她用盡心機嫁給趙棣，爹爹就說過只當沒有養育過她這個女兒，是她害他當不成使相，可他又何嘗替她籌謀過終身？她有什麼辦法？

若不是那位先生相助，她恐怕還待字閨中，被汴京城的小娘子們明捧暗貶呢。是她沒聽先生的話，以進為退慫恿趙棣去娘娘那裡討要吳王妃的名分，惹得娘娘生氣。先生讓她記住要在心上放一把刀，可她卻因被羞辱而昏了頭，犯蠢失去了孩子。眼下，只有求先生再幫她一次。

此時的福寧殿內，趙栩正跪在官家身前，挺直了脊梁，一雙桃花眼熠熠生輝，將方才的話又朗聲說了一遍：「臣，絕不會納越國公主為夫人，也不能娶孟氏六娘為妻，求爹爹成全！」

第一百五十三章

福寧殿大殿內空蕩蕩的，趙栩清越的聲音迴盪不絕。

官家從御座上站起身，緩緩走到跪著的趙栩身前，垂眸看著這張無比熟悉又似曾相識的臉龐：「你可知道你在說什麼？六郎。」他微微拔高了聲音：「你可知道方才爹爹跟你說的是什麼意思？」

趙栩毫不退縮和父親對視著，不急不緩，聲音不高不低：「爹爹，臣知道，臣在抗旨。臣不遵皇命，不遵父命，膽大妄為，辜負了爹爹一片苦心，臣大逆不道！」

官家被他氣得笑了：「你認罪倒快。」他來回走了幾步，也不讓趙栩起身：「你這性子，磨了這幾年，一點長進都沒有，刺頭得很。怎麼，你以為朕要讓你入主東宮，你就有資格違逆朕拿捏朕了？」官家聲音並不嚴厲，卻用了極其少用的自稱。

趙栩肅容行了三拜禮：「臣不敢。陛下信任臣，重用臣。臣感激涕零，當粉身碎骨以報陛下和列祖列宗。但婚嫁之事，臣有苦衷。做太子，臣不能娶此二女。做親王，臣也不能娶二女。做庶民，臣還是不能娶此二女！」

大殿上回音漸絕，針落可聞。官家深深吸了口氣，這才感覺到自己的雙手已經氣得發抖，又有一種莫名的憤怒和蒼涼湧上心頭。彷彿違逆聖意的是他自己，彷彿回到了曾經的過去。一幕幕，被他刻意遺忘的一切，被趙栩似曾相識的話都激盪了出來，占滿了他心頭眼前腦中，令他又羞又愧又惱又恨。

「放肆！你！去殿外跪著！」官家怒斥趙栩，卻聽見自己的聲音在發抖。

看著趙栩一拜後平靜地站起身，穩步退去，昂首打開殿門，身姿依然挺拔堅定，毫不猶豫更無慌亂。官家趙璟忽然體會到當年母親怒不可遏的憤怒從何而來，此時他胸中的怒火也足以焚盡桀驁不馴的趙栩。這萬里錦繡江山，是太祖一代於亂世中浴血奮戰鏖戰九州打下來的，是幾代帝王於強敵環伺中嘔心瀝血守住的。自己雙手奉上了多少人死死盯著的位子，事事為他謀劃，他竟敢違逆自己！天子一怒，伏屍百萬流血千里，他怎麼敢！

憑什麼六郎你以為你就能說不？連身為帝王的自己都不能！驀然，趙璟心中的羞愧憤怒更甚。他站在大殿上，看著又已經緊閉的殿門，似乎不是趙栩受了責罰，而是他自己，被責罰成為一個孤家寡人，被遺棄在此了。

那年他十五歲，跪在慈寧殿的地上求母親高太后：「兒子有苦衷！兒子不能娶五娘！」他的苦衷卻難以啟齒，舉世難容。他登基已八年，軍政大事都做不了主，何況是娶大趙皇后？

七歲起他就記得，每日東門小殿後，母親坐於垂簾後，所批摺子，上首必書「覽表具之」，末云「所請宜許」或「不許」。起初他偷偷臨摹母親的字跡，是那個人溫柔地告訴他總有一日母親會還政於他，要他不可失去帝王之氣，切勿沉迷於旁門左道，將他私下的臨摹投入炭盆，並替他設計了自己的御押。

他的御押就是一個草書的「帝」字。

這許多年過去，他依然記得清清楚楚當年兩府合班起居奏事時，對母親的尊重敬畏。母親下制令，自稱「予」，殿上處理政務，和皇帝一樣自稱「吾」。直到他和母親已經到了不說話的地步，母親才准了司馬相公所奏，下詔止稱「吾」，才開始和他一起在承明殿決事。

他不止一次夢見群臣上表，請母親稱帝。他食不下嚥，夜不能寐，只覺得自己是天底下最沒有用的一個人，是多出來的一個人，這世上有他沒有他並無區別，更害怕有朝一日母親如武后一般將他貶為親王，流放千里之外。他鬱鬱寡歡，多日稱病，不去承明殿。

只有那人來看望他時，不會嘮叨衣食住行瑣碎事，不會語重心長鞭策他。那人帶著一本《甘澤謠》，輕聲讀一些志怪傳說。她的聲音溫柔纏綿，似糖如絲，他總是聽著聽著就睡著了。

有時候她帶著三弟一起來探望他，三弟也是七八歲的人了，卻總是抱著她的腰，黏在她身上。她也不以為怪，笑眯眯地親親三弟的額頭，喚三弟：「我的阿瑜真乖。」說完還朝他眨眼睛：「阿璟官家也乖。」似乎回到她幫母親照料他的那兩年。他想起登基前，看到那麼多的死人，想抱一抱母親，可是母親卻推開了他，大步踏入血汙屍體中，昂首闊步，打開殿門，厲聲喊著兩府相公們的名字。他也想和阿瑜那樣，有個人總能抱他一抱。

有一天，他終於忍不住把自己的擔憂告訴了她。她那雙慈悲眼，充滿憐惜，告訴他有定王皇叔翁在，有兩府相公在，絕不會有那麼一天，讓他放心。她輕輕拍著他的手告訴他，大趙史冊，絕不會只有《高太后本紀》而沒有他這個皇帝的本紀。

他是從那天後，才安下心來，回到了承明殿又開始做一個聽政的皇帝。可是他也突然開始夢見了荒唐事，無地自容的他陷入了新的困境和煎熬中。他如困獸一般在大內這彈丸之地躲著她，盼著她，又不斷責罵自己比禽獸還不如。可他還是無法自拔，越是羞愧越是迫切，越是煎熬越是甜蜜。最後他都不知道自己愛的是她這個人，還是那種求之不得的輾轉痛楚。

母親逼他娶五娘，他怎麼求也沒有用。詔書頒布了，禮部已納采問名，宮內已經開始修繕純和殿，而他已經快要發瘋了。他肯定是瘋了。

趙瑗疑惑地轉過身，看著身後福寧殿御座兩側的琉璃立燈，慢慢走了過去，他伸出手輕撫那立於架上的孔雀翎掌扇，輕柔的羽毛，像小半個屏風。他兩頰泛起潮紅，眼中哀傷之至，連嘴唇也跟著手，跟著腿，一起抖了起來。他撐住御案，整個身體如篩糠一樣抖了起來。就是在此地，他完全瘋了。

趙瑗合上眼，可是眼前，依然是她的仙容玉姿，她來給他送她自釀的重陽菊酒，她說了什麼激怒了他，是問他可喜歡她給純和殿送去的賀禮？他怒視著她，當時他很恨她，恨她為什麼絲毫不能察覺到他的心意，恨她為何是太妃，是庶母，恨她為何那麼好。是她不該走近了來碰他的額頭！趙瑗哀嗚一聲，雙手撫上了額頭，和那夜一樣，滾燙的。

他瘋了，抓住她的手，將她推搡在琉璃立燈上，燈下的她吃了一驚，竟然還握著他的手，問他為何這麼燙。他忍無可忍，打翻了立燈，而後打翻了掌扇，將她壓在那色彩斑駁雲舒霞捲般的翎毛上，撕咬著她，含著淚，咬牙切齒。

她卻絲毫不反抗不掙脫，她那雙慈悲眼依然充滿憐惜，她原來什麼都知道！她甚至伸出一雙玉臂輕輕拍著他的背，被他咬腫了如玫瑰花瓣的嘴唇，滲著血絲，依然吐氣如蘭，呢喃著大郎兩個字，如歎息，如呻吟，如悲鳴。他想停，卻停不下來，停不住。

她被慈寧殿的女官們叉在地上時，依然風姿卓然，似蓮花萎頓，似海棠醉紅，她柔聲說是她罪該萬死，罔顧人倫引誘了他。他拚命求母親放過她，可是三尺白綾還是絞上了她纖細的脖頸。

趙璟喘息著趴在了御案上，他當時一頭撞的是這個角吧。

她去了瑤華宮，三弟去了上京。留下他，娶了五娘，相敬如賓，然後一個又一個女人，為國為朝廷為子嗣，不斷填進這個空洞無比的大內。在他重病昏迷的那些天裡，總是見到各個時候的她，見得最多的是臨終前的她，瘦成那樣，卻依然一塵不染，她什麼也看不見了，可是只聞到他衣上的熏香，就輕聲喚了一聲大郎，那兩個字還是像糖，像絲，千回百轉。她躺在榻上，依舊像朵輕雲。

他其實已經忘記她了，忘記了她很多年，但他要忘記的其實是那個禽獸不如、怯懦無用的趙璟。只要不想起她，他就忘記了曾經的自己，繼續做一個母慈子孝，夫唱婦隨，妻賢妾順，子女成群的大趙皇帝，坐擁萬里江山。他對臣子好，對百姓好，他以孝仁治天下，抗西夏，和契丹，大理歸順，周邊小國紛紛前來朝貢。他對得起趙氏祖先，唯獨對不起她一個人。

因為陳青而見到陳素的時候，他才想起瑤華宮裡的她。他不顧母親反對，封阿素為美人。他獨寵阿素，有一段時間他甚至錯以為阿素就是年輕的她，可終究還是不同。阿素眼中只有順從，甚至藏著一絲冷淡和害怕，沒有她那樣的慈悲溫柔，更沒有憐愛包容。阿素小家碧玉舉止局促，更比不上她飄忽若神光潤玉顏。他悚然而驚，羞慚不已，不久就疏遠冷淡了阿素，才覺得好過一些。

阿素生下六郎後，他自己也不清楚他究竟是喜愛六郎還是害怕他那張臉。一日一日，一年一年。她離世了，她臨終喃喃念著的阿瑜回來了。六郎長大了。他身邊最像她的竟然是他自己的兒子！六郎很好，很好。他越來越想將錦繡江山交給六郎，似乎就能彌補了她。

臣有苦衷？臣不能娶？

趙璟轉過身，定定地看了一會兒那孔雀翎掌扇。十五歲那年，他是怎麼敢又怎麼會說出那句兒子有苦衷兒子不能娶的……那時，他是怎樣的心情？那個人，在瑤華宮的每一日每一夜，若是知道他當真那麼多年都忘記了她，又會是怎樣的心情？也許她什麼都知道……

世上哪有什麼真情種呢？不過一個女子而已，過些時候就忘了。子平那天說過的話在耳邊響起，趙璟覺得太陽穴突突跳。

趙栩跪在大殿外的青石磚上，依然昂著頭，旁若無人地看著頭頂的藍黑夜空，他心中毫無擔憂，只有一種輕鬆和快意。魚和熊掌，他趙六偏偏要兼得，至於爹爹會如何處置，他只希望自己沒有賭錯。不知道跪了多久，終於聽到殿內傳來官家平靜的聲音。

「滾進來罷！」

趙栩大喜，一躍而起，一撩常服下襬，穩穩地往緩緩開啟燈火通明的大殿走去。

大殿內燈火通明，一切如常。官家在御座上，神情如常。

「說吧，你能有什麼苦衷？為何不願聯姻契丹？武宗後宮也有過契丹妃嬪，成宗後宮有過高麗才人，就算當今大內，也有大理的郡主被封為美人。越國公主身份尊貴，封為夫人難道還委屈了你？還有，為何不願娶孟氏為妻？要知道娘娘可是好些年前就在考量汴京的名門閨秀了。我大趙的太子妃，豈能光看臉？你這個毛病要改改。」

官家瞪了趙栩一眼，歎了口氣：「以才侍君者久，孟氏出身名門，有才有德，難得還有忠君直諫之心。遇到今日張氏這樣的突變，年紀雖小，應對也很得體，頗有大將之風。娘娘在選妃一事上，從來沒看走過眼！」娘娘今日這麼爽快地同意了立儲一事，恐怕也因張氏一事對五郎大失所望，不然不會賜給張氏那柄如意了。

趙栩歎了口氣，拱手道：「爹爹，臣不娶越國公主，苦衷是因為爹爹您。」

官家一怔，失笑道：「你個混帳，在外頭跪了半天胡謅出這個了？你哪隻眼睛看出爹爹看上越國公主了？」

「爹爹，越國公主千里迢迢來汴京，臣以為都是為了三叔。三叔在上京時和公主亦師亦友，被公主引薦後，因精通詩書棋畫，深得壽昌帝讚賞，那十年才得以安然在上京度過。公主有情有義，至今雲英未嫁。三叔想來也感懷公主情義，只是因為腿疾和身份不肯稍加辭色。」趙栩帶著一絲憾意和哀傷說道：「爹爹，以往三叔身為質子，孤苦一人，那些官員妄自猜度，欺上瞞下，連這樣的腿疾，汴京竟無一人知曉。他牽掛故國，又身有腿疾，怎會念及兒女情長？如今他是我大趙堂堂親王，若和公主結成眷屬，既能圓兩國和親之國事，更能讓兩位多情人此生無憾，豈不兩全其美？試問臣又怎能橫刀奪愛？此乃臣違逆爹爹的苦衷之一。」

官家既驚又喜，站了起來：「六郎你怎麼不早說？快讓人宣你三叔進宮！」

趙栩拱手道：「臣也是在延福宮和公主懇談後才知道的。奈何三叔依然顧念腿疾，更怕惹來娘娘心中不快，還不肯承認對公主有意。」

官家來回走了兩步：「過些天，娘娘要你陪公主去靜華寺後山賞花，此事甚好。六郎把你三叔也帶上，想法子讓公主說服你三叔，宮裡說話的確不方便。只是公主是契丹人，恐怕做不得崇王妃。」

趙栩垂眸道：「臣當盡力而為。」

官家心中高興，如果子平能和越國公主情投意合共度餘生，她在天之靈應該會稍微原諒他沒有照顧好子平的罪過吧。

「越國公主一事罷了，那孟氏你又有什麼苦衷？」官家斜睨了趙栩一眼。

趙栩皎若明月的面容露出一絲笑意，聲音也溫柔起來：「臣另有心儀之人，臣已許她今生，生死不棄。三年前，臣求過爹爹旨意，欲以燕王妃虛位以待。孟氏雖嫻淑，臣卻不能言而無信，辜負於她。」

官家皺起眉頭：「那個女子，原來你還沒忘記？」

趙栩苦笑道：「非臣不為也，實不能也。」

非不為也，實不能也。官家輕歎了口氣：「是哪家的閨秀？你說來聽聽，若是娘娘和聖人也覺得好，也不見得非要娶孟氏不可。」

趙栩的苦笑更甚：「臣鍾情的，是孟氏的堂妹孟九娘，已和陳太初議親。爹爹，若臣娶了孟氏，豈不終身困苦不堪？臣不願，臣不能。臣之苦衷，舉世難容。」三言兩語，道不盡的無奈感傷。無雙面容，說不出的失落無助。

官家一怔，轉念明白過來，只覺得匪夷所思，低喝了一聲：「你！簡直荒唐之至！」那個孟氏九娘，有妲己褒姒之貌，口齒伶俐善詭辯，和陳太初看起來兩情相悅。敢情自己的六郎，不久後的大趙皇太子，未來的大趙帝王，竟然是一廂情願單相思？三年前就心心念念為她請旨，現在為她抗旨，可她竟然若無其事地要嫁去陳家!?

官家心中不禁惱怒起來，卻又有些心疼趙栩，還有些莫名地怨恨陳青。

趙栩歎了口氣，跌坐在御座前的臺階上，如稚兒一般無助地仰面看著官家，：「爹爹，請勿怪罪她，是六郎自尋煩惱。明知她將為人妻，明知兒女之情在男兒一生中不過是無足輕重，明知她和六郎有天淵之別，可是六郎捨不得忘不掉——」

官家如遭雷擊，竟有些渾渾噩噩起來。

是六郎在說，還是他趙璟在說？

娘娘！請勿怪罪她！是大郎的錯，明知她是太妃是庶母，明知男兒一生不可耽於私情，是大郎捨不得忘不掉忍不住！不怪她！

趙栩一把扶住官家：「爹爹！爹爹？」

官家在御座上落了座，口乾舌燥，驀地抬頭，眼神尖銳犀利：「糊塗，普天之下莫非王土。你既心悅她，是她三生有幸！憑她是誰，也只能是六郎你的人！」

趙栩凝視著神色變幻莫測身子還在微微顫抖的官家，輕聲道：「爹爹，她若心甘情願，六郎甘之如飴。她若不情不願，強迫於她，六郎怕擔了奪人妻子之名，傷了和太初的兄弟之情，更怕她性烈如火，反誤了她性命。若她真的出嫁了，臣自當斬斷情絲，請娘娘和聖人為臣另選賢妻。六郎此刻抗旨，是因為不甘心，六郎想再問她一問。」他聲音越來越輕，眼神卻越來越專注。

官家細細看著趙栩，默默點了點頭，問她一問，不甘心？

「六郎。」

趙栩半蹲下來，輕聲應道：「爹爹？」

官家伸出手，在趙栩鬢邊虛虛理了兩下，這張臉，這雙眼，這般多情，溫柔慈悲。

「孟氏一事，爹爹先依了你就是。你心裡有事有委屈，早些好好地說出來，何至於被罰跪？」官家歎氣道：「你要知道，娘娘也是為了你好。你性子高傲，不喜文官們的長篇大論和黨派之爭。然而為君者，制衡也。大趙皇室，歷來與士大夫共治天下。天下間，有才有德的人太少，不少士大夫自詡君子，捧著儒家倫理道德，求千秋功名，也求光宗耀祖，又有幾個不想升官發財的？要用好這樣的人並不難。你若太過固執，日後和兩府易生嫌隙，難免君臣不和，娘娘是在為大趙選一位堪與前朝長孫皇后媲美的賢德女子啊，孟氏能說出百姓心中土地最重，可見她不是死讀聖賢書，心懷蒼生，方能忠君愛民，以後才敢勸諫夫和君。」

官家拍了拍趙栩的肩膀：「爹爹只允你任性這一回，日後再來，可饒你不得了。」

趙栩面上微微動容，跪下三拜謝恩。官家見他叩首時，頸後的白羅中單衣領濕漉漉的，不禁搖了搖頭。

趙栩回到會寧閣書房中，心中毫無欣喜之情。一句一句，一步一步，爹爹的反應，比他所想的更為激烈，甚至無需他繼續說下去，爹爹就已經允他所求。看來三叔告訴他的一切，的確全是事實。

郭真人，郭玉真，郭太妃才是爹爹心中的魔障。趙栩合上眼，他和娘，還有舅舅，一直被太后厭憎，自然是因為他們長得像郭太妃，但不只因為郭太妃得成宗專寵，害得太后當年差點被廢，更因為郭太妃是爹爹悖逆人倫愛上的女人！

而睿智如太后娘娘，縱使她胸中有丘壑，彈指論天下，女中堯舜，也絕不可能原諒另一個女子奪走自己的丈夫，危及自己和兒子的正統地位後，竟然還搶走了自己兒子的心。

趙栩長歎一聲。這難道是三叔所說的母債子還？他因娘娘而身殘，卻毫無怨尤。他因爹爹而被逐，卻兄友弟恭。他身為質子近三十年，依舊風清月朗，有名士之風。爹爹卻不知道三叔當年目睹了福寧殿驚變一事。現在，是他趙六欠三叔的了。

四月二十，靜華寺，阿妧，至少你要見我一面，看我一眼。

第一百五十四章

過了幾天，雖然兩府官員們守口如瓶，但禮部、太常寺和中書省已經開始商議冊皇太子之禮。遠遊冠、朱明衣也已經按某位殿下的日常尺寸，緊鑼密鼓地開始趕工。位於東華門和晨暉門間的皇太子宮，悄聲無息地進駐了營造坊的匠人們，開始按圖修繕東宮。東宮常行所用的左春坊印，已送到了禮部。會寧閣裡人來人往，井然有序。

種種跡象，都顯示今上要冊立皇太子了。雖無一人提起，但人人心中有數。那不幸小產了的永嘉郡夫人被吳王趙棣接出宮一事，也不大有人關心。被關押在尚書內省的兩個女史轉去了掖庭做宮女，就更沒有人關心了。還是太后娘娘仁慈，留吳王在慈寧殿好好安慰了大半天。

趙栩這天散了常朝就去了崇王府，快黃昏時才回宮，直奔大宗正司求見定王。

他一進門見老人家正在靠窗的羅漢榻上歪著打瞌睡。兩個內侍在一邊給他打著扇，見到趙栩趕緊行禮，要喚醒定王。趙栩擺擺手，輕手輕腳踱到長案邊，上頭的卷宗層層疊疊，趙栩定睛一看，笑了。被玉獅子鎮紙壓著的那本，卻是一本已經發黃的《甘澤謠》，正翻在紅線女盜金盒那一頁。

榻上的老定王哼唧了兩聲，睜開了眼：「啊，六郎來了。」搖晃了幾下，卻起不來身。內侍趕緊上前扶他坐起來，遞上溫熱的茶水。

老定王咕嚕嚕喝了兩口茶，揮手讓內侍們退下。見趙栩過來行禮，便招手讓他在榻上坐了。

「太叔翁，三叔說若有那份東西，阮玉郎必然會現身。」趙栩抬手替定王加了茶：「只是娶越國公主一事，三叔還是不肯，連單獨見一見公主也不肯。入春以來，女真在渤海一帶已蓄了十萬兵馬虎視眈眈，公主很是著急。」

定王動了動身子：「女真看來還是盯著契丹要咬上一口啊。高麗一貫和完顏氏走得近，也要看著一點。越國公主還說些什麼？」

「公主所言和我們斥候所報的並無出入。契丹三年前和女真一戰後，雖號稱有五萬御帳親騎，但這兩年國庫空虛，軍餉常有虧欠，如今在營的不過兩萬餘人。」

「不過兩萬？」定王抬了抬眼皮：「唉，我大趙西軍如今還有沒有兩萬重騎？汴京十萬禁軍裡，僅有的五千輕騎還是陳青在樞密院時陸續從秦鳳路調來組建的。」

趙栩也皺起了眉頭，自從陳青辭官，張子厚退去大理寺後，近一年，就他所知的，禁軍騎兵營的戰馬肥膘長了不少，原先跟隨陳青的一眾將士也陸陸續續走了大半。他歎了口氣：「女真完顏氏的二太子完顏似這兩年崛起極快，風頭已蓋過了四太子完顏亮，被譽為女真第一勇士。契丹人幾次試探，沒人能在他手下走過二十招的。公主還說到一事，女真一族向來是攜帶馬群，邊戰邊募兵，靠掠奪村莊城池補給糧草，所以來去如風，極少輜重，日夜兼行八百里都不難。」

定王喝了口茶：「怪不得契丹現在這麼怕女真。我們也不能不防著女真。你在靜華寺想想辦法，把趙瑜和公主送作堆算了。」他揚了揚花白的長眉：「用些手段也無妨嘛，他們也都是三十好幾快四十的男女了，我讓人拿上我的腰牌帶你去御藥拿些好東西，那什麼唯心香讓人說真話就挺好——」

趙栩玉面一紅，尷尬地看著這位太叔翁。

定王一停，看著他呵呵笑了起來：「啊，六郎還會臉紅啊？好了，阮玉郎要的東西壓在那本紅線女下頭，去拿過來吧。」

看著趙栩急急起身，定王舒出口長氣，如今官家冊立趙栩為皇太子的事終於塵埃落定，趙瑜也鐵了心拋開往事，總要合力先收了阮玉郎這個不知所蹤的妖孽才是。轉念想起高太后，老定王不禁長歎了口氣。自從趙瑜歸來，她越來越固執，她那心結，這輩子也是解不開的。可他身受武宗和成宗兩代君王遺命所託，總不能看著她一錯再錯。既然說服不了她，只能各行其道了。大趙中興方始，豈能毀於女流之手。能了結這兩樁事，他也好放心撒手了。

趙栩取了案卷，放於几上。定王點了點案几：「恐怕你還不知道這到底是什麼。趙瑜跟你說了嗎？」

「三叔沒說，只說太叔翁知道阮玉郎要的是什麼。」趙栩搖搖頭。

定王眯起眼：「無妨，你也看一看。這個是孟山定去世前一天派人送給我的。我還以為你早就知道了，鬼鬼祟祟跑來我府裡好幾回，也沒少折騰啊。」

趙栩面上一紅：「太叔翁明察秋毫。還請饒了六郎，若不是跟丟了阮氏，又懷疑阮玉郎假死，六郎也不至於派人盯著孟家，還冒犯到太叔翁。」

定王揮揮手：「唉，我現在算明白他們為何拿在手裡也不燒了這禍害。恐怕也和我一樣，總覺得有朝一日也許還能派上什麼用場。你看罷。」

趙栩心頭一跳，趕緊攤開來，才翻了兩頁，手心已出了汗，眼前文書上頭的印章，竟是東宮左春坊印！凝神一看，上頭所書的內容，更是觸目驚心！

「元禧太子上書彈劾曹皇后和魏王趙德宗結交外臣，結黨營私貪腐。太叔翁，您說當年元禧太子猝死，會是因為這個嗎？」趙栩看著手中的卷宗，低聲問。他的親翁翁成宗帝——當年的魏王趙德宗，乃武宗曹皇后嫡出，而元禧太子，卻是元后郭氏所出。這牽涉到奪嫡大事的罪名，孰是孰非，孰真孰假，誰又能判別？

「事過境遷幾代人，早已蓋棺論定。追究這個沒意義了。」定王搖搖頭，苦笑道：「你手上的只是一半卷宗。另一半還不知所蹤。你先看看，和你這些年查的事可有能相互印證之處。」

趙栩捧起卷宗，反過來攤平，的確看得出卷宗被拆分過的痕跡，那重新裝訂的地方，印著兩個截然不同的押字印寶。他隨手翻開最後一頁，呆了片刻，喃喃道：「武宗遺詔!?」室內空氣都滯住了，只有他的聲音凝結後又開裂，似碎冰一般墜落在他手下的白麻紙上。

一張白麻紙，右上角暈染了幾十點已經昏暗的朱色斑點，疑似血跡，將那個大大的「敕」字顯得更驚心動魄。不同於普通的制書，這份白麻的左下角蓋著玉璽，還有武宗皇帝的御押。

「皇后曹氏、魏王德宗合謀毒殺元禧太子……廢為庶人……。冊壽春郡王玨為皇太孫……」趙栩喃喃道。

阿妧提到過阮氏所說遺詔，他們一直懷疑根本不存在的遺詔，原來並不是成宗遺詔，竟然是武宗遺詔。阮玉郎的身份昭然若揭！

趙栩只覺得後背沁濕了一大片，手指微微發麻。

「壽春郡王的名字是趙玨？」趙栩看向定王。這位郡王，在《仙源積慶圖》上因不滿十歲就夭折了，只書「不及名」。

定王點了點頭，長歎一聲：「不錯，阮玉郎，正是當年的壽春郡王趙玨，他的確是元禧太子僅存的血脈。當年元禧太子暴斃後，有人密報武宗，說趙玨的生母阮氏，雖是侍妾，卻以色相迷惑元禧太子，專橫霸道，虐殺許多奴婢，導致下人怨氣叢生，原是要毒殺阮氏的，卻誤害了太子。武宗大怒，命你翁翁也就是當時的魏王，擔任昭宣使去絞殺阮氏。東宮因此受牽連者數百人。壽春郡王年僅兩歲，後由曹皇后親自撫育，因生母的緣故也不得武宗喜愛，沒過兩年就傳因病夭折了。」

趙栩默默將卷宗翻回之前蓋著東宮金印的幾頁文書上，心念急轉，已將當年事理出了頭緒：「元禧太子還沒來得及彈劾曹皇后母子，就猝死於府中。太子舊部後來將壽春郡王弄出了宮，把這些私呈給了武宗皇帝，才有了那張廢后遺詔……太叔翁，那您當時？」那武宗突然駕崩又會不會和這份廢后遺詔有關？趙栩不寒而慄。

他手上的這份案卷，已證實了被爹爹放在心尖上的郭真人，應該就是當年被翁翁「絞殺」的元禧太子侍妾阮氏，也正是阮玉郎的生母。翁翁登基後，她改頭換面，入宮後受翁翁專寵，生育了三叔趙瑜。這就難怪太后娘娘為何恨之入骨了。這兜兜轉轉，是怎樣的一筆糊塗帳！

想起實際上該被自己尊稱為堂伯父的阮玉郎，命運多舛，造化弄人。趙栩心中對他多了一份說不出的感覺，換做是他，可會罷手？殺父之仇，奪母之恨，更有皇位繼承之失，恐怕他也不能罷手。阮玉郎沒了藏在鞏義的重弩和戰馬，沒了西夏的援兵，難道是想憑藉這份東西宣示天下，名正言順地從爹爹手中奪取皇位？這希望也不免太過渺茫了。難怪三叔再三叮囑他要留阮玉郎一條命。

定王仔細回憶了片刻，搖了搖頭：「我當時從大宗正司趕過去時，武宗已口不能言，曹皇后和魏王以及兩府相公們都在側。我沒見過這份制書。武宗交付給我的只有一物而已。」

定王從袖子中掏出一枚印章。趙栩接過來一看，卻是壽春郡王印，一時默然無語。

「雖然是幾十年前的陳年舊事，可我想來想去，還有不少關節沒想明白。如今雖說大趙中興，天下太平，可我啊，心裡頭總不踏實，所以索性留給你去琢磨吧。」定王歎了口氣，又歪了下去：「這卷宗背面的押字印寶，一個是孟山定的，確鑿無誤。另一個，應該是當年太子侍讀王方的押字，照理說，這份卷宗的另一半，應該藏在青神王氏，也不知道那上頭又有什麼驚天動地的東西。唉！」

趙栩有些口乾舌燥，一時竟說不出話來。青神王氏！

「青神王氏嫡長子王方，當年是武宗欽點的太子侍讀。只是元禧太子暴斃後，王方和主管右春坊事的孟山定都下了大理寺獄，東宮封印、查案、解封，當年我也都親自參與，從沒見過這些。王方、孟山定怎麼拿到這些文書憑證的？又是通過誰上呈給武宗的？又是如何將趙玨帶走的？都是謎。恐怕世間也再無人知曉。」定王緩緩道來：「拿到這份東西後，我也派人去青神找過了，沒想到王家竟然一無所知，甚至連當年王方做太子侍讀一事也無人知曉。」

趙栩想起阿妧所說過的話，眼皮不禁跳了幾跳。他心念急轉，這半份卷宗已經如此舉世震驚，另半份又會藏了什麼駭人聽聞的秘密？趙栩忽然一凜，阿妧說過，榮國夫人自己都不知道她父親王方曾任元禧太子侍讀，可蘇瞻卻知道。那另半份卷宗會不會在蘇瞻手中？雖然蘇瞻看起來並不像知道這些事的樣子……

「孟山定此人行事，毫無章法，死得也古怪。這等惹禍的東西，他不一燒了之，還送來我這裡，真是麻煩啊。」定王歎了口氣，抬起眼皮：「我也沒幾年可活了，這東西你拿去吧，能把他引出來也好。他執念太深了，唉──」

趙栩一凜，抬頭看向定王：「太叔翁的意思是？」

定王合上眼皮：「無論是非對錯，江山社稷天下太平才是第一位的。既然交給了你，太叔翁我就撒手不管了。只是，切記不可傷了阮玉郎的性命。」趙玨既然已經「不及名」，世上自然再無壽春郡王此人。

趙栩起身應是。他走出大宗正司，見宮牆綿延，屋宇錯落，日頭已在西面，照得各殿的琉璃瓦光彩奪目。有多少罪，被掩藏在華麗之下？有多少罪，被假以了愛的名頭？

想到眉眼淡然的三叔趙瑜，趙栩長歎了一口氣，他何其無辜，何其不易，何其不幸。

第一百五十五章

天濛濛亮了起來，紫竹林慢慢顯出了輪廓。五更天時，禪院大門裡傳出了開鎖的聲音，有人輕輕擊了三下掌。

隱藏在崇王府後院的二十來個黑衣人不知從哪裡冒了出來，三三兩兩，疾步到竹林外那條青青長長的石板小徑前，拱手行禮後，又迅速消失了。又有一些穿青色部曲衣裳的人精神抖擻地出來，把守在紫竹林的四周。

禪房內的蠟燭早已成灰，那老舊的蒲團和青磚地似乎融為了一體。房樑上躍下三人來，趙栩擺了擺手，兩個屬下躬身行禮退了出去。

趙栩腳下無聲，移步到輪椅前，垂眸看著這位生而不幸時運不濟的三叔。

崇王趙瑜兩夜未睡，終於撐不住了。他微微歪倒在輪椅的靠背上，微蹙的眉頭下，那雙洞察世情的含笑慧眼，被濃密的羽睫蓋住了。愛笑的嘴唇緊閉著，甚至和嬰童一樣微微有些翹嘟，平白帶了一絲無辜的撒嬌。年近不惑的他，神情依然和孩童一樣純淨。他腿上隨意擱著那半份卷宗，他認定了自己同母異父的兄長會為了這份卷宗來找他。

然而，他們已經守了兩夜。阮玉郎依舊毫無動靜，明日就是四月二十了。

三叔為何願意幫他抓捕阮玉郎？為何願意告訴他那些陳年醜事任他利用？為何親近他和阿予處處幫襯卻對吳王不假辭色？為何對誰都無恨無怨？

趙栩緩緩走到青紗窗前，這些疑問對他而言，並不重要，多次的印證，三叔並沒有欺騙他，沒有隱藏，沒有陷阱。即便沉在最深處的骯髒事被掀了出來，他同情三叔，憐惜三叔，卻不會毫不設防。畢竟一個人行事，總應該有個出自私心的目的。他現在所處的位置，所做的事，不容有失。

兩個身穿皂衫，頭戴黑色襆頭的崇王府僕役，手持竹枝大掃帚，提著水桶，腰間掛著幾條巾帕和腰牌，小心翼翼輕手輕腳地進了禪院大門，對著院子裡的人行了一禮，如往常一樣，開始清掃地面。

左一下，右一下，雖然那兩人刻意放輕了步子，竹枝刮過地面的窸窣聲，依然驚醒了淺眠中的趙瑜。

「啊，我竟睡著了？」趙瑜苦笑道，摸了摸腿上，東西還在。「他還是沒來啊。」說不出是遺憾還是略帶慶幸。

趙栩轉身笑道：「不打緊，該來的總會來的。」

他打開禪房的木門，兩名屬下趕緊過來，將趙瑜的輪椅抬到了院子裡。兩個僕役趕緊收了掃帚，退避一旁：「殿下萬安！」

趙栩推著輪椅，往禪院大門走去。

一步，再一步。地上的一把竹枝掃帚，忽然暴起，劈頭蓋臉地掃向趙栩的臉，另一把掃帚快如閃電般挑向趙瑜膝上的卷宗。

趙栩的兩個屬下口中呼哨一聲，立刻飛身而上。紫竹林四周的部曲腳不沾地直奔禪院而來。

趙栩卻似早有準備，朗笑道：「既來之，則留之——！」他長腿一伸，趙瑜的輪椅倏地被踢得直奔禪院大門而去，那挑卷宗的掃帚落了個空，只掃到趙栩的靴尖，正要追上去，已被趙栩的屬下攔截住。

趙栩手腕一翻，一道精光閃過，那撲到面前的竹枝碎散了一地。

那兩人一擊失手，立刻退向禪院一角，騰身而上，就要越牆而出。

嗖嗖兩聲破空利嘯，兩具身體在牆上略停了一剎，背心的箭羽震動不止，噗通兩聲，禪院牆外傳來屍體落地聲。

屍體被抬進了院子，仔細搜查過，並無線索。

「報開封府，讓他們來處理。」趙栩抬頭看向收弓的青衣部曲：「昨夜南通街那家交引鋪可有動靜？」

「稟殿下，交引鋪昨日傍晚閉門前，有一個婆子進去賣果子，後來回了吳王府。昨夜無人進出。孟府、程家均無異動，蘇家昨日有客上門，經查是開封府周判官家的娘子，蘇東閣還在洛陽未歸。」

趙栩沉吟了片刻：「靜華寺的人手再加三成，今日就去搜一下後山，明日暗中護送孟家車隊的人加多兩成。」

青衣部曲拱手問道：「殿下，那宮裡留的人手恐會不足？」

「無妨，孟二留在宮裡看著，明日宮內禁軍各殿直可有變化？」趙栩毫不猶豫。

「並無變化。」青衣人躬身道：「屬下領命。」

趙栩推著趙瑜回到上房，兩人洗漱一番後，趙瑜歎了口氣：「想不出究竟哪裡出了錯，倒打草驚蛇了。」

「他在暗，我們在明，難免會有疏漏處，何況他本就詭計百出，極為警醒。」趙栩淡然道。他心裡已經將這些天的各處細節過了幾遍：「看得出，他對這份東西是勢在必得的。方才的只是試探而已。」

兩人正準備用早點，外面廊下有人稟報道：「殿下，門外來了一位姓阮的郎君求見。」

趙瑜和趙栩叔侄倆面面相覷，阮玉郎!?真是神出鬼沒變幻莫測！

趙瑜在輪椅上，怔怔地看著眼前的小郎。見他約十歲的模樣，生得極是俊秀，毫無怯意，稚氣十足的眉眼間自有一份矜貴和傲氣，身上背了一個行囊，正對著自己像模像樣地深揖道：「侄兒大郎見過叔叔，叔叔萬安！」聲音清脆如黃鶯，帶著雛鳥出林的興奮。

小郎又側身對窗下的趙栩行了一禮：「這位一定是家父所言的六哥，六哥萬安。」

趙瑜一陣頭暈，艱難地開了口：「你——你是？」他竟然有了兒子?還讓兒子來做這種事!?

「侄兒姓趙，名元永。因家父陪婆婆去了大名府拜訪名醫，大郎奉家父之命，來取家傳的那半卷文書。」趙元永落落大方，平視著輪椅上的趙瑜。

趙栩笑道：「大郎，你若拿到文書待如何？拿不到又待如何？」

趙元永眼中不免露出一絲得意和興奮來，似乎早就知道有人會這麼問他，對趙栩點了點頭：「爹爹說，三叔若是給我，我就去南通街永成交引鋪，自有人送我去大名府見他。若是三叔不給我，我就留在三叔身邊，直到拿回文書為止。」他胸有成竹地看著趙瑜認真地說：「三叔你放心，我吃得不多，也不講究住，我自己帶了筆墨紙硯。」

他伸手摸摸背後的小行囊，挺了挺小胸膛，小臉上飛起兩朵紅雲：「就是勞煩叔叔替侄兒備幾件衣裳，我不穿絲綢，只穿棉布。對了，我一直練習騎射，也能照顧你，幫你更衣洗漱。爹爹說你的腿疾每日要推拿千下，儘管交給我。這幾年婆婆的腿，都是我幫著推拿的，下雨天從來不疼。」

趙瑜看著這個小郎，眨了眨眼，無言以對。對於阮玉郎，他從來掌握不到半點先機。

趙栩踱了過來，戲謔道：「就算三叔給了你東西，你又怎麼知道真假呢？」

趙元永仰頭看向他：「爹爹說，若是三叔一個人見我，八成會給我真的。若是長得比小娘子還好看的六哥也在，八成會給我假的。」

趙栩笑著到一邊高几上，取了那半卷文書遞給趙元永：「你爹還真是算無遺策。拿去罷。」

趙瑜搖頭苦笑了起來，看來阮玉郎十分清楚自己站到六郎一邊了，上次沒有掐死他，是不是因為畢竟還是同母所出的兄弟？還是如他所說，自己的這條賤命，他隨時可以取走，卻也沒什麼意思。

趙元永欠身雙手接了過去，往四周看了看，對趙瑜道：「三叔，侄兒失禮了。」

趙瑜和趙栩跟著這個身高不足六尺的小兒走到榻前，把那卷宗攤開來，隨即直接翻到最後一頁。

趙元永從懷裡掏出一張白麻紙，攤在那份武宗遺詔上頭，開始仔細比照左下角的玉璽紋路。

趙瑜定睛一瞧，不禁呻吟了一聲，匪夷所思地看向趙栩。

趙栩心中大震，翻江倒海，卻不動聲色。他從來都不會低估阮玉郎，但阮玉郎卻也絲毫沒有低估他。他先派手下強奪，試探出自己就在崇王府，隨即又派稚童巧取，不僅對三叔的性子瞭若指掌，對自己也有應變之策。他絲毫不在意暴露自己的秘密。這孩子口中的婆婆，不知道是不是之前在大名府消失的阮姨奶奶。而這個孩子，被置於這般危險的境地毫不自知，必然不是他親生兒子。他又全無顧忌地交給這個孩子這樣一件東西，完全是瘋子行徑。

又一份制書！卻是成宗親筆，玉璽大印。右上角大大的敕字讓人心驚肉跳。

這份制書字跡潦草，看起來是成宗大怒之下所寫，怒斥高氏無德善妒，掌摑宮妃，連皇帝都敢打，無法無天。太子璟受她撫育，膽怯懦弱，唯母是從，不堪大任。

立郭妃為后，立崇王瑜為皇太子！

玉璽一側，的確有成宗御押。

趙元永比照完畢，疑惑地轉頭看了一眼趙栩，將手中的白麻放到趙瑜手裡：「三叔，爹爹吩咐，將這個作為回禮送給你。」

趙瑜看著手中的制書苦笑起來。這孩子，懂還是不懂？若是懂，又怎會如此從容。若是不懂，難道這上頭的詞句，他都未曾看過？就只這個孩子，竟也讓他捉摸不透。

「多謝三叔和六哥，那侄兒就先告辭了？」趙元永看著他們，彷彿真的只是來走了趟親戚，請個安，取件東西。

趙瑜和趙栩對視一眼，點了點頭。他二人，還不至於像阮玉郎那樣無所不用其極，更不會為難眼前這個稚童。趙元永沒料到事情如此順利，小臉上露出驚喜之色，立刻小手翻動，將卷宗捲了起來，解下行囊，將卷宗放了進去，小心地看看趙栩，才又將行囊包好繫在身上。

趙栩親自將他送出大門，看他登上牛車，慢悠悠而去。牛車後不緊不慢地分批綴上了各種打扮的人。

阮玉郎人在大名府？是真是假？看來青神王氏的那半份卷宗，應該是成宗一朝的秘事，早就落在阮玉郎手裡。沒有派上用場的緣故，恐怕一來對他本人無半點好處，二來三叔腿殘，已不可能繼承帝位。想起趙瑜淡然說起過的阮玉郎讓他選腿還是選命一事，強如趙栩，也不禁心裡一寒。三叔他，真的會不恨阮玉郎？不恨太后娘娘？不恨今上？

人間四月芳菲盡，山寺桃花始盛開。

十幾輛牛車被近百人護衛著，緩緩路過陳州門南邊的繁臺，正值衙門休沐日，趕著暮春來嬉戲的汴京士庶依然隨處可見。還不到巳正時分，河邊垂柳下已處處可見高歌暢飲的遊人。

六娘撩起車簾，看見前頭山上的繁塔，有兩三隻紙鳶飛得極高，似小小黑點，幾乎齊了塔尖。牛車側前方，能見到隨行的陳太初身姿挺拔，在馬上端坐如松。四周是幾家佩刀掛劍背弓的部曲們。若是沒有再前頭跟在程氏車後的程之才，今日之行才真正好呢。六娘輕歎了口氣，放下了車簾。

一定要和六娘、九娘擠在一輛車裡的七娘憤憤地道：「阿嬋，要不是四姊沽名釣譽裝腔作勢，咱們早就出孝了，你本來可以多出來遊玩幾次的——」

六娘放下車簾：「阿姍慎言！你怎麼一出門又開始口不擇言了？」

七娘蔫了下去，喃喃道：「我是為你抱不平，你就要入宮了——」想起六娘前幾天在宮裡遇到的張蕊珠小產一事，七娘更蔫了，以前她還忿忿不平娘親看不起她，說她是蓮蓬腦袋進宮就會掉，現在服氣了，這種事要是她遇上，嚇也嚇死了，哪裡還敢對著官家和娘娘自辯。

九娘搖頭道：「你又來了，為翁翁守孝怎麼倒變成不平事了？」

七娘摟住九娘的胳膊：「好了好了，我知道錯了，不該渾說。對了，阿昕怎麼了？我怎麼覺得她有些不對頭？聽我娘說她家和周家已經定下婚期了，明年三月初八成親，看她一點高興的樣子都沒有啊。還有那個姓周的也不知道能不能金榜題名，若是再落第，阿昕也不免太委屈了。」

九娘和六娘對視了一眼，都默然無語。阿昉還沒回京，阿昕雖然笑得爽朗，看起來卻比上回又瘦了一些，不知道蘇家到底發生什麼事了。隨車服侍的金盞和玉簪趕緊給她們倒了些茶水，又取了些果子出來。七娘又開始抱怨舅舅家多事，打聽到陳太初要一路護送，也非要讓程之才護送，就程之才那副身板，能護誰啊？連蘇昕都能打他一頓，非要來盡這個未來女婿的心，實在討嫌！

牛車又走了近大半個時辰，沿著山路緩緩上爬。小心翼翼地轉過一個彎後，七娘聽到外頭一片驚歎，趕緊掀開車簾，推開車窗，喜得驚呼了一聲：「快看！」

三個人擠在窗口往外看去，不遠處半山腰上，一座古樸禪寺半掩在樹木青翠中，禪寺後頭，有一座佛塔高聳。佛塔之後卻有簇簇深紅愛淺紅，如雲霞蔚然，層層疊疊，高高低低，密密麻麻，半座山似乎都上了桃花妝，格外嬌媚。

牛車慢悠悠地又轉了一個彎，那片爛漫桃花林和佛塔慢慢不見了，零星的只剩下幾株野桃花點綴在山間。三人卻不捨得把車簾放下。七娘酸溜溜的說：「四姊哪裡是來祈福苦修的，明明是遊山玩水嘛！」

如此桃花林忽隱忽現了十幾回，車隊慢慢地停在了山腰間的一片寬闊平坦空地上。法瑞帶著十幾位身穿緇衣的比丘尼在山門處已等候多時。山門上高懸一塊古樸牌匾，上書四個大字：「莫往外求」。

六娘幾個下車，前面停了三輛馬車，大樹下繫著二十幾匹毛色油光水滑的高頭大馬，站著十來位身穿甲冑手持長槍的禁軍。

「燕王殿下和越國公主怕已經到了。」六娘笑著看了看七娘和九娘。

七娘探頭望了望那些禁軍，又看向山門：「這山門上的牌匾真有意思！」九娘笑著同等在牛車邊的陳太初寒暄見禮，彷彿不曾聽見她們所言。

六娘抬起頭，輕輕念著莫往外求這四個字，若有所思。四娘想起寺廟裡兩年多清苦的日子，心中暗笑一聲，莫往外求？不往外求，還有誰會憐惜她幫她不成……

前面幾輛車上杜氏三妯娌扶著各房姨娘的手，踩著杌凳下了車，笑著和法瑞寒暄起來。程氏給法瑞引薦了史氏。得知史氏是蘇相家的女眷，法瑞更加熱情了：「娘子們一路上辛苦了，快請入寺用些齋飯。」

程之才趕緊將轠繩丟給小廝，跑到程氏身邊陪著小心道：「姑母，還是讓侄兒攙著你吧。」這後頭好幾位表妹都是惹不起的祖宗，一個九娘不能看，看了要被挖眼睛，一個蘇昕母夜叉，打起自己來拳腳交加，一個七娘撒起潑來據說深得姑母真傳。自己還是跟著姑母安全些，要不是爹爹逼他來，他才不會來。

程氏眼一瞪，推了他一把：「胡鬧，這紅粉堆裡你跑來做什麼！去去去，你跟著管事到前頭去。」

程之才忍不住偷眼瞟了瞟後面一身藕色長褙子的四娘，想到這位溫柔婉轉的美嬌娘年底就是自己明媒正娶的娘子了，能任自己為所欲為，心中一熱，又不免心喜起來。正好四娘抬起頭來，見到程之才，忽然分開帷帽長紗，對他微微福了一福，一雙含情目，在程之才身上打了好幾個轉，臉上一紅，才低下頭去。程之才一個激靈，趕緊側過身子微微彎下了腰，才堪堪沒有當眾出醜，匆匆跑上石階去追孟府的管事，卻不禁心花怒放，桃花滿天飛了起來。

一座密簷式六層佛塔其實建在靜華寺的後門外頭，佛塔後面的山上有四個獨門獨院的禪院，再後頭整整齊齊建了幾排瓦房，此處專供男香客們入住。靜華寺白日也允許男香客入內參拜，申正時分起就只留女香客，緊閉寺門。因是皇家敕造，貴人們常來常往，靜華寺也請有十來個護衛常駐，所以一貫太平無事。

佛塔最上頭一層，趙栩正負手憑欄，垂眸看著那正在臺階上如蟻群一般的眾人。

「殿下，越國公主說在後山的落英潭靜候兩位殿下。」

趙栩點了點頭：「都巡查過了嗎？」

「稟殿下，今早又查過一回，山上山下均無異動。」

「讓各處仔細一些。」趙栩淡淡道，這才收回了目光，轉身道：「封山吧。」雖然昨日跟著趙元永的屬下稟報他的確是出了汴梁往大名府去了，但以防萬一，總不會錯。

從三道山門到敕造靜華寺的牌匾下，百來級上山的臺階走得眾女眷香汗淋漓。七娘已經氣喘吁吁，扶著女使的手喊著：「阿嬋，你等我一等！」又奇怪前面身子最嬌弱的四娘倒走得很穩。

特意走在人群最末的九娘這兩年一直練習騎射，還算輕鬆自如，山風微微，空氣中帶著山中獨有的樹木草花的清香，她忍不住深深吸了兩口氣，捨不得吐出去，便鼓著腮幫子多憋一下。身側的陳太初透過輕紗，見她臉鼓鼓的，想起她兒時被自己抱在手中，吃糖含在嘴裡不捨得嚼碎，腮幫子也是這般塞得鼓鼓的，不禁臉一紅，握拳抵唇忍住了笑。

九娘吐出氣，猛地扭過頭。陳太初眨了眨眼：「累不累？」

「不累。」九娘搖頭疑惑道：「你在笑什麼？」

陳太初指指她帷帽下泛了桃花色的粉腮，虛虛畫了個半圓，看前後無人留意，也鼓起一邊腮幫子。九娘不禁也笑了起來。

玉簪跟在九娘身後，佯裝看前頭的風景，心裡卻高興得很。

不遠處，就是靜華寺廟門，也站著好些禁軍。

第一百五十六章

眾人趕在午時前拜了靜華寺大殿佛祖金身，上了香。陳太初、程之才等男賓遂被知客尼接入客堂裡用茶。

「明日開始要做法事，若是今日想上後山賞花，記得讓玉簪到這邊來叫我。我陪你們去。」陳太初叮嚀九娘，又問玉簪：「這裡山路崎嶇難行，可有帶了靴子？」

九娘笑道：「虧得你昨日特地登門知會了一聲，我們幾個才都帶了靴子。」汴梁城的山，不過是高一些的土坡，平常踏青的淺幫厚底履就足夠，四娘沒提起，她們哪裡想到靜華寺的山是真正的大山。

陳太初又從懷裡掏出一個荷包遞給九娘：「山裡難免有蛇蟲，你將這個帶在身上。裡頭另有一包藥粉，夜裡在門窗邊也撒上一點。」他見前頭六娘、七娘都停了腳笑著等九娘，臉一紅，柔聲道：「快去吧。」

九娘大大方方接了過來交給玉簪，又福了一福，轉身去了。

陳太初目送她跟著眾人從廡廊下往後面蘭若精舍去了，才轉過身來，卻見身後程之才正靠著廊柱癡癡發呆。

程之才見陳太初轉過身來，趕緊站直了朝他一揖：「二郎。」見陳太初皺起了眉頭，程之才一驚，趕緊解釋：「我沒有看九妹妹，也沒有看蘇家妹妹。我在送四妹妹而已，我們年底就成親了。」方才出大殿的時候，四娘又回頭看了他一眼，他才不知不覺跟到這裡。

陳太初略一拱手，不假辭色，逕自轉身往客堂去了。程之才跟在他後面，心裡酸溜溜地嘀咕著，好歹將來也是連襟，這麼冷冰冰的算什麼，難道就你能和沒過門的娘子說話送東西看個沒完沒了，我連看一眼都不行？想到袖中塞的小紙團，似乎還帶著四娘身上的幽香，程之才的心狂跳了起來。

杜氏她們跟著法瑞穿過比丘尼們住的蘭若精舍，便出了靜華寺的後門。二十幾級石階上去，是靜華寺的居士寮房所在的方寸院。

方寸院牌匾下，兩扇厚重古木大門前，有二十多位禁軍把守著，當先站著一位身穿入內內侍省押班官服，手持拂塵的內侍，見到孟府這行人，就帶著兩個小黃門笑著下了石階。

「慈寧殿押班王堅，恭請淑德縣君萬福金安！」王堅躬身行禮唱道。

眾人都有些吃驚，呂氏喚六娘上前應答。六娘落落大方福了一福：「閣長萬福。」

「折殺小人了，娘娘特派小人來靜華寺伺候縣君，縣君還請直呼小人名字。」王堅笑著又和杜氏、呂氏等人見了禮，帶人退到了六娘身邊。杜氏、呂氏面面相覷，九娘揣摩了片刻，暗暗歎了口氣，怕是張蕊珠一事後，太后娘娘對陪公主賞花的趙栩也不放心，才特地派人來看護著六娘。

眾人進了方寸院，都讚歎不已。後院沿山體由低往高建有近十間錯落有致的寮房，都帶有小小的院落，又種著修竹藤蘿圍繞，看起來野趣盎然。

不多時，眾人看到東面一圈圍著青色步障，入口處站著兩個內侍黃門，法瑞放輕了聲音：「越國公主就住在此地，還請諸位出入小心，免得衝撞了公主。兩位殿下住在玉佛塔後的靈台院，和這邊並不相通，倒是無妨。」

到了方寸院最高處的一排寮房門口，雖有高高的寺廟山牆隔阻，玉佛塔已然近在眼前。眾人各自安頓下來，淨面洗漱用飯。

待那負責行堂的比丘尼們取走食籃，法瑞遣人請了杜氏三妯娌去前殿衣缽寮商議後三天的法事。六娘、九娘去史氏屋裡找蘇昕說話，七娘也一定要跟著。

剛坐下來，王堅引了一位女史來見六娘。

女史笑吟吟道：「淑德縣君萬福，公主殿下特遣奴婢來請縣君，往後山桃花林賞花。」

六娘一怔，看向九娘和蘇昕。女史笑道：「公主殿下有意親近，縣君請放心。昨日娘娘召見公主殿下，還提起縣君，要奴婢等人悉心照顧好縣君。殿下說了，若是縣君的姊妹們方便，還請一起前往。」

七娘眨眨眼：「六姊，你去吧，我得回房歇一歇。」法瑞所謂的得了御廚真傳的齋飯，不過是青菜豆腐蘑菇一類，毫無油水。她爬了一早上的山，腳底板疼得要命，可不想再去爬山，更不想陪著六娘去應付契丹公主。

九娘道：「我陪六姊去，阿昕姊姊，不如你和我們一起去？」雖然這位耶律公主幫了六娘的忙，但九娘依然十分不放心。出去了，也好有機會和蘇昕說話。

蘇昕想了想，點頭應了。九娘讓玉簪叫人去和陳太初說一聲。三人各自換上短褙子和馬裙，穿了靴子，帶著女使們和一應用具，跟著那女史出了方寸院。兩位知客尼和陳太初已經在院門口等著。

陳太初見她們都還戴著帷帽，不禁忍著笑說：「後山樹枝茂密，山路又窄，你們這樣，不是被樹枝勾住帷帽，就是會看不清腳底骨碌碌滾下山去了。」

九娘三個取下帷帽，交給一個侍女送回寮房。陳太初一見蘇昕竟然瘦成這樣，不由得一震，多看了她兩眼。蘇昕微笑著和他見了禮。

陳太初和兩個知客尼當頭，九娘三個在後，一眾數十人浩浩蕩蕩往後山而去。王堅帶著的兩個小黃門，跟在金盞後頭，喊著姊姊，把她們幾個手上的提籃都拎了過去。

沿著方寸院東牆，另有一條山路往山上樹林中伸展著。十來個禁軍開路，帶著她們繞過後面的玉佛塔和靈台院，又走了一刻鐘，轉了兩個彎，眼前豁然開朗。

陳太初和九娘幾個都一呆，雖然上山路中已見美景，此時仍然禁不住目眩神迷。眼前直到山頂處，放眼盡是花綻紅，葉凝碧，山風一起，花雨紛飛。蜿蜒山路邊，一條小溪，不知水源從何起，正潺潺往山下流去，那地勢略平處，看不見溪水，落花堆積，緩緩移動，彷似深深淺淺的一條桃花毯蓋在上面。

知客尼雙手合十唱了佛號，笑著說：「後山頂上有三道小瀑布，落下來積成了落英潭，一旦下雨，就會一路流瀉下山，這條落英溪也算是一景。娘子們這邊請隨貧尼入林。」

陳太初個子高挑，心思又不在眼前，只在身後，不免總是碰到低矮的桃樹枝，勾掛下幾縷髮絲不說，更落了一頭一臉的花瓣。九娘看著陳太初的狼狽模樣，想到他先前還說她們幾個容易被掛在樹枝上，轉頭對著六娘、蘇昕指指陳太初的頭上，三人不約而同大笑起來，連女史和玉簪她們也忍不住掩嘴輕笑。連串銀鈴般的笑聲裡，陳太初更是狼狽，伸手去擋桃花枝，枝條搖曳中，桃花落得更多了。一路石階上新紅疊殘紅，很是詩意。

這邊笑聲不絕，山上叮咚幾聲，忽地響起了隱約的琴聲，跟著一縷簫聲悠悠揚起，伴著溪水流淌，春風穿林聲，鳥鳴聲，飄入眾人耳中。

從山頂沿著山石垂落的三匹瀑布，並無飛流直下的壯觀景象，經年累月地緩緩流下，注滿了這處山坳，不知哪位有心人，將這山坳兩側用石塊壘起弧形邊，又種上了各色碧桃、緋桃、人面桃，就成了落英潭，日子久了，這半邊山都成了一座桃花山。

日光照射在一汪碧潭的中心，潭水略有些透明。滿是青苔的潭邊兩側，歪斜著許多老桃樹，枝椏蔓延低垂，飛花處處，絡繹不絕，在潭邊堆成了紅粉白旖旎交集的錦帛，順著地勢往南邊的缺口擁去，越堆越多，積多了，被潭水一沖，爭先恐後地沿著落英溪下山去了。

趙栩身下墊著一張藤席，一手托腮，懶洋洋地側身躺在落英潭南邊一株白碧桃下頭，看著那缺口處慢慢又堆積起來的花瓣，隨著琴聲，他不時彈出幾片飛花，落在水中。陽光透過花葉，不再灼熱，在他臉上身上留下忽明忽暗的光影。

在他背後，落英潭西邊的幾株垂枝碧桃下，鋪了十來張藤席，十來個隨從和四五個身穿契丹長袍的宮女，正站在上山小路的盡頭。藤席上引枕堆疊，案几上酒水點心俱全。身穿霜色道袍的趙瑜正在撫琴，跪坐一旁的耶律奧野，身穿紫色長袍，手中一管竹簫，簫聲和著琴聲，婉轉若吟。

一曲奏畢，耶律奧野沉寂了片刻，躬身向趙瑜拜了下去：「幽澗泉，鳴深林，落飛花，心寂靜。一年多不見，先生琴藝，奧野拜服。」

趙瑜長笑一聲：「拂彼白石，彈吾素琴。公主的簫聲也精進了啊。」

耶律奧野微笑著站起身，替他將琴放到一邊，不等趙瑜喚人來服侍，伸手一抄，輕鬆將他抱起，走了兩步，放在一張案几後，將他的雙腿置平，道袍下襬蓋好，在他背後靠著樹幹堆放了兩個引枕。

趙瑜臉上發燙，看著她溫柔又認真的臉歎了口氣：「奧野你不必這樣，叫僕從來就是。」

「舉手之勞，不用謝。」耶律奧野凝視著他：「以前在上京，你總是為了這個謝我很多次。」

趙瑜轉開眼，看向樹下無所事事的趙栩：「公主讓子平羞慚自己枉為男子。」

耶律奧野凝神看著認識近二十載的男子，卻不願再以崇王或先生稱呼他：「所以你視我為公主為弟子為友，卻不肯把我看成一個普通女子？你不喜歡我照顧你？」

趙瑜早些年就領教過耶律奧野毫不掩飾的主動熱情，無奈地搖頭道：「公主原本就不是普通女子。我雖不利於行，但也不至於要勞煩——」

耶律奧野打斷他：「我喜歡照顧你，不覺得煩。你為什麼羞慚什麼枉為男子？你應該羞慚的，是耽誤了我二十年啊，不是嗎？」

趙瑜一怔。

「我和你相識於微時，那時我和哥哥還沒有被耶耶接進宮裡，你也還是一個無人過問的質子。」耶律奧野面上浮起一絲狡猾的微笑：「奧野九歲時爬到你院牆上要跟你學琴，你雖然不利於行，也順利把我接下了牆，你應該不管我才是啊。奧野十八歲時要招你做駙馬，你用年紀和腿疾推託我，可你應該早些娶親讓我死心才是啊。為何你還要和顏悅色地教我大趙詩詞文章禮儀琴棋書畫？難道不是為了把我娶回家陪你過日子？」

見趙瑜目瞪口呆地看著自己，耶律奧野也瞪大了眼：「趙子平！你害得我等了你二十年，千里迢迢追來汴京，還被燕王嫌棄我太老，難道不覺得羞慚嗎？」

趙瑜歎了口氣，一時無語。人和人的際遇因緣，非他能控，非他能想。自從耶律奧野十八歲第一次拒絕去西夏和親，就找他坦言過心思。可他自己如浮萍無根，又和阮玉郎有牽扯不絕的關係，怎會肖想一個比自己小了近十歲的異國公主？自然一口謝絕。之後他看著她一步步籠絡蕭氏一族，在朝中和軍中得到不少支持，奔著攝政公主的路去了。誰想到時隔多年，在這青山綠水邊，前來大趙和親的她卻難辨真假地又訴說起心事。他洞察人心和世情，唯獨對這樣一個女子，不敢嬉笑怒罵。

「唉，公主殿下你究竟想要做什麼，直接同我三叔說就好了。實在不行，扛上肩頭搶回上京去。」趙栩懶洋洋的聲音飄了過來。山下來人腳步聲越來越近，他等不及了。

趙瑜忽然有種被趙栩放在盤子裡送上桌的感覺。

耶律奧野聞言笑了起來，一雙眸子閃閃發亮地看向趙瑜：「趙子平，我耶律奧野想招你為駙馬，你可願意隨我回上京？」

趙栩一愣，隨即翻身而起笑了起來，丟下半身花雨。這個耶律奧野，還真敢想啊。轉頭就見到一群人穿花拂枝而來。當頭的陳太初正輕拂去衣襟上的幾片桃花，看見趙栩，微微一笑：「六郎。」

九娘一驚，視線不禁越過陳太初，就見趙栩正長身玉立在潭邊一株白碧桃下，宛如桃花仙，面上含笑，顧盼生輝，將這一潭碧水滿山桃花硬是壓得失去了顏色。

桃之夭夭，灼灼其華。

「太初。」趙栩點點頭，不動聲色地看向他身後：「阿妧。」

第一百五十七章

九娘定神道了個萬福，跟在陳太初和六娘身後去給崇王和越國公主見禮。

趙瑜鬆了一口氣，笑著招呼眾人隨意坐。眾人圍著落英潭坐了半個圓，眼前瀑布如三條素錦斷山畫障，落入潭中水珠四濺，似有輕煙，看身邊人，更似在畫中。另一半的潭邊，卻只有趙栩一人還站在樹下。

趙瑜招手：「六郎，過來坐。」

趙栩任由月白寬袖長褙子鬆鬆敞著，抬手折了一枝白碧桃，面朝趙瑜這邊慵懶地躺了下去，一手撐腮，一手拈花，唇角帶笑，似乎看著一群人，又似只看著九娘一個人：「眾樂樂不如獨樂樂。我在這裡甚好，離得遠看得清。」

九娘垂眸端坐在陳太初和蘇昕之間，依稀覺得斜對面灼灼兩道目光，烙得面上有些發燙。

僕從和宮女們上前來斟酒，酒盞中也飄落零星飛花。

耶律奧野笑道：「淑德、昭華兩位縣君春花秋菊，各具風采。我雖只見過蘇相一面，卻覺得昭華縣君和蘇相神韻頗為相似。不知道何時有幸能見一見聞名天下的小蘇郎。」她轉向九娘，看了又看，歎道：「不想天下竟真的有美成這樣的女子，委實讓人自慚形穢，我都捨不得少看一眼。」

九娘朝她微微欠身，微笑道：「公主殿下謬讚了。」

耶律奧野見她也不說愧不敢當之類的客套話，想起趙栩的話，不由得對她更是好奇。她轉頭對身邊的六娘舉起酒盞：「淑德，上次慈寧殿你遭小人算計，此時此地良辰美景，正好給你壓壓驚。」

六娘雙手平舉酒盞，略拜了一拜：「還未有機會多謝公主仗義執言，淑德慚愧，六娘敬公主殿下，多謝公主殿下。」

耶律奧野素來長袖善舞，知道蘇昕是首相蘇瞻的侄女，就對她格外留意，見她面上掠過一絲疑惑，就笑著將永嘉郡夫人陷害不成反而小產，還被太后娘娘送了一柄如意的事說了。

蘇昕向來對張蕊珠沒有好感，聞言皺起眉頭：「天作孽，猶可違，自作孽，不可活。多虧公主殿下，不然還真被她害到了阿嬋。昭華敬公主！」蘇昕高舉酒盞，遙遙行了一禮，爽快地一飲而盡。

耶律奧野道了聲好，也一飲而盡。九娘也舉杯致謝，耶律奧野來者不拒，又是一盞。

趙栩在花樹下也遙遙舉起手中酒盞來，陳太初笑著和他對飲了一回。

酒過多巡，氣氛鬆快。耶律奧野揮灑自如，談古論今，面面俱到。六娘、九娘她們想不到這位契丹公主不只會說大趙官話，還精通中原歷史，向趙栩請教書畫時言之有物，對佛理禪宗也有精妙見解，加上她閱歷豐富，喝酒爽快，詼諧有趣，說起契丹風俗，竟有幾分陳元初的意味，不由得都十分欣賞她，漸漸忘了國家之別，說話也沒了那許多身份上的顧忌。

九娘對耶律奧野，卻更多了幾分敬重和惺惺相惜。這位公主尚未出世，生父昭懷太子就被害死，流落在宮外十多年才跟著哥哥被壽昌帝接回皇宮。身為女子，年近三十雲英未嫁，雖然前來和親，還這般瀟灑自在，委實不易，又實在委屈了她。百年來各國和親的公主和郡主甚多，卻無一人能做正室。耶律奧野這樣的人才，無論嫁給趙栩還是趙棣做夫人，恐怕都非她所願。想到這裡，九娘不自覺看了趙栩一眼，見他正專注地看著談笑風生的耶律奧野，臉上還帶著一絲欣賞的笑意。

九娘心中一動。雖然六姊和二嬸都說不出張蕊珠為何真的摔倒，她卻懷疑是越國公主仗義相助時順便坑害了張蕊珠一手，那麼公主這樣刻意親近六姊，難道是因為趙栩？皇太子一位近在咫尺，娶到六姊這樣的賢妻，若再有這位有見識的契丹公主願意放下身段，對趙栩，對六姊，對越國公主，恐怕都是最好不過的結果。

她垂眸信手拈起碟子裡的最後一顆櫻桃，放入嘴中，甜中還藏著一絲酸。

陳太初見九娘面前裝果子的小碟已經見了底，隨手就將自己案上的輕輕放到她面前。

趙栩手一揚，手中酒盞忽地一道弧線飛入落英潭裡，噗通一聲響。九娘和眾人都轉頭看他，趙栩已經站起來，懶洋洋伸展了手臂道：「你們繼續，我先走了。」

趙瑜眼睛一亮：「六郎，你快去作畫！明日回京前一定要畫好給我！」

趙栩人已到了那山路前，只背著手搖了搖，轉眼就消失在花樹間。

耶律奧野興致高昂地站起身，語氣親昵地道：「六郎就是這般隨性，你們和他相熟，大概早就習慣了，我最初還不知所措，以為自己哪裡得罪了他呢。走，我們沿著西邊桃林，可以走到山頂去，六郎說那邊居高臨下，風光獨好。」

見陳太初也起身要同往，耶律奧野笑道：「陳將軍無需擔心，三天前這山上就巡查過好幾回。

我們幾個一路說說女兒家的心事，你在倒不方便了。不如你留下陪崇王殿下吧？」

趙瑜苦笑道：「太初，你放心，就算有隻老虎，也不是公主的對手。」對耶律奧野先前的話，他也不會太放在心上，畢竟，他早就明白耶律奧野現在要的是權勢。

四個人在桃林中慢慢往山頂走去，王堅帶著小黃門和女使們遠遠跟著。

「你們別誤會了，我可不會嫁給六郎。」耶律奧野忽然開口，嚇了六娘、九娘一跳。

蘇昕一怔，奇道：「公主來不是為了和親的嗎？汴京城還有人開了賭局，賭哪一位親王要和您聯姻呢。」

耶律奧野忽地伸手一推身邊的桃樹，樹幹搖晃，四人身上滿是落花。

「哦？有沒有人押崇王殿下的？如果有，昭華縣君替我押一百兩黃金。」耶律奧野哈哈大笑起來。

九娘一呆。崇王？難道不是和趙栩聯姻嗎？

六娘疑惑地問：「崇王殿下？可我看娘娘的意思不是要撮合你和——」

耶律奧野替她摘了幾片花，攜了她的手往前走：「娘娘愛操心，我們自然不能拒絕她的好意，不然哪有機會禁軍護送來此地遊山玩水？不過我心裡頭，只有趙子平一個人，他若不跟官家說，我去說。難道做我契丹的駙馬很丟人嗎？」

六娘一驚：「公主說的和親，是招駙馬？」

「不錯，這世上就算是我耶耶，也不能逼我耶律奧野做人妾室！我活了三十年，可不是為了下半輩子盲婚啞嫁、依附男子爭寵後宅而活的。一定要成親的話，自然要和我心儀之人在一起才是。」

耶律奧野揚起眉：「我是主動請命來和親的。」

九娘低聲道：「可是崇王殿下怕不願意吧？他那樣的人，未必會嫌棄做駙馬這件事，而是因為腿疾怕連累公主殿下吧。」

耶律奧野柔聲道：「你才見了他一面，倒知道他的性子。以前他是質子，自己也做不了主，大趙無人過問他是生是死是好是壞，可他卻總想著回汴京，想著他還有個大哥。」她歎了口氣：「他喜歡不喜歡我倒沒所謂，無論求還是搶，我也是要帶他回上京的。」

「公主殿下，若是官家知道了，說不定會同意崇王殿下迎娶您做崇王妃。」九娘誠意勸道：「可官家萬萬不會同意崇王殿下入贅契丹皇室。」會把崇王的雙腿擱在自己案下的官家，必然對雙腿殘疾的弟弟充滿內疚，怎麼可能答應他去入贅做駙馬。

耶律奧野笑道：「這世上只有不敢做的事，沒有做不成的事。契丹立國以來，只有我一人抗旨不嫁蕭氏還好好活著。人若連自己想要的都不敢爭上一爭，就算給自己再多好聽的藉口，不過是膽怯而已。這世上，許多人連自己心底真正想要的都不知道，也不敢知道呢。因為太多人，只是做一個名字而已，而不是在做真正的自己，甚至都不知道還有個自己活在那名字後頭。」

九娘一震，蘇昕牽著她的手一緊。兩人漸漸放慢了步子。

蘇昕歎道：「公主竟然說無論崇王喜歡不喜歡她，也要他做駙馬。對方心中若無她，她這般強求有何意思。可身為女子，能像她這般恣意任性，大聲說出自己所求，只顧著自己，真是痛快。」

「那你呢？你知道自己心底真正想要的嗎？嫁去周家可是你所願？你可心悅周家郎君？」九娘柔聲問道。

蘇昕一怔，停下腳來，半晌才笑了笑：「難道我想要什麼就能得到什麼？我已讓父母兄長婆婆他們操心了好幾年，無論周家、王家、李家，既然已經定了，就沒有悔婚的道理。」

「為何不能悔婚？一時將就只會誤了終身，」九娘關切地道，「外人只知道名聲二字，不知陷在其中的女子有多苦。公主最可貴的是不但知己所欲，還知己所不欲。你不也覺得像公主那樣很是痛快？」

「因為她是契丹女子，因為她是公主。我不是。我做不到只顧自己，丟開家族姓氏，丟開責任道義，為所欲為。何況什麼才是真正的自己？容貌身體、學問品行是自己，難道家族、姓氏、名譽、信義就不是自己的一部分？」

九娘搖頭嘆息，正待再言，「九娘子。」惜蘭匆匆趕了過來遞上一封信。

九娘取出信箋，展了開來。蘇昕見九娘手中的信箋已經泛黃，鼻尖傳來一陣似有似無的香氣。

九娘掃了幾眼，又細細看完一遍，臉色大變：「阿昕，你先隨我六姊和公主上去，我有些事，稍晚在落英潭見。」

「不如我陪著你？——」蘇昕遲疑道。

「無妨。」九娘福了一福，留下了玉簪一眾，匆匆跟著惜蘭往回走。

蘇昕看著九娘和惜蘭轉了個彎不見了蹤影，呆呆站立了片刻，待一陣春風拂上面頰，才驚覺自己不知怎麼又想起了陳太初，竟有心蕩神馳無法平復之勢，不由得羞慚內疚交集，定了定神，從頸中取出蘇昉所贈的玉璜握在掌中，閉目祝禱，一顆心終於慢慢沉靜下來。

誰能認得清自己呢？誰又能知道自己心底真正想要和不要什麼？知己所不欲更可貴嗎？蘇昕有些迷茫。

惜蘭領著九娘，沿著石階走了不多時，忽地身子一矮，往旁邊花林中穿了進去，看似連路都沒有，都是雜草野花。

九娘前後看看，停下了腳。惜蘭回過頭笑著說：「九娘子放心隨奴來。」

九娘捏著手中前世父親的筆跡，不再猶豫，矮身踏進雜草中。

惜蘭卻斜斜又往山頂而行，九娘緊跟著她，走了一刻鐘，眼前一花，已沒了惜蘭的人影。

「惜蘭——惜蘭——？」九娘停下腳，左看右看，這片桃花林繁雜無序，密密麻麻，枝條交纏，日光雖然還照得進，比起山路那段昏暗了很多。

林中驚起幾隻鳥，撲簌簌飛走了，九娘抬起頭，見到樹頂的枝條搖了幾下。

「六哥？」九娘往前又走了幾步，有些壓不住的煩躁：「六哥？」

四周靜悄悄的。

「趙栩！」九娘大聲喝道：「趙栩！」

「我在這裡。」

九娘霍地轉過身，身後四五步外的桃花樹下，趙栩正負手靜靜地看著她，似乎已經看了許久，又似乎才只看了她一眼。九娘不由自主地鬆了一口氣。

日光透過濃密的花葉，淺淺地照在趙栩臉上，暗香疏影。九娘一時有些恍惚，這場景，這兩個字，似乎在她夢裡出現過好多回。接下來他會喊自己的名字，不是金明池時聲嘶力竭惱怒不甘的喊聲，不是粟米田裡急迫萬分撕心裂肺的喊聲。

是輕輕的，像歎息一般的呢喃。

九娘一陣心慌意亂。夢裡的趙栩會離自己越來越近、越來越近，那呢喃也會越來越輕、越來越輕。她想閉上眼甩甩頭，甩開這夢境，可神使鬼差的，她竟然捨不得閉上眼。

趙栩貪婪地看著眼前有些恍惚的九娘。她鼻頭額頭上出了薄薄一層急汗，細瓷般的肌膚上泛著桃紅，似乎在看著自己，又似乎透過他看著不知名的地方，她臉上有瞬間安心下來的踏實，有些迷茫，還有些羞愧。

「阿妧。」趙栩一步一步，朝九娘走去。

九娘只覺得頭暈目眩，是夢？不是夢？她手指尖一陣發麻，一用力，手中的信箋提醒了她，這不是夢。

九娘往後退了一步：「請問六哥，這個從何而來？」

趙栩唇邊掠過一絲笑意，似乎早意料到她會這麼問，也自嘲自己竟然期許過她不會只關心這封王方手跡。他搖了搖頭，又上前一步，目光灼灼。

「阿妧。」這兩個在他唇齒之間往返過千遍萬遍的字，此時道來，勝過千言萬語。

九娘只覺得眼前不是上次雨中給自己撐傘的趙栩，更不是那個一怒之下扔掉喜鵲登梅釵的趙栩，眼前這個趙栩，似乎和自己夢裡的趙栩重疊了起來。她才鎮定下來的心神，被他一喚，又亂了起來。

九娘不自覺地又連退了兩步，背後頂上了桃花樹幹，撞落花雨一片。那經年的老樹幹坑坑窪窪縱裂結痂，撞得她背心刺疼。

「你啊——」趙栩一伸手，將她拉近，手指在她背後輕拂了幾下：「撞疼了沒有？」那口氣，似乎他們還像從前一樣，比起小時候，少了兩個字：真笨。

他手指到處，疼痛就變成了酥酥麻麻，令人方寸大亂，比疼還可怕。

第一百五十八章

九娘的腦中一瞬空白，想縮回自己的手。趙栩的手明明溫熱，卻似剛出爐的鐵鉗一樣牢牢禁錮住了她，燙得她整條手臂都沒了知覺。

她竭力平穩着自己的聲音：「放手。」

趙栩見她雖然板着臉，卻波湛横眸，霞分膩臉，掩不住的慌亂和羞澀。他心中忽地鬆了口氣，落下一塊大石頭。

阿妧，你要騙人騙己到何時？趙栩含笑搖頭，手在她滑膩肌膚上輕移，兩根手指搭在她右手掌心下方。那裡一塊小小圓形凸起，連着她的心脈，在他指下飛速悸動着。趙栩突然有種握住九娘那顆心的踏實感。這顆他早就在鹿家包子就觸摸到的心，看似堅強，實則脆弱不堪，層層心防，不過害怕受傷。

九娘又用力掙了掙，半邊身子都是麻的。明明有日光花影映在他臉上，他眼中，卻似在夜裡，在夢裡，在水裡。趙栩的眼，她夢見過太多回，似笑非笑，似多情似有意，似乎什麼都懂。並不是此刻此時眼前的這雙眼，這雙眼如熔爐，如火海，會將她捲入其中焚為灰燼。九娘整個人有種不真實的虛幻感，似乎浮了起來，沉溺在那一雙桃花眼中。

可她心裡，有個聲音在讓她快些逃離，遠遠躲開，回到那塵世裡宅院中，恪守禮法。可還有一個聲音在慫恿她就當眼前是個夢，是個可以在餘生裡反覆回味地甜美無比的夢。

哪個才是她要的，哪個又是她不要的？九娘當局者迷。

九娘竭力抬起另一隻手：「這個究竟從何而來？」

趙栩伸手替她摘下頭上的花瓣，笑嘆道：「若沒有王方手書，若沒有榮國夫人，阿妧，你是不是看也不願看我一眼？我便這麼讓你厭憎嗎？」九娘一呆，搖了搖頭：「我怎會厭憎你？上次在田莊是因為——」

「那你是不想看不願看，還是不敢看？」趙栩垂眸看着她急促顫動如蝶羽的濃密長睫，胸口那團火再也壓不住，輕笑着問：「榮國夫人在嗎？」

九娘一怔：「什麼？」

趙栩頭一低，在九娘耳邊悄聲道：「讓她走遠些，非禮勿視。」他輕輕一拉，九娘跌進他懷裡。和夢裡一樣，那雙眼看得她動彈不了，九娘睜大眼睛，看着那面容貼近，一剎那似乎被無限延長。

有什麼落在自己睫毛上頭，輕輕碰了碰。

稍觸即離的唇在耳邊輕嘆：「阿妧，你是不該看我。」看一眼，他也忍不住。

這話又是什麼意思？九娘被趙栩的氣息猛然熏得昏頭昏腦，勉力看向近在眉睫。

他眼中兩團火裡那個滿臉通紅，含羞帶怯的女子是誰？

趙栩長長吸了口氣，收攏手臂，將她牢牢箍進自己懷裡，恨不能把她擠入自己骨頭間隙裡。她的背繃得那麼緊，整個人卻輕如花瓣，軟軟貼附在他胸口。她的兩隻手抵在他胸口，卻毫無推拒之力。

想像中的耳光和怒斥都沒來，趙栩如釋重負。倘若她流露出厭惡嫌棄之情，他會變得多卑鄙無恥他自己也不知道。現在他終於慶幸不需要走到那一步了。她眼顯她心，她心裡並不是沒有他。

「阿妧。」他的唇輾轉在她唇上，呢喃出兩個字。懷裡的人如缺水的魚，撲騰了兩下，被他更用力地摟緊後徹底軟癱在他懷裡，兩隻抵在他胸口的手，更像在感覺他的心跳得有多快。

九娘從渾沌中驚醒，這不是夢。原來她才是那個膽小鬼，她寧可疏遠蘇瞻，到死也不敢問一句他心中有沒有過自己；她寧可拒絕趙栩，也不敢承認她有夢到過他，有對他想入非非過。

可這些怯懦、自私、粉飾太平的她，直到現在她才看清楚。

趙栩睜開眼，近在眉睫的一雙杏眼，依然水潤閃光，卻已是靈台清明的一雙眼。

「阿妧——」趙栩聲音有些嘶啞：「是我行為不端，把持不住輕薄冒犯了你，要打要罵還是要殺都由你處置。」

九娘想起他先前說讓榮國夫人走遠一點的話，臉上滾燙，但方才的一剎荒唐她也有責任，倘若她真的毫無綺思，又怎可能由得他胡來？

揣摩著她神色，趙栩退開兩步，雙手平舉，深深拜倒：「只我如今已經是阿妧的人了，自當從一而終，恪守男德，永無二志。懇請阿妧莫要始亂終棄。」

九娘瞠目結舌，卻見趙栩又是一拜：「今日唐突阿妧，是我的錯，皆因多日不見，思你若狂，情難自控。只要阿妧點頭，禮部即刻上門議親，不管有子無子，我趙栩此生也絕不納妾。」

趙栩不等九娘答話，從袖中取出那根命運多舛的白玉牡丹釵，插入九娘髮髻中，喜笑顏開地說：「榮國夫人以前在宮中許過我一段姻緣，原來是你，真是命中註定！」

趙栩插好釵，手指順著九娘的鬢邊輕輕劃過她的臉頰，盤桓不去，伽南奇香漸濃，縈繞在九娘鼻端。九娘剛復清明的靈台被那香氣熏得又暈乎了起來，為何他一靠近她，她就失了方寸？

「你，你走開一些——」來不及細想，九娘直覺地伸手去推拒他：「你莫要騙人，夫人明明沒有應承你！」

趙栩聽著那藏在桃花樹後的人正小心翼翼地屏息偷窺，垂首淺笑道：「阿妧，你才在騙人，明明你也心悅我，卻要騙我騙你自己，害得我這兩年多——」他輕歎了口氣：「騙子總要受些懲罰才是。」

花影重重，映在趙栩笑顏上。一雙溫柔手托住她的臉頰，九娘努力搖了搖頭，卻躲閃不開，一個「不」字生生被他滾燙的唇舌堵了回去。

九娘張開眼，繁花似錦就在頭頂上，被日光照著的花瓣微微透明，一隻蜜蜂剛剛站上花心。她似乎被蜂兒扎了一針，立時清醒過來。

趙栩「嘶」的一聲，舌尖痛得發麻，人已被九娘奮力推開。

兩個人都氣喘吁吁。九娘咬得太過大力，唇角滲出血來。

「阿朊！」趙栩伸手來扶她，心底卻又有一絲慶幸和隱秘的興奮，隱藏於樹後的人早已離去，他心知那人是誰，更不後悔自己的所作所為。

「都是我的錯，你罰我可好？打我也行，別打臉，不讓人知道就好。」趙栩柔聲陪罪。自己如此孟浪一定嚇到她了。那位夫人的在天之靈應該也嚇得走遠了，最好永遠別回到阿朊身邊來。

九娘背過身對著樹幹默默看了一會，深深吸了兩口氣，抬手理了理自己的儀容，再垂眸看著自己手中的信箋，疑心突起。

前世爹爹的確愛用這蜀地所出的淺雲色浣花箋，卻沒有先前展開信箋時那陣比桃花香還甜的香氣。她抬起手，背對著趙栩細細查看那信箋，又湊近鼻端輕輕嗅了嗅，只有極淡的花香。

趙栩看著她苦笑道：「阿朊你在疑心什麼？你翁翁去世前交給我太叔翁一份事關元禧太子的卷宗。前幾天為了引阮玉郎出來，他才給了我。太叔翁比對過舊檔，說這是舊日元禧太子侍讀王方手跡，我想著你能請榮國夫人在天之靈看上一看，說不定還能找出什麼線索。」

九娘沉吟片刻，有這樣的手書，難怪定王殿下現在也參與此事了。她轉過身，斜斜走開幾步，對著趙栩道：「確實是真跡，但夫人毫無線索。難道這份東西原來藏在青神王氏？」

心中奇怪九娘這麼快就看似若無其事，趙栩口中絲毫不顯：「未必，太叔翁拿到的只有半卷，我們推測另外半卷才一直在青神王氏手中。不過現在已經在阮玉郎手裡了。」他上前一步，以退為進，沉聲問道：「阿朊，你方才在疑心什麼？是疑心我做了什麼手腳陷害你不成？我在你心裡竟是那種無恥之徒？」

九娘來不及想為何那半卷會到了阮玉郎手中，見趙栩一臉的失落悲愴，不由得更是無地自容。自己竟然想找藉口推託在他身上，想借此原諒自己的意亂情迷、神魂不守。他不過是血氣方剛的少年，把控不住不算什麼，可自己活了兩世是過來之人，卻任其輕薄，甚至沉迷其中，荒唐的是她……

九娘默然了片刻，深深行了一個萬福，目光透過趙栩，落在虛空處，長歎一聲：「我口是心非，心中的確肖想過你，所以一時色令智昏。縱然面皮再厚，也不能怪罪你輕薄於我。是我不守禮法，愧對父母宗族，按理我就該自盡於此，或留在靜華寺從此修行懺悔才是。」

趙栩胸口劇烈起伏起來，最後那句誅心的話戳得他太陽穴直跳：「阿妧！明明是我抱了你親了你，你有什麼錯？你我二人的事，你扯那些別的做什麼？我們兩情相悅，你顧忌什麼你怕什麼？我已經求得爹爹的旨意——」

九娘倒退幾步，面色冷然：「夫妻之間並非兩情相悅就能長久。我心悅你是真，不願嫁給你也是真。我已死過一回，圖的只是安穩一世無關相思。還請你對我這種勢利無情之人莫再牽念。」

趙栩大步向前貼近了她，冷笑道：「你連試也不肯試一下，就想丟盔棄甲逃離戰場。你是無情無義，你是自私自利，正好配我這般猖獗暴戾恣意妄為的才對，省得禍害他人。」

九娘伸手扶在髮髻間的白玉牡丹釵上，輕輕托住那層層疊疊的髮釵。釵尾勾住了幾絲頭髮，她手下一用力，竟不覺得疼痛。手中的牡丹，紅玉似火，白玉如蟬翼般透明，烏黑的幾根髮絲纏繞在釵尾，就此斷了。

九娘沉靜如常：「女子在世，未必只有嫁人一條路。我也不願耽誤他人。以你今日之權勢，要做什麼，我就算不情願，不過是螳臂當車徒勞無功。但你不妨一試。」她一揚眉，一咬牙，手中牡丹釵直擲出去。

趙栩身形閃動，將釵一把撈住，幾乎要捏碎在手中，釵尾倒鉤尖銳，他卻一絲感覺都無，一步步走近九娘。

「寧為玉碎？」趙栩眼圈都紅了，咬牙切齒道：「你要同我寧為玉碎!?」

九娘垂眸道：「六哥瓊林玉質，阿妧只求苟延瓦全。」

她屈膝一禮，就往山下走。

「孟妧——你試試！你要是敢嫁別人，你儘管試試！」趙栩咬牙切齒地喊道。三年前他就不肯放手，如今更不可能放手。他的人，誰也不許碰。

樹幹被他連擊了幾掌，簌簌抖著。趙栩掌心的血，一滴滴，落在綠草紅花上。

蘇昕跌跌撞撞從桃花林中穿出來，踩在凹凸不平的石階上，才定了定神。那個不言不語任她進去找阿妧的侍女，依舊不言不語站在石階下頭。玉簪等人趕緊迎了上來。

「娘子！以後切勿獨自進林了！」她的女使匆匆扶住她。小娘子倔強起來還真倔強。

惜蘭看了一眼蘇昕一陣紅一陣白的面容，恭敬地說道：「蘇娘子請放心，燕王殿下會把九娘子送到落英潭的。」

蘇昕半晌才低聲道：「裡頭沒有路，很難走，我沒，沒找到她們。我有些不舒服，先回落英潭等她。」

惜蘭屈膝應了，依舊不言不語地靜立在旁。

落英潭邊，侍衛隨從和宮女們正準備護送崇王回靜華寺。陳太初矮身將崇王抱起，放入一個軟兜中。一個身材高大的侍衛跪了下來，將軟兜輕鬆背起。

「虧得六郎有心，給我做了這個，這山上，輪椅和檐子都不方便。」趙瑜笑道：「聽說二郎你素有巧計，還替兵部改良了步人甲和神臂弩？」

陳太初將他的雙腿安置好，拍了拍侍衛的肩膀：「六郎奇思妙想最多。我只是自己用的時候有所感悟，改了試試而已。」他見侍衛站起來後，崇王如嬰童被倒背著，很安穩，笑著叮囑一旁的內侍：「記得擋著些花枝，別刮到殿下。」

他在山路口拜別崇王，一轉身，就見到蘇昕神色古怪地在潭邊看著自己。

「阿昕？你們不是一同上山去了？」陳太初看了看她，又見旁邊餘下的隨從和宮女們已經將器具藤席都收了起來，日頭漸漸西去，將近申時了。

蘇昕翕了翕嘴唇，心亂如麻，不知怎麼開口，更不知道該不該開口。

一位女使笑著過來：「陳將軍，方才公主讓人傳話，她們從山頂直接走西邊山路回靜華寺，不繞回來了。奴婢們先帶著物事回寺去。將軍和這位小娘子可要同行？」

陳太初笑道：「阿昕，走吧，這條山路不好走，人多好照應。」

蘇昕脫口而出：「陳太初——！你等等，我有話同你說，阿妧和我約了要在落英潭會合的，她沒有和公主在一起——」她轉頭對女使不容置疑地吩咐道：「你帶著她們先回寺裡去。」

陳太初一怔，想著她消瘦至此，不知道是不是周家出了什麼事，還是阿妧發生了什麼事，蘇昕才要私下和自己單獨說，他便吩咐女使：「你先回去，我自會送你家娘子回廟裡。」

女使猶豫了片刻，行了一禮，提起自己的籃子，帶著侍女們隨著眾人，沒入在桃花林那條山徑裡。玉簪記著九娘的叮囑，加上出於私心和一點微妙的預感，卻帶著兩個侍女守在了林間。

「阿昕來，坐這邊。」陳太初拂了拂潭邊一塊光滑的大石頭，被日光照了幾個時辰，還熱乎乎的。

蘇昕坐下來，眼前恰巧就是殘紅堆積擁堵在缺口處的景象。

「阿昕要和我說什麼？阿妧沒有上山嗎？」

「她和六郎停在半路上——你，和阿妧的婚期定了嗎？」蘇昕抬頭問道。陳太初面容柔和，背著光對著一潭碧水，周身似隱隱有一道金邊。不知為何，蘇昕鼻子直發酸。

陳太初搖了搖頭：「阿妧還未應承做我陳家婦，待她點了頭，才會大定，再行請期。」

蘇昕一愣，停了片刻，原先對九娘和六郎的鄙夷之情，似乎被陳太初的柔聲細語抹去了不少，可是太初你這麼好，為什麼他們背著你做出那樣的事。憤怒變成了無邊無際的委屈和不甘，替陳太初生出的委屈和不甘，漲得她眼睛澀澀的。

她自己又如何？她放得下陳太初嗎？有真正放下過嗎？她以為她放下了，她以為她做得對，她以為而已。可是為何吃不下睡不著，後悔答應周家的親事？為何不敢面對阿昉哥哥的質疑？為何在訂下婚期後夜夜失眠焦躁不安？

「今天越國公主說，許多人連自己心底真正想要的都不知道，甚至不敢知道。太初，若是阿妧心底想要的不是嫁給你——」蘇昕不敢看陳太初，垂眸看向那一簇擠著的落花，隱隱又有些看不起此刻的自己。

「心底想的，和會做的，未必就一致。」陳太初看著蘇昕的側顏：「她心底想的，也許一輩子也只是想想而已。可過日子，畢竟不是想想就能過的。公主所言固然有理，但阿妧和我，都是量力而為的人。阿昕，你家是不是和周家之間出了什麼事？」

「阿妧她和六郎私下在一起做了對不住你的事——」蘇昕脫口而出，就後悔不及。

瀑布入潭的嘩啦啦聲格外地響。

陳太初沉默了半晌，淡然道：「阿昕你也在和我私自相處。若有人也因此傳話給阿妧呢？還有，阿妧同我說過她心中有六郎，她不曾騙我什麼。六郎待阿妧如何，我也早就知道了。我陳太初要的什麼，我自己也一清二楚。不勞阿昕你費心。」

蘇昕的眼淚終於忍不住崩落：「陳太初，陳孟兩家既然已經在議親，他們就不該私相授受對不起，阿妧配不上你！」她心疼他，替他難過得無以復加，他卻說不勞費心……

陳太初的胸口劇烈起伏了兩下，深深吸了口氣：「阿昕，人無完人。六郎、我，還有阿妧，都不過是有私心的常人。他們的事，我不想從外人口中聽到非議，他們的為人，我自有判定，也不需要外人加以渲染。若要說到對不起，應該是我陳太初卑鄙小人，對不起你蘇昕。你為我身受重傷，手臂終生不便，我辜負你一片真心。」他深深一揖到底。

「不是這樣的！」蘇昕霍地站了起來哭道：「不是你的錯！你沒有對不起我，是我自己願意的，你心裡只有阿妧，你那麼好，我自當成全你們——可他們那樣就是不對，就是對不起你——！」

「阿妧心裡有六郎，六郎心裡有阿妧。可我陳太初卻不願成全他們，反而要借家族聯姻綁住阿妧。」陳太初輕歎了一聲：「阿昕，你看到了，我並不是你想得那麼好，甚至我根本不是你所想的陳太初。你品行高潔，請勿再當著我的面說六郎和阿妧什麼了。」

不等蘇昕再言，陳太初道：「阿昕你在此地別走開，我上去接了阿妧，回頭來找你。」他給林中暗衛們比了個手勢，疾步轉身而去。他只怕自己胸口的怒火再也壓抑不住，但這是他和趙栩的事。

蘇昕拉住他的袖子：「陳太初——！那不如——你成全他們可好？」

陳太初猛然停住，轉頭深深看著蘇昕，堅定地搖了搖頭：「阿妧心悅六郎，卻不會嫁入皇家。這不是我能成全的。世上男女，原本就沒有誰能成全誰。」

往山頂而去的花樹中，陳太初再未回頭。蘇昕趴在大石上，大哭了起來。自從她受了箭傷，她還從沒哭過。她長這麼大，除了被蘇昉搶回那個傀儡兒推倒那次，從未這麼傷心欲絕過。那最後一句，她不該說，她也有一念貪心，為何藏不住？

玉簪在林間聽到蘇昕之言，又氣又惱又怒，心中更滿意陳太初這個未來的姑爺，再聽到蘇昕泣血之啼，不免又憐又嘆，終還是留下兩個侍女叮囑她們去伺候蘇昕，自己匆匆往山頂去找九娘了。

第一百五十九章

九娘踉蹌著邁上石階。惜蘭一把扶住她，依舊不言不語。九娘剛想掙脫她，轉念間暗嘲自己有何資格遷怒於人，歎了口氣，借著惜蘭的力往下面落英潭走去。

走了幾步，九娘終於不再昏沉，真正清醒了過來。趙栩威脅的話她不會不放在心上，兩人變成現在這樣，她犯的蠢，她得擔著。剛才她像沒頭蒼蠅一樣，憑著本能行事。只知道該逃，該拒，唯一確認的是害怕，害怕那個意志不堅貪戀情愛的九娘，害怕那個被男子那樣親近還沉溺其中的九娘，害怕那個她自己都不認得的九娘。

現在回過頭再看，九娘苦笑著閉了閉眼。換作她是趙栩，掐死她的心都有了。當局者迷，六娘說得對，心動意馳，智昏誤事。

前方傳來匆匆的腳步聲。陳太初一看到她們，三步併兩步地到了眼前：「阿妧——？」見她眼眶微紅，雙唇紅腫，唇角隱隱還有血絲，鬢髮毛亂，想起蘇昕所說的話，泰山崩於前而色不變的陳太初面色大變。

他抬起頭，向上看。陽光減弱，山路上開始有陰鬱之氣。

趙栩負著手，慢悠悠站定在石階上，垂眸下望，他右衽中衣的胸口皺褶顯眼，雙唇同樣紅腫。

「可有別處受傷？」陳太初強壓怒火，低聲問道，雙手已捏成了拳。

「並無。」九娘垂下眼睫，她已下定決心，自然是非越少越好：「惜蘭，我和郎君們有些話說。你且退避一下。」

九娘見惜蘭已走遠，剛要對陳太初開口。陳太初已經搖頭：「一個字都無需告訴我。阿妧，我初心不變，你若點頭應承，回去我們就定婚期。」

九娘眼中一熱，她又怎麼配得上這樣的陳太初！她回頭看向趙栩，卻見遠處山頂冒起了濃煙。她臉色一滯，陳太初和趙栩齊齊看向山頂。

「六姊！阿昕！六姊她們在山頂！」九娘拔足就往上飛奔。

趙栩伸手就要攔住她，九娘見他伸手，下意識就是一躲。陳太初已一拳擊在趙栩的臉上。九娘連驚呼都來不及，趙栩一個趔趄，跌在石階上，他手一撐又已站直，石階上留下一些血跡。

「你留在這裡別動，惜蘭——！」趙栩唇角破了，依然面無表情地喊道。陳太初擋在九娘身前，看了地上那血跡和趙栩一眼，靜默了一瞬：「你隨時可以打還我。」

惜蘭聞聲而至。山上也飛奔下兩個隨從，跪倒在趙栩身前稟報：「殿下！公主和縣君等人被困在山頂，有人故意縱火，已擒住三人，還有兩人在困獸猶鬥。山上六處巡哨的禁軍都已趕到，正在救火。」

九娘心一沉，時下暮春，前些時又多雨，山中陰潮本來不容易起火。能困住山頂的人，勢必用了火油之類的物品。她看向趙栩：「我要上山！」

能避開這些天不停搜山巡查的禁軍和他的屬下，定然不是普通賊人。趙栩皺起眉：「別胡鬧，你去又能做什麼⁉太初，你和惜蘭在這裡守著她。我上山去想辦法。」他只慶幸自己拖住了阿妧，不然就算是火海她也會衝進去了。

陳太初淡然道：「六郎你留在這裡，我去。」他衣袂飄動，已往山上奔去。

山下隱隱傳來急促的望火鐘聲。

九娘焦急地在石階上繞了兩圈，咬牙道：「我還是要上去！六姊和阿昕都在，我不放心！」

趙栩見她已經匆匆越過自己，手臂舒展，勒牢她腰身，銅圈鐵壁一樣將她勾回自己身側。九娘氣得拚命捶打：「放開，趙栩你放開我！我一定要去，那是阿嬋和阿昕，要是阿予在上頭，你能不去嗎？放開我！」又伸手去掰，恨不得低頭咬上一口。

趙栩歎道：「你真是要氣死我了！不許亂動，再動我就把你扛下山！」他朝身後隨從伸出還在滲血的右手掌，身後人立刻從懷中取出乾淨的帕子替他包了起來。他右手換左手，牢牢牽住九娘的手，沉聲道：「上山。」

靜華寺衣缽寮裡，法瑞正在安慰呂氏她們：「勿急勿慌，敝寺護衛也有看林守山之責，鐘聲一響，自然會去救火的，時下春日，草木潤濕，現在只是些煙而已。何況娘子們和公主在一起，恐怕已經下山來了。」

呂氏和程氏心中稍定，杜氏卻還是不放心，叫了一個小廝進來：「你快去方寸院問一問，娘子們可回來了。」

那小廝剛跑到方寸院門口，就看見戴著帷帽的四娘帶著一個侍女正要進方寸院。

「四娘子安好，大娘遣小的來問一聲，幾位小娘子可下山了？」

四娘柔聲道：「我也不知，先前蘇家的女使說了，蘇娘子和九妹約在落英潭，應該和陳將軍在一道。六妹和公主在一起，會走西邊山路下山。」

小廝看了看山頂，又見方寸院裡來來往往的禁軍和宮女們並不慌亂，趕緊轉身稟報杜氏去了。

四娘看著小廝進了靜華寺後門，轉頭看向山頂，又看看那條通向落英潭的小徑，才帶著侍女跨過方寸院的鐵門檻。莫向外求，多好，你們也試試。

九娘和趙栩還沒見到火光，已聞到樹木燒毀的味道，夾雜著一些惡臭，那黑煙滾滾，極是兇惡。除了山火燒著樹木的劈里啪啦嗶啵聲，還有鼎沸的人聲。趙栩嗅了一嗅，立刻想到阮玉郎假死時的大火：「石油！」

陳太初正眉頭緊皺，看著面前熊熊烈火，幸虧風勢不大，七八十個禁軍正在用沾了水的樹枝和衣衫在奮力撲救。他身邊橫陳了四具屍首，另有一人已被趙栩的手下擒住押在一旁。草地上散落著幾個牛皮囊袋，還有石油在緩緩流出。

看到趙栩牽著九娘到了跟前，陳太初眉頭皺得更緊：「西邊山路和這條路，還有東邊的瀑布源頭，都被火勢阻斷，山頂無路可退，火圈越燒越上，方才還能聽見裡面有人喊叫——」他指了指東面的瀑布源頭，那一汪山泉，此地卻沒有盛水的器皿，只能用樹枝和衣衫沾些水，不過一兩下撲在火上，水氣就蒸騰而去，收效甚微。他們小心設防，卻都沒想到在這處處有水，潮濕陰涼的山上，會遭遇到火攻。

九娘一路跑上山，雙腿已在發抖，聽到陳太初的話，要不是趙栩拉著，就要跪倒在地。趙栩把她交給惜蘭：「看著她，不要靠近火。」他迅速沿著周邊細細查看了一番，叫來兩人叮囑了幾句，那兩人拔出朴刀奔向身後的桃花林。他轉頭吩咐手下：「把這四具屍體拖去泉眼那裡弄濕，越濕越好。」

那被擒住的那人猛地抬起頭來，目光狠鷙。九娘不禁打了個寒顫。

趙栩和陳太初同時脫下外衫，相視一眼後交給屬下。

「將這兩件衣服也浸濕了，越濕越好。」陳太初吩咐道。

「不行！」九娘急道：「你們不能去！」她再情急，也不能眼睜睜看著他們二人以身犯險，只盼著寺廟裡救火的人帶著器具能快快趕來。

四具濕淋淋的屍體挪到趙栩和陳太初腳下。

「我去。」陳太初披上自己滴著水的外衫，將趙栩那件綁在腰上。

「好，小心。」趙栩不動聲色地接過屬下送來的兩根約半丈有餘的長樹枝，都用兒臂粗的數根短桃枝由布條緊緊接在一起。他用力扳了扳，甚牢固，縱身躍至瀑布邊，將樹枝靠著山崖放進瀑布中。

陳太初一手接過濕樹枝，一手輕輕替九娘攏了攏虛鬆的鬢髮，笑了笑：「別擔心。」

趙栩眸色一暗：「先救阿嬋。」

九娘咬著唇，忍著淚對陳太初倒頭就拜：「當心你自己！」

在趙栩確定的火勢最小的外圈，禁軍們簇擁在這邊舉著樹枝撲火。

「扔！」趙栩大喝一聲。

一具濕淋淋的屍體被高高拋入火圈之中，陳太初一聲清嘯，兩手各持一根長樹枝，騰身撐起，腳尖直往屍體身上點去。

屍體落下時，一片火勢稍減。陳太初腳尖點在屍身上，借力再次躍起，兩根長樹枝直插入前方熊熊烈火中。

樹枝一矮，即刻著地。陳太初身形三度高高躍起。看他越過一片火海，隨他而起的樹枝端頭並無火苗，卻不知道他再落下時樹枝能不能支撐，九娘胡亂用手背拭去眼面上一片濕。

轉瞬火圈裡傳來陳太初一聲長嘯，又跟著兩聲短嘯，聲音清亮，四周劈里啪啦火燒聲也掩蓋不住。趙栩大喜：「阿嬋和公主都沒事。」禁軍們一片歡呼，趕緊去泉邊打濕手中早就光禿禿冒著煙的樹枝。

又是一聲清亮嘯聲傳來，趙栩手一揮：「準備——！」

一具屍體又被抬起。禁軍們拚命撲打著身前的烈火，火勢堪堪被壓下去一些。火海中已經能看到陳太初的身影和那兩根支撐著他的長樹枝。

「扔——！」趙栩見陳太初手中一根樹枝忽然一歪，立刻一聲斷喝。

陳太初一口氣正是前力耗盡後力未生的時候，右手樹枝突然就矮了一截，他身上背著六娘，險些拔不起來，腳背已被火焰灼得生疼。見那屍體飛來，火勢驟降，立刻抬手，右手剩下的大半截樹枝直伸向那屍體。

從兩處山路奔上來的寺廟護衛和禁軍內侍們，手持木桶、水囊、麻搭，不少人目睹陳太初正在這等緊急關頭，都紛紛驚呼起來。

一片驚呼聲中，陳太初已越過火海，落在火圈外緣，幸虧他和背上的六娘都身披濕長袍，沒被燒到。

九娘衝過去和六娘抱在了一起。陳太初甩下兩件長衫交給隨從再去浸水。

趙栩喝道：「從此處往裡撲火！快！」

有了器具，禁軍班直立刻將人從水源處排到趙栩所指的位置，四條長佇列開，水囊水桶源源不斷地送到離火最近處，澆入火中，呼喝聲四起，十幾人手持濕麻搭和樹枝，眾志成城，立刻奮力向內圈推進了一尺多。

陳太初接過新的兩根長樹枝：「公主睿智，讓內侍宮女們用樹枝順著火勢圍了一個圈，暫時沒有燒到人，就是被煙熏得不輕。」他只一眼，就見那些內侍宮女們指甲都已外翻，滿是泥土，那圈樹枝外的草木已經都被拔除乾淨，所以火才一時被阻斷了。更難得的是越國公主鎮定自若，立刻撕下他外衣半截，讓貼身宮女再撕成細條分給眾人，一刻都沒有猶豫，就吩咐他先救六娘。

趙栩一怔，不由得舒了一口氣。若耶律奧野在這裡有個三長兩短，和契丹恐怕盟約不成要反目成仇了，心中對耶律奧野更是欽佩有加。

九娘扶著六娘過來，六娘還算鎮定，臉上雖有煙熏黑印，還微笑著對陳太初就要拜下去。陳太初一把扶住，聽得眾人歡呼，見又往裡推進了近兩尺，以現在的火勢，他只需要一次借力就能進去。

片刻後，耶律奧野從陳太初背上下來時，面不改色，對著陳太初笑道：「太初，大恩不言謝，奧野記在心底了。」

九娘急道：「阿昕！阿昕還在裡頭！還有玉簪、金盞她們——！」

陳太初一怔：「阿昕？阿昕沒有上山，她在落英潭。」想起蘇昕被他留在了落英潭，不知道她有沒有看見火起，還是獨自回了靜華寺，陳太初心中略有不安，喚來兩個禁軍讓他們下去落英潭看一看。

九娘一呆，看向六娘。六娘點了點頭：「她說她還是等你一起走，並不曾跟我們上山。」

金烏漸漸西沉。

第一百六十章

山下不斷有軍士和幾家的部曲上來救火，陳太初問了幾人，都說落英潭空無一人。

「她為何會在落英潭？誰和她在一起？」九娘卻還是不放心，山大林密，就算趙栩帶的人再多，也不可能面面俱到。

陳太初猶豫了一下：「她找我私下說幾句話。我怕是惹她生氣了，或許她自己回寺裡去了。」他看了一眼趙栩，抿唇吸了口氣，準備繼續進火場救人。

九娘一怔，想要再問，六娘扯了扯她。想到蘇昕憔悴心事不寧的樣子，九娘猶豫了一下，倒不好再問了。

趙栩皺了皺眉，伸手攔住了陳太初：「讓他們進去就是，你歇一歇。」

眾人見趙栩的六七個隨從已經都手持縛好的長樹枝在火圈外待命，都鬆了一口氣。

幾個隨從上前找趙栩稟報，因突發大火，除了靜華寺，山上幾處巡查的人手都趕了過來。封山的人手也都沒有動。

不多時，十多個內侍和宮女劫後餘生，大難不死，跪在趙栩等人身前請罪。金盞和玉簪見到六娘九娘，喜極而泣。

慈寧殿押班王堅聲音倒還平穩：「稟殿下，小的該死！」

「護衛公主的人何在？」趙栩冷聲問。

耶律奧野歎了口氣：「不怪他們，我們在山頂看花，聽見西邊山路不遠處有女子喊救命，是我讓他們去查看的。不想下邊就起了一圈火，火勢極其兇猛，他們根本回轉不及。這些人恐怕一路都尾隨著我們，早有預謀。」她看向六娘，不知道她的進宮到底擋了誰的路，會讓人如此喪心病狂。

趙栩卻想著阮玉郎此舉，除開想引發大趙和契丹的矛盾，究竟還有何目的？照理他應該會衝著自己和三叔來。難道他還沒發現趙元永拿回去的卷宗有問題？他和三叔取走了王方所寫的幾份關於軍械和財物的關鍵文書，保留了元禧太子上書和武宗遺詔，就算阮玉郎拿出來，所牽涉到的人都已經全部亡故，包括「壽春郡王」，毫無用處，照理說根本看不出破綻。這次他借孟家法事引蛇出洞，既想將隱藏在孟家替阮玉郎辦事的人揪出來，更想把阮玉郎引來此處一舉擒獲。

「調虎離山？」九娘念了一句，看著過百禁軍和護衛全在這裡救火和守護趙栩，山路上還源源不斷有禁軍趕來。她打了個寒顫，立刻看向趙栩：「靜華寺，崇王殿下！」若是崇王在趙栩身邊出事，官家會怎樣！阮玉郎行事瘋狂，越亂他越有機可趁。

趙栩猛然抬頭，太陽就要落山，山火還在燃燒。靜華寺的重簷九脊殿，夕陽下金光閃閃。

「我先帶人去靈台院，你帶著六娘、九娘和公主回方寸院。」趙栩對陳太初道，又吩咐一名禁軍統領在此壓陣滅火。

趙栩領著二十幾人從西邊山路急奔而下。陳太初點了陳家、孟家的部曲護送越國公主和六娘、九娘往落英潭方向而行。

行到半路，山間天黑幾乎是一瞬間的事，前一瞬還能看清人臉，下一瞬就已墨黑。一彎殘月高掛空中，石階路幾乎看不清楚。部曲們點起火把，眾人慢慢下移，宛如一條火蛇蜿蜒穿過桃花林。

這時，從方寸院也繞出來一條長長火蛇，沿著山路掩入桃花林，往落英潭而來。

陳太初和九娘帶著人又繞著落英潭走了一圈，不知為何，陳太初心中越來越沉，他看著落英潭心泛著碎銀流光，冷冷清清，忽地打了個寒噤。他走的時候她在哭吧，他卻沒有回頭看她一眼。

認識蘇昕這麼多年來，從沒有見過她哭，她總是笑嘻嘻的，就算受了重傷，拔箭時也只有痛到極點的悶哼，她會醒來就說是他救了她的命，會和元初詼諧應對，她從來沒有哭過。那個在冬日廊下接住滴滴冰水的少女，笑靨盛開，脆生生地喊著陳太初三個字，坦蕩蕩說著：「以前我自然是喜歡你陳太初，現在還有些喜歡，可以後就不一定了。」那個讓他別委屈自己、別委屈阿妧的少女，說不會委屈她自己的少女，其實並不是她給他看到的那樣灑脫。她會委屈她自己，會消瘦會憔悴、會替他抱不平心生委屈，甚至會開口求他成全六郎和九娘，她會哭。她的眼淚用在求他成全別人上。

她只是心疼他而已。他明白。

她會哭，會說出那樣令人容易誤會的話，那她會不會!?

陳太初噗通跳入落英潭中，岸邊頓時驚叫連連。

九娘看著陳太初在潭水中上下沉浮，心也狂跳起來。這兩次見到蘇昕，她似乎變了一個人一樣，難道陳太初對她說了什麼？她奪過一個部曲手中的火把，在潭邊彎著腰細細查看。耶律奧野和六娘看著她和陳太初的行徑，又是訝然不解，又不能視若無睹，便跟在她後面。

陳太初再次浮出水面，游向潭邊，心裡鬆了一口氣。也許是他太杯弓蛇影了，那麼堅強決斷的蘇昕，怎麼可能做出這樣可怕的事。

山路急促的腳步聲從下面傳來，落英潭邊立刻擠滿了人，此起彼伏的呼喚聲響起。

「阿嬋！」「阿妧！」「阿昕？」「公主殿下！」

杜氏、呂氏、程氏和史氏，還有方寸院留守的女史齊聲喚道。在寺裡怎麼也放不下心的她們，眼看上山的人越來越多，下山的卻一個不見。天又已將黑，終於還是結伴帶人上山來找。七娘不肯獨自留在寮房，拖著四娘也跟著同來。

「伯母！阿昕沒和你在一起？」九娘的心陡然沉了下去。

史氏一來，看不到蘇昕，已有些慌，看向身邊蘇昕的女使：「你不是說小娘子和陳將軍在一起的!?」

陳太初上前行了一禮：「先前阿昕是和我在這裡說了會話。」他抿了抿唇：「後來我上山頂去，將她一個人留在了這裡——。」

眾人都沒了聲音。史氏腦中嗡嗡響，顫聲問道：「那阿昕呢？阿昕呢？山上有賊人呢——！」她轉向那女使：「你為何不陪著她！」

女使眼圈也急紅了眼，顧不得有這許多人都在，立刻跪了下去：「是小娘子非要趕奴婢走，她說有話同陳將軍說！陳將軍說會送小娘子回寺裡的。」

杜氏和程氏扶著史氏寬慰著她，呂氏心疼地替六娘擦著臉。

玉簪趕緊走上前來：「奴有留下兩個侍女在此伺候縣君，還請夫人娘子們莫急。」她看向九娘，九娘滿臉疑惑，玉簪輕輕搖了搖頭。

陳太初喚來那二三十個部曲，吩咐他們立刻沿著落英潭散開，往周邊桃花林裡查探，手心出了密密的汗。

四娘在七娘身後，看著陳太初的背影，又看了看九娘，手上的帕子絞了又絞。為什麼會是蘇昕不見了……她倒想不明白了。

九娘一聽蘇昕沒有回去，就已經擠出人群，奪過火把，跪在先前蘇昕坐著的大石頭前，將火把靠近地面。她方才看了一圈，只是覺得這石頭邊的地上有什麼怪怪的，卻又想不出來怪在哪裡。

這一片地，因白天能照到好幾個時辰的日光，所以青苔比陰涼處要少許多薄許多，但小草卻比山路石縫間的要密許多高許多。可她剛才走過時，卻有兩處的小草突兀地短了，石頭邊的地上有稍許青苔擦過的痕跡。

火把靠近石縫，那草，是被人揪斷的。九娘手指擦過疑似青苔的痕跡，濃綠色印在了顫抖不已的手指上。

「陳太初——！」嘶啞的聲音也在顫抖著。

潭邊地面的青苔擦痕越來越淡，但依然指向一個方向。

陳太初和九娘手持火把，往東南的桃花林中走去。史氏跌跌撞撞地扶著杜氏和程氏的手跟著他們。餘者守在落英潭邊面面相覷，個個臉有愁容。

走了約百來步，兩具侍女的屍體赫然橫陳在地，九娘手中的火把猝然墜地，濺起火星一片。身邊的部曲趕緊拿腳去踩。陳太初全身血液都停了流動，飛快地了閉了閉眼，再睜開，那急速停下的全身血液如萬馬奔騰，湧上了頭。手中火光不斷搖曳，劈里啪啦地燃燒著。

火光中，一株桃樹下，一個少女靜靜仰面躺在落花中，烏黑秀髮四散，被撕破的衣襟敞著，飛花也不忍看，撒落了薄薄一層，替她遮住了瘀青斑斑的胸口。

「阿昕——」九娘眼冒金星，不會的，不可能！她想走過去看真一點，她一定是眼花了，看錯了。身後的史氏喉嚨裡發出嗚嗚聲，撞開了九娘。九娘兩腿發麻，被撞得站立不穩，歪倒在地上，看著史氏瘋了一樣撲了上去。

「阿昕——阿昕——阿昕！」史氏抱起樹下的女孩兒，摟在懷裡，摸摸她的臉，和平常一樣，明明還是溫熱的，點漆似的眼睛還看著自己：「你不要嚇娘，你怎麼了？阿昕你醒醒，你不要嚇唬娘。你說句話——！」捏捏她的手臂，還是軟軟的，出門前一夜還抱著自己的胳膊，猶豫地問她要是真的和周家退親，蘇家會不會名聲有礙，哥哥在同窗中會不會難做人，爹娘會不會很傷心。是她這個做娘的糊塗，怎麼就以為她想得穿放得開早些嫁人才好！

「阿昕，你醒來，你醒來！咱們回去就和周家退親，你不想嫁就不嫁，一輩子爹娘和哥哥們都養著你！」史氏眼淚鼻涕落在蘇昕面上，她伸手小心翼翼地去擦，可手抖得總是擦不乾淨。

「你和娘說句話，阿昕，求你和娘說句話！娘帶你回眉州好不好!?阿昕！」史氏把她緊緊摟在懷中，搖晃著，又伸手去拍她的臉：「阿昕，你別怕，你別不說話，沒事的，沒事的，娘帶你回眉州，一輩子，你就和娘在一起，沒人知道，沒人知道今天的事！」她死死揪著女兒的衣襟，轉過頭來，哀懇地看向杜氏等人：「是不是？你們——你們都不會說的，是不是！求求你們！」

杜氏含淚捂著嘴拚命點頭，看著那一頭烏黑長髮不住在虛空中晃蕩。程氏渾身發冷，滿臉淚水。多年前，她姑母也是這樣，衝進二哥院裡，抱著三娘，一聲聲喊著娘帶你回去好不好，也是這樣涕淚縱橫。三娘的長髮也是散落著，一搖一搖的。蘇瞻提著劍在程家要殺她二哥。爹爹和大哥抱著他的腿讓二哥快逃。

九娘跪伏在地上，抖如風中落葉，嘴裡一片血腥。阿昕，那個軟糯糯喊著大伯娘的女孩兒，抱著自己討那個傀儡兒的女孩兒，撞傷了頭會哭著把傀儡兒還給她的女孩兒；那個在自己小產後天天和阿昉一起給自己倒茶水喝，盯著自己喝藥的女孩兒；那個敢站在王瓔面前維護阿昉的女孩兒；那個光明磊落喜歡著陳太初又決絕放手成全他們的女孩兒，這個憔悴消瘦還沒來得及說出心事的女孩兒。

早間見面的時，還對她說夜裡要同她和六娘一起睡，還說要聊心裡話的阿昕。

她來不及，又一次來不及。前世她想救蘇三娘，遲了一步。這世，猝不及防，還是遲了。

如果她看見那份信箋，沒有堅持要跟惜蘭走，是不是她就不會要等她才導致落單？

陳太初一步一步靠近花樹下的母女二人，慢慢跪了下去。被母親抱在懷中的少女，那隻為了替他擋箭受傷導致只能舉箸的右手垂落在他膝蓋前，手指被人強行掰開，手掌上滿是擦破的傷痕，指甲中有青草碎，有血絲。她奮力抗爭過，用盡了全力，連這廢了的右手，也拚盡了全力。

陳太初目光轉到蘇昕雪白纖細的頸間清晰的指印。殺人者死，殺她者死。他陳太初對天發誓。

命運無常，造化弄人。如果他上山頂前想起她來，如果他沒有留下她一個人，甚至，如果他走時有回過頭看她一眼，也許都不會發生此事。世間卻沒有如果，不能重來。

那個一直笑只為他哭過的少女，不在了。

身後傳來九娘壓抑著的嗚咽聲。陳太初沒有回頭，既然命中註定要失去，他會站直了承受。

史氏撕心裂肺的嚎哭聲淒厲無比，夜風中悠悠蕩蕩，傳到了落英潭。

潭邊眾人趕緊起身往林中趕去，四娘打了個寒顫，事情似乎完全不是她所想的那樣，人錯了，難道？

第一百六十一章

耶律奧野隨著落英潭眾人到了林中，見陳太初帶著些部曲內侍正背對著一圈人攔住了呂氏等人。裡面杜氏、程氏和一眾侍女們都只穿了中衣，手中拿著長褙子圍成了一圈，只聽見哭聲和呼喊聲不絕。

七娘忿忿地問陳太初：「你這是作甚？我們要進去！」陳太初看了她一眼，七娘只覺得遍體生寒，竟不敢再問阿昕到底怎麼了。

四娘心中七上八下翻江倒海。程之才明明吃下那藥才去的，又有那幾個極厲害的人陪著，難道竟然沒能得手？方才留意到九娘鬢髮有些亂，上衣也有些皺，難不成程之才得了手卻被陳太初他們一力遮掩了？可看九娘的神色，卻不像出過事的樣子。莫非陳太初和趙栩一直陪在她身邊，他們找不到機會下手？還是山上起火也沒能將趙栩和陳太初引開？她瞥了一眼陳太初，想到程之才，四娘的心突突亂跳，背上一陣冷汗，仔細想了想前後行事，並無破綻，才勉強定下神來。

「設步障。」耶律奧野轉頭對身側的內侍喝道。她疾步入內，走到程氏身後，一呆，立刻擠進去，蹲下身子扣在蘇昕寸關尺上，凝神感受了片刻，看向一旁滿臉淚水的九娘。

九娘咬著牙，將蘇昕左手抬了起來：「還請公主幫忙。」

耶律奧野見那發白的指關節緊緊握著，指間露出一根紅線，立刻用力去掰開。

史氏一呆，接過那半截紅線，眼淚不絕。耶律奧野低聲問九娘：「會不會是兇手身上的？」

史氏搖頭哭道：「是阿昕的！是阿昕的——天殺的強人！連她的護身玉璜也要搶！傻孩子你給了強盜就是，阿昉不會怪你的！」

九娘一愣。耶律奧野仔細查看了蘇昕胸口的傷痕，眉頭皺得更緊了，雖然知道極不妥，依然輕聲問：「賊人可有施暴？」

九娘搖搖頭，輕輕扶住完全倒在她身上的史氏：「伯母，阿昕這個玉璜可有什麼特殊之處？」

史氏已哭得無法言語。一旁跪著哭的女使抬頭回道：「小娘子身上的鳳鳥玉璜是是已故的大夫人傳給大郎的，是祥瑞之物可保平安的啊——」

已故的大夫人？九娘怔了一瞬，鳳鳥玉璜？祥瑞之物？那是前世爹爹去世前交給自己的，她去世前交給阿昉的。阿昉怎會給了阿昕，兇手又為何要奪走此物？

耶律奧野看著面色如紙的九娘，歎息了一聲：「還是先將縣君帶回寺去吧。」

山下靈台院的打鬥已經結束，一張巨大的黑色漁網被揭了開來。地面上兩具狀似孩童的屍體身上像馬蜂窩一般扎滿了連弩。另一側，十幾個刺客和多名軍士橫七豎八地倒在地上已沒了聲息。

趙瑜看了看自己腿上的傷，苦笑道：「他真看得起我，竟派了這兩個人來殺我。要不是你這個烏金網，還被他們逃了。」

趙栩身上三四道劍傷縱橫，皮開肉綻，鮮血淋漓，他還是低估了阮玉郎，這兩個侏儒劍法狠戾，是他有生以來遇到的最強悍的對手。如果不是對方一擊不中就想遠遁千里，如果不是早設了這張大網，恐怕今日還抓不到這兩個極厲害的角色。

軍士上前將刺客們的面罩揭開。被叫來的幾個管事強作鎮定地跟在趙栩身後。

「這個是二房的車夫！已經做了十二年了！他媳婦在後院灑掃處！」孟府的管事嘴巴發苦。三天前回事處專用的一個車夫突病，問了一圈，只有二房的這個車夫行過山路，才調來駕車的。

蘇家的管事也找出了自家的一個外院部曲，已在蘇家待了八年。

「這是靜華寺的照客尼！午間還給我們送過飯菜！」孟府的管事更暈了。

走到那兩個似孩童的刺客身邊，看到他們的臉，孟府的管事上山後和程之才相處甚多，立刻認了出來。「這兩個似乎是程大郎身邊的小廝啊。看起來才七八歲的樣子，怎麼會！」

趙栩手中劍劃破那屍體的衣領，露出了成年男子才有的喉結。

趙瑜坐在輪椅上，歎了口氣：「這應該是他身邊最厲害的兩人了，曾救過我的命。原來藏在程家。」六郎預料得不錯，阮玉郎所埋的棋子極深，靜華寺有這麼好的機會，他絕對不會放過。現在只盼著這兩個厲害角色來了靜華寺，宮裡能輕鬆一些，想到陳青和孟在都會守在官家身邊，趙瑜略微鬆了一口氣。

「程家的人呢？」趙栩沉聲問道。

孟府管事躬身道：「稟殿下，程大郎方才在山上摔破了臉，因下不了山，帶人回房歇著去了。」

趙栩眉頭一皺。

外面匆匆奔來一名下屬，跪倒在趙栩跟前：「落英潭找到八名暗衛的屍體，均一劍斃命，未及拔出兵器，未及發送信號。」他頓一頓，頭幾乎磕在地面：「蘇家小娘子及孟府兩個侍女不幸遇害。」

趙栩的心直往下沉。一時不慎低估敵手，就是萬劫不復。

夜越發暗沉，吳王府後宅內書房的偏房外，一個不足五尺高的小廝扣響了門。

「進來。」一把輕柔的聲音響起。

門輕輕被推開，又輕輕被掩上。小廝跪倒在衣白如雪，秀髮委地的人身前，雙手呈上一物：「郎君，小五幸不辱命。」

阮玉郎拿起他手中的玉片，對著燈火照了一照，玉質透明，側出廓鳳鳥唯妙唯肖，喟歎道：「完璧歸趙，終於歸來了啊。小七和小九呢？」

「去刺殺崇王和燕王了，以他們的身手，就算不能得手，定能脫身。只是小的辦事時出了點意外。」小五垂眸道：「一旁的程之才不知為何狂性大發，突然衝上去欲行不軌，那蘇氏女奮力反抗，小的怕她喊叫洩露了行蹤，便下手取了她性命。高似那邊會不會不好交待——？」

阮玉郎撫摸著那鳳鳥，一愣，轉念笑了起來：「程之才？我那外甥女原先說，要你們擄走那個九娘，好讓程之才去救她，壞了她名聲。現在她既給程之才下了藥，怕是恨毒了孟九。還真是無需傳授就心思歹毒，竟想借你們的刀，連我都敢算計上了。」他搖搖頭：「你們在外應變，自當便宜行事。死了也無妨，蘇程兩家就又誓不兩立了。孟家也好不了，也算誤打正著。高似那邊，就說程之才殺的就好。你可有好好善後？」

「趙栩封了山，小的費了番力氣才把程之才帶下山，給了匹馬，派兩人護送他逃回城去了。」

「能拖住他們就好。且等等看陳青會不會趕去靜華寺。他一直守在宮裡，著實是個麻煩。」阮玉郎冷哼了一聲：「那些背主求榮的貪生怕死之輩，想靠著聯姻世代和睦？不過是一盤散沙而已。」

「擄走孟九一事未能得手，趙栩一直在她身邊，暗衛高手也多。火攻一計，被趙栩和陳太初破了，耶律奧野和孟六娘毫髮未傷，讓永嘉郡夫人失望了。」

「唉，這些個小女子啊，為了些爭風吃醋的事，就要殺人放火，姦淫擄掠，毫無美感，也不肯多動動心思，很是無趣，真是黃蜂尾上針，最毒婦人心。」阮玉郎心情甚佳，笑道：「無妨，我會同她說的，喪子之仇，不親手報，又怎麼會痛快？過了今夜，機會有的是。既沒擄到孟九娘，也不好失信於四太子，你先挑兩個貌美的幼女送去女真，高似那邊還得靠他牽制著呢。對了，既然王氏關於玉璜的消息無誤，得空時讓小七、小九把她從蘇家帶走便是。」

「西夏那邊，郎君可要？」

阮玉郎一展寬袖：「讓梁氏按計畫先取秦州吧，她既然割了六州給我，總要讓她稱心如意。和這幫孩子有什麼可玩的，不過收些蠅義的利息罷了。好玩的總要放在後頭。」

「有人來了。」小五站起身，鬼魅一般地就閃到了門口。

門外傳來宮女柔媚的聲音：「請問娘子可歇息了？殿下請娘子至書房說話。」

阮玉郎柔聲道：「妾身尚未歇息，請殿下稍候片刻，容妾身梳妝一番。」

小五侍候阮玉郎在案前坐了，三五下替他挽了個墮馬髻。阮玉郎攬鏡照了照：「還是老了啊。這樣入宮，不知道趙璟會不會失望呢。」

小五跪下替他整理裙襬：「郎君！不如讓小五入宮——」

阮玉郎搖頭笑道：「那也太便宜他了。」他摸了摸小五的總角：「你們三個雖然武技大成，可比起帶御器械，還是不及。你們都不是陳青的對手。」

小五低下頭去。

趙棣剛從宮裡急急趕回來，一身親王朝服未換，在書房裡來回踱步，想著張蕊珠的話，想到那風情萬種的女子，想到官家變幻莫測的神情，連著歎了好幾口氣。

「娘子來了。」兩個宮女在外面稟報道。

「快請進來。」趙棣搓了搓手，手心裡全是汗。

阮玉郎身穿嚴嚴實實的對襟高領素白長褙子，銀線挑花裙，墮馬髻上僅插了一根白玉釵，嫋嫋婷婷地進了書房。

「妾身參見殿下，殿下萬福。」聲音有些低沉，如上好的錦緞泛著光澤，一字一字之間充滿纏綿不絕之意。

趙棣側身受了半禮，扶她起身，竟不敢正視她的容顏：「不必多禮，蕊珠同我說過幾回，只是事情太過詭異，匪夷所思，無憑無據，我才一直沒有稟告官家。」

阮玉郎朱唇輕啟：「殿下思慮得甚是，如今這是？」

「今晚我私下將你的畫像獻給官家，看來你所言非虛，還請娘子即刻隨我進宮面聖。娘子畫像上所繪的信物可容五郎一觀？」

阮玉郎微笑著從袖中將那物遞給了趙棣。

趙棣吸了口氣，手中的玉片，是枚尺寸極小的一側出廓鳳鳥玉璜，僅一指長，比普通玉璜的一半還要小。爹爹福寧殿裡的是一側出廓雲龍紋的玉璜，和這個顏色形狀大小完全是一對。

趙棣將玉璜交還給阮玉郎，躬身行了一禮：「五郎見過姑母！姑母萬安！」

阮玉郎不等他行完禮，已一把扶住了他，柔聲道：「官家還未認妾身，殿下切勿多禮。」

趙棣猶豫了片刻，漲紅了臉：「姑母，您真有法子說服爹爹？」

阮玉郎輕笑了兩聲：「皇家血脈，不容混淆。妾身的身世有憑有據。燕王殿下的身世可疑，若無人證物證，豈敢到官家面前妄言？」

趙棣鬆了一口氣：「請！」

靜華寺裡人來人往，院內警戒的軍士絲毫不敢鬆懈。

屏風後的一眾女眷泣不成聲。程氏更是六神無主，這個大郎竟然這麼糊塗，犯下這等滔天罪行，自己怎麼護得住他。

一名屬下跪地稟報：「殿下！封山的軍士稟報，程之才面上的確留有抓痕。他帶人從靈台院逃走時，還殺了屋外的四名守衛和沿途的三處暗衛。死因均同落英潭暗衛一樣。」他抬頭看了看屏風後面：「有內侍稟報，見到程之才申時左右和孟家四娘子會過面。」

陳太初長身而起，沉聲道：「六郎，此地託付給你了，我帶人去追程之才。」

趙栩沉吟了片刻：「也好，你千萬小心。我隨後就帶著眾人回去。」

陳太初一出門，屏風後眾女眷齊齊看向四娘。四娘垂下頭，微微發起抖來。

「傳孟四娘。」趙栩寒聲道。

四娘被惜蘭帶出屏風。惜蘭手上一用力，四娘兩膝一軟，跪倒在地。

「你為何私會程之才？」趙栩厲聲喝問。

四娘垂首顫聲道：「奴——奴和表哥年底就要成親，因嫁妝不及九妹甚多，才想私下問問表哥可願意幫襯奴，好讓奴也能體面些出嫁。」

「你在何處見了程之才？」

「就在方寸院外頭，才說了幾句話就被阿姍撞見了，阿姍——？」四娘含著淚看向屏風後頭。

「傳孟七娘。」趙栩皺起眉。

七娘氣憤地道：「她鬼鬼祟祟帶著兩個侍女出門，還以為沒人知道！虧得娘一早就叮囑過我，要看著她別讓她出什麼么蛾子。我自然要跟著看個究竟。她和程表哥在方寸院外頭私會，我都看見了，還聽到程表哥答應要送兩萬貫給她當作嫁妝，還說那些噁心人的話，動手動腳的！簡直敗壞家風！要不是我把程表哥罵走，指不定會發生什麼醜——！」

「程之才身邊的小廝當時可都在？」趙栩打斷了七娘。

七娘想了想：「有一個像書僮模樣的，還有兩個隨從，都站得遠遠的。」

「你罵走了程之才？可看見他去哪裡了？」

「他被我罵得羞愧不已，還知道臉紅呢！自己帶著人上山去了，說去給她折幾枝好桃花！」七娘瞪了四娘一眼：「她還依依不捨不肯跟我回房呢，我和她講了半天道理，她還一個勁地裝委屈。對了，後來從落英潭回來的許多人應該也都看見了，都錯以為是我罵了她呢！」

蘇家的女使和落英潭的內侍、女史也都被傳喚進來，都說返回靜華寺的山路上見到過程之才，正在桃林裡跳著腳指揮一個書僮爬樹折桃花枝，也在方寸院門口確實看到了七娘和四娘似有不快。隨後山頂就有火起，眾人都忙著稟報各處和救火去了。

四娘垂下頭，掩面拭淚不語。

第一百六十二章

趙栩請程氏和耶律奧野到廊下，低聲商量了片刻。程氏頻頻拭淚點頭，又向耶律奧野行禮道謝。四娘被兩位內侍帶去耶律奧野所在的寮房安置，她淚眼漣漣地看向程氏。

趙栩又向當時在場的杜氏等人細細詢問了一番，最後才看向九娘。

九娘福了一福：「阿妧有幾句話，想私下和兩位殿下說，還要些筆墨紙硯。」一旁輪椅上的趙瑜一怔。

趙栩眸色一暗，不只是陳太初無法釋懷，若阿妧知道了蘇昕是因為桃花林偷窺他們，才起念找陳太初說話，導致意外被害，恐怕更難釋懷。倘若她知道自己任由蘇昕偷窺，恐怕此生都不會原諒他了。他看向趙瑜，趙瑜點了點頭。

趙瑜和趙栩看著九娘在紙上畫出的圖案，面色越來越凝重。

「你在哪裡見過此物？」趙瑜問道。

「我只是疑心殺害阿昕的兇手，不只是程之才。程之才他是個紈褲子弟，向來懼怕阿昕。如果阮玉郎有意而為，就應該是為了搶走她身上的這塊鳳鳥玉璜。」九娘哽咽道：「阿昕的女使說，這是蘇相的先夫人之物，據傳是青神王氏的祥瑞寶物，是蘇昉送給阿昕的。」

趙瑜仔細端詳了一會，心中已有數，對趙栩點了點頭：「九娘你只聽描述就能畫成這樣，已屬難得，如果尺寸圖案屬實，這飛鳳玉璜，不可能是青神王氏之物，這是我趙家宗室祖傳之物。我記得官家有一塊雲龍玉璜，網底也是這樣的蒲紋，尺寸也差不多。」他抬起頭：「我聽官家說起過這對玉璜，歷代新皇登基後，官家持雲龍，聖人持飛鳳，合二為一才能去龍圖閣打開太祖密旨。」

趙栩心中一緊，看著渾身不停顫抖的九娘，心知這圖應是榮國夫人的在天之靈教她描畫的，恐怕她此刻心裡萬分難受，很想拍拍她安慰一番，卻只能按捺住自己。

趙瑜伸手拍了拍渾身顫抖不停的九娘，歎道：「你莫怕。看來陰差陽錯，昭華是受這飛鳳玉璜所累。成宗登基時，不知道為何這塊只傳給皇后的玉璜就從曹太后宮中不翼而飛，娘娘當年就沒有傳承到此物。後來官家登基，聖人自然也沒拿到這個。如今龍圖閣的太祖密旨已經兩朝未開啟過，難道天下臣民就不認皇帝皇后了？官家去年同我說起這個玉璜時，雖有遺憾，卻也不覺得有什麼要緊的。」

趙栩伸手將那紙放在燭火上燃了，叮囑九娘：「此事可大可小，不能再牽連更多的人了，你記得別和人提起，也別和蘇家說起。」

趙瑜敲了敲輪椅的扶手：「六郎，你先回去。明早我帶著兩家女眷下山，送昭華縣君回蘇府。」

九娘心中一沉。蘇瞻對蘇家人最是維護，當年為了姊姊三娘，蘇家全族和他母族程家斷絕來往。後來他心悅的五娘逝於青春韶華，五娘的丈夫很快就因身為朝廷命官尋花問柳私德有虧被彈劾。若是太初被他遷怒，蘇瞻恐怕會處處為難陳青，雖然陳青已退出樞密院，在軍中卻威名仍在，那便會造成文武不和。恐怕這也是阮玉郎求之不得的後果。趙栩細細一衡量，咬牙道：「有勞三叔了！我先去會合太初，免得冤殺了程之才，蘇家反會更怪罪太初。」

半山腰幾十枝火把依次蜿蜒而下，趙栩一馬當先，在這崎嶇山路上疾馳而下。嚇得身後的眾隨從們一身冷汗，卻連一聲殿下小心都不敢喊。

而這時汴京城的暮春之夜，已帶著初夏的一絲鬧騰。還有十多天就是端午節，各大酒家門口都擺出了雄黃酒、蒲酒、朱砂酒。

正襟危坐的趙棣微微抬眼看了看，對面那人正一手掀開帷帽，另一手掀開了車簾，含笑看著御街兩邊的市井商家熱鬧人群，似天上仙子墜入塵世後，看什麼都帶著些新鮮，還有些了然於胸，帶著些慈悲。

郭真人也是這個樣子嗎？趙棣心一跳。今夜之事他也是被逼無奈，蕊珠再三交待他絕不能對娘娘透露半個字。這樣的郭真人，當年必然讓娘娘心塞得厲害吧。一想到萬一被娘娘知道了自己所做所為，趙棣不自在地挪了挪位子，坐得離對面那人更遠了一些。

經過金水門時，不遠處瑤華宮和興德院的屋簷清晰可見。

「我那娘親，就是在這裡住了二十多年呵。」聲音寂寥，無喜無悲。

趙棣歎了口氣：「郭真人一心侍奉道君，心誠則靈。五郎才能順利接回三叔。今夜以後，姑母和爹爹、三叔兄弟姊妹間也能好生團聚了。」

禁中宮門早已落鎖，在後苑東面拱宸門負責宿衛的皇城司親從官們心中嘀咕，吳王府的車駕好好地跑來這等偏僻地方作甚。

福寧殿的都知孫安春自官家登基以來就貼身服侍官家，雖已年過半百，官家卻不允他告老。此時他手持麈尾，默默看著吳王府的車駕停了下來，眼皮跳個不停。皇城司的都知劉繼恩帶著十多位親從官不聲不響站在孫安春身後。

吳王身邊的四個隨從按例到拱宸門邊校驗腰牌，又將吳王的腰牌置於託盤中交給親從官查驗，再掀開車簾。

「殿下萬安，車內這位娘子？」

趙棣探頭笑道：「要有勞兩位都知了。」

孫安春一擺麈尾，躬身問安後笑道：「殿下請恕小的得罪了。」他踩著杌凳上了車。

阮玉郎十指纖纖，側身取下帷帽，盈盈秋水，看向孫安春。

孫安春打了個寒顫，只看了一眼就低下頭：「娘子還請給小的看一看那物事。」

阮玉郎從袖中取出玉璜，輕輕擱於案几之上。

孫安春看了一眼，頭垂得更低了：「多謝娘子。」他躬身退出車去，對劉繼恩點了點頭：「小的確認無誤，劉都知請。」

趙棣帶著阮玉郎下了車。一剎那，拱宸門前諸人都有些喘不過氣來，那些守衛之人不由自主放輕了呼吸，唯恐驚到天上人。

劉繼恩瞳孔一收縮，抬了抬手，身後兩位親從官疾步上前，對兩人行了禮：「娘子，小人得罪了。」一開口，卻是兩個男裝打扮的女親從官。

那兩人寬袖輕拂，自阮玉郎肩頸一路向下到曳地的裙邊，確認未帶兵器，交換了一個眼神，點了點頭，退了開來。

阮玉郎心中也舒出一口氣。小五他們想得簡單，若是皇帝這麼容易刺殺，那大趙早已不知換了多少皇帝了。自太宗繼位以來，皇宮最重宿衛，殿前司和皇城司各占其位。雖然殿前司的諸班直、寬衣天武官❶負責了皇宮的重重守衛。但皇城司才是官家心腹親信，自武宗以來，皇城司最多時有近萬人，遍布皇宮內外。更不說貼身守衛在官家身邊的那些武藝高絕的帶御器械了。

他對著吳王輕輕頷首，露出一絲神秘的微笑。倘若不是身邊最親近的人，官家又怎麼可能不防備？

劉繼恩舉起手，拱宸門值夜的十多個親從官慢慢推開宮門。

趙棣和阮玉郎緩步入內。宮中專用的檐子早已備好。從此地開始，歷經殿前司的寬衣天武官和三大班直的查驗後，才能安然進入官家和聖人居住的大內。

---

❶寬衣天武官：北宋皇宮宿衛禁軍之一，平時主要負責把守殿門的任務，出行時則作為儀仗隊伍的前導，其軍士具有年紀偏大、選拔時重視身材外表、軍服寬大等特點。

城西的齊國公府後宅，魏氏朝右側躺在床上，看著紙帳上生動的蝶戀花，想起腹中胎兒，忍不住彎起嘴角。坐在腳踏上在繡小肚兜的兩個侍女笑道：「娘子真是奇怪，動不動就笑得這麼古怪，一定是肚子裡的小娘子同你說話了吧？」

魏氏輕輕拍了拍小腹：「才兩個多月，哪裡就會同我說話？記得太初最早踢我，應該是四個半月的時候。元初最懶，五個月才動了動。」

「娘子——娘子！宮裡來了天使，說太后傳召娘子即刻入宮！」二門的管事婦人匆匆在廊下呼喚。

魏氏翻身而起，心裡突突跳了起來。漢臣明明就在宮裡陪官家下棋，太后這是什麼用意。

皇城司的幾十個親從官跟著慈寧殿的副都知正在大廳中和陳家的部曲護衛對峙著。

「齊國公府是要抗旨不從嗎？」副都知冷笑起來。

「不敢，民婦甚是不解，此時宮中應已落鎖，不知娘娘宣召民婦有何事？」不卑不亢的溫和女聲從屏風後傳了出來。

「娘娘的用意，誰敢妄自揣測？懿旨在此，還請魏娘子速速接旨。」副都知揚起手中懿旨，特意將蓋了金印的地方朝屏風晃蕩了幾下。

不料屏風後的女子依然篤悠悠一點要出來接旨的意思都沒有。

「這位閣長，要知道這是齊國公府，大趙一等國公府，莫說是娘娘的懿旨，就算是官家的聖旨，若沒有兩府的印章，臣下也可不尊。不如您先去兩府八位找找蘇相？」魏氏不緊不慢地道：「哦，對了，蘇相今日和外子都在福寧殿陪官家，閣長見到蘇相，不如替民婦給外子陳漢臣帶個話，民婦有孕在身，行動不便，讓他向官家求個恩典，留民婦在家養胎吧。」

副都知深深倒吸了口涼氣，他在慈寧殿供職十多年，就是坤寧殿的尚宮們見到他也要尊稱一聲閣長，這個連外命婦誥命都沒有的魏氏，竟敢仗著陳青這個已無實職的國公藐視娘娘，拒接懿旨，真是敬酒不吃吃罰酒啊。

「呵呵，既然魏娘子不肯接旨，就請恕小人無禮了！來人，替娘娘請這個無禮村婦去慈寧殿走一趟！」他冷笑道。

廳中一片混亂，幾十個親從官被陳家部曲打退到院子裡時才明白過來，陳家的奴僕竟然敢對皇城司動手！

「反了反了！」副都知不知道遭了誰的黑腿，摔倒在院子裡，膝蓋跪在地上生疼。手中的懿旨也摔了出去。

「好了，來者是客，別欺負得太狠。」

他抬頭一看，一個身形嬌小穿了家常素褙子的女子站在大廳中，微笑道。她一開口，陳家的部曲們就停了手，退到了廊下廳中，將她團團護住，目光如狼似虎盯著院子裡狼狽不堪的一群人。

「陳夫人好大的威風。高某佩服！」門口傳來一陣掌聲。一個身穿緋色官袍的男子走了進來，身後湧入近百侍衛親軍步軍司的禁軍。

魏氏心一沉，轉頭對自己的兩個侍女吩咐了幾句，等她們飛快往後院奔去，才讓陳家眾部曲退後，慢慢走出大廳。

「這位威風得厲害，帶著禁軍擅自闖入國公府的是？」

「在下高紀會，是太后娘娘的侄子。蒙君恩現任觀察使，娘娘想起陳家軍威名赫赫，恐閣長請不動夫人，特意讓不才來接夫人入宮一敘。」高紀會彬彬有禮，風度翩翩，三縷長鬚無風自動，做了個請的手勢。

副都知大喜，一骨碌爬了起來，上前行禮：「高觀察來了就好，魏氏無視法紀，將娘娘懿旨擲於地上！」

高紀會攙扶了他一把：「副都知糊塗了，明明是你自己不小心摔出去的，怎可賴在陳夫人身上？放心，我不會說的。」他笑道，將眼前的副都知輕輕推開，看向廊下那個秀麗的中年婦人。

第一百六十三章

魏氏看著笑得很誠懇的高紀會，心中一動：「聽說高觀察還有一位哥哥，不知去哪家請人了？」

高紀會眼中露出一絲驚奇，拱手道：「陳夫人聞弦歌知雅意，家兄往翰林巷請梁老夫人去了。」他看了看周圍，笑道：「不過家兄運氣一貫比我好，估計還有杯熱茶喝。」

魏氏笑道：「高觀察請上座，看茶。且容民婦去廚下看一看和的麵可發好了，外子回來習慣要吃上一碗麵，即刻就回。」

高紀會略一沉吟，諒她也拖不了多久，想到侍衛親軍步軍司已將齊國公府裡裡外外團團圍住，便笑著進了正廳，安然落座：「謝陳夫人款待，高某就在此等著夫人。一刻鐘可夠？」

魏氏一進廚下，就讓僕婦們生火，她看著窗外廊下院子裡全是軍士，在案臺前揉了揉麵，蹲到灶前伸手掀起褙子，從中衣上撕下一片來，取了一根細柴，寫了幾個字，塞在僕婦手裡，輕聲交待：「待外頭那些人都走了，你拿著這個去慈幼局找章叔寶，讓他立刻去南薰門外頭守著，這幾天定要等到二郎和燕王，千萬別讓他們進城。」她咬了咬牙：「要是聽說了家裡出事，就讓他們兄弟倆去秦州找大郎！」

「娘子！」僕婦捂住嘴。

魏氏緊緊握了她一把，起身到案臺邊將那麵團揉到手光盆光麵光，才停下手將一塊細紗布蓋在麵團上。想了想，又將案上幾塊厚巾帕疊好，蹲下來塞入腹間放好，似乎給孩子加了些保護才稍微安心了一些。

她雖然不知道到底會發生什麼事，也不知道還回不回得來，但生死，只要和丈夫在一起，她不怕。魏氏摸了摸自己的小腹：「五娘莫怕，爹娘總歸和你在一起。」

高紀會一盞茶還沒喝完，見魏氏坦然無懼地回到他面前：「高觀察，請！」不由得對她更加刮目相看，起身回禮：「陳夫人請。」

齊國公府外的街巷上擠滿了鄰里百姓，看著國公府門口站滿身穿甲冑的刀槍耀眼軍士，個個臉上都有憤慨不滿之色，紛紛交頭接耳。

陳家忽然敞開了四扇黑漆大門，眾百姓看著魏氏小腹微微凸起，一手扶著侍女的手，正緩緩跨出門檻。身邊一個中年官員正不滿地瞪著魏娘子，似乎嫌她走得慢。

「深更半夜，齊國公和陳將軍都不在！你們要抓魏娘子去哪裡？」一個少年最是崇拜陳青和陳元初，忍不住躲在人群裡喊出了聲。鄰里頓時跟著喊了起來。

「光天化日，連孕婦都敢脅迫！你們是哪個衙門的!?可有皇命？」一個在私塾做先生的老者也顫聲喝問道：「魏娘子，我們幫你去開封府擊鼓！」

街巷裡的百姓看著魏娘子淚光盈盈，護著小腹，又見高紀會一臉尷尬不聲不響，群情更是激憤，忍不住往周邊的軍士身邊擠去。一聲聲陳太尉魏娘子，響徹夜空。高紀會的背上冷汗一片。陳青厲害，他妻子一介村婦竟然也如此厲害。

慈寧殿副都知揚起手中懿旨，剛要出口大罵無知百姓，被高紀會一手攔了下來。

「諸位百姓請別誤會，請稍安勿躁！高某奉命護送魏娘子入宮赴宴而已，晚些時候娘子自會同齊國公一起回府的。」高紀會大聲解釋道，努力笑得更自然些。

外頭百姓們將信將疑。

魏娘子朝鄰里百姓團團行了一禮，才登上車駕。高紀會趕緊上馬，讓眾軍士開道，往皇宮而去。

「陳家一門英雄，忠心報國！竟落到這般地步，連婦孺都不放過！」

「飛鳥盡良弓藏，他日我大趙危矣！」

「肯定有那奸臣惡人搗鬼，要是連太尉家都不放過，我們就聯名上萬民書！」

高紀會實在不想聽，沿路七嘴八舌的議論還是傳進了耳中。他心中暗暗歎了口氣，姑母這樣的安排，不知道究竟有何深意，只盼別動搖民心。

不多時，齊國公府的角門，一個僕婦匆匆出來，往城東趕去。

南薰門早已落鎖，守城的軍士遠遠見幾騎遠遠疾馳而來，都握緊了手中兵器。再近了，才都鬆了口氣：「陳將軍！陳將軍！」

「人命關天！還請為陳某通融放行！」

陳太初風塵僕僕，舉起手中腰牌，仰頭對著城牆上的軍士喊道。

南薰門的吊橋緩緩放下，不多時又緩緩吊起。

高紀會的哥哥高知會，的確正在廣知堂和孟存喝茶，客客氣氣地說著閒話。宣旨的副都知進去後院兩刻鐘了，還沒有出來。兩邊的僕人侍女，恭恭敬敬，毫不失禮。

又等了一刻鐘，那副都知笑著出來躬身稟報：「高觀察，老夫人已經出了二門。咱們？」

高知會笑著起身：「二郎，高某告辭！」

孟存笑著將高知會送出大門，見角門處，按品大妝的梁老夫人扶著貞娘正慢騰騰地登上牛車。

高知會上前見了禮：「敢問老夫人，還有一位五品縣君范氏呢？」

梁老夫人掀開車簾，笑道：「多謝娘娘體恤，可那孩子本來就要臨盆了，一聽娘娘宣召，何等榮耀，高興得太厲害，竟然破了水，正躺在房裡等穩婆和大夫呢！」她見高知會面色有異，就收了笑，淡淡地問高知會：「高觀察，若是要我家孫媳婦被抬著一路嚎哭進宮，我孟家倒是捨得，只怕被沿路百姓傳開來，一旦被御史臺知道了，於娘娘英名有礙。您看，是抬還是不抬？」

高知會一凜，看著翰林巷過往的不少百姓都停下腳看著孟府門口的軍士，個個面露詫異之色，議論紛紛，立刻一拱手：「老夫人說笑了，自然是生孩子重要。請！」

孟存丈二和尚摸不著頭腦，看著母親和高知會車馬遠去，看到那一列列長槍森森的軍士，他忽覺不妙，趕緊往回走，一顆心七上八下起來。

翠微堂裡眾僕婦正被五六個一等女使指揮著在打包細軟，孟存嚇了一跳：「你們——你們這是幹什麼！」

老夫人身邊的一個女使將鑰匙收起來，上前福了一福，遞上一封信，含淚道：「老夫人吩咐家裡人都隨范娘子先去范家過一夜，若老夫人和大郎君、二郎明日早上還不回來，就去江南找大郎和四郎、五郎他們。給靜華寺的夫人們和小娘子們送信的人應該剛出門。長房、二房和木樨院也有人去傳話了。」

孟存大驚失色，趕緊拆開梁老夫人留的信，卻只有短短幾個字。

「恐生驚變，速去江南，勿念。」

孟存心頭大亂，正要再問，外頭孟建慌慌張張地跑了進來：「這——二哥！這是出什麼事了？阿程不在家，可怎麼辦呢？」

孟存心煩意亂地瞪著他。廢話！你娘子不在家，我娘子也不在家！大哥兩口子還都不在家呢！

「怎麼辦？按娘說的辦！」孟存定了定神，讓人速速將外院各管事召集起來。

沿著拱宸門往南，長長甬道的東邊，是皇宮東北角歷朝皇子居住的「東宮六位」，一度曾被大火焚燒殆盡，重建後依然是宮中七歲以上未出宮開府的皇子居所。阮玉郎側頭，看著那宮牆，若有所思，按照王方所繪製的大內皇宮圖，當年爹爹和自己幼時所住的皇太子宮應該不遠了，如今大概是要等著新主人呢。他禁不住微笑起來。

過了官家閱事的崇政殿，檐子緩緩轉向西邊，往東曜慶門而去。所見巡邏軍士也從左右廂寬衣天武官換成了殿前司御龍骨朵子直的精兵。

檐子停在東曜慶門，皇城司另有一批親從官上來查驗腰牌，核對吳王身邊隨從的畫像，另有兩位男裝的女官，上來查過阮玉郎身上有無兵器，和孫安春、劉繼恩低聲說了幾句，這才放眾人入內。

福寧殿大殿前的廣場上，百多位殿前司御龍直的精兵，分隊按班巡邏著。

福寧殿西後側的偏殿柔儀殿裡，趙璟在殿內焦躁地走來走去，時不時轉到長案前看一眼那幅畫。

「官家，吳王殿下帶著那位娘子到了。」孫安春躬身稟報著。

趙璟停了一停，看著案上畫像，那人一雙慈悲目，似什麼都知道，什麼都包容，什麼都可以，凝望著他，她頸中墜著的飛鳳玉璜灼得他焦躁不安，半晌才吐出一字：「宣」。

大殿上，趙璟垂目看著面前跪下的一個身影，幾疑時光倒流，又疑心是在做夢，一顆心怦怦跳得極快，轉眼看見五郎也在旁，才開口道：「平身，賜座。」

那枚玉質近乎透明的鳳鳥玉璜，靜靜放在了趙璟的面前。旁邊另一枚雲龍玉璜默默相對。趙璟伸手將兩枚玉璜貼攏在一起，堪堪合成了一個圓，鳳鳥尖喙正在龍口之下，器表地紋都是蒲紋，周圍的凹弦紋邊欄完全一致。

「此物從何而來？」趙璟輕輕撫摸著那鳳鳥碩大翻捲的長尾，按捺下喊她抬頭的念頭。哪裡需要呢？這樣的風姿，這樣的神韻，連他都會錯認成是她本人。他甚至不敢再看到那張面容。

「自民女記事起，此物便貼身掛在民女頸上。」

連聲音都像！趙璟胸口一陣鈍痛，她說話也是這樣似糖絲一般牽連著，低低柔柔，語盡意未盡。

「你的身世，除了這畫像和玉璜，可還有其他憑據？」趙璟合了合眼又睜了開來。

孫安春接過阮玉郎手中的卷宗，呈上御案，緩緩展了開來。

趙璟一低頭，掀開一頁，霍然變色。

遍地銷金龍的五色羅紙，雖然沒有裝裱起來，依舊鮮豔奪目，這是大趙用來冊封大長公主、長公主、公主的誥命羅紙。

上面字跡龍飛鳳舞，透露出濃濃喜意。左下角有先帝成宗御押，蓋有玉璽，卻無宗正寺印和兩府印。生辰八字俱全。

「乙巳，丁亥，辛亥，庚子……」趙璟喃喃念道，猛然抬起頭來。她當年入宮前才生產了不久？雖然看生辰比三弟大三歲，實際上不過只大了一年半而已！

「周國公主趙毓……」趙璟手指輕撫著羅紙，趙毓，子平一母同胞的阿姊，他同父異母的妹妹。她逝去前口口聲聲喊的阿瑜，不只是三弟，還有這個阿毓？所以她不肯瞑目不能安心地離去？

「阿毓，你又為何會流落在外這許多年？」趙璟聲音有些嘶啞。

第一百六十四章

慈寧殿後殿裡，燈火通明，檀香味濃郁。

榻上高太后正合眼假寐，聽完兩位尚宮的稟報，低哼了一聲，扶著張尚宮的手坐了起來：「最後那句，你再報一遍。」

張尚宮垂首稟報：「劉都知方才派人來報，吳王殿下進獻的民女長相極似郭氏。」

高太后緊緊合上眼，扶著張尚宮的手卻緊緊掐得她生疼，半晌才問：「陳漢臣和孟伯易還在垂拱殿後殿？殿前司今夜還是那些人當值？」

張尚宮低聲應是，又道：「吳王帶著那女子已去見官家了。劉繼恩一直看著呢。定王殿下今夜歇在大宗正司。靜華寺的王堅尚無消息回來。」

高太后拿起案几上的數珠繞在手腕上，緩緩伸出自己保養得當的手掌，翻來覆去看了看：「既然官家已經定了他做皇太子，六郎只要等上十幾天就如願以償了。照理他不會行那大逆不道之事。今日特地請他的舅舅、表舅來宮裡，無非是怕五郎趁他不在生事。或者，他其實是防著老身？」

她冷笑了兩聲，又歎了口氣：「說起五郎，唉，多虧了劉繼恩還是個忠心耿耿的，也不枉當年指他做了官家的侍讀。我都這把年紀了，倒是想不管，可是你們看看，如今亂成什麼樣子？一個個都失了分寸，沒了章法。只想著走歪門邪道！好好的龍子龍孫，都被那不知來歷的鄉野村婦給誘騙壞了，糊塗！」她涵養再好，也禁不住拔高了聲音，可見已怒到了極致。

張尚宮和朱尚宮垂目齊聲道：「娘娘英明。」

張尚宮低聲請示：「那永嘉郡夫人——？」

「哼，總算錢妃長了個心眼，還算辨得清忠奸。」高太后從案几上拿起懿旨：「將這個去用印吧。若是有事，張氏賤命死不足惜。」

張尚宮接過賜死永嘉郡夫人的懿旨，退了下去。出了後殿，才覺得手中沉甸甸的。自她十四歲進慈寧殿當值，至今已有三十年，深知這宮裡稍有風吹草動，絕不可能瞞得過娘娘，不過是娘娘懶得理會罷了。這位永嘉郡夫人目光短淺，婦人之見，卻膽大包天，慫恿吳王進獻民女討好官家倒罷了，竟敢找來一個極其肖似郭氏的人，看來還是對皇太子一位不死心呢。只是還不知道她的消息從何而來，賜死前少不得要刑訊逼供一番。倒是可惜了，恐怕她自己還不知道觸犯了娘娘的逆鱗。

後殿裡，高太后站起身，走到一旁長案前。朱尚宮趕緊將長長的皇宮輿圖平攤開。

「這幾日事態古怪，六郎出宮，陳、孟二人入宮，定王也留宿宮中。五郎又瞎了眼做出這種混帳事來。雖說看似都對官家無害，卻不知道究竟什麼妖孽要作怪。老身不能不防。」高太后又看了看這幾天一直在琢磨的輿圖，長歎道：「以往其實也有些蛛絲馬跡，我一個疏忽大意，就血流成河。唉，只怕阿梁今夜不免要怨上我了。」

朱尚宮道：「娘娘未雨綢繆，為的是官家的安危。若是梁老夫人來了，她自然只會盡力效忠娘娘，又怎會不體貼娘娘的用心呢？」

前殿的女官在門外稟報道：「啟稟娘娘，梁老夫人、齊國公陳青之妻魏氏在殿外等候宣召。兩位高觀察，也等著交旨。」

「宣。」高太后從袖中取出一塊飛鳳玉佩，輕輕撫摸了一下，交給朱尚宮：「當年要交給五娘，五娘堅辭不受，今日倒要派用處了。讓知會和紀會拿這個去兩府，將諸位相公都請到垂拱殿後殿。另外派人通知陳漢臣和孟伯易一聲。」

朱尚宮小心翼翼地接了過去，知道這塊飛鳳玉佩，還是當年成宗登基時，因不見了那塊飛鳳玉璜，宗室和兩府商議後，定下以這個玉佩代替玉璜的，可急召兩府相公入宮。

慈寧殿大殿內，按品大妝的梁老夫人鎮靜自若。站在她下首的魏氏身穿常服，小腹微凸，秀麗的面容上帶著一絲微笑。

「唉，都是老身的不是，這麼晚還興師動眾，讓你們來陪我說說話。」高太后落了座歎道：「免禮，坐吧。」

「漢臣夫妻倆伉儷情深，真是令人羨慕，魏氏你竟然又有了身孕，老身猜你們夫妻倆這回該盼著生個女兒吧？」高太后笑道。

「稟娘娘，妾身的確盼著生個女兒。」魏氏聲音柔柔。

「唉，當年老身懷著二郎的時候就盼著能生個貼心的女兒，結果一連生了三個兒子。盼著你和漢臣能如願得女。」高太后唏噓不已。

「多謝娘娘。」魏氏略欠了欠身。

「孟二的那個八字極旺的媳婦怎麼沒來?可是要生了?」高太后笑著問梁老夫人:「阿梁,我可不服氣你選孫媳婦的眼光,改天要好好跟你比一比,到底誰選的孫媳婦更好。」

梁老夫人笑道:「娘娘未卜先知,請娘娘恕罪!那孩子一聽要進宮,高興之極,竟然破了水。這八字什麼的,莫非什麼說書人又來宮裡了,娘娘哪裡聽來的市井傳言?臣妾那孫媳婦不過是頭胎湊巧得了個大胖小子,什麼旺不旺的。家裡的孩子,都是靠陛下賞識才能為朝廷效力,和我們這些後宅婦道人家有什麼干係。說起來這孫媳婦,還是二郎自己在元宵節燈會上選中的,阿梁可不敢自吹自擂。」

高太后舒了口氣:「還是阿梁你省心,老身也知道兒孫自有兒孫福。奈何——唉!」

梁老夫人躬身道:「娘娘看的,不只是兒孫,更是大趙社稷江山,不免操心費神。娘娘還請保重玉體才是。孟家自當為官家盡忠,替娘娘分憂。」

高太后滿意地點了點頭,身邊女官擊掌三下。宮女們進進出出開始設案,慈寧殿裡熱鬧起來。

柔儀殿內阮玉郎匍匐在地,聲音柔和,哀而不傷,幽幽地響起。

「回稟陛下。民女的娘親郭氏玉真雖蒙先帝另眼相看,卻因出身卑微不堪,被安排在別院居住,生下民女不久,尚未及被接入皇宮,在別院遭遇一群來歷不明的刺客。娘親便將襁褓中的民女和這玉璜、羅紙一同託付給了她貼身女使王氏。王氏一路帶著民女逃命,幸虧護衛英勇,才一路逃去了四川她兄長家中。」聲音頓了頓：「不想她亦重傷不治，臨終前將民女託付給了她兄長王方。王方夫妻遂暗中收養了民女，藏於青神王氏。」

「你——！你在青神王氏長大!?那你可認得青神嫡系的王九娘？蘇瞻？」趙璟聲音顫抖起來。王方這個名字也似乎哪裡聽到過。

一旁的趙棣也大吃一驚，又大喜過望。有這層關係在，不怕蘇相不支持自己了。

劉繼恩目光閃動，看著地上匍匐著的女子。孫安春眼皮也不抬，如常垂首靜立。

「九娘乃王方夫妻之女，民女怎會不認得？只因民女身份特殊，民女認得九娘，九娘卻不認得民女。她嫁給汴京蘇郎，民女也略有知曉，也見到過蘇相幾次。」阮玉郎語帶欣慰，這幾句話，可一句都不假。

「那青神王氏為何一直不送你回京!?他們膽敢私藏皇家血脈和宗室寶物！」趙璟大怒。

阮玉郎嗚咽道：「陛下有所不知，當年青神王氏費盡心機才將民女之事傳入宮中給娘親知曉，卻因驚天密事，不得不傳信給王方，讓他繼續藏起民女。個中原委，還請陛下翻開案上的卷宗就知。民女和娘親罪該萬死！」他聲音越發低了下去，緩緩起身，直起了背脊，兩滴淚慢慢滲出眼眶，淡粉色的唇角露出一抹無奈的苦笑。

殿內一片寂靜。趙棣看了阮玉郎一眼，立刻低頭看著自己的朝靴。

阮玉郎這才緩緩抬起了頭，看向御座之上的溫文俊秀的大趙皇帝，長於高氏之手，登基十年才親政的皇帝，依託兩府毫無決斷的皇帝，看似懦弱卻膽敢無視倫理覬覦庶母的皇帝。

趙璟，那個位子，你也配坐？也不對，這個趙家的江山，趙氏宗室，都早該灰飛煙滅。

「民女和娘親雖罪該萬死，民女卻還有要事稟報陛下，不敢自絕於人世。陛下請看那羅紙的後一頁就知民女苦衷了。」

趙璟終於見到了那容顏，禁不住喉嚨裡發出了咯咯的聲音，他已做好了準備，卻依然全身激起了雞皮疙瘩，控制不住地發起抖來。這分明是玉真活了過來！

兩側垂落的層層帳幔後，幾位帶御器械的黑色薄靴微微挪動了一下。

趙璟好不容易挪回目光，翻開那張誥命羅紙，視線所及之處，整個人如墮冰窖。

「除了阿毓，其他人通通退下！」

官家的聲音驟然尖利起來。趙棣嚇了一跳，看向身邊人，阮玉郎又已緩緩跪拜下去，背上纖細的蝴蝶骨微微起伏著。

殿門開了又關，發出沉重的聲音。不出阮玉郎所料，帳幔後的那幾雙薄靴更靠近了官家。

第一百六十五章

趙環渾身血液倒流，一陣頭暈。再看一遍，只覺得自己一時落在烈火裡，一時又墮入冰水裡。一張成宗廢后的制書，蓋著他如今在用的玉璽大印。一張成宗手筆，那潦草的字跡，他絕不會認錯，確實是先帝的。

怪不得阿毓她被留在了宮外，怪不得娘娘始終防備著玉真和三弟，還要置他們於死地，怪不得先帝駕崩時宮內大亂，死了那麼多的人。怪不得那麼多年裡，玉真那樣看著他。

她在可憐自己這個皇帝！她不反抗自己，她不反抗娘娘，是為了保命，為了保住三弟的命而已，她和阿毓就算知情不報，又怎麼會罪該萬死！如今他就算知道了，明白了，又能如何？娘娘會做出這麼可怕的事，完全是為了他！為了保住他的太子之位、皇帝之位，甚至為了保住他的性命。

趙環看向跪伏在地上的阮玉郎，心亂如麻。

「民女尚有一事關燕王殿下，要稟告陛下，兩事畢後，還請陛下開恩，容民女去瑤華宮祭奠亡母一番，此生再無他求。」阮玉郎輕聲細語。

趙環合上眼，想下去攙起她，終還是握緊了拳：「好，你說。」

不多時，柔儀殿的殿門緩緩打開。

趙棣、劉繼恩和孫安春趕緊到門口垂首待命。

「五郎，送你姑母去瑤華宮辦點事。」官家的聲音很異樣，停了一停：「這些日子，你姑母就還暫住在你府裡，待兩府和宗正寺議定後再做安排。」

趙棣大喜，聽爹爹的口氣，這位姑母貨真價實，是錯不了的。那另一件事就也差不離了。他伸出略顫抖的手，輕輕扶住阮玉郎：「姑母，請。」

兩人往外走去，身後傳來官家有些嘶啞，抑制不住一絲顫抖的聲音：「孫安春，去宣陳德妃來。還有，派人去宣蘇瞻來。」

孫安春低聲應了：「兩府的相公們，不知何故，剛剛奉了娘娘的急召，都在垂拱殿後殿等著呢，蘇相和齊國公他們在一起。」

阮玉郎攏了攏有點鬆動的鬢角髮絲，轉向趙棣柔聲道：「有勞殿下了。」時辰差不多了，她也該走了。

瑤華宮遠在禁中之外，自金水門往西，吳王府的牛車走了兩刻鐘才到。福寧殿的小黃門帶著人開了老舊的木門，推開來，發出吱吱呀呀的聲音，上頭落下一蓬灰，兩扇門間的蛛絲在火把下閃著光，幾隻蜘蛛匆匆順著門板爬向角落。

禁中的冷宮關押嬪妃，好歹有人送飯，有人清掃。瑤華宮名字雖好聽，歷朝歷代都是比冷宮還淒慘的地方，不過是一個兩進的小院子裡，七八間瓦房，一牆之隔，北面是金水門，西面是東京的內城街道，入夜已久，還能聽見偶爾有牛車經過的聲音。這裡卻住過兩位廢后，一位太妃。所謂的侍奉道君靜心修道，不過是扔在此地自生自滅而已。

阮玉郎穿過廢棄了好些年的院子，進了正廳，迎面長案上供著的是元始天尊和太上老君，東牆長案上卻供著觀音像。阮玉郎停下腳看了看那慈航道人，不知為何覺得有些好笑，又有些難受。

進了瑤華宮最後一排的上房，小黃門將兩盞燈籠放在積滿均勻一層細灰的方桌上，找了半天，也沒見到蠟燭或油燈，便躬身向趙棣請罪。

「無妨，殿下，請容妾身在此地一個人略盡哀思。」阮玉郎柔聲道。

趙棣求之不得，屋裡一股子發了黴的味道，似乎還有種難言的死人味，進來這裡的，就沒有活著出去的，很不吉利。

一出屋子，趙棣舒了口氣，揮手讓大內禁軍和皇城司的親從官們退到外頭院子裡等著，留了兩個小黃門等姑母傳喚。

阮玉郎細細打量這間上房，青色發暗的帳幔一重重低垂著，他幾步就走到了北牆邊的藤床前，腳踏太過老舊，被他一踩，發出了咯吱的聲音。他低頭吹了一口氣，床上的細灰輕輕揚散在空氣中，塵土味撲鼻而來。

他恨了這許多年的她，他的娘親，就是在這張床上死去的。

她早就可以死了，為何不肯死？他也早就可以死了，為何不願死？為了爹爹嗎？還是為了自己？

阮玉郎在床沿坐下，輕輕撫摸著空無一物的藤床。她死之前，還是想法子見了趙環的，在趙環心裡頭扎下一根刺，這根刺，是為了趙瑜，和他沒有半點干係。她跟了那殺夫仇人生了趙毓，又生了趙瑜。她對那人會不會也有幾分真心？

他再不情願，也抹不去她生了他這件事。他吃不准自己的恨，自己的毒，究竟是他的身世和遭遇造成的，還是她傳給他的。他去過青神，從王方那裡拿到那半卷舊案，祭拜過趙毓的小小墳墓後，原本可以少恨她一些，為什麼卻做不到呢？

倘若她被搶去時，就和這世間那些死心眼又蠢鈍的女子一樣，為了貞節自盡身亡，他會不會就不恨她了？可他卻實在看不起這類女子。

他厭惡她，痛恨她，是因為恥辱，還是因為她後來都在為了趙瑜打算？或者因為她只有美色可用，害得他也只能利用她的美色？他也說不清楚，可是這一刻，在這裡，他一點也不恨她了，甚至，有些後悔讓小七、小九去殺趙瑜。

她征服了一些男人，最終還是敗在男人手中。她想靠女色謀回屬於爹爹的江山，廢后廢太子制書已出，卻被兩府阻止。如今他偽造了一份制書送給趙瑜，也算對得起她了。她毒死那畜生，再嫁禍給高氏，宮變有理，卻敗在了孟家那些白眼狼手上。他和姑姑便折騰得孟家雞犬不寧。她以逸待勞，離間高氏母子，勾引趙璟，趙璟卻完全和他爹不同，只是個懦夫而已。他就讓趙璟母子離心，妾離子散，讓他的兒子們相互殘殺。

她做不到的，他來。

阮玉郎輕笑了兩聲，長歎了口氣。追根究柢，她還是輸在自己的出身上。比起高氏那樣的名門之後，兩府怎麼肯奉一個來歷不明的她為一國之母？自己這個壽春郡王，就算得回這天下，難道還會有人承認他才是正統？

想到趙環和高氏，趙環和趙栩，阮玉郎又笑了起來。又有誰的心，堅如磐石不被動搖？人人都有死穴，人人都有至害怕的事情，捅對了地方，就算有些破綻，誰又能冷靜下來好好思索。趙環的反應如他所料，這世間的男子，搶奪別人的妻妾，便是勝者的姿態，自覺得了不起。可若自己的妻妾從了別人，甚至心裡有別人，哪裡能忍？

和那些帶御器械、禁軍打什麼？宮變又那麼麻煩，他總不能殺光兩府相公和文武百官。要毀，要崩潰，當然是趙環和高氏你們母子自己動手來，還有趙棣、趙栩，你們一家子自己鬥，多好玩。

阮玉郎笑得更是開心，眼淚都笑了出來。

窗縫被一把匕首插了進來，上下移動著。阮玉郎起身輕輕打開窗戶。

「郎君，外面都準備好了。屍體也準備好了。」

阮玉郎最後看了一眼那藤床，點了點頭：「動手吧。」

火光驟起，屋外的小黃門一愣，一邊大喊：「走水了走水了——！」一邊去推開房門。裡面竟然飛揚著各色紙元寶，捲入火裡，火勢更旺，那地垂的舊幔帳中纏著一個女子的身影，已經全身著火，正往地上倒下。藤床、桌椅都在焚燒。黑煙開始彌漫，西窗大開著，兩人似乎看到有兩條黑影越牆而過，揉一揉眼，以為自己看花了。

趙棣正在前頭和幾個熟悉的親從官說笑，聽到聲音，大驚失色，飛奔而去：「快！快救人！長公主出來了沒有!?」

可瑤華宮廢棄已久，那廊下的水缸裡根本沒有水。

兩個小黃門跌跌撞撞出來，鬚眉都燒焦了。

「殿下!殿下!」

衝進去幾個親從官，很快被火逼了回來。北面金水門的守城軍士隔著牆開始敲鑼，喊了起來：

「瑤華宮走水!瑤華宮走水——!」

暮春的風，溫柔慵懶。

趙栩率眾疾馳，眼見快到澹臺，迎面來了兩騎。夜裡趕路的雙方都減緩了速度。

雙方交錯而過，忽地對面的男子轉過身來大喊：「燕王殿下?燕王殿下!我是翰林巷孟府的管家!」

趙栩抬起手，身後眾騎緩緩停下。

聽完管家所言，趙栩皺起眉頭。阮玉郎的最終目的還沒有顯露出來，太后娘娘這是要做什麼，梁老夫人竟然會決定舉家即刻遷往江南避禍?趙栩心一緊，想到有舅舅和孟在駐紮宮中，殿前司這幾天當值的將領也應該都沒有問題。趙棣就是有什麼手段，他也不懼。

趙栩叫過四個屬下，吩咐了幾句，讓他們跟著孟府管家回靜華寺，看著他們遠去了，才又一夾馬肚，更快地趕往東京。

看著南薰門吊橋再次下放，趙栩不等吊橋放穩，韁繩一提，就衝上了吊橋。震得吊橋晃蕩個不停。剛入城，未及加速，斜斜地衝出來一個少年，被趙栩的隨從攔在一邊。

「殿下！我是章叔夜的弟弟章叔寶！魏娘子有話！魏娘子有話！」章叔寶氣喘吁吁地喊著。

趙栩凝神看了看這個濃眉大眼的少年，揮了揮手。

章叔寶上前，將魏娘子那半幅下襬遞給趙栩，說了魏氏被帶進宮裡的事：「娘子說讓殿下您和二哥別進城，要是家裡出事了，就去秦州找大哥！」

趙栩在火把下抖開那布。

「三衙!?」趙栩沉思了一刻。三衙掌管禁軍，是殿前司、侍衛親軍馬軍司、侍衛親軍步軍司。三衙有兵卻無調兵權，樞密院掌兵籍和虎符，可調兵卻無兵，向來互相牽制。帶走舅母的竟然是侍衛親軍步軍司的人，那麼樞密院裡的三位使相，誰站到了娘娘那邊？

看著舅母最後那句打不過就跑，趙栩長長吸了口氣。他怎麼能跑！陳太初還在追程之才，舅舅、舅母還在宮裡，還有阿妧的婆婆也在宮裡。無論出什麼事，他都不可能丟下這許多人自己跑。就算是趙棣要趁機宮變，但宮裡宿衛皇城司是爹爹自己的親信，雖然趙棣掛了管皇城司的名頭，卻不可能動用得了他們。從大內開始，各重宿衛都是殿前司各班直，對官家忠心毋庸置疑。阮玉郎手再長，也不可能安置許多宗室勳貴功臣名將的兒子們做內應。

趙栩命兩個屬下帶著這布速速去程家攔住陳太初，自己交代了章叔寶幾句，就策馬往御街而去。遠處西北皇宮的一角，映出了微紅。

皇城走水！趙栩心猛然揪了起來，再也不管東京城內不許奔馬的律法，一揚馬鞭。隨從們策馬開道，放聲大喊：「回避——回避！宮中要事，速速避讓——！」

章叔寶緊握雙拳，熱血沸騰，看著趙栩遠去，咬了咬牙，沒入街巷，朝百家巷飛速奔去。

第一百六十六章

柔儀殿的殿門關了又開，開了又關。福寧殿上下侍候的內侍和宮女們都越發小心了起來。

陳素見了禮，便靜靜垂首站在殿中等官家發話。她先前正陪著聖人在坤寧殿說話，也聽說了太后將大嫂魏氏和梁老夫人都召進了慈寧殿。聖人撫慰了她幾句，她還是有些提心吊膽。

「陳氏。」趙環緩緩走近她。這張臉，和剛才阿毓那張臉有七八分相似，可是又截然不同。玉真母女好比行雲流水，說話行事舒展妥貼，似乎天地萬物都在她們腳下。可陳氏卻謹小慎微，拘束得很。

陳素躬身應答：「妾身在。」心裡卻更緊張了。平時官家和聖人私下叫她阿陳，或者叫她封號。官家和自己獨處的時候喚她素素。陳氏？只有太后會這麼喚。

趙環將她又從頭到腳打量了一回，不知為何，心底慢慢生出了一絲惱怒。她也敢長得像玉真！難怪當年那麼獨寵她，她總是又忐忑又緊張，還總是容易走神。

「你可記得前帶御器械高似？」趙環儘量語氣平緩地問道。

陳素一怔，低頭看著自己的裙襬，低聲道：「稟陛下，妾身記得。當年浮玉殿凶案，他救了妾身。」

「元豐十九年，高似在你居住的浮玉殿後，殺死同為帶御器械的韓某。你的女史指證高似意圖對你不軌，被韓某發現後遂殺人滅口。你卻作證是韓某串通女史意圖不軌，是高似出手相救。」趙瑗的目光移到陳素貼緊小腹的雙手上，些微的顫抖，在他眼中，刺目之極。「你可還記得？」

「妾身記得此事。」陳素頓了頓：「妾身不忍無辜之人因妾身獲罪，說的都是實話。」

「你和高似先前可相熟？」趙瑗看著她一絲不苟的髮髻，一字一字地問道。他看著那髮髻動了動，又垂得更低了。

「並不相熟。」陳素顫聲答道。

「那你入宮前可認得高似此人？」趙瑗冷冷地問。

陳素的呼吸有些急促起來，片刻後低聲道：「認得。他在妾身家的隔壁住過一段日子，算是鄰里。」

「鄰里？命案發生之時你為何從未提過！」趙瑗勃然大怒：「你二人可是有私情？」

陳素雙膝一軟，如一片落葉輕飄飄往地面墜去，聲音顫抖卻堅定不移：「絕無此事！陛下！妾身清白，日月可鑒！」

趙瑗圍著她疾步繞了幾圈：「清白？日月可鑒？他身為帶御器械，和你是舊識，半夜跑去浮玉殿，不是去探望你是為了跟蹤韓某？他夜探宮妃，行蹤暴露後就殺人滅口。你情深意重隱瞞相識實情，替他遮掩殺人之事。哼！你二人幹的好事！」

他如困獸般來回急走著，雙拳緊握，胸口漲得極痛。若是手中有劍，必然會一劍殺了她！他不顧娘娘反對，納她入宮，從美人到婕妤到現在的四妃之一，還封號為「德」！他不顧滿朝文武反對，重用陳青，抬舉她的娘家抬舉她的出身！還有他那麼疼愛的阿予！他要冊立皇太子的六郎！

趙環終於難忍心頭怒火，嘶聲低吼：「你說，六郎究竟是姓趙還是姓高！還有阿予，那件事不久後你就懷了阿予——」

陳素猛然抬起頭，淚眼模糊地看向面前的男子，那溫和俊秀的面容，此時雙眼赤紅，猙獰抽搐一臉殺氣。她拚命搖頭：「妾身是清白的！妾身敢發毒誓！敢以性命擔保！六郎和阿予都是陛下的親骨肉！妾身是清白的！」她再不聰明，此時也知道自己和高似的舊事被翻出來，都是為了陷害六郎，她不能退，不能認，她原本就是清清白白的！

孫安春的聲音在殿外響起：「陛下，蘇相到了。」

蘇瞻有些吃驚，深夜被高太后急召入宮，還不知道究竟是什麼事，又被請來柔儀殿。官家和陳德妃又都如此失態，蘇瞻想起失蹤多年的高似，心裡咯噔了一下。

「和重。」趙環長長吸了口氣：「元豐二十年，是你提請重審高似浮玉殿殺人案的？」

蘇瞻想了一想，躬身道：「是。元豐十九年，和重和高似同在大理寺獄中，相識數月。此人雖沉默少言，卻俠肝義膽。臣蒙陛下恩典出獄後，發現原先審高似案的獄司，和量刑的法司有五服內的親戚關係，理應回避，故提請重審。和重記得，後來的獄司在浮玉殿女史寢室裡查到來歷不明的金飾一包，而死者韓某恰巧在金店訂製過這些金飾，加上有陳德妃是人證。高似得以無罪開釋。」

他停了停，據實道：「高似感念臣施以援手，臣亦不忍昔日軍中小李廣窮困潦倒，故收留他在家中辦差。」

趙瓌點了點頭，又看了陳素一眼：「元豐二十年，高似可是隨你去了四川青神？」

「是。那年臣的岳父病重，只有妻子帶著稚子在青神照料。臣特意請假一個月，往青神探望老人家。岳父去世後，臣留下治理喪事。高似一路隨行。」蘇瞻的背上滲出了密密的汗。

「高似可有和你提起過陳氏？」

蘇瞻略一沉吟，點頭道：「高似有一日喝多了幾杯，提起過德妃是他昔日的鄰家女兒。」

「還說了什麼？你難道忘記了？」趙瓌的聲音極力壓抑著怒火，甚至有些咬牙切齒。

蘇瞻眼風微動，吃不准陳德妃都已經說了什麼，但官家既然這麼問，當年他和高似的感慨之語恐怕一時不慎落在了有心人的耳朵裡，想來想去，也只可能是青神王氏庶出那幾房的什麼小人。但他若是為他們遮掩，只怕從此會被官家疑心。

蘇瞻一撳公服下襬，跪了下去：「高似從軍後，曾從秦州千里奔襲，私闖禁中，找過陳德妃，要帶她遠走天涯。陳德妃未允。臣憐憫他，又因事過境遷，就未放在心上。臣有罪。」

陳素全身發抖，被蘇瞻的話釘死，她跳進黃河也洗不清，一死更不可能了事。

「妾身是清白的！六郎和阿予都是清白的。」陳素咬著牙，反反覆覆說著。

趙瓌全身也在發抖，氣急攻心，怒不可遏。

「這樣的事，官家還在猶豫什麼!?」柔儀殿大門砰地被推開。高太后沉著臉扶著孫尚宮的手，昂首大步邁入。

陳素閉上眼，渾身簌簌發抖。定是太后所為！哥哥和嫂嫂都在宮裡，六郎被差遣去靜華寺，除了太后，還有誰會釜底抽薪，不惜給她扣上不貞之名，寧可不認皇家骨血，為的就是要除去六郎和哥哥。她自從被強行納入宮來，本分小心，謹言慎行，依然處處被太后針對，尚書省、入內內侍省的女官和內侍都看著太后的眼色怠慢她，她不在乎。就算六郎從小被四郎、五郎欺負，她也總是息事寧人。就算阿予差點死在趙瓔珞手裡，她也只能忍氣吞聲。她能做什麼！她一介弱女子，身不由己，是哥哥回京後處處護著她們母子三人。

就算是太后，是皇帝，要她的性命，她也沒辦法，可他們怎麼能這麼狠心，連六郎和阿予，連哥哥和嫂嫂也不放過！她就算拚了一死，也要讓太后和官家知道陳氏一門清白做人。她就是做鬼，也不會放過太后！

趙璟胸口劇烈起伏著，這個時候看見娘娘，他說不出心頭到底作何感受，又驚又懼，又羞又憤，又惱又恨，竟然也不行禮，也不讓座，就這麼瞪著高太后。

蘇瞻一進柔儀殿，高太后跟著就到了，福寧殿上下哪裡敢攔。她居高臨下斜睨了陳素一眼，又看向官家：「有蘇卿的證詞在此，六郎和淑慧的身世可疑，陛下應速速決斷，處理了才是。」

趙璟緊抿著唇，他自然是要處理的。按娘娘的意思，必然是褫奪陳氏的封號，貶為宮人，打入冷宮，六郎和阿予——他不願意，心疼得厲害。他還想再問下去，卻不願當著娘娘的面問，也不願順著娘娘的心意處理。她看陳氏的那一眼，似乎在說早料到有今日，似乎在嘲笑自己這個皇帝多麼愚蠢和可笑。她總是對的，可他現在就是不願意按她說得做。陳氏、六郎和阿予都是他趙璟的事，不是娘娘的事！

「燕王殿下回宮了，正在福寧殿外候召。」孫安春硬著頭皮在敞開的殿門口稟報。

高太后冷哼了一聲：「明明應該明日回宮的，城門落鎖後還連夜趕回來，是因為知道這樣的醜事要敗露了嗎？先將他拿下，送去大宗正司。明日再由大理寺、禮部和宗正寺同審。」

「娘娘！」趙環、蘇瞻和陳素異口同聲高喊起來。

「妾身若有失清白，玷汙皇家聲譽，混淆皇家血脈，就天打雷劈永世不得超生！陳氏一門均不得好死！先父母地下亡魂永世不得超生！」細細尖利的聲音震得蘇瞻耳朵一陣耳鳴。

趙環大驚，更是猶豫。陳氏最是溫順，待兄嫂更好，竟然會拿陳家一門發毒誓。莫非她和高似真的是清白的？

高太后冷笑道：「竟然連自己地下的爹娘也不放過，企圖憑這個矇騙官家，其心可誅。陳氏你以為這樣，你生的兒子就能做皇太子嗎？癡心妄想。不用天打雷劈，你身為宮妃，兩度私會外男，老身這就送你去下面，看你有何臉目見你爹娘！來人——！」

「退下！」趙環怒視著帶著兩個內侍進門的孫尚宮，陡然大喝道：「滾！滾出去！」

孫尚宮看著高太后。高太后深深吸了口氣，對著孫尚宮點了點頭，才揮了揮手。蘇瞻猶豫了一下，行了禮，也跟著孫尚宮退了出去。

趙環的憤怒再也抑制不住：「娘娘！這裡是柔儀殿！陳氏是我的妃子，六郎現在還是我的兒子！我——我才是皇帝！」

高太后看著他，一步步走近他：「皇帝！老身掌皇太后金印，莫說是你的妃子，就是先帝的妃子，我也一樣管得！六郎是不是你的兒子，你自己心裡不清楚嗎？六郎的暴戾任性，哪一點像趙家子孫？你是官家，是皇帝，就不要守祖宗法度了？你不過是覺得羞恥惱怒罷了，難道你還想要替她遮掩不成？」

趙環呼哧呼哧喘著粗氣，你連玉真也不放過，讓她生不如死那麼多年，你連兒子我也不放過，朝堂後宮都要聽你的。想起那十年裡，聽政、奏對、朝議，眾臣背向自己，只對娘娘行禮。想起就算自己親政了這許多年，依然時常聽見娘娘昔日垂簾如何如何，想起三弟的雙腿，回來後娘娘看著他那冰冷的眼神。趙環終於大喊了出來：

「所以您什麼都要管⁉娘娘！您連爹爹的生死都管，因為爹爹要立郭氏為后，不守祖宗法度，你就毒死了他⁉」

高太后如遭雷擊，不敢置信地看向面前這個面容扭曲的男子，這就是她的兒子?!她為他豁出過命去的大郎！竟然說出這樣的話，這是要置她於死地！

第一百六十七章

高太后死死盯著趙璟，極慢極慢地朝他走近：「你說什麼？大郎，你再說一遍。」

趙璟不自覺地退後了兩步，悲從中來，方才的憤怒煙消雲散，變成了無邊無際的哀慟和無奈。父子、母子、夫妻，他為何就必須面對這麼難的事！沒有人能幫他。

「娘娘，我知道了，我都知道了。你對爹爹，做的那些事！你是為了我才——」趙璟掩面而泣。可她從來沒問過他願意不願意做太子，若為了保住太子一位就得害死爹爹，他又怎麼會肯！他以仁孝治天下，卻已經成了笑話。他承受不住，這樣的重。

這就是她的好兒子！這就是她的兒子！高太后挺直了背，揚起了下巴。

「先帝當年說我過於固執專斷，恪守禮法教條，嚴厲有餘，親和不足。大郎你不免怯懦柔弱，當不起大任。」高太后忽地笑了起來：「先帝倒沒說錯，我竟然生了你這樣一個怯懦無能之輩！」

趙璟蹬蹬又倒退了兩步，渾身止不住地發抖，他看著自己的母親。她終於說出來了！不是爹爹如此想，其實是娘娘你自己就是這麼想的！

「先帝為了私心，為了他深愛的女人和兒子，不惜將過錯推諉在我們母子倆身上。他身為人父，身為帝王，可有花過時間在大郎你這個太子身上！他所有的時間，除了政事就是那個女人！」高太后冷笑道：「我不強，我不嚴怎麼活？我不恪守禮法規矩，你能得到兩府和朝臣宗室的尊重和支持嗎？我不專斷，宮變時從血泊中活著走出去的會是我們母子嗎!?」

趙環打了個寒顫，這些話他聽過無數遍了，他知道這都是對的，可他真的不想再聽。

「我高氏不只是他的原配妻子，也不只是大郎你的娘親。我是一國之后，一國之母，一國的皇太后！大趙在我手中十年，如何？我從沒有過稱帝的心思，大郎以為沒有臣工上書請我稱帝？是我嚴詞痛斥，是我罷黜此人！你呢？只敢躲於婦人身後哀哀啼啼！」高太后走到長案邊，看著那玉璜和先帝的兩份手跡，氣到極點反而平靜得很。

「我今日才知道先帝竟然是中毒而亡的，我還以為是被我和兩府的相公們氣死的！」高太后冷笑著拿起那塊玉璜，看了看，隨手棄於案上，看向趙環：「好一個絕世妖婦，我的夫君迷戀於她，行出種種不仁不義之事，死到臨頭還執迷不悟。我的兒子也迷戀她，鬼迷心竅，罔顧人倫！甚至連這種長得像那妖婦的村野民女也不放過。」

趙環狼狽不堪地看向地上緩緩抬起頭來的陳素，血湧了一頭一臉，耳朵嗡嗡地響。娘娘竟然當著陳氏的面說出他那最見不得人的事。她從來都不管他的臉面，他這個兒子，這個一國之君的顏面，她何曾在乎過？她總是輕而易舉地打敗他打倒他，踩在他的胸口，蔑視著他，將他的心撕得粉碎。

「別說了——別——！」趙環幾乎聽不清自己的囁囁嚅嚅。

「陛下寧可信一個來歷不明的妖女，也不信生他養他的親娘？我不妨告訴你，那妖婦郭氏的奸生女，早就死了！哪裡又從天上掉下一個女兒！既然敢來興風作浪，好，宣她來，老身要看看是哪裡的孤魂野鬼爬出來作祟！」

趙環淚眼望向母親。誰是誰非？誰對誰錯？他辨不分明。他身為帝王，卻活得卑微之極。

陳素麻木地低下頭，慢慢地收了淚。難怪當年自己在開封府為哥哥哭訴求情後，竟然會無故被召入宮中見駕。難怪官家看自己的眼神似乎總在看著另一個人。難怪官家時而對自己視若珍寶，時而棄如敝屣。難怪娘娘一直以來都厭棄她和六郎兄妹。難怪宮中的舊人都那樣看著自己。難怪自己和六郎兄妹那些年受人欺凌卻從沒人護著她們。聽到這番話的她，縱使能證明自己是清白的，恐怕也難有生路。只盼著六郎和哥哥能安然無恙。就算六郎和阿予做個庶民，能活著就好。

若是當年，她跟著那個夜闖禁中的男子離開這個地方，會是怎樣？可她那時已經懷了六郎，她不能走，她不能連累哥哥。她甚至從來不知道有個男子會那樣對自己。

她只記得他是鄰家高老伯收的義子，她戴著帷帽出門買東西時，似乎總會遇到那個高大沉默的少年，她還在猶豫要不要道個萬福，他就不見了。有時她家廚房外會多幾捆劈得整整齊齊的柴，有時會多幾袋炭，她總以為是哥哥備好的，甚至都不會多問哥哥一句。

他後來說是為了她才做了帶御器械，他的確是因為探望她才被那人發覺的，才不得已殺死了那人。她不忍心，作證幫了他。今日因為他出了這樣的禍事，她陳素恨不來。

外面忽地嘈雜起來，殿門外響起孫安春有些發抖的聲音：「陛下！陛下！吳王殿下來報，瑤華宮走水，那位——那位不幸遇難！」

趙棣在外大哭起來：「爹爹！爹爹！五郎沒用！火太大，沒能救出姑母來！」雖然很快就滅了火，可是人已經燒得面目全非，怎麼救！

趙璟閉上眼，極力壓制了一下，看向皺起眉頭的高太后：「娘娘，你未雨綢繆，你勝券在握，你神通廣大！只是你何必？何必這麼狠!?怪不得阿毓這許多年一直東躲西藏！她在我眼前，我都護不住她！」

高太后冷笑兩聲，竟然以為她燒死了那妖女？正待罵醒他，聽見外頭趙棣大喊：「六弟！你要幹什麼？你不能進去。來人，來人！燕王闖宮——啊！」

「混帳！你胡說什麼？闖你娘的頭！」蒼老的斥罵聲伴著一聲脆響，一片驚叫。

「定王殿下，您老別動手。」蘇瞻的聲音響了起來。

趙栩暴怒的聲音響起：「我娘呢！娘——！」

陳素猛然抬頭，不知哪裡來的力氣，拚命從地上爬了起來往外奔去：「六郎！不要！六郎！」這個關頭，六郎一不小心，就會被誣陷成逼宮！

「我們母子倆的事，稍晚再說不遲。當務之急，是你的好兒子，你捨不得的好兒子，是要來逼宮了嗎？來人——護駕！」高太后撇下官家，大步走到柔儀殿門前。

趙璟揮手讓護住自己的四位帶御器械退下，慢慢地走到長案前坐下，看著自己發抖的雙手，極力讓自己平靜下來。

高太后鎮定自若地站在臺階上，看著蘇瞻扶著的老定王正在吹鬍子瞪眼睛，一邊是趙栩攬著陳素的肩頭一身殺氣，另一邊孫安春攙著正捧著嘴哼唧的趙棣。闖宮逼宮的罪名安不上，不要緊，混淆皇家血脈一樣罪該萬死。她看向周邊躬身行禮的劉繼恩和樞密院的朱使相，沉聲喝道：「來人，皇城司聽令，拿下趙栩！拿下陳德妃。」

趙栩眉頭一揚，就要發作，卻被母親死死抱住：「六郎！你舅母還在慈寧殿！」皇城司的人一擁而上，將他們圍了起來。

定王手一揮，正要發話。高太后點頭道：「皇叔稍安勿躁，請進柔儀殿說話。事關皇家血脈，老身絕不敢徇私。蘇相公，還請扶著定王進來。」

定王轉過身，慢騰騰地說道：「誰也不許動手，聽見嗎？」他看向劉繼恩：「誰敢動燕王一根汗毛，我就送他見閻王去。」他朝趙栩點了點頭，才轉身歎了口氣：「侄媳婦，你這精神怎就這麼好呢。」

高太后扶住老態龍鍾的他：「皇叔，老身精神再好，也不如您吶。」

柔儀殿的大門又一次關上。

阮玉郎掀開車簾，看向遠處濃煙滾滾火光映天的瑤華宮，歎了口氣：「我還是小看了趙栩呢，半路竟然會殺出大理寺的人，倒出乎我的意料。永嘉郡夫人和自己父親的關係竟差到這個地步了？」

「郎君已大獲全勝，何須在意這小小的大理寺？」小五不以為然。

阮玉郎笑道：「說得也是，看到趙璟那副醜態，此行已經值了。還要多謝高似和蘇瞻呢。先讓他們玩，我們還有正事要辦。」
「郎君，小七、小九還沒回來，您看？」
阮玉郎皺起眉頭：「先去城西，明日派人去大名府，讓大郎留在那裡先別回來。」
「是。」
牛車緩緩停在城西的一處街巷中。阮玉郎一身玄色道袍，披散著長髮，悄聲無息地躍下牛車。小五緊隨在後。民宅的兩扇大門迅速開了又關，牛車轉了個彎，沒入暗黑之中。
「玉郎去哪裡了！好些天找不著你。你回來了就好！爹爹正擔心呢。」蔡濤笑著上前，想要攙住阮玉郎的手，看到阮玉郎似笑非笑的面容，又縮回了手。

趙棣站在廊下，看著院子裡被皇城司的親從官們圍住的陳德妃和趙栩。官家還未定奪，並沒有人敢真的動手。不知道那對母子在低聲說著什麼，趙棣心裡七上八下。原本事態已經對他極為有利，偏偏瑤華宮意外走水，那位不幸身亡，太后娘娘又突然在這裡掌控了大局，若是娘娘知道自己私下引見了郭太妃的女兒給官家，不知道又會生出什麼變故，更不知道趙栩這傢伙會不會發什麼瘋。想到突然和趙栩一起出現的定王，還有瑤華宮起火後神速趕到的大理寺上下人等，趙棣的心更不安起來。
趙栩緊握著陳素的手：「沒事的，娘，別怕。」今夜的種種，他已了然於胸。阮玉郎那半卷青神王氏所藏的卷宗，才是他的殺招。他洞悉人心，利用趙棣奪嫡之心，利用先帝之死，利用飛鳳玉璜，利用郭氏外貌，一舉擊破官家心防，不僅離間了太后和爹爹，更離間爹爹和自己。他自己再假死遠遁，等著宮中大亂，好坐收漁翁之利。

趙栩不由得沉思起來。阮玉郎為何會對他的部署盡在掌握？如果不是他在京中還留有後手，這樣突然深夜趕回，聽了孫尚宮說要賜死娘親，他無論如何都會衝進去救娘。那麼一個逼宮的罪名，就怎麼也逃不了。他實在不想懷疑那個人，可是那張烏金網，他沒有告訴那個人，卻是唯一有收穫的。

半個時辰過去了，柔儀殿依舊大門緊閉。

「臣大理寺少卿張子厚，有瑤華宮火災命案相關要事，需面見陛下稟報！」

張子厚身穿從五品大理寺少卿官服，穿過皇城司眾人，走到趙栩面前時，停下腳行禮道：「季甫參見殿下，殿下可安好？」

趙栩心底鬆了一口氣，看來章叔寶去百家巷找張子厚十分及時。他俊面上無喜無憂，點了點頭，看張子厚的神色，應該有所獲。那麼眼下就剩下娘娘所抓住的「皇家血脈」一事了。

張子厚精神抖擻地走到臺階下候命，對著廊下的趙棣也行了一禮：「吳王殿下萬安。請恕臣方才只顧著查案，有失禮數了。」

趙棣心一抖，回了半禮，喃喃道：「張理少，蕊珠甚是掛念您，您為何不來府中探望她？」有你張子厚這麼做爹爹的嗎？女兒小產，竟只送了些藥物和一個女使來。

張子厚看著他，眸色越發深了：「蕊珠急功近利，行事魯莽，時常得不償失，害人害己。我若見了她，恐怕忍不住要責罵她，還不如不去。」

他幾句話堵得趙棣差點吐血。什麼叫得不償失？得到他這個皇子做夫君，害得做父親的失去當宰相的機會？張子厚你也太目光短淺了！

孫安春躬身道：「張理少，請。」

柔儀殿裡，蘇瞻靜立不語。針鋒相對的高太后和定王都停歇了下來。太后抓住蘇瞻之詞和浮玉殿凶案一事，要定陳素不貞之實。定王卻堅持沒有真憑實據，絕對不可冤屈宮妃和皇子皇女。陳家一門忠勇，若如此草率判定，必然寒了天下將士的心。官家眉頭緊皺，心中那根刺幾乎不能碰，可每每想決斷陳氏有罪，她方才那撕心裂肺的毒誓和看著自己悲憤欲絕的眼神，還有定王所言也十分有理，又讓他猶豫不決。

聽到孫安春的稟報，定王終於鬆了一口氣，能拖到他來就好。接下來，就看張子厚的了。

四個人看向大步進入殿內的張子厚。

第一百六十八章

夜裡的靜華寺方寸院裡，蟲鳴聲不絕。

「娘子，今夜大殿上正在給昭華縣君做招魂大法事，還請留在房內不要出門，免得衝撞了縣君魂魄。」宮女進來柔聲告訴四娘。

四娘摸了摸胸口的長髮，站了起來：「招魂的法事？」

另一個宮女端了水進來：「寺裡的住持說了，縣君冤魂不散，做了法事，定能回歸肉身所在的地方，若有什麼冤屈，住持大師好像有法子能讓她說出來。」

四娘挽起袖子，露出玉臂，歎了口氣：「靜華寺竟然也行這等神鬼之事。」她可不信。

宮女點了點頭：「崇王殿下和越國公主都去昭華縣君娘親的住處等著了。您早點安歇，有事喚我們。」

四娘看了看室內，只有一張鋪好了被褥的床，腳踏上卻都沒有被褥。她皺了皺眉頭：「你們沒人留在這裡服侍值夜嗎？」

兩個宮女眉眼間都露出一絲詫異，福了一福，搖頭道：「公主不曾特意交待。此地有內侍和上夜宮女在院子裡輪值呢。我們就睡在您東面的寮房。」

四娘臉一紅，知道對方心裡大概會抱怨自己輕狂傲慢不知分寸，默然點了點頭，眼睜睜看著她們在窗下長案上留了燭火，點了安息香，退了出去。屋內寂然無聲。不知為何她背上有些發寒，疾步走到門口，側耳傾聽了一會兒。院子裡是有內侍往返的腳步聲，隔著門縫，也能見到外頭的燈籠光。她輕手輕腳地走到案前，看著燭光盈盈，想了想，還是沒有吹滅蠟燭，又輕手輕腳地上了床。

寺裡的被褥沉重，是她熟悉的那股潮濕的感覺，怎麼晾曬也沒用，總覺得發黴了，裸露在外的肌膚觸碰到床單，就有黏糊糊的濕意，令她有些噁心。她剛被流放到這裡來時，天還很冷，每天都讓女使和婆子捧著熏香爐熏，可是睡前熏得有少些香味，睡到半夜還是會覺得有冰山壓在身上。後來香很快就用完了，府裡也不再送來，再後來她慢慢也就麻木了。

宮女們點的大概是宮裡的安息香，聞著十分舒服，她竟有種已不在靜華寺的錯覺。半冷不熱地躺了一會，四娘心裡頭還是不安，又不願多想，似夢非夢地合著眼，有些恍恍惚惚的。

外頭隱隱傳來史氏傷心欲絕的哭喊：「阿昕——歸來！——阿昕歸來——阿昕歸來啊——！」聞者心碎，一眾女眷的哭泣聲也隨風飄來。

真是可憐。四娘睜開眼，燭火也暗了下去。她歎了口氣，眼角也有些濕潤。雖然蘇昕從來看不上她，也總好過九娘那樣完全不在意她，總是一副不和她計較的神情，清高孤傲明明刻在骨子裡，還要假裝姊妹情深。聽宮女們說蘇昕是被掐死的，真是可怕。她給程之才的五石散怕是給多了，看起來很瘦弱的程之才竟然掐得死蘇昕？四娘忍不住輕輕摸了摸自己的脖子，打了個寒顫，要是換成九娘出事，林姨娘大概要哭死了，還有趙栩和陳太初又會怎樣？

蘇昕，你要是陰魂不散，你就去找九娘啊。誰讓你是替她死的？四娘翻了個身，將被子拉上了一些。她只是要壞了九娘的閨譽，讓她嫁不成陳太初而已，可沒想過害死誰。

她就是想知道，九娘沒了清白，被送去女真四太子身邊後，還能不能掛著那張偽君子的臉，她會不會哭？會不會求死？還是會說一堆正氣凜然的話讓四太子羞愧欲死？想著就讓她痛快！

四娘在床上翻來覆去，長長舒出口氣。她沒有錯，人不為己天誅地滅。她就是為自己出氣為自己打算而已。如今可惜的是程家和蘇家徹底翻臉，她恐怕不能嫁給程之才拿捏他一輩子了。想到程之才萬一死在陳太初手中，陳太初最少也是流放之罪。四娘不禁睜開眼，又翻了個身，看向那窗下的燭火，說不出的悵然若失，心痛得還是那麼厲害。

她伸手抹去面上的淚水，她再也不會為陳太初哭了。她若哭著抱了程之才的靈牌嫁去程家也許更好，似乎這樣也對得起陳太初，還能博得賢名，更不用說程之才名下那一大筆錢財，將來找一個好掌控的過繼子就是。

窗下的燭火忽地搖了幾搖。四娘悚然一驚，縮了縮，仔細聽，院子裡方才的值夜人走動的腳步聲也沒了，屋裡靜得可怕。

窗子忽地緩緩開了半扇，燭火又搖了搖，滅了。四娘頭皮一陣發麻。會是蘇昕的魂魄嗎？不不不，神鬼之說，報應之說，舅舅說過都是愚弄蠢人的把戲。可她身不由己，還是看向那窗口，立刻呻吟了一聲，閉上了眼，蒙上了被子。

一個長髮垂落的背影，月光下似乎背對著她浮著，像掛在窗子上，又像是飄蕩著，那衣裳是蘇昕今日去後山時穿的窄袖水清右衽短褙子，她不會記錯的。

四周依舊寂靜無聲，四娘咬著牙躲在被中想喊人，卻牙齒格格發抖，怎麼也出不了聲。她不怕！她沒想過害蘇昕！她該去找九娘！

窗口傳來一聲歎息，很嘶啞。

「真疼。」

她真的是被掐死的。四娘胡思亂想著，終於喊了一聲：「蘇昕！不關我的事！」

「是你。」聲音聽起來很難受。

「不是我！是程之才，是程之才！」

「他說是你。」

「不是！不是！他胡說！」四娘聽見牙關打顫的聲音。

門也怦地被什麼重物撞開了。四娘尖叫起來：「來人——來人——來人啊！」

「我沒胡說！」一個男聲很模糊，卻離床越來越近：「你讓我去的，陳太初卻殺了我，真疼——」

四娘嚇得緊緊貼住牆，偷偷瞄一眼，更是魂飛魄散。那人瘦瘦小小，身穿中衣，胸口插著一柄長劍，還在滴血，分明是程之才的模樣。他垂頭站著：「是你叫我去的。」

「我沒有要你殺她！你胡說！」四娘終於承受不住，哭著尖叫起來：「你自己找錯了人！你怎麼竟敢殺人的！」她緊緊抓住被角，擋在胸口：「快來人！快來人！」

「找錯了？」門口響起九娘冰冷的聲音：「你原本讓程之才來找我的是不是？」

四娘大驚失色，渾身顫抖得更厲害。不！她不怕的，她沒有要殺人，更沒有要害蘇昕的念頭。她明明不害怕的！

窗口飄著的惜蘭輕輕跳到地上，扮成程之才的小黃門也退了開來。九娘一步步走進房中，點亮了燭火。燭光裡，她面無表情。

九娘不做聲，走到四娘跟前，居高臨下看著她，搖了搖頭。

四娘流著淚，咬牙瞪著她，到了這一步她也不怕，人不是她殺的，她有什麼好怕的。

「為什麼？」九娘皺了皺眉頭。

四娘狠狠攥著被角：「什麼為什麼！我又沒有要他殺人！」

「為了陳太初？」九娘問：「你想要程之才毀我清白，好把我嫁去程家？」

四娘搖頭，不忿和怒氣代替了恐懼驚嚇。她有什麼可怕的！

「那是你自己亂說的！我只是讓他折幾枝桃花，順便找你說一聲讓你早點回來！」四娘看著自己抖個不停的手：「就是這樣！你自己去問程之才好了！你深更半夜裝神弄鬼地嚇唬我，你還有理了？回去我倒要請婆婆主持公道。」

「敢做不敢認了？你不是恨我入骨嗎？」九娘淡淡地問。

「我是討厭你！不行嗎？你孟妧總是對的，什麼都是你應得的，什麼都有人想著你，憑什麼？就因為你會說話會假裝賢德？因為你多讀幾本書？因為你會討婆婆討先生們的歡心？所以就連紙筆也要比我多領一些？明明不公平，人人卻說我是小心眼？明明你也有見不得人的私心，卻哄得陳太初和趙栩神魂顛倒，還假裝冰清玉潔，還騙我們說什麼你一個都不會嫁？你除了長得好看，又有什麼配得上所得到的一切？」四娘譏刺道：「怎麼，人人都得喜歡你捧著你？還不允許我討厭你？」

「你自然可以討厭我。」九娘依舊淡淡的：「你自然可以害我。可你不該害了阿昕。你大概忘了，以前在家廟裡，我警告過你的。」

她怎麼可能忘記！她白白吃了耳光，還被禁足，還不能再去女學。她們早就是仇人！就算是現在，就算程之才在，她又沒說謊！她可不會傻得讓程之才知道她的打算，舅舅的人也絕對不會出賣她。九娘又能拿她怎麼樣！

「警告我？」四娘笑得花枝亂顫：「九娘，你才是真正的亂家之女！從捶丸賽你應了我們的請求，說是替六娘出頭，實際上不過為了炫耀你偷偷摸摸學到的捶丸技。金明池你多管閒事伸手救四公主，卻沒撈到宮裡半點賞賜！你就連在家裡看帳本也要彰顯自己多能幹，給我沒臉，怎麼不說水至清則無魚的大道理呢？還有，你裝作幫我，告訴婆婆中元節那事，最後呢？你橫刀奪愛，卻害得我嫁給程之才？對啊，你還三番五次惹來刺客，害死蘇家那麼多人！明明亂家之女是你孟妧！你還倒打一耙？」她就是咽不下這口氣！同為孟家的女兒，明明自己不比她差，卻過得這麼苦。

九娘點了點頭：「心中有善，萬物皆善。心中有惡，萬物皆惡。這才是真正的你。」

四娘歎了口氣：「你說什麼就是什麼吧，我呢，不像六娘是要母儀天下的，也不像七娘有個兇悍有錢的親娘，她們自然無所謂，從小到大就被你那點小恩小惠收買人心。我可也不欠你什麼，我出痘，木樨院就只有你出過痘，你又是妹妹，自然應該來照顧姊姊。什麼善啊惡的，我可不管。」

九娘忽然笑了起來：「你是不是覺得自己謀算很厲害？是不是覺得就算程之才在，也不能指證你的惡毒心思？是不是覺得我顧著六姊的名聲，顧著孟家的名聲，也不能拿你如何？」

四娘看著她冷笑不語：「你可不要冤枉我，我雖然討厭你，卻沒怎麼你。」

九娘歎了口氣：「孟嫻，你害我真不要緊。程之才要是害到我，我只當被狗咬了一口，他總會死在我手裡。可是我說過，有些人你們不能碰。阿昕，你不該碰，你不該害了她。你說得對，我是在裝，你從來沒見過真正的九娘是什麼樣子吧？惜蘭，守住門口。」

惜蘭應了一聲：「娘子要是想打她得快些，崇王殿下和越國公主過來了。」

四娘一愣：「救命！打人了！打人了——！」卻已經被九娘拖到了床邊，她一邊掙扎一邊喊：「你想幹什麼！你還想打我!?啊——！」驚駭欲絕的四娘拚命扯著脖子上緊緊纏繞的披帛，嚇得魂不附體。

九娘右腿壓住四娘，身上的披帛飛速在她頸上緊緊繞了兩圈，雙手各拉一端，用力收緊，任由她指甲拚命撓在自己的手上臂上。她眼中冰冷，心中熱血上湧。你給阿昕償命來！孟嫻，你給阿昕償命來！想著阿昕的模樣，九娘手中越來越用力，她什麼都可以不管，什麼都可以不顧，她眼前只有年幼的阿昕睜著大眼睛溫柔地摟著小產後的她：「大伯娘，你別傷心了，你哭一哭吧。她們都說我長得和阿昉哥哥一樣，你就當阿昕是你的女兒吧？」

阿昕，你別怕，大伯娘這就給你報仇。

「你畏罪自盡，我來不及救你！真是可惜。」九娘木然看著拚命掙扎的四娘，能拉開一石半弓的兩條手臂相隔越來越遠。「現在你可認清楚我了？」

第一百六十九章

四娘驚懼到了極點，九娘瘋了，她真敢殺人！她真的要殺死自己！怎麼可能！她拚命抓向九娘的臉，夠不著，又拚命撓她的手臂，可是呼吸越來越難，已經忍不住吐出舌頭。她怎麼在行兇殺人時還這麼平靜？她哪來的這麼大力氣？

看著回稟了前後事的惜蘭臉色有些古怪，趙瑜趕緊喝退她。

衝進房的趙瑜和耶律奧野齊齊嚇了一跳。

「九娘住手！奧野，快去攔住她！」趙瑜大喝道，從九娘背部繃緊的樣子，她是真的要殺了孟四！瘋了，簡直瘋了！

耶律奧野一掌擊在九娘腕上，將她推開：「殺不得！」

四娘拚命想扯鬆披帛，卻怎麼也扯不開，大口大口地喘著氣。耶律奧野伸手替她解開，歎了口氣。若惜蘭所言屬實，孟九這麼做倒也情有可原，換作她，恐怕也會動手。

四娘捂著喉嚨蜷縮在被中嗆咳著，只看了一眼九娘，就不敢再看。孟妧終於露出本性了，什麼善與惡!?她就是個瘋子！

九娘神情漠然，對著趙瑜和耶律奧野一福：「我四姊因程之才害死蘇昕，內疚不已，意圖自盡。九娘一時慌張，亂了手腳，萬幸有兩位殿下及時趕到施加援手。」

她轉向四娘，嘴角浮出一絲笑意：「四姊千萬不要想不開，那些該死之人一個都逃不掉的。遲一點早一點不打緊。你放心好了。」

趙瑜和耶律奧野面面相覷，還沒回過神，九娘已大步往外走去。惜蘭趕緊跟上，手裡捏了把汗，這件事總要稟報給殿下知道的，不知道殿下會不會被嚇到。反正她覺得挺好！

四娘啞著嗓子，越想越怕：「不，我沒有——是她！是她要殺我！」

耶律奧野拍了拍她：「你弄錯了，是我和九娘一起救了你，你怕是嚇壞了吧？都開始胡思亂想了。不要緊，好好睡一夜，明日就不難受了。我讓人過來陪著你。」她還真不能讓孟四死在她院子裡，沒法對趙栩交待，弄不好就牽涉到兩國邦交。

四娘被耶律奧野按在床上，喘著粗氣，一顆心還吊在半空裡。看到先前的一個宮女抱著被褥進來，才稍稍安下心來。

耶律奧野推著趙瑜的輪椅離開，兩人默默無語。一行人走到方寸院門口，禁軍們將趙瑜抬了起來放到軟兜裡背好。趙瑜面上忽然露出吃驚的神情來。耶律奧野一回頭，也是一怔。

「九娘!?你這是——」

一身紫色騎裝的九娘，英姿颯爽地帶著換了短衫長褲的惜蘭跨出門檻，門外黑暗中火把陡然更亮了起來，十多個黑衣男子在臺階下躬身道：「小人乃燕王殿下屬下，專事護衛娘子，任憑娘子調遣。」另有七八個孟家的部曲也兵器齊備，齊聲道：「小的們接了大娘對牌，奉令護送九娘子回京。」

方寸院裡不遠處，傳來專程報信的孟府管家的聲音：「九娘子！九娘子！稍等老奴！」

「九娘子，大娘請你千萬小心，老奴會看好四娘子的。家裡人等你和老夫人平安歸來！」老管家從懷裡遞給她幾個荷包：「這是六娘子給你的，說讓你儘管用。」

九娘點了點頭，接過荷包交給惜蘭，伸手按了按懷裡那份前世爹爹所寫的文書，深深吸了口氣，對趙瑜他們道：「兩位殿下，事關燕王殿下，事關官家，九娘需即刻入宮面聖稟報一件大事，先告辭了！」

趙瑜皺起眉頭：「等一等，九娘，我陪你去。你沒有腰牌，宮裡早就落鎖了，沒有宣召，你進不去。奧野，這邊六郎也留了許多人手，還請你照顧一下孟家女眷。明日回京後我再好好謝謝你。」

耶律奧野點頭應下。

幾十支火把又蜿蜒而下。趙瑜掀開馬車車簾，前方的少女堅決不肯上他的馬車，要自己騎馬，秀氣的背脊挺得很直，雙腿隨著馬的步伐規律地蹬著。方才那繃緊的背，拉開的雙臂，結實有力。她是在殺人吶！可她的神情，卻好像在做一件極其平常的事。

趙瑜歎了口氣，搖了搖頭。

柔儀殿內，張子厚躬身道：「陛下，臣要稟報三件事：第一件，吳王殿下帶入宮中的女子，實乃謀逆要犯阮玉郎假扮。第二件，他所持的玉璜信物，乃今日申時前才從靜華寺的昭華縣君身上所搶得。第三件，瑤華宮走水，燒死的乃是一具死於兩個時辰前的女屍。雖不知此人究竟有何陰謀，但見陛下此刻安然無恙，微臣就放心了。」

張子厚轉向面色蒼白的蘇瞻，沉聲道：「蘇相公節哀順變，令侄女在靜華寺不幸遇害。燕王殿下回來就是為了此事。陛下，阮玉郎和信物一事，燕王殿下所知更為詳盡，可請燕王殿下答疑！」

殿內四人面色大變。蘇瞻失色：「什麼信物？你說誰不幸遇害？是說我家的蘇昕!?」

張子厚輕歎一聲，點了點頭。

趙瑗呆了片刻，幾乎回不過神來：「張卿你說阿毓——她是個男子!?」

張子厚取出一張畫像呈上：「這張畫乃阮玉郎在玉郎班做戲子時的女裝扮相，此人忽男忽女，極難分辨，吳王殿下被其矇騙情有可原。」

趙瑗看著畫像上那秋水盈盈的美目，依然難以相信，他拿起案上的玉璜：「你說這個是今日才從蘇家的昭華縣君身上搶來的？這個大趙歷代皇后的信物，為何會在蘇家？」他看向蘇瞻。

蘇瞻兩次進殿都在談高似和陳德妃的舊事，根本沒看見此物，現在見到官家手中的玉璜，聯繫張子厚所言，不由得哽咽起來，一掀公服跪倒在地：「陛下！此物不知為何，乃臣的先岳父青神王方所有，後留給亡妻九娘。亡妻去世前留給了犬子大郎。犬子他和昭華自幼兄妹情深——」他想起蘇昕，想起九娘，心痛難忍，實在說不下去。

趙瑗一呆：「玉璜在王方手裡，看來青神王氏的確收養了阿毓不假，可——為何會在榮國夫人手中？難道真正的阿毓是——？」

蘇瞻不知先前官家認妹的事，心中迅速地整理著當下所有的線索和阮玉郎一案相關的事宜。

高太后卻立刻打斷了官家要問的話：「子厚，大理寺已經驗過屍體了嗎？如何知道不是那妖人的？」

張子厚點了點頭：「稟陛下，稟娘娘，人若是活著被燒死，不免呼吸掙扎，口鼻內應有大量煙灰。該女屍雖已面目全非，但口鼻無煙灰，顯然是死後才被置於火場。縱然被火燒壞了面目和身體髮膚，可屍體腳底還能察看到紫紅色屍斑，顯然已經死亡了兩個時辰以上，故而可判定瑤華宮女屍絕非見駕之人。另有兩位小黃門作供入門之時隱約見到西窗有黑影閃動。因瑤華宮和外街僅一牆之隔，臣以為此乃阮玉郎詐死之計。但卻不知道他為何詐死。」

他停了一停：「若是大火多燒一會兒，恐怕皮焦骨裂，就驗不出這些破綻了。」

高太后冷笑道：「官家可聽好了？子厚不知道他為何詐死，官家你可知道？他這樣一把火，不僅假冒的身份死無對證，還讓人以為是老身容不下先帝的遺珠骨血，痛下殺手呢。」

定王歎了口氣，看了這對母子一眼：「陛下，還是宣六郎進來問個清楚吧。阮玉郎處心積慮要毀我大趙江山，有些事情，官家尚不知道，也該知道個明白了。正好張子厚素有奇才，在大理寺這一年多也洗清不少冤案，這皇室血脈一事非同小可，既然是阮玉郎所說，恐怕是為了離間官家和六郎父子之情，總不能就此冤屈了德妃母子三人。但既然蘇瞻也有證言，官家和娘娘必然也不能安心。這種事原本就該由宗正寺、大理寺和禮部共同裁定，趁此機會，不如聽聽子厚有何方法，再做定奪。」

趙璟心中亂成一團，諸多疑問，噴薄欲出，可他卻不知道從何問起。

趙栩在柔儀殿院內，昂首看向星空，想起不知生死的高似。娘說和他沒有什麼，自然就沒有什麼。可是高似，田莊被刺殺時拚死救護阿予，對自己毫不設防，差點死於自己劍下。他對娘，很好。若是阿妧嫁給了旁人，生下了子女，他會不會也這樣待他們？驟然而至的心痛，刺得趙栩眉頭一顫。他不可能不爭不鬥，他無路可退。只要一息尚存，他就不會跪著求苟活。血脈？那就用血來證吧！趙栩眼睛忽地一亮。

「宣燕王進殿——！」孫安春的聲音已經有些嘶啞。夜空中隨風吹散，院子裡皇城司、大理寺、殿前司的眾人都看向了燕王趙栩。

第一百七十章

不過隔了一日，官家見趙栩身上似乎受了好幾處傷，卻依然器宇軒昂身姿如松，他和陳素不同，舉手投足自帶著天潢貴胄之氣。怎麼看，也該是自己的兒子，想傳御醫院的醫官給他包紮一下，卻終究沒有開口。

「微臣參見爹爹！參見娘娘！」趙栩穩步上前，行了禮，又向定王問了安，才轉向蘇瞻躬身作揖：「蘇昕遇害，全怪我思慮不周，護衛不全，還請蘇相允六郎上門請罪。太初已在追緝兇手。」

蘇瞻長歎一聲，扶了他起來。

趙栩把靜華寺遇到燒山、蘇昕遇害、崇王遇刺一一稟告後，朗聲道：「阮玉郎處心積慮，意圖破壞大趙和契丹的盟約，用玉璜冒充郭真人和先帝之女，再假死遁走，為的是挑撥離間爹爹和娘娘兩宮關係，離間爹爹和臣的父子關係。他所持有的文書，並非原物，還請爹爹和娘娘明鑒，切勿中計。臣有證物呈上！」

官家看著趙栩呈上的又一份廢后制書，一樣的玉璽印章，一樣的字跡御押，一樣的語氣，可這樣的制書，絕不可能有兩份一模一樣的出現。這個能作偽，那麼所謂的先帝絕筆指證娘娘下毒自然也極有可能是假的。他合上眼，有些暈眩，他被騙了嗎？娘娘所言不錯，他不僅懦弱，還愚蠢！他為何從未懷疑過真偽？是因為那張臉那雙眼，還是因為他自己心底根本就不信娘娘……

趙栩眸色深沉：「阮玉郎和郭真人——！」

高太后霍然站起身：「夠了，官家知道此人包藏禍心，偽造先帝手書，就夠了。」她轉向官家道：「天佑大趙！此人連環毒計得以功虧一簣。官家你心裡明白過來就好，倒是陳氏和高似一事，絕非此人信口開河。浮玉殿案也好，高似親口所言也好，人證齊全。陳氏身為宮妃，罪不可恕。」

官家深深吸了口氣，看向太后，面容不禁有些扭曲。

趙栩朗聲道：「陛下！娘娘所顧慮的皇家血脈一事，雖然只是捕風捉影，聽的都是傳言。可若不弄個清楚明白，臣生母的清白豈容玷汙！臣又有何面目立於天地之間！請教張理少，大理寺所斷奇案無數，六郎聽說古人能滴血入骨用以判定認親，我大趙可有類似的案例？」

官家看他神色自若，紛繁雜亂的心緒也稍微平靜了少許，看向張子厚：「張卿？」

張子厚雖然心中有疑慮，卻立刻領會了趙栩的用意，便朝官家躬身道：「《南史》有過記載，梁武帝蕭衍之子蕭綜有滴骨認親之事。各州歷來的認親案，也都採用滴骨法判定。以活人血滴上死人白骨，若能融入骨中，就是親生骨肉。但未曾聽說過活人取骨。」

高太后冷笑道：「張卿這說了等於沒說啊。」

張子厚不急不躁：「陛下，三年前江西提點刑獄夏惠父有用合血法斷案，父子各滴中指血入一碗清水中，相溶者即為骨肉。大理寺試行此法，甚準。正準備提請兩府，建議可推行至各州刑獄。依臣所見，不妨用合血法一試。相關案卷，臣明日可讓人送給陛下過目。」

官家眼睛一亮：「准。」

蘇瞻微微蹙眉，今夜情勢極其詭異多變，高似和陳德妃之往事，牽涉立儲大事。他身不由己，作了不利於德妃母子三人的證言，很對不起他們。倘若早知道是阮玉郎其中搗鬼，他勢必不會這麼說。想到這些，他雖然對張子厚的話存疑，卻不願再多說什麼。

被皇城司急召到柔儀殿的方紹樸聽完張子厚的交待，一頭冷汗，娘啊，這可是宮闈秘事，動輒就要掉腦袋的，自己這實在運氣不好，為何偏偏輪到他值夜。

看著案上一碗清水，面前官家和燕王伸出的兩根中指，方紹樸恭恭敬敬地取出銀針，往燕王的中指上扎了下去，再換了一根銀針，往官家的中指上扎下去。

高太后、定王、張子厚、蘇瞻，四個人圍在一旁，屏氣凝神。

眾人只見兩滴血先後入水，最終溶在一起，再也分不出哪滴血是誰的。

張子厚看向鬆了一口氣的官家：「若是陛下還不放心，還可請娘娘或吳王殿下一試。」

官家搖頭：「無需，快，方紹樸，速速替燕王包紮身上的傷口。」對趙栩，他心中湧上無邊歉意，想起陳素的毒誓，不由得追悔莫及。

定王長長歎了口氣：「血脈一事，到此為止吧。陛下，先讓醫官跟著六郎到偏殿去包紮吧。還有，蘇相最好先回垂拱殿和各位相公打個招呼，宮內並無大事。娘娘，那陳漢臣家的娘子和梁老夫人可以從慈寧殿回家了？」

高太后沉聲道：「既來之則安之，不急，您這是有話要說？」

官家皺起眉頭，又感念太后都是為了自己的安危，心中疑雲更濃。

看著趙栩他們一一退出柔儀殿，定王站起身，對著官家行了大禮。高太后和官家都是一驚。

「陛下，老臣也沒有幾天好活了，有些事，雖是見不得人的醜事，如今卻不能不告知陛下了。那阮玉郎的真實身份想來娘娘也猜到一些——」定王顫巍巍地站起身。

高太后頭皮一炸，霍然起身：「皇叔！說不得！」

按官家的吩咐，孫安春請陳德妃到福寧殿後殿歇息，再帶著趙栩、張子厚和方紹樸到偏殿裡包紮傷口。

方紹樸給趙栩迅速處理了幾處外傷，看看趙栩的眼色，拎著藥箱告退，去找宮女要茶喝，一出門，才覺得心慌得不行，摸了摸自己的脖子，搭了搭脈，活的！立刻念了好幾聲阿彌陀佛無量天尊觀世音菩薩。

張子厚和趙栩相視一笑。

「殿下如何想到用合血法認親的？」張子厚終於忍不住壓低聲音問道。

「夏惠父斷的那案子，十分稀奇，不記得也難。」趙栩看向他：「倒是季甫，大理寺何時用過此法斷案？」

張子厚笑道：「季甫原話是說大理寺試行此法，可沒有說何時試行。夏惠父的案卷是現成的，補一個大理寺試行的文書即可。可是殿下您又怎能認定合血法的確可行？」他其實對合血法是否可行心裡沒底，提心吊膽，只有信趙栩那一條路。

趙栩道：「君不見，只有血流成河一說？若是人的血只有骨肉親人才能相溶，那戰場上的血，豈不是一團團滾來滾去？其實即便是季甫你的血，蘇相的血，也必定一樣能和我的血相溶。」阿妧當年撞掉一顆牙，兩個人的血早就混在一起，哪裡分得清那顆小牙上究竟是他的血，還是她的血。

張子厚一怔，這個他可萬萬沒想到，立刻出了一身冷汗。原來趙栩根本也沒試過合血法！萬一太后要求他人也滴一滴血試試？

趙栩淡然看著他，笑了笑。人心，固然難揣測，卻不難引導。

柔儀殿裡的定王搖頭道：「娘娘，有些事遮掩了這許多年，再醜陋再難堪，若不掀開來，徒惹陛下猜忌不解，被阮玉郎這樣的有心人利用，後果不堪設想，今日若不是張子厚和六郎，娘娘可想過後果？還有些事，娘娘只知道一鱗半爪，還是一起聽老臣說說吧。」

高太后頹然地坐了下去，想起方才母子對峙，自己那種畢生心血盡付東流的痛楚，不禁閉上了雙眼。

官家雙臂起了一層雞皮疙瘩，看向定王。

「陛下，阮玉郎並不姓阮，姓趙。他是元禧太子之子趙玨，當年被封為壽春郡王。元禧太子死後被曹皇后養在坤寧殿，《仙源積慶圖》記載他是因病夭折。」定王看著官家的眼睛，平靜地說道。

高太后忽地打了個寒顫。當年她親眼看著那孩子從樹上摔下來，她心知肚明是姨母安排醫官害他一條腿從此短了幾分，所以她才相信幾年前火裡燒死的一定就是他。

官家死死瞪著定王，牙關緊咬。

「趙玨不姓阮，但他的生母姓阮。這位阮氏乃元禧太子的寵妾，在元禧太子死後被人告發，說是因她一貫跋扈，虐殺僕從，才導致僕從下毒誤害了元禧太子。武宗皇帝大怒。先帝當時還是魏王，奉命和大理寺一同調查此案。調查了一個半月後，確認告發無誤，阮氏因此被賜死。東宮上下被牽連的人命不下百條。」定王渾濁的雙目似乎在回憶當年的往事，語氣悲涼。

「他認定我爹爹是他的殺母仇人？才這般處心積慮謀逆？」官家微弱的聲音響起，他其實不想再知道得更多了，就到這裡為止吧。

定王想了想，說道：「先帝登基後，忽然有一天不經禮部采選，不經入內內侍省和尚書省，帶了一位郭氏入宮，直接下旨封為美人，引起了一場軒然大波。」

官家一愣：「這！這如何使得？」身為帝王，一言一行，均受約束。他當年納陳素入宮，還費了九牛二虎之力，耗時三個月。

定王似乎出了神，半晌才苦笑道：「這位郭美人，自然就是後來的郭賢妃，郭太妃，郭真人。官家年少時也見過她的風采，其實尚不及她入宮時的一半——唉。但凡見過她的人，都覺得世間竟有這樣的女子，當然應該歸我大趙皇帝所有。封為四品美人，實在太委屈了她。娘娘，這話似乎還是出自您口吧？」

高太后看了眼官家，口中發苦，心中更疼，勉強點了點頭：「不錯，當年一收到消息，我就去勸諫先帝，自然也要見一見美人。」她停了停：「先帝駕崩後，她確實憔悴了許多，比不得入宮時那般驚心動魄了。」

女人看女人，少有心悅誠服的，可是她見到郭氏後，的確對定王說了那樣的話，並非為了彰顯皇后的氣度，而是出自真心。郭氏全然不是她想像中那般妖媚惑主的禍水，她禮儀無暇，溫和從容，言語睿智，風華絕代，和先帝之間有種說不出的親昵自在。

先帝在郭氏面前，只是她的男人，甚至像她的孩子，就是完全不像個皇帝。而她這個中宮皇后，名門之後，從小在宮中和先帝青梅竹馬，結髮夫妻，和他們在一起竟會產生鳩占鵲巢的荒謬之感，甚至有這個官家她從不認識的錯覺。

看著高太后變幻莫測的神情，定王點頭道：「不只是先帝和娘娘，就是最古板的楊相公，在福寧殿見過郭氏一次後，也只歎了一句：天下無雙。自那以後，宮內朝中再無人非議郭美人。」郭氏的確自有一種氣度，她越是溫和有禮，旁人就越自慚形穢。

高太后冷笑了一聲，難道定王您身為皇叔就獨善其身了？

第一百七十一章

似乎知道高太后所想，定王自嘲道：「娘娘不用在肚子裡罵老臣。老臣定力遠不如楊相公，只是有心沒膽而已。」

「先帝極愛重她，不是寵愛，是愛重。」定王頓了頓：「一年後郭美人並無生育，先帝卻要冊封她為正一品的貴、淑、德、賢四妃之首的貴妃。宗室和兩府怎會同意？先帝竟連發兩張冊封制書給禮部。因為沒有兩府的印，都被禮部所拒。娘娘那時，處境真是艱難啊。」

官家看著太后，說不出是悲是歎。玉真那樣的女子，渾然不在意財物珠寶和地位，她喜愛馬、孔雀、仙鶴，喜愛花草，喜愛那些古裡古怪的書籍，喜愛下廚，甚至親自養蠶織布。無論如何討好她，送她什麼奇珍異寶，她雖笑著表示喜歡，可看進她眼中就明白她其實毫不在意。但凡是男子，恨不得捧上自己所有的一切獻給她。貴妃一位，也算不上什麼。可是娘娘那時會作何想？

高太后看著定王：「多謝皇叔那時維護我們母子。」她想了想，傲然道：「也不算什麼艱難，冊封個貴妃而已，難道我還會不肯用鳳印？若是我這個皇后替郭氏請封，皇叔你們宗室和兩府相公們可會反對？」

定王搖搖頭：「娘娘替妃嬪請封，賢德慈悲，後宮和睦，官家之幸。宗正寺、禮部無有不從。

相公們自然也不會理會這樣的後宮小事。有娘娘在，相公們自然是安心的。」

高太后冷笑道：「先帝平白越過我，下制書冊封貴妃，相公們和親王們豈容他這般寵妾滅妻！郭氏的出身有瑕，一輩子也越不過我去！要不是先帝小瞧了我的容人之量，如今這皇帝的位子，說不定還真是三郎坐著呢。」

定王想著往事，臉上陰晴不定：「後來郭美人跪在福寧殿前勸諫先帝，欲削髮明志。先帝對著楊相公和臣等大發雷霆，摔了一屋子的書，楊相公聽郭美人說的話，實在不像紅顏禍水，就提議不如各退一步，改封為賢妃。先帝才勉強肯了。」

「可郭美人就那麼笑眯眯地跪著，問先帝：妾身可算得是個美人？先帝說她若是不美，天下就沒有美人。她說她就貪心一些，要終生占住美人一位，別的位份都不如美人好聽。何等的隨意，何等的從容啊。先帝氣得直跳腳，哄也不行，罵也不行，斥責她抗旨，還是不行。先帝拿她一點辦法也沒有啊。我等眾臣，都深覺得褻瀆了她，對不住她。後來還是娘娘來解了圍，勸服了郭氏做那賢妃。娘娘不計前嫌，不計得失，一心為先帝著想，臣拜服！」太后一輩子最後悔的大概就是那天做了一次極賢德的皇后吧。

高太后冷哼了一聲。定王真是討嫌，誰願意一直記得自己做過的蠢事。她那時雖然對先帝不合禮法的行為甚是惱怒，可她並非善妒之人，也知道先帝的神魂顛倒，實在怪不到她身上。

冊封風波以後，郭氏常當著她的面勸諫先帝，先帝確實十分歉疚，便常到坤寧殿陪她。她就是那個時候懷上二郎的，她和郭氏姊妹相稱，還由得她親近大郎。那時候，這後宮，真是一團和氣。

她都被矇騙了那許多年，何況是大郎。

官家很想讓定王別再說下去了，人卻似乎僵硬住了。

「再後來，郭賢妃生下了崇王。」定王歎氣道：「先帝又做出許多不合祖宗規矩的事情來。沒多久忽然對老臣和兩府諸相公說，要廢皇后，廢太子。娘娘賢德天下皆知，官家您這位太子，當時還是稚子，又有何過錯？臣等自然極力反對。娘娘知道後，極是生氣，和先帝理論，最後竟動上了手。郭賢妃上前勸阻——」定王揚了揚白眉：「娘娘抓傷了先帝的臉。先帝大怒，混亂中郭氏一力維護娘娘，反被先帝不慎推倒，因此小產。先帝傷心欲絕，更是遷怒於娘娘。」

官家震驚地看向高太后。高太后看著他，想起他兒時的樣子，眼神漸漸柔和下來。大郎不記得了，以前她也常抱他的，可自從那事以後，她不能再讓他被說成「長於婦人之手，怯懦軟弱。」她逼著他更努力地做一個好太子，做一個好皇帝。她平生最恨的就是這種連自己腹中胎兒都要利用的女人，吳王身邊的張氏竟敢在她面前使這種下流手段陷害六娘，真是不知死活。

「先帝大怒，廢后廢太子之心更堅。他和兩府及宗室僵持不下，竟然連坐朝聽政都不去，夜間日常的召對也中止了。」定王歎息道：「不到一個月，先帝身體每況愈下，宣召老臣和楊相公入宮。怒斥娘娘一番後，先帝寫下廢后制書，蓋了玉璽。老臣和楊相公自然苦苦勸諫，言明此舉荒唐，兩府絕不會用印，宗室也絕不會同意。就這麼相互爭執了一個多時辰。」

官家看著手中的兩份廢后制書，制書雖偽，內容卻真，不由得心中自責不已。爹爹竟然如此無情！娘娘一路護著自己走來，是何等艱辛！

「先帝忽然暴怒，之後又大哭起來，說郭賢妃就是元禧太子侍妾阮氏！說他欠她太多，除了皇后一位無以為報。老臣和楊相公大驚失色，細問之下，才知道當年你爹爹並未遵旨絞殺元禧太子侍妾阮氏，而是瞞天過海偷偷將她藏了起來，還在外生了一女，取名趙毓。當年滿月時，曾帶給老臣等人見過一面，要入宗室譜，帶入宮中撫養。因名不正言不順，老臣和宗室諸位親王，還有兩府的兩位相公都拒絕了。哪裡有人想得到這位公主竟然是阮氏所生，更無人知曉郭賢妃竟然就是阮氏！」

定王看著魂飛天外目瞪口呆的官家，老臉抽搐了幾下：「先帝又說原來當年養在宮外的公主，在郭氏入宮前就遭遇刺客不知下落，他連連害得她痛失了兩個孩子，無論如何，都要以后位彌補郭氏。先帝激動萬分，忽而大哭，忽而跳腳，甚至說若有人再阻撓他，就要拔劍自刎，嚇死老臣和楊相公了。」

官家全身脫力，對於那樣的先帝，他為何會生出奇特的感受？他完全懂得，完全體會過。對不住她，全因自己的貪欲，害了她一輩子。她卻毫無怨尤，她什麼都體諒，先是包容了貪戀她美色的先帝，又包容了無視人倫的他。官家掩面低泣起來，嘶聲喊著聽不明白的幾個字。他和先帝，父子倆都是一樣的混帳！他們的確對不住玉真！

而阮玉郎，壽春郡王趙玨，他的堂兄，和先帝，和他，不是殺母之仇，是奪母之恨！身為人子，恐怕寧可是前者，也不願意是後者！

第一百七十二章

孫安春的聲音在殿外響起：「稟陛下，崇王殿下在宮外帶傷求見，還帶了一位安定侯家的孟九娘子前來，有要事請求面聖！」

聽到崇王求見，官家伏在案上，依然開了口：「宣。」

高太后緩緩走到案前，看著伏在案上，肩頭抖動的官家，拿起案上的飛鳳玉璜，摩挲了兩下，忽地抬起手，用力砸向書案。

「砰——！」

官家嚇了一跳，見到太后平靜的臉色和案上碎成幾塊的玉璜：「娘娘——？」

「大郎，你是不是還覺得郭氏可憐？是不是覺得你父子二人都對她不起？甚至覺得她的兒子趙玨的仇也情有可原？你只記得你是個男人，可曾想過你還有娘，你還有皇后，你還是皇帝！」高太后看著那廢后制書：「這塊玉璜，你爹爹為了討好郭氏，從曹皇后宮中偷了出來，送給了她。皇后信物，落於賤人之手，留下來也已經汙了。」

高太后搖頭道：「郭氏心機深沉，步步謀算。她最擅長以退為進，扮作出世之人，算計的是太子位、皇后位、皇帝的位子！她對你父子二人無半點真心，你們卻自以為是，沉迷於所謂的情愛之中，真是可悲可笑！皇叔，你告訴官家，先帝究竟是如何死的！」

定王老臉上一陣尷尬，乾咳了幾聲：「自從郭氏小產後，先帝一心要再給她一個孩子，偶有力不從心，便不顧御醫官勸誡，令御藥秘密進獻五石散，因怕中毒，又令醫官按照前唐古方配了解散方。服用了幾個月後，性情大變，暴躁多疑，同老臣說娘娘懷恨在心，定會下毒害他，還殺了一位尚膳內侍。宮內徹查了幾遍，證實了不過是先帝多疑罷了。先帝的身子，實傷於五石散。」

高太后忽地悲聲道：「何止他這麼想？我自己生的大郎不也這麼想？」

官家揪住太后的衣袖，大哭起來：「兒子錯了！娘娘原諒兒子則個！」

定王長歎一聲：「先帝有一日又召老臣和楊相公入宮，說他時日無多，恐郭氏母子會被娘娘的妒心害了性命，要臣等發誓護她母子二人周全。先帝又寫了一份手書，連同以往那份廢后制書，當著我等的面，交給郭氏。說如有一日娘娘欲對她母子行不利，就讓她將這些公布於世。」

官家止住了淚：「那這手書，只是用來拿捏娘娘的嗎？」

定王歎息道：「隔著屏風，臣等聽見郭氏柔聲勸慰，卻不肯收下這兩件禍害，語氣平靜，毫無怯意和怨恨。楊相公當時在老臣身側，對老臣豎起拇指，點點頭，又搖搖頭，敬其氣度，歎其命運。郭氏還笑說不如她為先帝殉葬，好讓先帝放心，就不用再猜疑娘娘了，也可保崇王一生平安。先帝大哭，罵她癡兒——」

定王看向高太后和官家，聲音苦澀：「先帝哭著說，自十四歲和她初見，就無一日不念著她，雖然和她有約在先，最後卻不得不娶了娘娘，負了她。好不容易兩人吃盡苦頭後才在一起，卻又不能再照顧她母子。此恨綿綿無絕期……」

高太后和官家霍然看向定王，兩人內心都是驚濤駭浪。

「娘娘恐怕也不知道這一段往事，」定王拱手道：「後來先帝駕崩時，元禧太子黨人，以娘娘毒害先帝為名，先造聲勢要廢太子，又驟然宮變。當時也並無證據顯示此事和郭氏有關。郭氏也始終保持緘默。請恕老臣那些年不敢辜負先帝所託，總要保她母子一個性命平安。」

定王言畢苦笑起來，當年誰曾疑心過這位天人一般的苦命女子？

高太后不自覺地高高揚起了下巴，抿緊了雙唇。

官家無力地搖著頭，不會的，當年的宮變，和玉真毫無干係，她命運如此多舛，還背負著這些罪名，實在可憐。

東華門外，九娘站在崇王身邊，靜靜抬頭看著星空，不知道宮內現在如何了。婆婆、大伯是否平安，還有趙栩，陳太初，一個個，現在做些什麼。還有阿昕，會不會變成天上一顆星，還是會和她這樣，機緣巧合，重生到另一個認識或不認識的人身上。阿昉，你回來後，若知道了阿昕的事，誰能安慰你？

趙瑜轉過頭，看到身邊少女仰著頭，眼角晶瑩，側臉從額頭到脖頸的線條極秀美。延頸秀項，皓質呈露。如果說娘親是海，這個少女卻像山，一樣看不透，卻一樣引人不由自主地接近。她究竟要做什麼？趙瑜心中好奇得很。

此時，垂拱殿後殿的院子裡，陳青也一樣站得筆挺，正負著手仰首看天，離天亮還早著呢。剛剛回來的蘇瞻只對他和孟在說了個大概，想到蘇昕，陳青心裡一陣難受。蘇瞻沒說出來的那些事，又是什麼事。但六郎既然沒有發信號，應該平安無事。以他們的人手安排，最壞的結果就是動手。他倒不在意名聲，只在意能不能護住他們母子三人，還有太初不知道怎麼樣了。想著家裡的魏氏和她腹中的女兒，無論如何都應該是女兒了，陳青微微歎了口氣，看向背面福寧殿的華麗屋脊，再後頭，就是蘇瞻剛剛去的柔儀殿。

陳青默默再次估算了一番，憑他的身手，沒有孟在和殿前司那些人幫忙，十息內可到柔儀殿。要在當班的四位帶御器械手下搶下趙栩，只能用長槍。從柔儀殿進坤寧殿，五息可至，若是挾持了聖人，可以換回妹妹和阿予。再從坤寧殿後殿，直入北面的後苑，那一片都是殿前司的人可用。屆時是攻還是退，看六郎怎麼想。

內侍們將崇王的輪椅抬入柔儀殿。殿內的人視線都落在他包紮過的腿上。

官家歎了口氣：「你的傷，也是那人弄的？包紮得可好？不如讓醫官再檢查一番。」

崇王笑道：「無妨，多謝官家關心微臣。這位孟小娘子有要事稟報。」

官家轉向九娘，想起這應該就是六郎心心念的小娘子，又想起先帝和自己的身不由己，不由得放柔了聲音：「你有何要事稟報？」

九娘跪在地上，從懷中取出趙栩所給的文書和一份聯名請罪書，雙手高舉：「今日靜華寺昭華縣君遇害，孟家上下惶恐不安，後查出，民女家中竟有人裡應外合謀逆重犯阮玉郎，為奪取昭華縣君身上的玉璜行兇殺人。在此人身上，還搜到文書一封，事關重大。現孟杜氏、孟呂氏、孟程氏聯名上呈請罪書，特派民女前來請罪！」

孫安春接過九娘手中之物，輕輕放到官家面前的長案上，看了眼那玉璜碎片，眼皮跳了一下，立刻垂首退了開來。

官家先打開請罪書，見上面寫著孟氏一族，有女四娘，因其生母乃忠義子侍妾小阮氏，竟認謀逆重犯阮玉郎為母舅，大逆不道，不孝不義，為阮玉郎通風報信，害死昭華縣君。孟家難辭其咎，請罪云云……

小阮氏？安定侯的侍妾阮氏，也姓阮，到底是她的什麼人？和易名阮玉郎的趙玨又是什麼關係？官家皺了皺眉頭，看了一眼面前跪著的九娘，打開了另一張信箋。

漸漸，官家臉色變得極其難看，手也越捏越緊，發起抖來。

竟然是爹爹毒死了元禧太子？是曹皇后害死了武宗皇帝？為的是奪嫡!?官家眼前有些發黑，他看向太后，卻問不出口，娘娘知道這個嗎？甚至當年有無參與過？定王皇叔翁又知道不知道？

就連所謂的阮氏虐待僕從案也是爹爹一手操縱？他不是被美色所惑才保住她性命的，而是始作俑者!?想起定王先前所說的那些話，官家渾身顫抖起來。那麼阮玉郎和爹爹是殺父奪母不共戴天之仇了。玉真她知道不知道？看此文書，她都知道！

竟然是曹皇后一直在加害壽春郡王趙玨！他幸未摔死後，兩腿卻有了長短，又在重病時被曹皇

后交給了一個老內侍，帶出宮後受盡凌辱？娘娘又知道不知道這些？爹爹又知道不知道？還是他們都知道卻放任不管⁉

他的婆婆！他的爹爹！還有他！害了她的夫君，她的兒子，還有她……

官家一陣暈眩，玉真！玉真她真的一直在虛與委蛇，為的是替元禧太子和趙玨報仇⁉官家胸口只覺得熱血一陣陣上湧，血腥氣衝進了喉嚨。她不是早就和爹爹相識於少年時？她不是已經生下了趙毓和三弟⁉她那樣的人，那樣的言語，那樣的眼神，哪裡有一絲一毫是在作戲！為何？為何她沒有放下往事重新開始！

她臨終前喟歎的阿玉，究竟是趙玨的小名玉郎的阿玉，還是趙毓的阿毓，還是趙瑜的阿瑜？他聽不清分不明。她笑說自己太過心軟又是什麼意思！她說她負盡天下人！

還有趙毓，趙毓⁉

官家又看了一遍，突然抬起了頭，看向高太后，神情極其古怪，不顧還有這許多人：「娘娘！蘇瞻的亡妻，榮國夫人王氏，就是被青神王氏收養的先帝遺珠趙毓，您是如何知曉的？」

第一百七十三章

柔儀殿內死一樣的沉寂。

九娘面容平靜，她不是趙毓，她自然不是。可她記得在十五翁的田莊裡，有一個小小的墳塋。兒時每年過了清明節，爹娘會單獨帶著她去祭奠。因此她和十五翁一家也最是熟識。

「這是我家的阿姊嗎？為何不和翁翁婆婆的墓在一起？」小小的她好奇地問過。

「她不姓王啊，她姓趙。只能算是阿玞的阿姊，都怪爹娘沒能照顧好她啊。真是對不住她，對不住她的娘親啊。」爹爹看著那墳塋，柔聲告訴她。娘每次都會哭上一回。

她出事後，爹娘帶著她搬進了中岩書院，再也沒去拜祭過那小小的墳塋。三歲，她記得爹爹說，那姓趙的阿姊只活了三歲。

高太后緊緊抿著唇，眯起了眼，唇邊的法令紋越發深了。她冷冷地道：「王家的事，自然有王家的人會說。怎麼，官家這是又疑心她的死和老身有關係？還是要喚蘇瞻這個苦主來，和老身對質？」

官家嘴唇翕了翕，忽地苦笑著搖了搖頭。這許多條命，已經逝去了，這許多案子，也早已蒙塵。又有哪一件，和他這個皇帝沒有關係？

定王暗歎了一口氣，他是不贊成趙栩將這份手書交給孟家這個小娘子的。看來他恐怕另有安排。這個小娘子倒是來得及時，趕早不如趕巧。

官家看著手中的文書，是啊，財帛動人心。若是元禧太子的私庫都跟著趙毓，一起藏在王方手中，難免會被王家族人察覺，難免會遭人覬覦，難免會有人告密。他記得那王九娘，是有玉真那種灑脫自在的氣韻，可外形截然不同，絕不可能是她的女兒趙毓。王九娘那麼早就病逝了，怕也和這樣的秘事脫不了關係。蘇瞻說過，青神王氏嫡系一脈，後來辦了絕戶。

這一切的源頭，一切的錯錯錯，一切的恩怨情仇，不過是為了他坐著的這個位子。至於玉真，她做什麼，都情有可原。還有趙玨，他的堂兄，何其無辜，喪父失母，屢次遭害，他又怎麼可能不報仇？他先前就站在這裡，看著自己，又是什麼心情？

今夜，趙玨想要的，連環設計的，是為了這個帝位。五郎會被他利用，其心不正，怕也是為了這個位子。還有娘娘，一定要置素素母子於死地，其實還是為了這個位子。

人人都是苦主，誰得益了？娘娘說得對，他趙璟不只是個男人，還是先帝的嫡長子，還是六郎的爹爹，還是這大趙江山之主，但就是不能只做趙璟他自己。

官家抬起頭，沉聲吩咐：「宣燕王和張子厚來，宣吳王來，宣垂拱殿諸相公，宣齊國公，宣孟院事。」他又看了看九娘：「孫安春，你親自帶孟氏先去偏殿歇息，叫兩個女史照看著。等這邊事畢，再送她隨娘娘回慈寧殿去見她婆婆。孟九？」

「民女在。」

「你見到梁老夫人，讓她安心罷。昭華縣君的命案，阮玉郎謀逆，吾很清楚，和孟家是沒有關係的。明日將孟四娘送去大理寺，交給張子厚審理昭華命案。」官家柔聲道。

「民女遵旨！」

九娘卻沒有想到事情這麼順利，她籌劃好了周密的證詞，要取信於官家，要揭穿阮玉郎利用玉璜的毒計，要為阿昕報仇，要借此了結孟嫻，要斬斷元禧太子一脈和先帝一脈間的仇怨，可是官家怎麼竟會一句話都不問！她眼風帶到右上首的定王，左上首的高太后，心裡疑慮，不動聲色地行禮謝恩，退了出去。

孫安春叫過來幾個小黃門，速速去偏殿和垂拱殿宣召，才轉身溫和地說道：「孟小娘子，請隨小人去偏殿。」官家說孟家沒事，就肯定沒事了。

趙栩和張子厚正從偏殿出來。燈火通明的院子裡，他們沒走幾步就遇到了小黃門，趙栩停了下來聽那小黃門稟報，眼睛卻越過層層的重兵，和臺階上的九娘遙遙相望。

他沒事就好。九娘靜靜看著趙栩，方才星空下，她也想過，如果趙栩也會出事呢？如果她知道過了今夜再也見不到這個少年，她還會不會在桃花林說出同樣的話？還會不會那般決絕？

方才那一念：他沒事就好。發自肺腑，是她的心聲。不是王玞那樣古井應當無波的婦人，也不是孟妧那樣情難自已的少女，都不是，而是她，是這個站在此地的女子，是這個沒有念及任何其他人其他事的女子。

四人慢慢相對而行。張子厚冷眼看著這個剛從柔儀殿出來的美絕人寰眼波瀲灩的少女，不知道她是何方神聖。

孫安春行了禮，將張子厚請到一邊，說了孟家明日要送一個和昭華縣君命案有關的女子去大理寺的事。

趙栩上前兩步，皺起眉：「阿妧你來做什麼？」

九娘福了一福：「殿下萬安。民女一家查出害阿昕的內應是我四姊，從她身上搜出一份青神王方的手書，事涉宮闈，家裡人派我來呈給陛下並請罪。」

手書？趙栩一愣，轉瞬間心中激盪，看著她的雙眼，忍不住笑了起來：「我沒事。」差一點有事，有大事，也許一輩子再也見不到她了。可一眨眼，竟然在禁中，見到了她，他快活得很。她竟然這般冒險，不顧自己安危，將那份大不韙的東西送進宮來，她是怕阮玉郎對自己不利。一想到這個，趙栩那顆在靜華寺被九娘戳得滿是血洞的心，瞬間又被熨得妥妥貼貼。

九娘別轉開眼，看向不遠處的張子厚，他微微側頭聽著孫安春的低語，陰鷙深沉的雙眼正盯著自己。張子厚這許多年，似乎並沒什麼大變化。他這是站在趙栩這邊嗎？他和趙栩在一起，那方才柔儀殿出了什麼不能被人知曉的案子？究竟發生了什麼事……

趙栩揚起眉，見吳王也走了出來，正看向這邊，便又上前兩步，靠近九娘說了一聲：「你放心，我沒事，不會有事的！」

「殿下，請。」張子厚一伸手。看燕王的神色，這位小娘子，是他的人。

九娘退避開來，垂首靜待。

趙栩經過她身側。

「保重。」
那聲音極輕，極溫柔。趙栩停了一息，深深吸了口氣，滿面春風，大步邁向柔儀殿的臺階。
九娘緩緩抬起頭，看著他的背影。那幾處被包紮的地方，似乎有血滲出來了。她沒來得及提醒他。不要緊，她就在偏殿等著，稍晚些時候，總能提醒一聲。
有些人，你們不能碰。
無論她敢不敢，想不想，無論明日後日會怎樣。趙栩，也是她的「有些人」其中之一。
張子厚突然轉過身，見那身穿騎裝的少女正看著這邊，纖腰不盈一握，看見自己回頭望向她，一揚眉，抬了抬下巴，有些傲然，俐落地轉身隨孫安春走了。
「季甫？」趙栩回過頭。
張子厚失笑道：「臣在。」他恐怕是最近因為蕊珠的事，想多了往事，竟恍然覺得那少女方才的神情動作，極似王玞。
當年在青神，中岩書院，他在樹後，看她苦練捶丸，忍不住替她踢了一腳，卻不小心踢進了洞。她跑過來後，生氣地看著四周大聲問：「誰動了我的瓷丸！」她額頭上滿是汗，眼睛晶晶亮，英氣逼人的臉龐在陽光下熠熠閃光。
他悄悄退得遠遠的，才從樹後走出來，不敢直視她，長揖到底：「都怪師兄多事。」
她就是這般，一揚眉，一抬下巴，有些傲然，俐落地立刻轉身就走，根本沒有好好看他一眼。
她其實每次都沒有好好看過他，可他，一生也忘不了她。

第一百七十四章

柔儀殿內，兩府的幾位相公，以蘇瞻為首，孟在和張子厚站在兩府末位。對面坐著高太后和定王，跟著是崇王趙瑜、吳王趙棣和燕王趙栩，最後是陳青，竟有些平時皇帝夜間召對的情勢。

「諸位卿家。」官家朗聲道：「先前吾已和諸親王、兩府商議定，要立吾兒六郎趙栩為皇太子，還望太常寺早些選定吉日。」

兩府相公們齊齊躬身應是。趙棣心中咯噔一下，偷眼看向高太后，見她臉色陰沉，他幾乎不敢相信，六郎的身世明明可疑，怎麼會！

陳青和對面的孟在對視一眼，心中都鬆了一口氣，面上雖然不露喜色，眉眼間也都放鬆了下來。

「正好今日娘娘、五郎、六郎都在，漢臣和伯易也在，吾宣布此事，也好讓宮中朝中都定下心來。」官家眼風掃過吳王，落在了崇王趙瑜身上：「另有謀逆要犯阮玉郎，經定王和燕王細查，實乃元禧太子遺孤——吾堂兄壽春郡王趙玨，當年遭奸人所害，流落在外，他的種種行為皆因誤會了先帝，情有可原。吾欲赦免其謀逆罪，將其找回，認祖歸宗，好生彌補他，封為親王。此外，吾欲追封元禧太子為帝，諡號由中書省再議。」

趙瑜見他臉色潮紅，說話鏗鏘有力，朝他笑了笑。看來那人費盡心機，也沒能達成所願啊。

不等眾人反應過來，官家又道：「先帝太妃郭氏，逝於瑤華宮，吾今日才見到先帝手書，感慨萬千，擬追封郭氏為淑德章懿皇后。」

殿內剎那寂靜後，高太后沉聲道：「官家，這三件事均不合禮法，不可衝動行事，需和相公們、禮部還有宗親們細細商議才是。」

官家寒聲道：「吾已百思千思！娘娘，西京宗室甚是掛念娘娘，等六郎的冊封禮過了，娘娘去西京賞一賞牡丹吧。」

高太后胸口劇烈起伏起來，今夜這般，他竟然還執迷不悟，追封為皇后!?他是誰的兒子！

定王和趙栩對視了一眼。官家今夜受了太多刺激，他們恐怕不宜反對，得有其他人站出來才行。他們看向蘇瞻，蘇瞻卻沉吟不語。呂相和朱相小聲和身邊人商議起來，準備出言勸諫。

陳青出列道：「陛下，臣以為：阮玉郎勾結西夏，謀的是大趙江山，無論他是誰，都不該被赦免。國有國法，家有家規。王子犯法，當與庶民同罪。若有冤屈難申，開封府有登聞鼓，大理寺、御史臺，甚至陛下出行也常接御狀，皆可伸冤。然而挾私怨聯手異族荼毒大趙萬民，罪無可赦！不然何以對得起前線將士？何以對得起死傷平民？元禧太子和郭太妃一事，是陛下家事，臣無異議！」

張子厚和孟在也同時出列道：「臣附議齊國公所言。阮玉郎罪不可赦！」

蘇瞻拱手道：「陛下還請三思，叛國乃大事，謀逆乃事實，無論阮玉郎他有何苦衷，即便他是壽春郡王，已行不忠、不孝、不仁、不義之事，死罪可免，活罪難逃。元禧太子追封一事，臣無異議。昔年武宗極是傷心，將元禧太子陵墓賜名為永安陵，朝中爭議多年。若追封為帝，一來永安陵名正言順，二來體諒武宗愛子之心。陛下孝義之心，乃雙全法也。至於郭太妃追封，臣以為不妥。娘娘猶健在，豈可追封先帝妃嬪為后？可先復太妃封號。至於追封一事，不如留到日後說。但臣以為，尊卑有別，太妃的神主只可享於別廟。」

其他四位相公也點頭稱是。高太后慢慢平息下來，強壓著眼中的酸澀，說道：「和重所言極是。大郎，你今日心緒不寧，不如改日再和相公們好生商議這幾件事。」

官家沉默了片刻，拿起案上的信箋，放到了案上琉璃燈內的燭火中，看著那信箋化為灰燼，又將那兩份制書和手書也毀於一旦。到此為止吧，由他來結束。無論誰對誰錯，都不重要了。

「娘娘，皇叔翁，三弟，五郎、六郎，還有和重留下，吾還有事要說。」官家怦怦跳得極快的心，慢慢恢復了正常，他振奮了一下精神，語帶歉意地說道：「漢臣，你妻子在慈寧殿，還有伯易，梁老夫人也被娘娘請到了慈寧殿，你的侄女九娘在柔儀殿偏殿候著。待我和娘娘說完話，你們一同去慈寧殿接人回去吧。」

高太后淡然地點了點頭：「老身今日心神不寧，才請了她們來陪我說話，唉，累著她們了。」

孟在抬了抬眼，沒言語。

陳青卻一揚眉：「娘娘！拙荊有孕在身，身子不適，臣離家時叮囑過她，千萬別出門，好生養胎，天塌下來也有臣頂著。不知道娘娘是派人請的，還是派人押來的？若內子有個什麼好歹，還請娘娘早日想好給那人追封什麼官職！」他一張俊臉平時就冷若冰霜，這時整個人更是殺氣騰騰。

高太后雖然一直不喜陳青，卻從未被他當面嗆過，君臣君臣，陳青簡直是要造反。她喘了幾口氣竟然說不出話來。

眾人眼睜睜地看著陳青對著官家草草行了一禮，大步走了，趕緊依次告退。呂相和朱使相彼此對視一眼，卻不出宮，只踱步到偏殿的廊下說著話，想等蘇瞻出來，再商議方才官家說的幾件事。

殿內的人都看向官家。官家取過案上半盞早已涼透了的茶水，澆入琉璃燈中，看著那燈內浮著的餘灰沉默不語，似乎在想著要怎麼說。

崇王歎了口氣，推著輪椅上前，輕聲吩咐孫安春倒些熱茶進來。孫安春嚇了一跳，才警醒到自己今夜昏了頭，趕緊朝他躬身行了一禮，退出殿外，片刻後取了定窯壺和黑釉盞進來。崇王笑道：「我來吧，將福寧殿那套茶筅取來，官家喜歡看我注湯。」

經歷了這耗盡心力的幾個時辰，殿內眾人，跟著官家一同欣賞崇王點茶。只見茶面不破，浮乳經久不散，輕煙不絕，細看茶盞內白色乳沫緩緩舒展開，宛如水墨丹青，遠近山川，咫尺千里。觀者竟都有恍如隔世的感覺。

官家長長吁出一口氣，細細端詳：「連點茶都深得展子虔❶山水的精髓，宮中點茶技法，遠不如子平啊。」

❶ 展子虔：隋朝畫家。曾任朝散大夫、帳內都督。擅畫人物、車馬、臺閣。繪有〈游春圖〉，描敘貴族游春的情景，為現存最古的卷軸山水畫。

定王打了個哈欠：「哎，這個我不服，六郎當勝過子平一籌。」

崇王喊了起來：「皇叔翁您這樣說，子平不服，」他衝著趙栩勾了勾手指：「不服來鬥，來來來。」

趙栩微笑不語。

官家點頭道：「六郎，莫怕你三叔，儘管去，讓爹爹看看這幾年你點茶的技法可有精進，若是鬥贏了，這個賞給你。」他伸手將案上的飛龍玉璜拿了起來，晃了晃。

高太后嘴角一抽，瞥了圍著長案其樂融融的幾個趙家男人，又掃了靜立一旁像鵪鶉一樣的趙棣，垂目摩挲起數珠來。

蘇瞻看著官家手中的玉璜，心裡難受得厲害，歎了口氣：「上回在臣的田莊裡，沒機會見到殿下的點茶技法，著實遺憾。」

崇王笑道：「有遺憾才有盼頭嘛。六郎啊，三叔我算是明白了，你贏了，你拿彩頭。我贏了，啥也沒有。大哥您這心偏得不是一點點！」

官家折騰到現在，這才舒暢了一些，大笑起來：「你贏了，我送個崇王妃給你就是。」

趙栩見官家終於露出笑容，就挽起袖子端起茶盞上前。

孫安春趕緊呈上放茶末的銀器。趙栩想起偏殿裡的九娘，想起她那句保重，想起今夜跌宕起伏終於塵埃落定，唇角不禁微微勾了起來，他取出茶末放在茶盞中，精心調好膏，接過孫安春手中的長流瓷注壺，碰了碰壺身，感覺了一下溫度，沒受傷的右手高抬，注湯入盞，手腕輕抖迴旋了幾下，姿態行雲流水，美不勝收。

崇王酸溜溜地說道：「這注湯的姿勢可不能算在鬥茶裡頭。六郎仗著自己長得好看，欺負人。」

定王眼睛一瞪：「怎麼不算？能生得好看原本就是最大的本事。」官家忍不住又大笑起來。

眾人只見白色浮花盈面，熱氣消散一些，上前細看，茶盞中一朵白色牡丹，正徐徐盛開，重瓣交疊，那乳沫竟然連花瓣肌理都栩栩如生，人人都屏息靜待花開。

官家將玉璜放在趙栩手中，撫掌笑道：「子平若沒有更好的技法，就輸了。」

崇王歎了口氣：「認輸！臣這做叔叔的，就沒在侄子身上贏過一回。」

趙栩拱手道：「三叔有點梅技法，何必謙虛？」

崇王取出掛在輪椅側邊的紈扇，在茶盞上虛點了幾下：「我只能點出這樣的梅花形狀，但卻不能花開花謝。六郎神乎其技，三叔心服口服！」

他將紈扇遞給趙栩：「我認輸認得痛快，你把那白牡丹給我畫在這扇面上，算是安慰三叔了可好？」

趙栩笑著接過紈扇。眾人都歸座喝茶，氣氛鬆散多了。

官家看著一盞山水，一盞牡丹，也鬆弛了下來，忽然看向趙棣，開口道：「五郎，你當好好安心做個親王，輔佐六郎。但你切莫想著不該想的那些。」他猛地厲聲道：「若再這麼糊塗，被人利用，誣陷手足，可不要怪爹爹心狠了。」

趙棣雙腿一軟，噗通就跪在了地上，哭了起來：「爹爹明鑒，五郎可對天發誓，絕無不軌之心。若是爹爹不放心，六弟不放心，五郎願去鞏義守陵！一輩子也不回京。」

官家由得他跪了片刻，喝了案上那兩盞茶，才歎了口氣：「好了，起來吧，你性子柔弱，耳根子軟，像我。日後宗室這一塊，還是要你來擔的。你將爹爹的話記在心裡就好。和重，娘娘，皇叔翁，你們也都聽見了。他日五郎要有不妥，就去鞏義為列祖列宗守一輩子陵吧。」

蘇瞻和定王都起身應了。趙棣哭著應了好幾聲是，慢慢站了起來。高太后不言不語，繼續摩挲著數珠。

「爹爹！爹爹！來人！」趙栩忽地駭叫出聲，幾步衝了上去，抱住了官家。

高太后一驚，抬起頭，見官家已倒在趙栩懷裡，全身抽搐不已，面容扭曲。四位帶御器械圍住了他們，兵刃盡露，警惕地看著殿內之人。

「來人——來人！宣御醫官！宣醫官！來人救駕！」高太后嘶聲朝孫安春喝道。孫安春連滾帶爬地朝殿外奔去。

定王喃喃道：「牽機藥！」元禧太子當年暴斃，正是死於牽機藥！

高太后哀呼了一聲，推開趙栩，將官家緊緊抱在懷裡：「大郎！大郎！大郎——」

蘇瞻腦中轟地一聲炸了，頭皮發麻。

趙栩怔怔站了起來，看著那兩盞茶，下意識地轉頭看向輪椅上的三叔趙瑜。

趙瑜面上似悲似喜，靜靜看著亂作一團的殿上，和趙栩對視著，忽地露出一絲苦笑。

人生自是有情癡，此恨不關風與月。

第一百七十五章

趙璟吃力地抬起頭，頭好像已經不是他的。腹中劇痛無比，頭也疼得厲害。可是他清醒無比，殿裡的腳步聲、說話聲、兵刃出鞘的聲音、吼叫聲甚至每個人的呼吸聲，都放大了幾十倍，震得他耳朵嗡嗡地疼。

他這是中毒了？那兩盞茶是帶了少許的苦味，他沒留意。他想看一眼三弟，問一聲，子平，為什麼？我也是你哥哥啊，我在彌補你啊！可是頭不聽使喚，直往下掉，他看見自己的手足抽搐著。

「六——六郎！」他努力控制著自己發麻的舌頭，竟然還能開口說話。

「爹爹！」趙栩蹲下身，握住他的手，眼睛赤紅。

「我、對——不住——你娘。」官家含糊其辭，頭也劇烈抖動起來。他原來是要好好撫慰陳素的，來不及了。

方紹樸幾乎是飛進來的，擠到太后和燕王之間，來不及請罪，就開始把脈。

殿外開始騷動，腳步聲，人聲不絕。殿前司、皇城司和侍衛親軍相互虎視眈眈。

出事了！

出了什麼事？沒人知道！

偏殿裡的九娘一愣，她剛剛將靜華寺和王方手書的內容詳細說給了陳青和孟在聽。聽見大殿內的呼喊和院子裡的騷亂，三人陡然站了起來，九娘一顆心吊在了嗓子裡。

陳青和孟在相視一眼，低聲說：「阿妧你留在這裡！」九娘看著他們大踏步邁出偏殿，趕緊到窗邊將萬字紋棱窗輕輕推開一條縫。廊下的宮女們和內侍們雖然面色慌張，卻不敢走動，更無人說話。院子裡的禁軍已經分成了三處，殿前司的副都指揮使正在向孟在行禮。

前方柔儀殿殿門大敞，呂相和朱相正匆匆進殿。

九娘看向對面的偏殿，那邊的窗也被推開了少許，不知道是誰在那邊。九娘見皇城司和侍衛親軍的人已經合在一起，擋住了陳青和孟在的去路，殿前司的禁軍已經鼓噪起來，心裡更是焦急，她不安地絞著雙手，打了個寒顫。她的短劍和信號因為要入宮，都交給了六娘。此時她能做什麼!?聽陳青的話，明明已經塵埃落定了，官家已經宣布了要冊立趙栩為皇太子，還能發生什麼事？阮玉郎還有後招？抑或太后和吳王——？

宮變!?九娘輕輕打開門，廊下的宮女們還不忘對她行禮。對面的偏殿裡也匆匆走出一個女子。

陳德妃!?九娘凝目停下了腳，遙遙行了一禮。

陳素也在看九娘，對她點了點頭，直接從廊下快步走了過來。

「民女孟氏九娘見過德妃。」九娘道了萬福。

陳素扶了她起身，著急地問：「方才是你和齊國公在一起？他可說了什麼？」

九娘低聲道：「陛下宣布要立燕王為太子了。現在還不知道又出了什麼事。」

陳素鬆了一口氣，才想起來，孟氏九娘？不就是阿予從小掛在嘴邊的阿妧姊姊？就是六郎放在心坎裡的那個小娘子。她仔細端詳了一下九娘，挽著她的手，沿著廊下往殿門口走去。

就聽見陳青冷哼了一聲：「讓開！」明明聲音不大，九娘卻覺得耳朵嗡嗡響，頭疼欲裂。

陳青負手大步前行，皇城司和侍衛親軍竟無一人敢再阻攔，如潮水般分了開來，眼睜睜看著陳青、孟在二人大步進了柔儀殿。殿前司的軍士們默契地從中反切，反將這兩處的軍士分開圍了起來。

方紹樸仔細檢查了一番，症狀極似中了牽機藥的劇毒，無解！但為何沒立即毒發身亡？難道是因為前幾年昏迷時用過牽機藥為引的藥物？他急問：「陛下方才吃喝了什麼!?」

趙栩沉聲道：「案上的茶。」

「請恕微臣無禮了！」方紹樸一咬牙，用力掰開官家的嘴：「殿下請幫微臣一把！」

趙栩生出一線希望，立刻毫不猶豫伸出了手：「爹爹且忍一忍！方醫官要催吐！」

趙璟眨了眨眼，電光火石間，先帝、玉真、娘娘、趙玨、趙瑜、五娘、陳素，生生死死的人，一張張面容都從他眼前晃過。還有瘸腿的四郎，哭著的五郎，紅著眼的六郎，眾多皇子皇女的面容，也一閃而過。然後，他看見玉真了。眼睛什麼也看不到的她柔聲問：「是大郎嗎？」

原來，子平那麼恨我啊。那麼玉真呢？玉真你恨不恨我？

趙璟覺得有隻手伸進了自己的喉嚨裡，壓著那裡。他一陣噁心，吐了。吐在方紹樸和趙栩的手上。苦苦的，像膽汁一樣，可那手指還不肯放開他，似乎要把他的心掏出來看，似乎要把他的五臟六腑也揪出來看。

他對不住陳素，對不住五娘。還有娘娘，娘娘您真的錯了，可還是兒子對不住您。還有趙玨，自己死了他就能如意了吧？不會再怨恨趙家了，不會再為難六郎了吧。

還有六郎，爹爹還沒來得及說，要允你自己選燕王妃呢，那個伶牙俐齒的孟九，今夜冒死前來送信，難道心裡沒有你？傻六郎，爹爹今夜準備要替你立她為太子妃呢。趙家總該有一個皇帝能稱心如意一回。他這個官家，總能為了六郎再任性一回。

趙璟奮力緊握住趙栩的手：「吾，賜婚——你——孟——」舌頭怎麼也捲不起來，一個九字，竟然怎麼也說不出來。六郎，你懂不懂!?

有什麼瞬間擊中了趙栩最軟弱的地方，他以為爹爹並沒有真正在意過自己這個兒子的，他以為一切都是他拚力掙來的！可是爹爹還是輕易就給了他所有他想要的！

趙栩強忍著淚拚命點頭：「兒子知道！兒子明白！」趙栩緊緊抱著爹爹，他為什麼方才竟然沒有防備！明明已經懷疑三叔了，是他得意忘形，以為自己終於擊敗了阮玉郎，卻又一次低估了敵手！

一時不慎，萬劫不復，悔之莫及！

趙璟極力想點頭，六郎你明白就好，別跟爹爹一樣抱憾終生啊。你要好好地守住祖宗家業，守住萬里江山！眼前一切都模糊起來，方才格外清晰的聲音也漸漸遠去，他的眼神漸漸渙散，手足如被牽引著逐漸靠近，整個人蜷縮如嬰兒，面容上詭異地露出了笑意。

那具溫暖潮濕的身體，如神女，如地母，如水草一樣將他緊緊包圍得透不過氣來，他剛剛覺得安全了，踏實了，咬牙切齒地想停住，攀附住什麼，卻不得不軟弱無力地離開她。他歷經掙扎費勁全力終於得到的，頃刻化作烏有。一雙手輕輕拍著他，他羞慚得無地自容，忍不住抱緊她，他是哭了的。

那雙手就在他面前了。這輩子，他缺的那一角，永遠填不滿的那一角，終於補全了。

高太后慢慢扶著官家方才坐著的椅子，木然地站了起來，帶著淚的雙眼，掃過臺階下的眾人，落在了匆匆趕來的御藥院兩位勾當身上，指了指案上的兩盞茶，嘶聲道：「驗毒！」她又看向面如土色的翰林醫官院副使，喝道：「愣著做什麼！還不快些救官家！」

她這一輩子拚命護著的大郎，護著的長子，在她眼前死了。他這一輩子，都在想法設法和自己作對，就連死之前，還想要趕她去洛陽。

高太后看向敞開的殿門，看向殿上擠在一起的文武重臣們。陳青和孟在急切的神情，蘇瞻和兩府的相公們凝重的面色，定王離她最近，一臉的哀慟。一張張臉，面色各異。還有五郎，還在哭。殿外人頭濟濟，刀槍寒光閃爍。他們都在等什麼？等蘇瞻出聲宣布趙栩即位？宣布大行皇帝殯天？再次開始她經歷過兩次的山陵之禮？還是等趙栩成了官家，奉行大郎的話，將她送去洛陽看牡丹花？還是要讓五郎去守陵？

她只要在一天，就會穩穩地站著，這是她身為大趙皇太后的職責。她怕什麼！她的阿翁武宗皇帝崩，她做了皇后。她的夫君成宗皇帝崩，她做了皇太后。如今，她的兒子趙璟駕崩，她還會是大趙一朝的太皇太后！誰也不能左右她的命，除了她自己！

高太后挺直了背脊，看向還忙不停的趙栩。

方紹樸湊耳在官家口鼻處心口處聽了又聽，再次把脈後，頹然跌坐在地，掙扎了幾下換成跪姿，對著趙栩輕聲道：「皇帝陛下駕崩了，微臣有罪！」醫官院副使無暇責罵他，仔仔細細檢查過幾遍後，終於無力地朝高太后跪了下去：「山陵崩！微臣有罪！」

九娘和陳素靠近了柔儀殿的正門處。殿前司的副都指揮使已經聽見了山陵崩三個字，也無暇顧及她們，揮手讓七八個軍士護住了她們。陳素和九娘驚駭不已，山陵崩!?方才官家還好好的！

九娘拚命抻著脖子從軍士們肩膀縫隙間往殿裡張望，卻見不到趙栩的身影。

皇帝駕崩，既然官家已對眾臣說明白要立燕王為皇太子，此時就該請燕王即位才是！趙栩！你在哪裡？究竟怎麼了？

陳青見趙栩還不出面主持大局，便朗聲問道：「敢問娘娘和殿下，官家可有遺詔？」

最後官家對趙栩說的幾個字模糊不清，殿裡殿外亂作一團，誰也沒有聽到。定王無奈地搖搖頭，事發突然，人人措手不及，哪裡來的遺詔？

陳青說：「既無遺詔，官家先前同我等臣工言明，欲立燕王殿下為皇太子，理當請燕王散發號擗，奉旨即位，再行山陵禮，主持服喪才是！」

這時候，御藥院的兩位勾當，放下手中器具：「稟娘娘，案上這兩盞茶中俱有牽機藥。」

陳青和孟在一震，官家竟然是被毒害身亡的？定王眼皮跳個不停，不好！

殿外的陳素渾身打顫，九娘警惕地看向四周。

「官家生前有詔，當奉——」定王的聲音被高太后嚴厲尖銳的聲音打斷。

「皇叔！官家是被毒害的！這兩盞茶，一盞是崇王點的茶，一盞是六郎點的茶。誰是兇手，尚未定奪，皇叔說這個言之過早！」高太后看向蘇瞻，意味深長地問道：「蘇相公，你是兩府首相，老身說得可對!?」

兩盞茶中俱有牽機藥！蘇瞻深深吸了口氣：「娘娘所言有理，還請定王殿下稍安勿躁。此事需大理寺和刑部，恐怕還要禮部同審才好。」

崇王點的那盞山水畫中有牽機藥，燕王那盞牡丹花也有牽機藥。現在的燕王，怎麼也沒法子即位。蘇瞻看向依舊緊緊摟著官家，肩頭微微顫抖的燕王，心中歎了口氣。

人，豈可勝天？

「劉繼恩！」高太后揚聲喚道。

劉繼恩疾步從陳青等人身後走上前，跪於階下。

高太后森然道：「傳老身旨意，即刻封鎖宮門！」

劉繼恩抬眼看向太后，瞬間明白了她的意思，娘娘英明！只有慈寧殿裡的兩位，才能制住柔儀殿上最厲害的那兩位！萬一真殺起來，皇城司和侍衛親軍加在一起，也不一定是殿前司的對手。何況殿前司的弓箭直和弩直軍士還在福寧殿周邊巡查呢。他點了點頭：「微臣明白！微臣遵旨！」

高太后點了點頭，看向樞密院的兩位使相：「出了這等大事，還請兩位使相按例請出虎符，調動三衙，戒嚴京師。和重，皇叔，你們看可妥當？」

宮禁和戒嚴京師，歷來是皇帝駕崩後的首要大事。定王默默點了點頭，兩府相公們都躬身答道：「是該如此。」

張子厚暗道一聲不妙，立刻出列問道：「臣張子厚，請娘娘和諸位相公允大理寺立刻著手調查此案！」

「大理寺自當審理此案，」高太后說道：「但此案非同小可，和重，還是速召刑部、禮儀院、太常寺、宗正寺、禮部的眾卿入宮吧。案子要查，禮不可廢。」

蘇瞻點頭道：「娘娘說得是。當務之急，大內都巡檢和皇城四面巡檢的人選，要先商議定了。」

趙栩終於將官家遺體輕輕放下，站起身來，沉聲道：「娘娘，蘇相，難道你們這是疑心六郎我毒害陛下嗎？」他雙目如電，環視四周，忽地厲聲喝問道：「諸位相公也跟著糊塗了不成⁉爹爹剛剛宣布要立六郎為皇太子，我為何要害爹爹⁉還是在眾目睽睽之下親手毒害？蘇相！官家中毒之前說的最後一段話是什麼？你說給諸位相公重臣聽來！」

他身姿筆挺，神情哀慟卻鎮定自若，威儀天成，和高太后坦然對視，毫不退讓。

殿上瞬間都靜了下來，眾人看向這位半個時辰前，先帝欽定無誤的大趙皇太子——燕王趙栩。

第一百七十六章

柔儀殿的大門轟然關閉，將內外隔絕成兩個世界。

皇城司的將士跟著劉繼恩退出去了不少人，殿前司的軍士們順勢把侍衛親軍步軍司的人逼到了一個角落。

殿前司副都指揮使任東雷並非出自陳青麾下，卻和孟在有十年共事的情誼，一直極為敬重陳青。耳聽裡面皇帝駕崩，燕王明顯和蘇相、太后對上了。劉繼恩和皇城司肯定是聽太后的。侍衛親軍步軍司根本不在禁中當值，跟著朱使相跑來，明顯不安好心。他心裡沒有半分猶豫，萬一要動武，殿前司肯定支持燕王。他也親耳聽見裡面說了，先帝指明立燕王為皇太子。說燕王當眾弒父？傻子才信，要說是吳王謀害皇帝他倒是信的。

他見陳德妃和一個小娘子還在廊下不肯離去，就親自出口勸說她們：「兩位還是請去偏殿等著吧。」

陳素和九娘對視一眼，都搖了搖頭。陳素柔聲道：「多謝副都指揮使，可否容我們在這裡等燕王出來？」

任東雷很是為難：「兩位不如去偏殿等，萬一亂起來，齊國公和燕王殿下恐怕得分心照顧兩位——」對著這兩位國色天香的娘子，他硬生生把那句你們不聽話只會拖累齊國公改得委婉許多。

九娘一震，明白他言外之意，湊近陳素低聲說了幾句。陳素無奈地點了點頭。兩人沿著長廊，慢慢離開了柔儀殿，幾步一回頭。

任東雷鬆了口氣，摸了摸懷裡的信號筒。近千名弓箭直、弩直的將士們就在福寧殿、坤寧殿周邊當值，正好將柔儀殿圍了起來。皇城司在禁中約有三千人，就是還不知道侍衛親軍步軍司究竟進來了多少人。論武力，殿前司當然不懼他們。不過擒賊還是得先擒王，他虎視眈眈地盯住了不遠處的兩位步軍司副都虞侯，緩緩靠近了對方。再想到己方如天神般威武的陳青，信心大增。

殿內蘇瞻已經把先帝毒發前的兩段話一字不漏地複述了出來。眾人都緘默不語。很明顯，官家是在維護燕王，燕王根本沒有毒害官家的理由。幾位相公不由得疑惑地看向吳王趙棣和高太后。

趙棣嚇了一跳，趕緊澄清：「爹爹可是喝了三叔和六弟那兩盞茶才毒發的！一盞是三叔點茶，一盞是六弟點的茶，和我可沒絲毫干係，和娘娘更無干係！」他看向高太后。

高太后大怒，正要開口，卻聽見張子厚忽然出聲：「請恕臣無狀了。御醫院的孔副使、方醫官、御藥的兩位勾當……」

還跪在官家身邊的方紹樸等人一驚，趕緊應了。

「你們可確認陛下所中之毒，是牽機藥？」

高太后等人都看向他們幾個。趙栩也看向方紹樸。

孔副使躬身答道：「經下官和方醫官再三檢查，陛下確實因牽機藥毒發才駕崩的。」兩位御藥勾當也再次肯定了兩盞茶都有牽機藥。

張子厚問：「兩位勾當，既然是兩盞茶有毒，請問毒從何來？是茶葉還是水，還是器具？」

兩位御藥勾當如實道：「下官們檢查下來，茶葉和注壺裡的水都無毒，應是器具有毒。」

定王眼睛一亮。蘇瞻皺起了眉頭。

張子厚點頭道：「娘娘、定王殿下、蘇相，請問這兩個茶盞原先應該是誰會使用？臣不在場，不明白為何陛下案上竟會有兩個茶盞。」

趙栩沉聲道：「建窯黑釉盞那個，是爹爹最愛的御用之物。定窯綠釉那個，原本是我用的。」

殿上眾人譁然，這一問一答間，原來凶徒所要謀害之人應該是官家和即將成為皇太子的燕王！

趙栩看向崇王趙瑜，眉頭緊皺。趙瑜卻依然目光盯在躺在地上的趙璟身上，毫不在意。

陳青雙手握成拳，已青筋微顯。孟在微微側頭，傾聽著殿外的聲音。

張子厚點頭道：「娘娘，諸位相公。既然官家和燕王殿下所用的茶盞都遭人下毒了，也就是說，凶徒要害的，是陛下和陛下指定的皇太子燕王！臣以為，燕王殿下絕無嫌疑，當請燕王即位，再由大理寺、刑部等各部聯手審理此案！」

定王看著兩府的諸位相公們紛紛點頭，鬆了一口氣，張子厚這傢伙，人不怎麼地道，本事還真不小，怪不得無論被扔在哪個衙門，都能做得風生水起。

高太后卻冷哼了一聲：「且慢！張理少言之鑿鑿，是兩個茶盞都有毒，才洗清了六郎的嫌疑。可按宮裡的規矩，要在器皿上下毒有多難，諸位相公若是不清楚，不如讓孫安春說上一說。」

張子厚正要反駁，蘇瞻搖了搖頭：「這倒不用，臣明白。陛下御用器皿，向來有司膳、典膳、掌膳三關檢驗，用前還有各殿供奉押班再行檢驗。娘娘的意思是如果茶盞上沒有毒的話——」

「不錯！」高太后痛心地說道：「老身的意思是，有人在點茶或鬥茶的時候下了毒！」她忍著淚，緩步走到趙瑜的輪椅前面：「若不是極信任你和六郎，官家豈會——！」

定王皺眉道：「娘娘，他二人都沒有任何毒害陛下的理由。娘娘還是——」

高太后厲聲打斷了他：「皇叔！趙瑜有沒有毒害陛下的理由，您心裡不清楚嗎？」

趙瑜緩緩從趙璟蜷縮的身子上挪開了眼，看著眼前這個老婦人，不知道從什麼時候，他就記得這位娘娘從鼻翼到唇角的兩條法令紋總是很深，娘親曾經偷偷笑著問他：「像不像兩條蟲？」每次這位娘娘不高興的時候，這兩條蟲就會拱起身子。而此時，這個盡顯蒼老的老嫗，面上兩條蟲不僅拱起了身子，還在不停地抖動。他就忽地笑了起來，似乎想到了這世上最可笑的事一樣，笑得前俯後仰，眼淚都流了出來。

這位崇王殿下莫非瘋了？眾人看著他，不知如何是好。

趙瑜幽幽歎了口氣：「諸位，其實娘娘是想說，因為壽春郡王趙玨和臣的生母是同一人，而臣和陛下的生父是同一人，所以臣就會幫那同母異父的哥哥，毒害了同父異母的哥哥。可，我趙子平為何要為了一個哥哥去害另一個哥哥？」

兩府的相公們都是世上拔尖的聰明人，無需費什麼力氣，都聽明白了崇王話裡的意思。元禧太子之子趙玨，和崇王同母異父！是指成宗皇帝身為弟弟，私占了兄長的妻妾？之前陛下所說的誤會，情有可原，要赦免趙玨的謀逆罪，還要封他為親王，這是陛下替父贖罪！

趙瑜伸出手指，拭去眼角笑出來的淚，眼光掠向殿上的眾人，見到這些人像是被自己的驚人之語凍住了一樣，不由得露出了譏諷的笑意。

「蘇相，你那麼好看的眉頭，蹙起來有點可惜啊。怎麼，難道你們這些做宰執的，不知道帝王家那點見不得人的後宮醜事？還是說你們心裡明白，卻裝作不知道，又或者裝模作樣地勸諫上幾句就心安理得，覺得自己仁義忠孝俱全了？」趙瑜搖搖頭：「不是，你們都是為國為民做大事的人，哪裡會在意一個女子和幾個孩童的命？你們在意的是皇帝聽不聽得進你們的話，在意的是新黨舊黨誰贏誰輸，在意的誰能當上首相、次相，在意的是自己能不能真正地光宗耀祖名留青史。若不是有你們這樣的宰相，順娘娘心意送我去契丹，又怎麼會有上行下效的那些狗官，將年僅十歲的我扔在上京郊外的雪地裡，要活活凍死我？」

他一句一句重似千斤，卻說得輕飄飄的，人依然仙風道骨，姿態如輕雲出岫。

殿內片刻死寂後，一陣譁然。陳青和孟在都不禁露出了憎厭之色。禍不及無辜婦孺，太后所做所為，未免太過陰毒。想到婦孺，陳青對孟在使了個眼色。孟在警醒過來，悄聲無息地往大門退去。慈寧殿的婦孺，不能被太后捏在手裡！

高太后禁不住退後了一步，身子也顫抖起來，趙瑜怎麼會什麼都知道，他一定和阮玉郎早就勾搭上了，當年就不應該心軟，是她一時心軟，養虎為患，才害死了大郎。

趙栩慢慢走了下來，他蹲在趙瑜身前，眼中酸澀不已：「三叔，成宗一朝的舊事，孰是孰非，難以分辨。可我爹爹他最是溫和心軟不過的。為了接你回京，他多次和娘娘爭執不下。接你回京後，見你不計前嫌，待他親近，他心裡不知道多安慰，常和六郎說三叔你心胸寬闊，品行如歲寒松柏，正和你生母一般溫柔慈悲，世間少有。」趙栩不禁哽咽起來：「爹爹對你樣樣親自過問，賜宅邸，覓佳偶，吃穿用度，六郎從沒見過爹爹對哪位皇叔這般用心。為了你的雙腿，爹爹更是貼出皇榜，四處為你求醫。他縱然——年少時對郭真人有些不敬，卻一直想彌補於你！和阮玉郎相比，爹爹待你一片赤誠！——三叔你為何忍心幫著阮玉郎——？」

蘇瞻也歎息了一聲，搖了搖頭。上次在田莊，他親眼所見，官家對崇王悉心照顧，那份親昵，甚至比他和二弟蘇矚更甚，崇王那樣灑脫出塵，哪裡看得出他心中原來有這樣的怨恨……

趙瑜看著趙栩，收起了臉上的笑意：「六郎啊，三叔我沒有幫阮玉郎。真的不是。」他看向御座後面地上的官家：「阮玉郎雖然是我哥哥，怎比得上大哥待我好？我絕不會為了阮玉郎害官家的。」

他頓了一頓：「我兒時開口喊的第一個人就是大哥。娘說我只會喊大大，陛下那時候六歲，已經會試著抱我，又怕摔了我，抱得我極難受。我一哭，他就自責不已。」他笑了一聲，看向高太后和定王：「後來爹爹硬要廢娘娘的皇后之位和大哥的太子之位，難道我娘沒有勸諫過？皇叔翁，您說實話，我娘勸諫過成宗皇帝嗎？」

高太后冷笑起來。郭氏一貫地會以退為進，她當年可不就被她騙了。

定王垂眸道：「郭賢妃當年是勸諫成宗了，她寧死也不願搶娘娘的皇后一位。」

殿內眾人又一片譁然。高太后竟然恩將仇報！

高太后緊抿雙唇，傲然不語。

趙瑜笑道：「再後來娘娘突然不喜我生母，也不允許大哥同我往來，可是大哥依然偷偷照顧我。還曾經要帶我溜出宮去，更讓宮人時常賜些吃食給我。我同大哥，並未疏遠過。六郎，阮玉郎雖然沒讓我凍死在雪地裡，可卻由得我雙腿凍壞，成了廢人一個。我又怎會為了他去害大哥？」

諸位相公都喟歎著崇王言之有理。樞密院的曾相，上前一步：「娘娘，定王殿下，陛下遇害一案，撲朔迷離。臣以為，國不可一日無君，燕王殿下既然和此案無關，當請燕王即位，主持大局。」

右僕射兼中書侍郎的謝相上前附議曾相，陳青和張子厚和也上前幾步附議。

張子厚看向趙栩，焦急不已。崇王所言，是令曾相、謝相下定決心的原因。這時候太后威儀盡失，殿下就應該快刀斬亂麻先即位！崇王反正也跑不了，交給他大理寺就好。

趙栩深深看了崇王一眼，從身後腰間拔出那柄紈扇，輕輕放在趙瑜膝蓋上：「三叔，物歸原主。」他站起身，對定王點了點頭。

定王走上臺階：「諸位相公——」

「且慢——！」

第一百七十七章

趙栩看著趙棣，不動聲色地問道：「五哥還有什麼要說？」

趙棣一咬牙，撲到高太后腳邊，跪了下來：「娘娘！您為了爹爹的顏面，為了皇家天威，不想說。可五郎不得不說了！」他憤然看向趙栩：「六郎有毒殺爹爹的原因，他有嫌疑！」

高太后從混沌中醒了過來，低頭看著趙棣：「你，你說什麼？」

定王勃然大怒：「奉先帝遺命，吳王趙棣若有異動，就該去鞏義守陵！」

高太后看向趙栩：「六郎，你可敢讓五郎說出口？」

趙棣胸口起伏不定，就要嚷出那件事來，卻被趙栩打斷了。

趙栩冷冷地看著趙棣：「我趙六行得正，坐得端，有何可懼。但若五哥你說不出個所以然來，說不服這殿上眾人，娘娘和諸位相公也別怪六郎無情，就不是守陵這麼好的事了。只你今夜帶阮玉郎進宮面聖一件事，就該問問你是何居心！待大理寺和各部細細審查後，才知道是不是阮玉郎和你在茶盞上動過手腳。賊喊捉賊也是常有的事。孫安春——」

一直跪在一旁的孫安春嘶聲應了。

「先前娘娘和蘇相都說了，一應器具，進柔儀殿前都驗過的對不對？」

「稟殿下，是。尚書內省的女史、入內內侍省的內侍還有小人手下福寧殿的宮女，三人一組，最後一起查驗了才送入殿內，絕不可能有毒！」孫安春斬釘截鐵地磕頭答道。

「今夜殿中人等，誰頭一個來柔儀殿面聖的？」

「吳王殿下帶了一位娘子，官家吩咐小人查驗過那位娘子所持的飛鳳玉璜，小人確認無誤，才——」孫安春有些木然，官家被毒害，福寧殿上下怕無一能倖免。左右是個死，他也要澄清自己只是奉命行事，可沒勾結謀逆重犯。

「皇太叔翁、娘娘、張理少、蘇相公後來都在場，自然已經知道吳王帶來的這位娘子，就是阮玉郎喬裝打扮而成。孫安春，自吳王二人進殿後，殿內器皿可有增減替換過？」趙栩不動聲色地問。

趙棣眼睛都紅了，明明是他要揭發趙栩母子的醜事，竟被趙栩搶著揪住了自己的短處不放，還要引人懷疑他下毒!?趙栩！

「稟殿下，無。」

趙栩看向張子厚：「還請大理寺細細查探——」

「趙栩！你根本不姓趙！你不是大趙皇室血脈，怕爹爹知道了你娘的醜事就下毒害死了爹爹——啊！啊——」趙棣終於喊了出來，喉嚨就是一痛，他瞪大眼拚命掙扎，想掰開自己脖子上的一隻手。

膚色如玉，手指纖纖，如鐵鉗。

趙栩垂眸看著手中的趙棣，寒聲道：「張理少，你說給諸位相公們聽聽，阮玉郎是怎麼設下毒計，離間娘娘和陛下的母子情的，又是如何誣陷我生母的。陛下又是怎麼明辨是非，對趙棣你失望之極的。」

高太后臉色蒼白：「六郎！你先放開五郎！」她對趙棣何嘗不失望，可是趙栩是個瘋子。這裡都站著什麼人，他敢當眾弒兄不成!?

張子厚將先前事簡單稟報給兩府的五位相公。

謝相大怒：「誣陷宮妃和皇子皇女，離間天家骨肉親情，真乃卑鄙惡毒的小人！」他看向太后：「吳王勾結謀逆重犯，覬覦皇位，罪當貶為庶民，流放儋州！」

趙栩慢慢鬆開手指，看了不遠處的陳青一眼。看見舅舅身形一動，他就搶著出手了。他出手，最多背上一個暴戾的名頭，但舅舅出手，就名不正言不順，有以下犯上殺人滅口的嫌疑。

趙棣嗆咳著，抱住高太后的雙腿。他竟然要輸得這樣一敗塗地！合血法？這是什麼鬼東西，就讓爹爹輕易相信了！

高太后長歎一聲，想挪開腿，卻一個不穩，被趙栩扶住了。

蘇瞻和其他四位相公低聲商議了幾句，上前躬身道：「山陵既已崩，還請燕王至垂拱殿東序即位！」

高太后面上的法令紋越發深了，定王、陳青、張子厚也躬身道：「山陵崩，請燕王即位！」

趙棣瑟瑟發抖，閉上了眼。趙栩不會放過自己的！

「哈哈哈哈哈，哈哈哈哈。」趙瑜突然瘋狂大笑起來：「報應！報應不爽啊！」

他看向趙栩：「若早知道還有這件秘事，我又為何要費心勞力地毒殺我的好大哥呢？讓他看著六郎你即位，日後大趙江山姓了高，才更痛快！來來來，六郎，你掐五郎沒有用，還是掐死我快些即位去！娘娘，我娘在地下這才安心！」

趙栩血湧上頭，伸手一把攔開了陳青，手掌已按在趙瑜的心口上，雙目赤紅：「你方才明明說了你不會害爹爹的！」他說得那麼言之鑿鑿兄弟情深！自己甚至懷疑是阮玉郎利用吳王先下了毒企圖一石二鳥。

「來人！來人——！拿下他！」高太后啞聲呼喝。趙棣趕緊爬起來扶住她，低聲道：「娘娘！他也是說六郎不姓趙！」高太后一震，慌亂中看向蘇瞻：「和重！攔住燕王！讓趙瑜說清楚！」

一片混亂的大殿上，蘇瞻朗聲道：「殿下！請讓崇王說清楚他為何弒君！為何認定殿下身世有疑！合血認親，臣親眼所見，皇室血脈，絕不容有心人混淆，殿下請放心！齊國公也請莫要衝動，免得落人口實，燕王即位後難免引發非議。」

幾位相公今夜幾起幾落，顛來倒去，都已經有些混亂，都跟著蘇瞻點頭稱是。

陳青目光森然，若是趙瑜敢陷害六郎，他就敢立刻殺了趙瑜！

趙栩咬牙道：「趙子平！你說清楚！你為何要殺我爹爹！」

趙瑜憐憫地看著他：「六郎，你難道十分敬愛你爹爹嗎？」

趙栩的話幾乎是從牙縫裡一字一字擠出來的：「那是我爹爹！是我爹——爹！」

「你母子兄妹三人，因為長得肖似我生母，多年來被娘娘憎厭，沒少被宮內的人欺侮吧？沒少被四郎和沒骨頭的五郎欺侮吧？」趙瑜歎息著：「我的好大哥，你的好爹爹，可有維護你們過？可有責罰他們過？可有為你們頂撞娘娘過？你沒有怨恨過這樣的爹爹？」

趙栩抿了抿唇，手掌有些微微的顫抖。想起最後爹爹竭力要成全自己和九娘，趙栩點了點頭：「不錯，我是曾怨過這樣的爹爹！」

蘇瞻搖了搖頭，看向其他幾位相公。高太后露出厭惡之色：「雷霆雨露，盡是君恩！六郎你竟敢！」這樣的趙栩，怎麼能夠以仁孝治理天下！

趙栩壓住泛上來的淚意，有些話，他還沒來得及告訴爹爹，他永遠聽不見了，可是他還是想說。也許爹爹的在天之靈和榮國夫人一樣，不放心自己的兒子，會停留在這裡，甚至也能附在哪個有緣人的身上。他忍不住要說給爹爹聽。

「我兒時被欺凌得厲害時，自然會怨爹爹為何不維護我。我被罰跪的時候，自然也生氣爹爹待我不公平。但他是我爹爹！我想學什麼，他面上不說，一應器具就都到了會寧閣，我稱讚誰的字好誰的畫好，他就派人找了來給我。我能動手打四哥、五哥後，他也從來沒維護過他們。我後來才明白，爹爹，就是當他自己是我們的爹爹，而不是我們的君王。做爹爹的，難道就不會犯錯？就不會偏心？可他還是我的爹爹！我敬重他，想討得他的歡心，想引起他的注意，想讓他知道，這個兒子什麼都會，什麼都能做到最好！」趙栩聲音嘶啞，兩行淚無聲地順著臉頰落下，在他微微扭曲的俊面上滑過。

蘇瞻和幾位相公默然不語。他們都曾身為人子，也都身為人父，對趙栩這段話，雖然覺得有不孝的感覺，卻又無法反駁。想起阿昉和阿玞，蘇瞻眼睛驟然濕了，他也會犯錯，阿昉也會怨恨他，可是阿昉也說過：「爹爹，您是阿昉的爹爹！這個一輩子也不會變。」

趙瑜的目光有些迷茫，六郎說的是他趙栩，還是他趙瑜？他對那人，其實也是這份心嗎？他對自己再不好，自己也會怨恨，可還是會什麼都盡力做到最好，他想讓那人記住他在世上還有自己這個唯一的弟弟，盼著他能多在意自己，多去看看自己一些。他讀書明理，就想放下，放下娘，放下腿疾，放下大趙，可他也和那人一樣，時而灰心，時而憤恨，最後總歸是放不下。對趙璟也是這樣，他越對自己好，自己越歉疚，又越痛恨。

趙栩點了點頭：「爹爹耳根子軟，因為他心軟，他待三叔你的好，你能拋之腦後，可我做兒子的，不會。爹爹哪怕多誇我一句，多寵阿予一點，我都高興得很，點點滴滴記在心裡。你知道嗎？三叔。我們這許多兄弟姊妹，其實我不貪心，爹爹能給我十份裡哪怕二十份裡的一份，我就很高興了。可是爹爹給了我十份，甚至——還要多——我想告訴爹爹我有多歡喜，多感激他！你卻——害了他的性命！」

他再難控制自己的憤恨，掌心用力一壓。

趙瑜心口一疼，猛然吐出一口血來，他低頭看了看自己心口的手掌，血點濺在如玉的手掌上，如雪地紅梅，淒美得很。

「可你，真的不一定是我大哥的兒子。」趙瑜歎息道：「合血法是無稽之談，他們不知道，難道你也不明白？」

趙栩眼中厲芒閃過，就聽見趙棣大叫起來：「蘇相公！皇太叔翁！六郎要殺三叔滅口了！

啊——」

趙栩側頭，見陳青已一腳踹翻了趙棣。

殿上更是混亂，幾位帶御器械竟不知道該如何是好。

高太后嘶聲大喝：「住手！」

陳青拎小雞一樣拎起趙棣，冷冷地說：「你敢汙我妹妹清名，死不足惜。」他掃了高太后和驚慌失措的幾位相公：「崇王已供認毒殺官家，吳王和阮玉郎相互勾結，這等攀誣，居心險惡。兩府還猶豫不決什麼!?」

蘇瞻坦然道：「漢臣兄還請先放開吳王，殿下您也請先放開崇王，事已至此，若眾人心存疑慮，總是不妥。娘娘也莫擔憂。齊國公和燕王殿下絕非動輒行兇之人。」

片刻後，柔儀殿內才靜了下來。張子厚一顆心懸著，皺起了眉頭，開始思忖最壞的結果。他看向陳青，兩人交換了眼神。陳青鬆開了吳王，退開了一步。張子厚切上前一步，靠近了蘇瞻。

「崇王，敢問合血法為何是無稽之談？」蘇瞻眸色深沉，鎮定地問道，強壓住心中翻江倒海。

第一百七十八章

孟在一出了柔儀殿，就直奔偏殿，見到九娘和陳素都在，放了些心。

「裡面還僵持不下，娘娘抓了我娘和表嫂，我先去慈寧殿救她們。你們躲在這裡，萬一有什麼動靜，就跳窗往坤寧殿跑，找聖人庇護你們。這條路今夜當值的將士是我以前在殿前司時的部屬，都認得表妹你，會護著你們的。」孟在柔聲叮囑陳素，他推開偏殿的後窗，拎過一個繡墩，輕輕躍了出去，擱在窗外的地上，搖了一搖，放穩了。

樹叢後的殿前司當值士兵一列列還在巡邏。

孟在輕輕躍回殿內，隨手拎了把椅子放在窗下，看向正在關窗的九娘：「九娘，記住了，外頭一有動靜，就跳窗跑，千萬照顧好你表姑。她怕高，暈血。」

陳素扯了扯孟在的袖子，眼中淚光盈盈：「表哥──」

孟在轉過身，從來都沒有笑容的臉上，難得地露出了一絲笑容，他吸了口氣：「放心。」

陳素點了點頭，鬆開了手，看著孟在頭也不回地走了。當年大哥出事，陳家、孟家因為姑母的死早就疏遠了，是表哥一個人跑來，守著她，又去開封府上下打點，大哥在牢裡沒吃什麼苦頭，充軍趕路的時候也沒有戴枷，才平安地到了秦州。

她記得等案子判定的那兩個多月，表哥每夜睡在院子裡樹下的藤席上，早上用大哥的弓，練一個時辰射箭，晚上用大哥的長劍，練半個時辰。他除了說說大哥的案子外，幾乎不言語。給他一碗茶，他笑一笑。給他一碗麵，他笑一笑。他不會生火，也不會劈柴，連日常要挑水都不知道。十天八天就給她一貫錢買菜，出門買菜他總是走在她左邊，有人多看她幾眼，他就冷冷地看回去，和大哥一模一樣，大概是大哥叮囑他了。

後來不知道為什麼官家知道了她，再後來她就被封為正四品的美人，進了宮。送她入宮的也是他。她拽著他的袖子不敢哭。他也是說放心，他說他也要去秦州從軍。

九娘看著陳德妃，想起前世種種。當年有一次她出了慈寧殿，下大雨。看見殿外席上披髮赤足跪著一個女子，問起來，才知道是四公主的乳母指證三公主推四公主落水，犯了誣陷三公主挑撥是非之罪，乳母被娘娘下旨杖斃，陳婕妤特來請罪。她想了想，又回過身去求見娘娘。娘娘感歎一番後讓人送陳婕妤回去。

現在回想起來，恐怕太后那時已經懷疑她就是趙毓了，三天兩頭召她進宮說話。二房也常常送王瓔到百家巷小住。蘇瞻應該完全不知道吧，他還很高興她得了太后和聖人的喜歡。再細想，她那天出宮，怎麼就莫名被兩個引路宮女帶去掖庭，那兩個宮女幾乎從沒在慈寧殿露過臉，在掖庭又會有什麼事，竟然耽誤了她兩刻鐘，她竟也沒有疑心。掖庭裡又無端端有一個老宮人跟她說了郭太妃的舊事，她更沒疑心過。看來太后手下該是有一批宮人專門做這些暗中的事宜。後來她陪娘娘去鞏義祭陵的時候，娘娘特地安排她去拜祭元禧太子的永安陵，大概也是在試探她吧。連官家都認定了自己的病死和太后脫不了干係。

陳素忽地看向九娘：「娘娘那麼厭憎我們母子三人，她不會讓六郎即位的。六郎會不會出事？」

「應該不會。」九娘想了想：「表叔、張子厚，還有定王、崇王，都會支持殿下。兩府的相公們最是講究正統，有官家的遺命在，就不會輕易改動。只有娘娘和吳王，生不出什麼大事。就是能把我婆婆和表叔母從娘娘手中接過來就好了。」

九娘只擔心太后惱羞成怒，以魏氏要脅陳青和趙栩。高太后看人很準，下手也狠。陳青和趙栩無論如何也不可能為了帝王之位捨棄魏氏的。而為了防住孟在，太后連自己這麼多年最心腹的婆婆也不放過，要利用她來讓孟在因為孝義低頭。九娘輕輕喟歎了一聲，歷經三朝風雨的太后，遠比她所知道的更厲害。

陳素想起前面官家震怒疑心六郎身世的事，心裡又不安寧起來，又不能和這個小娘子說，只能不停地來回踱步，不停地到門口側耳聽一聽。九娘看到她這樣的神色，心裡疑惑，想了想，就在偏殿裡細細查看起來，看有什麼可用的防身之物。

大概過了半個時辰，外面傳來宮女的聲音：「請問陳娘子可在裡頭？」

陳素猶疑了一下：「我在。」

「奴給兩位娘子送些茶水。」

「進來罷。」

殿門開了，門口福寧殿的當值內侍略作檢查，放了四個宮女進來。

宮女們關上門，行了禮，端著茶具到桌邊開始倒茶，有兩人循例去檢查燭火和門窗。九娘側眼看著，奇怪那倒茶的一位宮女看起來已年近三十，怎麼會還留在官家所在的福寧殿做宮女。她猛地一驚，想了起來，這人就是當年帶她去掖庭的兩個慈寧殿宮女中的一個！太后放在暗處的人！怪不得陳德妃不認得她們也不防備她們！

九娘不動聲色地問道：「請問姊姊，民女想更衣，不知道哪裡方便？」她抬腳就往桌邊那兩個宮女身邊走過去，佯裝要出門。

果然那兩個宮女就退後擋住了門口，躬身道：「小娘子無需出去，偏殿裡就能更衣。」

九娘再無懷疑，轉頭就朝陳素喊：「跳窗！」順手拿起桌上茶盞，往門口兩個宮女身上潑去。

陳素一呆，趕緊提裙往窗口跑。

「快拿下陳德妃！」身後傳來一聲輕叱。

九娘用力托住陳素的身子，剛把她送出窗外，身後已有一個人抓住了她的手臂。陳素踩上窗外繡墩，一轉身，就看見九娘橫眉擰目，右手一把剪蠟燭芯的小銀剪插入一人手掌上。嚇得她一抖，趕緊扭頭跳下繡墩。

那人不敢聲張，怕驚動外面殿前司的軍士，只悶哼了一聲，還不鬆開九娘。

九娘毫不遲疑，一腳斜踢，蹬在身側那人小腹上，手臂一鬆，她轉瞬已踩上椅子，輕巧地鑽出窗子，砰地一聲將窗戶關上，跳下繡墩，拉著陳素就往樹叢外鑽去。

那窗戶迅速被人推了開來，有人剛探身出了窗子，見到殿前司巡邏軍士已停了下來，在和陳德妃說話，還在往這邊張望著，只能又退了回去。

趙瑜看著依然如謫仙般好整以暇鎮定自若的蘇瞻，又看向手掌還壓在自己心口的趙栩，輕聲喟歎道：「六郎，你是殺我，還是不殺？一邊是深淵，一邊，還是深淵。三叔告訴你，人啊，最難的就是要選。怎麼選都是錯。」

他也一樣。殺，入地獄。不殺，身在地獄。

「六郎，放開他，讓他說。」定王歎了口氣：「莫留汙名！」

趙栩側耳聽殿外的動靜，並沒有孟在回來的聲音，也沒有娘親或九娘的任何聲音。他的手掌緩緩離開趙瑜胸口三寸：「我現在不殺你。」但早晚一定會殺。

趙瑜點了點頭，卻轉頭微笑著看向高太后：「娘娘，聽到我那麼說，您和五郎一定最高興吧？」

高太后定了定神：「皇家血脈不容混淆，可也不容你恣意汙蔑，若你所言有虛，老身也絕不會放過你！」

「哈哈，娘娘最是公正嚴明不過的。六郎，我真沒有騙你。」趙瑜的聲音帶著傷感。

趙栩站直了身體，冷冷地看著他，在他眼裡，再怎麼矯飾都沒有用，趙瑜已經是個死人。

「六郎，我前頭要說的話，被曾相公打斷了。我沒騙你。我怎麼會為了趙玨殺你爹爹？他雖然救了我的命，也廢了我的腿。他嫌我髒，從來沒把我當作過弟弟。你爹爹和我從小一起長大，他對我的千般好，我都記著。可是我還是只能殺了他。我殺他，為的是兩個人。」趙瑜唇角勾了一下：「為了我娘，還有為了六郎你。」

趙栩冷笑道：「你連弒君的罪名也不忘扯到我身上，可真是一心為了我好啊。」

蘇瞻皺了皺眉頭：「崇王，你如果是為了燕王弒君，就該是盼著他即位才對。為何現在又跳出來阻止燕王即位？豈不自相矛盾？你還是不要再將弒君的髒水往燕王殿下身上潑了。我們不會輕信於你的。」

趙瑜歎道：「蘇相別急，我認了弒君大罪，就是將死之身。人之將死，其言也善。信不信，由你們。」

他露出溫柔的神色：「六郎啊，你肯定知道，這世上沒有比娘親對你更好的人了。我娘是為了我才對你爹爹那麼好的。她說過，大郎是個溫柔又心善的人，只要你對他好，他就也會對你好。我娘從來沒想過要爭什麼，可是沒有人信她。就連趙玨也以為她心狠手辣，他最不懂娘親。我娘親她才是最溫柔又心善的人啊。」

趙瑜喟歎道：「娘親，只是想活下去而已。我和娘一樣，曾經也只是想活下去而已。」

「住口——！住口！」高太后今夜頭一次露出了驚惶的神色，即使官家讓她去西京，她也沒有這麼驚慌失措：「住口！」

殿上的人只覺得太后是怕被崇王又說出她苛待郭太妃母子的醜事，連蘇瞻都垂眸不語。

趙瑜笑著看向高太后：「娘娘，您不知道吧，我親眼看見您那溫柔又心善的大郎，在福寧殿姦淫了我的生母郭太妃！您不記得了？您為了遮掩此事要絞殺她，是我的好大哥不惜自盡才逼得您饒她一命。您不記得了？您將我生母逼去瑤華宮出家，將我送去契丹做人質，還要人將我扔在雪地中要凍死我，您不記得了？」

晴天霹靂，滿座皆驚。

趙瑜口中說著世間至齷齪不堪的醜事，可面上依然是疏闊如秋水長天，還帶著一絲灑脫的笑意。這樣的笑意，才能掩飾住他心底多麼恨、多麼痛、多麼怕。這樣的笑意，才能幫他活下去。

蘇瞻長歎一聲，和張子厚對視了一眼又各自轉開了眼。

趙栩拚命壓抑著自己要一掌擊斃趙瑜的惡念。一時不慎，追悔莫及！

他和定王所知道的過往，竟然缺了最要緊的環節，他們只知道是郭氏有心勾引官家，只知道官家也情不自禁心儀郭氏，才激怒太后，導致她被逼出家瑤華宮。若能早知道這樣的隱情，他怎麼也不會認為趙瑜能放下。若是自己的娘親——趙栩想都不敢想！怪不得他知道哪幾句話最容易令官家心軟！

諸位相公們各自環顧殿內，無人出聲，他們看著一貫公正嚴明母儀天下的太后似乎快支撐不住了，瑟瑟發抖。定王閉著眼似乎就能充耳不聞。吳王趙棣目瞪口呆。燕王看起來要殺人。這是陛下的家事，宗室的事。他們做臣工的，不好說，沒法說，而且聽完這些，還能怎麼說!?陛下已駕崩，崇王已認罪。他們無人可勸諫，毒殺案也無需再查。

趙瑜歎了口氣：「對了，娘娘，您何時放過我們母子了？我十歲時，被那幾個狗賊帶到上京郊外的山上，那雪真大啊，他們把扔我在雪地裡，自行走了。那雪，一腳踩下去，沒過膝蓋。後來我根本沒力氣拔出自己的腿，只能站在那裡，等著被活活凍死。是我大哥趙玨找到了我。他帶著我，找到那幾個人。他的幾個書僮一眨眼就殺了他們。」

他盯著顫抖不已的高太后：「他們的朴刀，鋒利得很，先砍腿，再砍手，最後是頭。跟切菜一樣，整整齊齊。我看著他們幾個的血嘩地噴出來。」他轉向蘇瞻：「那血濺在厚雪之上，瞬間被吸乾。可被砍斷的殘肢，會一直流血，我看著那畜生們的血滿滿匯聚在一起，滲入雪地裡，慢慢滲開來。蘇相博覽群書，竟會相信合血法？」

趙瑜笑起來：「看，為了我娘，大哥待我再好，我還是只能殺了他。我想讓娘娘您也試試生離死別，眼看著大哥把江山交給六郎。您最厭惡六郎母子了，您看看，六郎是不是外形神韻都極似我娘？您會不會氣得吃不下睡不著又無可奈何？我想想就覺得高興啊。唉，真是可惜啊。這麼痛快的事眼看又不成了。」

蘇瞻吸了口氣：「崇王，為何你聽了吳王殿下和張理少所說燕王身世一事，又改了主意？」

趙瑜的笑容淡了下去，看著蘇瞻：「聽說高似原來是跟隨蘇相的？」

「不錯。」蘇瞻淡然道。

趙瑜憐憫地看向趙栩：「我雖然恨大哥恨娘娘，可我畢竟姓趙，是成宗之子，趙家宗室，家醜和家仇，都是趙家的事。可偏偏牽涉到高似，就不行，」他一字一字地道：「因為高似不姓高，姓耶律，名似。他是契丹權相耶律興的孫兒。」

「你——你說什麼!?」蘇瞻一直鎮靜的聲音帶了顫意。

趙瑜娓娓道來：「當年蔡佑將耶律興一家七十多人捉拿送回契丹，耶律似的生母因是被俘的女真族貴女，他在耶律家一直被當成半個奴僕，才成了唯一的漏網之魚。」

蘇瞻腦中轟然一聲，臉上滾燙起來。他不看四周，也覺得周圍的人都看向了自己。雖然契丹和大趙是同盟兄弟之國，可他竟然絲毫不知道高似的底細，還想方設法把他從浮玉殿案裡撈了出來。一旦被彈劾，他也只有引咎辭官一條路。

高似在浮玉殿殺死的帶御器械也是契丹人，是契丹歸明人，難道是因為他的真實身份被窺破了？高似引薦女真部，幫女真攻打契丹渤海部，是不是為了報家仇？崇王又怎麼會知道得這麼多？難道高似那次北上後回了契丹？蘇瞻腦中走馬燈一樣轉過千萬個念頭，背後也似有萬千根芒刺不停地扎著。隱隱約約，一個更可怕的念頭浮了上來，他不敢再想下去。

趙棣喊道：「娘娘！趙栩可能是契丹人的血脈！怎麼可以繼承我大趙的帝位——」沒說完就趕緊躲到高太后的另一側，膽怯地看向一臉寒霜的陳青。

定王喝道：「胡說八道！無憑無據豈能構陷宮妃和皇子！」

樞密院朱使相皺眉問道：「張理少斷案無數，大理寺可用過絕非骨肉之親的兩個人試試合血法？」

張子厚陰沉地眯起雙眼：「未曾。」

趙棣振奮起來，如果任何人的血滴入水中都能溶在一起，也就是說合血法不能證明趙栩是爹爹的親生兒子。有什麼蠢蠢欲動起來，他呼吸漸粗，緊張地看向高太后。

高太后聲音微微顫抖：「趙瑜既已供認毒殺陛下，先將他拿下！六郎的事，皇叔，諸位相公，一定要驗個清楚明白！」

定王皺起眉頭。

「六郎，是我對不住你。我原是盼著你快些即位，再去陪我娘——」

趙瑜忽地嗆咳了兩下，抬手用紈扇遮住了自己的面容。

趙栩忽地衝上一步，一把奪下他手中的紈扇：「你——！」他舉起手掌，想要擊下。

趙瑜面上露出詭異的笑容，全身蜷縮起來：「六郎啊，我一時想殺他，一時又不忍心殺他，真苦啊。我寧可永遠不回汴京，可我——想看看汴京的春光，煙柳一天天綠——」

原來牽機藥有點苦啊，這麼疼！他眼神渙散口齒不清起來：「瑤華宮那個地方不好，我娘最怕黑——最怕髒的——我想看看她——」

娘的仇他報了。那人雖然嫌棄他髒，不認他做弟弟，可陰差陽錯，他最終還是幫了他的忙，就算還了他的救命之恩吧。

趙瑗對他的好，六郎對他的好，他用這條命來還。不知道那人會不會嘲笑自己真是個沒用的廢人，明明可以脫身，至少可以活下去，卻偏偏要找死。

第一百七十九章

孔副使緩緩收回手：「崇王殿下薨了，死於牽機藥毒發。」

趙栩握緊了拳，心中空蕩蕩的。他卯足了勁，準備讓對方一擊斃命，那人卻已經自己倒了下去。

「諸位相公！」高太后斷聲道：「趙瑜已畏罪自盡。他的話你們都聽清楚了？六郎身世有疑，又和契丹人有關，絕不能即位，當立五郎為新帝！」

柔儀殿內一片死寂，這一夜的驚濤駭浪，什麼時候是個頭？蘇瞻回過神來，看向一旁的御醫院副院使，猶豫著。幾位相公都沉默不語，誰也不願意開口。娘娘說得輕鬆，若是崇王信口胡言，燕王登基後，這開口的人，能平安辭官已經不錯了。就算崇王說的合血法無用屬實，也不能證明燕王就不是先帝的親骨肉，更不能證明他是耶律似的兒子，燕王恐怕更難甘休。萬一惹惱陳青這個殺神，今夜能不能活著走出柔儀殿，誰也不知道。

蘇瞻心中歎了口氣，拱手道：「娘娘稍安勿躁。燕王殿下，請恕臣等無禮了。為堵天下人悠悠之口，還請大理寺為殿下再驗一次！臣提議取吳王一滴血，請定王殿下選出殿外的宮女和內侍各一滴，置入三碗清水中，合血法是否有用，則一目了然。」

趙栩抬起寒光四射的雙眼，沉聲問道：「敢問蘇相，若是合血法無用，你待如何？」

高太后和趙棣大吃一驚，不約而同地看向面色陰沉的陳青。高太后這才發現孟在早已不在殿內，劉繼恩也一直沒有返回，不由得心慌了起來。

蘇瞻坦然道：「殿下！合血法乃驗親的法子，若是人人的血都會溶在一起，只是說明此法不能用於驗親。若是殿下和吳王的血會相撞分開，才能證明兩位並非親兄弟。不驗一驗，如何服眾？」

趙栩冷笑了一聲：「也就是說，如果血都可溶在一起，就無法證明骨血親。那麼如何證明吳王和宮裡所有的皇子皇女是爹爹的親骨肉？如何證明我爹爹是娘娘的親生兒子？」

蘇瞻一愣，兩府的幾位相公們交頭接耳起來。燕王所言有理啊。不能證明是，可也不能證明不是。這又有什麼可驗的！

驚變陡生。

趙棣大聲喊了起來：「我生母是清清白白的！你生母可有過兩次宮中私會——啊！」

趙栩一隻手捏住了趙棣的脖子，就像捏住了一隻垂死的鴨子。他斜睨著一臉驚恐的趙棣：「我娘的清名，豈容你玷汙！」

高太后蹬蹬蹬連退了幾步，到了官家遺體身邊，喊道：「反了！反了！拿下燕王！拿下趙栩！來人！」卻無人敢上前。

定王一咬牙：「住手！誰也別動！六郎莫衝動，你要是殺了五郎，就更說不清楚了！諸位相公，燕王身世一事，是阮玉郎先惹出來的是非。依我看，我們只要和他對著幹就不會錯！他既然一心離間陛下和六郎，那我們就應當擁立六郎！」

站在趙栩身旁的陳青輕笑道：「定王殿下才是個明白人，話糙理不糙。不過我看娘娘和吳王殿下恐怕心有不甘啊。燕王有忌諱，我陳漢臣可沒有，誰要想往我家人身上潑髒水，汙蔑他們，我第一個不答應。」

趙棣只覺得趙栩手下越來越用力，頓時生出了絕望之情。

蘇瞻輕輕搖了搖頭：「燕王殿下請先鬆手吧。定王殿下，牽涉到契丹一族，沒有真憑實據，我們絕不會輕易擁立燕王！」他看向其他幾位相公：「諸位如何說？」

朱使相點點頭，上前一步：「燕王殿下請放開吳王殿下！殿下如此漠視禮法規矩，無視尊長，好勇鬥狠，失去仁義孝心，豈能服眾？又如何為君!?」

高太后厲聲道：「趙栩，你不肯合血，又挾持五郎，是不是心虛？浮玉殿舊案和蘇相公的證詞都足以證明陳氏兩度私會過耶律似，不說血脈一事，就這兩樁，陳氏也該被褫奪封號品級，打入冷宮。」

趙栩深深吸了口氣，手下又重了三分：「娘娘，您這是要逼六郎？」趙棣哀哀呻吟著。

定王拉住陳青：「勸住六郎，不能動武！」一動武，再有理也變成了沒理，一旦被二府按上了逼宮的名頭，他也保不住趙栩！大趙立朝以來，從無成功逼宮的例子，一個也沒有，天下臣民，擁護的是天家正統。

高太后冷笑道：「你儘管殺了五郎好了，官家可不缺兒子。趙栩你殺了五郎，就和阮玉郎一樣是亂臣賊子，人人得而誅之。你可出得去禁中？可出得去皇城？你不要你娘了嗎？還有陳家，一個也跑不了，」她看向陳青：「還是你們舅甥兩人，打算拋妻棄母，要謀朝篡位？你且問問諸位相公，可有一人害怕捨身取義!?」

蘇瞻走到中間：「娘娘息怒，燕王也請聽我一言。吳王殿下言語不妥，燕王殿下護母心切，不過是兄弟間的意氣之爭，哪裡就到了兵刃相見的地步？不如燕王你先放開吳王，我等一起擱置爭議，先由娘娘垂簾聽政，再行查驗核實商議，總不能任由陛下龍體在此擱著——」

殿門怦地被撞開。眾人大驚，看向殿門處，誰這麼大膽！

「臣劉繼恩攜陳魏氏覲見娘娘！娘娘萬安！燕王殿下，請即刻放開吳王殿下！」

蘇瞻大驚：「使不得，劉都知快放開魏娘子。」娘娘怎麼用了這樣的昏招！陳青在軍中的地位如天神，以他妻兒為質，娘娘這樣只會寒了大趙萬千將士的心。

殿外軍士騷動起來。侍衛親軍步軍司的人，隸屬三衙禁軍，誰不知道陳青的威名？眼見皇城司的頭領竟然挾持了齊國公有孕在身的娘子，不少軍士心中忿怒，反而慢慢無聲地往院子角落中退散開來。

趙栩見劉繼恩和身邊兩個親從官的官帽已不見，髮髻披散在肩上，身上都有幾處劍傷，官服也都撕裂開好幾處，明顯和人激戰過，被他緊緊抓在手中的魏氏無懼頸中的短劍，雙手護著小腹。

「舅母！」無邊的滔天怒火湧了上來。趙棣在他手下已經發不出聲音。

魏氏看向趙栩，對他搖了搖頭。

我沒事，不要理我。

再看向陳青，點了點頭。

我沒事，孩子沒事，你放心。

陳青強壓住怒火，在她微微隆起的小腹上注目了一瞬，點了點頭。

你在，我在。我在，你在。

殿內局勢一觸即發，定王和蘇瞻並肩而立，對視一眼，點了點頭。

「娘娘！殿下！」蘇瞻大聲道：「且聽和重一言！若是今日宮中大亂，阮玉郎的奸計得逞，難道這就是娘娘和燕王殿下所願？娘娘請相信臣！萬事以國為重啊！」

謝相也走到殿中：「蘇相所言正是，還請娘娘和殿下三思！各退一步！」

「劉繼恩，放開我舅母，我饒你不死。」趙栩不理會蘇瞻，只看著劉繼恩。

蘇瞻走到劉繼恩近前：「劉繼恩！放開魏氏！」他從阿昉口中所說魏氏送陳青出征一事早就知道，魏氏外柔內剛，一旦玉石俱焚，激怒陳青，為時已晚。

劉繼恩卻無視蘇瞻，手腕逕自一壓，魏氏頸中微微滲出了血絲。

「燕王殿下，您再不放開吳王殿下，魏氏一屍兩命！臣劉繼恩盡忠大趙，死而無憾！」

「滾！」趙栩想也不想，手一鬆。趙棣腿一軟，倒在地上不停喘氣，往高太后身邊爬去。

與此同時，魏氏高喊道：「六郎！給舅母報仇！」直接引頸往劉繼恩劍上撞去！

劉繼恩大驚，收劍已來不及。

蘇瞻早有防備，不等劉繼恩最後幾個字說完，已一手握住了劍，豔紅鮮血從他手心滴了下來。

他顧不得疼，拉著劍身就往外扯。

劉繼恩根本來不及反應，胸口一痛，已被陳青一腳踢得撞在牆上，爬不起來。高太后大驚失色，一身冷汗，沒想到有孕在身的魏氏竟會寧死不屈！

陳青冷冷地看了高太后一眼，攬住魏氏，對蘇瞻道：「我欠你一個人情。」魏氏舒出一口氣，沒想到竟然是蘇瞻救了自己，渾身發抖，輕輕說了聲多謝。

高太后沒想到明明拿捏住了陳青和趙栩的死穴，卻被蘇瞻橫插一腳，來了這麼一齣，先機盡失，氣得渾身發抖，聞言只看著蘇瞻問：「蘇和重，高似原先是你的人，所以你徇私枉法，要擁立燕王嗎？」

蘇瞻一掀公服下襬，雙膝跪倒：「娘娘，臣絕無私心。陳青一門忠勇，保家衛國，大趙萬民皆知。劉繼恩挾持其家眷，殿外將士均不恥其行為。今日若無端傷了陳青妻兒，娘娘會落得不仁不義四字！朝廷將盡失軍心，盡失民心啊。娘娘何以安撫民心和軍心？新帝又何以治天下？」

他轉向趙栩：「殿下也請聽臣一言，合血驗親就算無用，也不能證明殿下並非官家骨肉。誰也不能動殿下和德妃分毫！但若殿下就此即位，卻也難封天下人悠悠之口。若殿下執意要登基，還請先殺了臣。臣絕無怨言，臣願以死為諫！」

其他幾位相公也隨著蘇瞻一一跪倒：「臣，願以死為諫！」

高太后終於鬆了一口氣，她就不信趙栩能殺盡宰執！

「聖人駕到——！」小黃門高聲喊道。

向皇后淚眼漣漣，由十多名殿前司當值軍士帶著內侍和女官一眾人等匆匆趕到。一進殿內，向皇后大哭起來：「官家——！」她直奔長案而去。

九娘看到魏氏已經在陳青身邊，鬆了一口氣。她跟在孟在和梁老夫人、陳素身後，走到陳青身旁，隨梁老夫人向高太后見禮。她見趙栩胸口劇烈起伏著，看到自己和陳素，只點了點頭，又抿著薄唇直盯著跪在殿內的蘇瞻，一張俊面有些扭曲，不知道出了何事。她看向陳青，陳青眸色暗沉，也正看著趙栩。

趙栩看著蘇瞻和二府的相公們一張張深明大義無懼生死的面孔，只覺得說不出的悲涼、冤屈、憤怒。憑什麼？憑什麼！憑什麼！他雙拳緊握，是想殺人！

他殺盡了他們，能殺盡天下人？就能洗清娘親和自己的不白之冤？

「六郎，你是殺，還是不殺？一邊是深淵，一邊，還是深淵。三叔告訴你，人啊，最難的就是要選。怎麼選都是錯。」趙瑜悲哀的聲音，彷彿早有先見之明。

（未完待續）

story 057

汴京春深 卷四 驚宮變

作者　小麥｜**策劃暨編輯**　有方文化｜**總編輯**　余宜芳｜**主編**　李宜芬｜**特約編輯**　沈維君｜**編輯協力**　謝翠鈺｜**企劃**　鄭家謙｜**封面設計&繪圖**　劉慧芬｜**內頁排版**　薛美惠｜**董事長**　趙政岷｜**出 版 者**　時報文化出版企業股份有限公司　**地址** 108019 台北市和平西路三段二四〇號七樓　發行專線—（02）23066842　讀者服務專線—0800231705（02）23047103　讀者服務傳真—（02）23046858　郵撥—一九三四四七二四時報文化出版公司　信箱—一〇八九九台北華江橋郵局第九九信箱　時報悅讀網 http://www.readingtimes.com.tw　法律顧問—理律法律事務所　陳長文律師、李念祖律師｜**印刷**　勁達印刷有限公司——初版一刷 2023 年 6 月 2 日｜**定價**　新台幣 360 元｜缺頁或破損的書，請寄回更換

時報文化出版公司成立於一九七五年，一九九九年股票上櫃公開發行，
二〇〇八年脫離中時集團非屬旺中，
以「尊重智慧與創意的文化事業」為信念。

有方文化

汴京春深．卷四，驚宮變 / 小麥作．-- 初版．-- 臺北市：時報文化出版企業股份有限公司，2023.06

面；　公分．-- (story ; 57)

ISBN 978-626-353-857-3（平裝）

857.7　　112007103

ISBN：978-626-353-857-3
Printed in Taiwan